BARBARA HAMBLY

Die Farben der Freiheit

Buch

New Orleans, 1833. Die rigide Gesellschaftsstruktur der Südstaaten kennt drei Klassen: Weiße, Sklaven und freie Schwarze ohne Bürgerrechte. Und so muß der kreolische Arzt Benjamin January, der sechzehn Jahre in Paris gelebt und praktiziert hat, feststellen, daß er aufgrund seiner Hautfarbe in seiner Heimat geächtet wird. Er schlägt sich als Klavierlehrer und Musiker durch.
Bei einem Engagement auf dem berühmten Blue Ribbon Ball an Mardi Gras wird Angelique Crozat, eine stadtbekannte Kokotte der reichen Oberschicht, erwürgt. January gerät sofort unter Mordverdacht: Er wurde kurz vor ihrem Tod in ihrer Nähe gesehen, und Zeugen berichten von einem heftigen Streit. January ist für die Polizei der perfekte Sündenbock, sollte einer der vornehmen weißen Herren in die Sache verwickelt sein.
Doch January hat Glück im Unglück: Lieutenant Shaw läßt ihn inoffiziell und auf eigenes Risiko Nachforschungen anstellen. Alle Spuren führen zu der Witwe Madeleine Trepagier, deren kürzlich verstorbener Ehemann großzügig für Angelique gesorgt hat. Welches Geheimnis hütet Madeleine? Warum taucht Madeleines Schwager Claud nach dreizehn Jahren aus dem Nichts auf und bedroht sie? Auf der Suche nach der Wahrheit begibt sich January wiederholt in Lebensgefahr, denn einige Männer – und Frauen – würden es vorziehen, daß vieles im dunkeln bliebe …

Autorin

Die Amerikanerin Barbara Hambly ist für Fantasy-Fans keine Unbekannte. Viele ihrer Romane wurden Bestseller. Der Roman *Die Farben der Freiheit* ist mehr als nur ein spannender Kriminalroman – er ist ein historisches Meisterwerk, voller Leben, Esprit und Sinnlichkeit.

BARBARA HAMBLY

Die Farben der Freiheit

Roman

Aus dem Amerikanischen
von Caroline Einhäupl
und Barbara Schmitz-Burckhardt

GOLDMANN

Die amerikanische Originalausgabe erschien 1997
unter dem Titel »A Free Man of Color«
bei Bantam Books, New York

Umwelthinweis:
Alle bedruckten Materialien dieses Taschenbuches
sind chlorfrei und umweltschonend.
Das Papier enthält Recycling-Anteile.

Der Goldmann Verlag
ist ein Unternehmen der Verlagsgruppe Bertelsmann

Deutsche Erstausgabe 2/98

Umschlaggestaltung: Design Team München
Umschlagfoto: AKG, Berlin
Satz: deutsch-türkischer fotosatz, Berlin
Druck: Elsnerdruck, Berlin
Verlagsnummer: 43965
Redaktion: Susanne Wallbaum
FB · Herstellung: Sebastian Strohmaier
Made in Germany
ISBN 3-442-43965-5

1 3 5 7 9 10 8 6 4 2

Für Bruder Ed

Vorwort

Jeder Roman über den amerikanischen Süden stellt den Autor vor das Problem, wie er mit den Begriffen und Einstellungen der damaligen Zeit umgehen soll – nicht nur Worte und Redewendungen, sondern vor allem Ansichten, Konventionen und stillschweigende Annahmen, die früher verbreitet waren und als normal galten, sind heute unvertretbar.

Die frühen dreißiger Jahre des neunzehnten Jahrhunderts waren in Amerika eine Zeit tiefgreifender Veränderung. Präsident Andrew Jacksons Auffassung von Demokratie unterschied sich erheblich von der ins achtzehnte Jahrhundert gehörenden Vision der Gründer des Landes. Man war nur noch eine Generation von Bürgerkrieg und Reconstruction entfernt, und auch die Art, wie die Schwarzen wahrgenommen wurden – von den Weißen und von den Schwarzen selbst –, veränderte sich.

Beinahe das ganze neunzehnte Jahrhundert hindurch wäre es in New Orleans eine ebensolche Beleidigung gewesen, einen farbigen Menschen – also einen Mischling – »schwarz« zu nennen, wie es heute eine Beleidigung für einen Schwarzen ist, wenn man ihn einen »Farbigen« nennt. Beide Begriffe hatten damals eine andere Bedeutung als heute; beide sind heute mit geschichtlichen Assoziationen und Schlußfolgerungen belastet, die damals unvorstellbar waren.

Ich habe versucht, die Verhaltensweisen der freien Farbigen gegenüber Schwarzen – die, ob Freigelassene oder Sklaven, meist afrikanischer Herkunft waren – sowie gegenüber den Kreolen – den ausschließlich weißen Nachkommen der französischen und spanischen Kolonialherren – so zu beschreiben, wie sie mir bei meinen Nachforschungen begegnet sind. Noch in der letzten Generation ermahnten in New Orleans Mütter von Kindern aus gemischten Ehen ihre Teenager, »mit niemandem auszugehen, der dunkler ist als eine Papiertüte«. Menschen mit heller Hautfarbe waren mehr wert, Menschen mit dunkler Hautfarbe mißtraute man, und es wurde ungeheure Anstrengung darauf verwandt, Unterschiede herauszustellen, die heute absurd und belanglos erscheinen. Mischlinge wurden in einer komplizierten Begriffshierarchie klassifiziert: *Mulatten* hatten ein weißes und ein schwarzes Elternteil; *Griffe* oder *Sambo* waren die Kinder eines Mulatten und eines schwarzen Elternteils; ein *Quadroon* war das Kind eines Mulatten und eines weißen Elternteils; als *Octoroon* wurde das Kind eines Quadroons und eines Weißen bezeichnet; *Musterfinos* oder *Mameloques* wiederum waren die Kinder eines *Octoroon* und eines Weißen. (Ich habe auch andere Bedeutungen für *Griffe*, *Sambo* und *Musterfino* gefunden, so daß die Frage auftaucht, ob die Menschen damals dieselben Begriffe für diese Hierarchie benutzten, die heute in den Nachschlagewerken stehen.)

Weiße Kreolen hatten im übrigen eine ebenso komplizierte Hierarchie von Bezeichnungen füreinander – je nachdem, welche soziale Stellung die Familie hatte und wie lange sie schon in New Orleans ansässig war. Offensichtlich fanden sie Gefallen daran, den Dingen eine gewisse Ordnung zu geben. Die Amerikaner spielten dabei schlicht und einfach keine Rolle.

Es war nicht meine Absicht, Parallelen zur aktuellen Situation oder zu heutigen Ereignissen herzustellen. Ich habe versucht, vor einem historischen Hintergrund eine Geschichte zu erzählen, wobei ich Gewohnheiten und Ansichten – und, notwendigerweise, auch die Terminologie – der damaligen Zeit und des Schauplatzes verwendet habe. Ich habe mich nach Kräften bemüht, nichts zu verherrlichen und nichts zu verschweigen. Für diejenigen, die unter den damals gängigen und zum Teil heute noch wirksamen Vorurteilen und unter der Diskriminierung gelitten haben, ist es ein heikles Thema. Sollte ich sie, wenn auch unbeabsichtigt, verletzt haben, bitte ich um Verzeihung. Mein einziges Ziel ist es, einfach zu unterhalten.

1

Hätte Kardinal Richelieu die Indianerprinzessin nicht belästigt, sie nicht gegen die Ziegelmauer des Torbogens gestoßen und mit Küssen bedrängt, wäre Benjamin January später vermutlich nichts Ungewöhnliches aufgefallen.

Das wäre doch ein gefundenes Fressen für die Zeitungen. January betrachtete das Knäuel aus Satin und Wildleder, die karmesinrote Robe des Prälaten, die in der dunklen Durchfahrt beinahe schwarz wirkte, außer an der Stelle, wo die Öllampe über dem Tor sie in ein blutiges Rot tauchte; er beobachtete, wie die Hände des Mannes nach den Hinterbacken der Frau griffen und wie ihre dunklen Zöpfe über die Arme des Mannes fielen, der sie umklammert hielt. *Jedenfalls für die amerikanischen Zeitungen: Kardinal Richelieu mit Lederstrumpfs Schwester überrascht.* Es war durchaus kein ungewöhnlicher Anblick zur Zeit des Mardi Gras, wenn die Februardunkelheit früh hereinbrach und die schlammigen Straßen des alten französischen Viertels von fünf Uhr nachmittags an vom Lärm der Feiernden widerhallten – Weiße, Schwarze und Farbige, Sklaven und Freie, Franzosen und Amerikaner –, die in Abendroben und Karnevalskostümen auf jede nur erdenkliche Weise herausgeputzt waren. In dieser Nacht gab es weiß Gott genügend Frauen, die Männer vom Bürgersteig in eine Durchfahrt, einen Torbogen oder eine Taverne in der Rue Royale, der Rue Bourbon oder sonstwo im alten Viertel zogen. Er fragte sich, was wohl Tizian oder Rembrandt aus solch einer Szene gemacht hätten; er wollte sich gerade taktvoll abwenden, als die Frau zu schreien begann.

Er hörte die Angst in ihrer Stimme und wirbelte genau unter dem Torbogen herum. Im Licht der Öllampe mußte sein Gesicht zu erkennen gewesen sein, denn als sie ein zweites Mal aufschrie, rief sie seinen Namen.

»Monsieur Janvier!«

Mit einem Schritt erreichte er die beiden heftig miteinander ringenden Gestalten. Er faßte Seine Eminenz bei der Schulter, zerrte ihn aus der Durchfahrt und stieß ihn über den Gehsteig und den dunkel glitzernden offenen Rinnstein direkt in die schlammigen Pfützen der Rue Ste. Anne – mit einem einzigen Stoß, denn January war ein sehr großer Mann. Dazu rief er in jovialem Ton: »Rufus, du alter Schuft, hat dir denn niemand beigebracht …«

Auf den richtigen Zeitpunkt kam es an. Das hatte er schon als Kind gelernt.

Und als sein Opfer zwischen den Kutschen herumstolperte, sprang er hinter ihm her, packte den Mann mit festem Griff beim Arm und japste: »O mein Gott, Sir, es tut mir schrecklich leid!« Es gelang ihm gerade noch, den erregten Kirchenmann aus dem Weg zu ziehen, bevor sie beide von einem Einspänner voller Indianer à la Cooper überrollt wurden. »Ich habe Sie mit einem Freund verwechselt. Ein schreckliches Mißverständnis!« Richelieu glühte vor Zorn und zappelte wie ein Fisch an der Angel, aber er war beinahe einen Kopf kleiner als January mit seinen gut einsneunzig und hatte nicht neun Jahre seines Lebens damit verbracht, tagtäglich Leichen – und gelegentlich Klaviere – zu schleppen. »Es tut mir außerordentlich leid!«

January wußte, daß der Mann ihn schlagen würde, sobald er ihn losließ, und er wußte auch, daß er gut daran tun würde, nicht zurückzuschlagen.

Er hatte richtig vermutet. Es war kein besonders kräftiger Schlag, und Richelieu hatte zum Glück keinen Stock dabei, aber als der Schurke mit der scharlachroten Maske über den Rinnstein sprang und wieder in dem dunklen Torbogen verschwand, war January überrascht über seine eigene Wut. Wie Fieber stieg der Zorn in ihm auf, als er das Blut auf seiner Lippe schmeckte; der Zorn brannte heftiger als der Schlag. Eine ganze Weile stand er reglos auf der matschigen Straße. Andauernd rempelten ihn ausgelassene Passanten an, doch er wagte nicht, ihnen zu folgen.

Ich war zu lange in Paris, dachte er.

Oder nicht lange genug.

Mit vierundzwanzig hatte er das letzte Mal zugelassen, daß ein Weißer ihn schlug. Als er auf das Schiff ging, das ihn nach Paris bringen sollte, hatte ihn auf den Docks ein amerikanischer Seemann geohrfeigt. *Nie wieder*, hatte er damals gedacht.

Er holte tief Luft, versuchte sich zu beruhigen und schluckte den Zorn hinunter, wie er es als Kind gelernt hatte.

Willkommen zu Hause.

Vom Säuleneingang des Théâtre d'Orleans, das unmittelbar zu seiner Rechten lag, drang Musik herüber, und durch den Torbogen zum Hof des Salle d'Orleans, der sein eigentliches Ziel war, hörte er undeutlich Stimmen. Die hohen Fenster beider Gebäude standen trotz der winterlich kühlen Abendluft offen – aber im Winter wurde es in New Orleans kaum je kälter als in der Normandie im Frühling. Das war etwas, was er in den vergangenen sechzehn Jahren vermißt hatte.

Im Théâtre d'Orleans ging wahrscheinlich gerade der Kinderball zu Ende, und man rüstete sich für den großen Wohltätigkeitsball am Abend. Im märchenhaften, flackernden Licht der neumodischen Gaslampen, das durch die Fenster fiel, und im gelben Schein der Öllampen, die über der Kreuzung Rue Ste. Anne und Rue Royale hingen, sah er stolze, fürsorgliche Mütter, die wie griechische Göttinnen oder Circen gekleidet waren, und wachsame Väter, nicht ganz dazu passend als Piraten, Löwen und Clowns verkleidet. Sie begleiteten ihre prächtig kostümierten kleinen Jungen und Mädchen zu den wartenden Kutschen, die auf der anderen Seite des plätschernden Rinnsteins aufgereiht standen und den Verkehr blockierten. Durch die weit geöffneten hohen Fenster des Ballsaals hörte er das Orchester einen letzten Tanz spielen – und er hörte heraus, wer spielte: Der Geiger mußte Alcée Boisseau sein, und nur Philippe Decoudreau konnte der unselige Hornist sein.

January zuckte zusammen, als er seine Notentasche aufhob – er hatte sie bei seinem übertrieben ritterlichen Einsatz neben der Mauer fallen lassen –, wischte sich das Blut von der Lippe und dachte: *Das tust du nie wieder.* Die Indianerprinzessin war längst verschwunden, und als January auf die Lichter und die Stimmen in dem Hof zuging, der hinter den Spielsalons des Salle d'Orleans lag, hoffte er, daß auch Richelieu in den Spielsalons oder oben im Saal Zuflucht gesucht hatte. In dem farbigen Licht, das in den dunklen Torbogen fiel, entdeckte er auf dem Pflaster ein paar grün-schwarze Hahnenfedern aus dem Kopfschmuck der Frau.

Sie hatte seinen Namen gerufen. Voller Angst.

Wovor hatte sie Angst gehabt?

Für die meisten Frauen, die ohne Begleitung auf den Blue Ribbon Ball im Salle d'Orleans gingen, wäre es vermutlich der Höhepunkt des Abends gewesen, von einem Weißen gegen eine Mauer gepreßt und geküßt zu werden.

Warum hatte sie so verängstigt seinen Namen gerufen?

Bunte Lampions schmückten die Bäume im Hof und den Balkon, der über die ganze Rückwand des Gebäudes verlief. In ihrem bunten Licht lehnte Heinrich VIII. mit mindestens vier seiner Frauen am hölzernen Geländer des Balkons. Sie lachten und unterhielten sich auf englisch mit Freunden im Hof. January hätte auch ohne die Sprache zu hören gewußt, daß es nur ein Amerikaner sein konnte, der als der Tudorkönig ging. Kein Kreole war so geschmacklos, mit mehr als einer Frau am Arm zu erscheinen. Eine seltsame Heuchelei, dachte January trocken, wenn man sich vor Augen führte, wie viele Männer ohne ihre Ehefrauen auf dem Blue Ribbon Ball waren und wie viele andere ihre Frauen zusammen mit Schwestern, Müttern und dem üblichen Heer von kreolischen Cousinen zum Wohltätigkeitsball im Théâtre d'Orleans direkt nebenan begleiteten.

Der Salle d'Orleans und das Théâtre gehörten demselben Mann – Monsieur Davis, der außerdem eine Reihe von Spielsalons an der Rue Royale besaß – und waren durch einen Geheimgang miteinander verbunden. Die meisten der Herren auf dem Wohltätigkeitsball würden bei der erstbesten Gelegenheit durch diesen Gang schlüpfen, um sich auf dem Blue Ribbon Ball mit ihren Mätressen – Mulattinnen, Quadroons oder Octoroons – zu treffen. Nur dafür gab es den Blue Ribbon Ball.

Ihm fiel ein, daß Ayasha es kaum hatte glauben können, als er ihr von dieser Seite des Lebens in New Orleans erzählte. Keine der Damen in Paris hatte es glauben wollen. »Du meinst, sie tanzen an ein und demselben Abend auf dem einen Ball mit ihrer Frau und nur dreihundert Meter weiter auf einem anderen mit ihrer Mätresse?«

Und auch January hatte das Absurde daran gesehen, hatte gelacht in dem sicheren Gefühl, daß er niemals dorthin zurückkehren würde. Die meisten seiner Erinnerungen an Paris waren mit Lachen verbunden. »So ist es eben in New Orleans«, hatte er erklärt. Das erklärte natürlich gar nichts, aber er hatte das Gefühl, seine Geburtsstadt verteidigen zu müssen. »So ist es nun einmal.«

Daß ein Weißer ihn schlagen durfte und er zu seiner Verteidigung nicht einmal die Hand hob, war ebenfalls Sitte in diesem Land, aber darüber hatte er nie gesprochen.

Warum hatte sie sich zur Wehr gesetzt? Und wer war sie, woher kannte sie seinen Namen?

Er blieb unter dem Balkon stehen, die Hand am Türgriff des unauffälligen Nebeneingangs, der zu den Büros, der Küche und dem Dienstbotenaufgang führte, und suchte den Hof nach dem Lederkostüm und dem lächerlichen Kopfschmuck ab. Sie hatte eher einer Vogelscheuche geglichen als den Choctaw- oder Natchez-Indianerinnen, die den Fluß herunterkamen und auf dem Markt mit Werkzeugen und Töpfen handelten.

Die meisten Frauen, die auf den Blue Ribbon Ball gingen, kamen mit Freundinnen, junge Mädchen wurden von ihren Müttern begleitet. Manche kamen auch allein und flirteten hemmungslos, aber sie alle kannten die Regeln.

Über ihm lachte eine der Frauen Heinrichs VIII. hell auf und warf einer Tabak kauenden Columbine auf dem Hof eine Rose zu. Die farbenprächtigen Masken der Frauen betonten ihre samtenen Locken, das Kinn, den Hals und das Dekolleté, und die Schattierungen ihrer Hautfarbe reichten von einem blassenElfenbeinton bis zu einem sanften Milchkaffeebraun. In London hatte January Porträts von allen Tudor-Königinnen gesehen; sie waren nicht nur weiß gewesen, sondern hatten alle auch Kopfbedeckungen getragen. Aber dies war eine der wenigen Gelegenheiten, bei denen eine freie farbige Frau, geschützt durch die Anonymität der Maske, in der Öffentlichkeit erscheinen durfte, ohne ihr Haar zu bedecken, und alle nutzten diesen Vorteil voll und ganz aus.

Die Glastüren unter dem Balkon standen offen. Die Gaslampen waren eine neue Erfindung – als January 1817 die Stadt verlassen hatte, hatte es überall nur Kerzen gegeben –, in ihrem unangenehm hellen Licht betraten Paare die Eingangshalle und gingen die geschwungene Freitreppe hinauf in den Ballsaal im oberen Stockwerk. Als Kind hatten die Maskenbälle January ganz besonders fasziniert, und die Jahre hatten ihren unheimlichen Zauber keineswegs verblassen lassen; er fühlte sich wie in einem Traum von Shelley und Coleridge, in dem alles lebendiger und schöner war, eingetaucht in einen kristallinen Glanz, als wären die Wände von Raum und Zeit, Dichtung und Wahrheit durchlässig geworden für jene, die nicht mehr lebten oder nie existiert hatten.

Marie Antoinette schlenderte vorbei, eine gute Kopie des Porträts von Rose Bertin, das January im Louvre gesehen hatte, auch wenn die französische Königin hier ein gutes Stück dunkler war als das rothaarige österreichische Original. January erkannte sie an ihrer gertenschlanken Taille und an der Art, wie sie lachte: Es war Phlosine Seurat, eine Busenfreundin seiner Schwester Dominique. An den Namen ihres Beschützers konnte er sich nicht erinnern, auch wenn Dominique ihn in einem für sie typischen glockenhellen Wortschwall erwähnt hatte – er wußte nur noch, daß der Mann Zuckerrohrpflanzer war und

Phlosine nicht nur ein kleines Haus an der Rue des Ramparts, sondern auch zwei Sklaven geschenkt hatte und ihr ein großzügiges Taschengeld zahlte, so daß sie ihren kleinen Sohn wie einen Prinzen kleiden konnte. Vermutlich war die Indianerprinzessin auch eine der vielen Freundinnen seiner Schwester.

Er sah sich noch einmal auf dem Hof um.

Natürlich waren da eine Menge »Indianer« und Scharen von griechischen Göttern und Rittern, Ivanhoes und Rebeccas, Caesars und Korsaren. *Der letzte Mohikaner* war hier ebenso beliebt wie in Paris. January erkannte Augustus Mayerling, einen der elegantesten Fechtlehrer der Stadt, umringt von einer anbetenden, schnatternden Schülerschar, und er nahm sich vor, mit seiner Schwester eine Wette abzuschließen, wie viele Duelle heute abend wohl arrangiert werden würden. In all den Jahren, die January auf den Bällen in New Orleans Klavier gespielt hatte, war ihm aufgefallen, daß es auf den Bällen der Quadroons, den Blue Ribbon Bällen, in der Regel seltener zu Gewalttätigkeiten kam als auf den Wohltätigkeitsbällen der weißen Gesellschaft.

Und selbst in dieser Nacht der Masken fiel auf, daß sich jene, die Französisch sprachen, nicht mit denen mischten, die Englisch sprachen. An manchen Dingen konnte auch der Karneval nichts ändern.

Auch darüber hatte er gelacht, damals in Paris, als es noch etwas zu lachen gab.

Denk nicht daran, befahl er sich und öffnete die Dienstbotentür. *Versuch einfach, diesen Abend zu überstehen. Was wohl dieses arme Mädchen ...?*

Sie stand in der Halle, von der das winzige Büro des Geschäftsführers, die Küchen und die Dienstbotentreppe abgingen.

Als die Tür aufging, wirbelte sie herum. Unter der Maske und der Kriegsbemalung war ihr blasses Gesicht nur undeutlich zu erkennen. Durch eine kleine Tür in der Ecke hatte sie die Halle beobachtet, und als sie sich auf Zehenspitzen stellte, dachte January einen Augenblick lang, sie würde in die große Halle fliehen, wohin er ihr nicht folgen konnte. Im selben Moment bemerkte er, wie absurd ihr billiges Lederkostüm aussah; sie trug ein modisches Mieder, dazu einen Unterrock und einen kleinen bestickten Beutel am Gürtel. Ihre dunklen Zöpfe hätten Coopers Zustimmung gefunden, aber sie trug ganz gewöhnliche schwarze, oft geflickte Handschuhe und schwarze Pantoffeln und Strümpfe, die mit Straßenschlamm bespritzt waren.

Plötzlich schien sie die Nerven zu verlieren und drehte sich um, um die schmale Treppe hinauf zu fliehen, die zu einem Speisesaal und einer Kammer führte, in der die Mädchen ihre abgerissenen Volants wieder feststecken konnten. January sagte: »Sie brauchen keine Angst zu haben, Mademoiselle. Ich wollte mich nur vergewissern, daß es Ihnen gutgeht.«

»Oh, natürlich.« Sie straffte ihre Schultern mit einer Bewegung, die ihm bekannt vorkam – die er schon hundert- oder tausendmal gesehen hatte, nur nicht bei einer erwachsenen Frau ... »Danke, Monsieur Janvier. Der Mann wurde ... zudringlich.« Sie bemühte sich, ruhig und ein bißchen arrogant zu klingen, aber daran, wie das goldene Wildleder ihres Rockes bebte, sah er, daß ihre Knie immer noch zitterten. Sie nickte ihm zu, berührte ihren absurden Kopfschmuck, wobei sie wieder zwei Federn verlor, und wollte an ihm vorbei auf den Hof hinausgehen. Sie hielt sich sehr aufrecht, und viel später wurde January klar, wieviel Mut sie das gekostet hatte. Doch als sie näher kam, konnte January ihr Gesicht besser erkennen und wußte plötzlich, woher er diese Schulterbewegung, diese vollen Lippen kannte; er wußte, wo er die Stimme schon einmal gehört hatte.

»Mademoiselle Madeleine?«

Sie erstarrte, und in dem Moment erfaßte er, was ihre Anwesenheit bedeutete, und erschrak.

»Mademoiselle Madeleine?«

Sie sah ihn an und rang vergeblich um eine kühle, überraschte Erwiderung. Sie war eine Frau, mit Wespentaille und stolz aufragenden Brüsten, aber die engelhaften braunen Augen waren die des Kindes, an das er sich erinnerte.

Wieder wollte sie an ihm vorbei, doch er stellte sich ihr in den Weg, und sie blieb stehen, schwankend, die Möglichkeiten, die sie hatte, abwägend. Genau so hatte sie immer ausgesehen, wenn ihr Vater nach der Klavierstunde ins Zimmer gekommen war, um zu fragen, ob sie ein Zitroneneis wollte, ehe ihr Tanzlehrer kam.

January erinnerte sich, daß sie meistens gefragt hatte: »Können wir nicht noch ein Stück spielen, Papa? Die Stunde ist noch nicht ganz vorbei.«

Und in der Regel war René Dubonnet einverstanden gewesen. »Wenn es Monsieur Janvier keine Umstände macht, ma chère. Vielen Dank für Ihre Geduld – darf ich Ihnen auch ein Zitroneneis anbieten, wenn Sie fertig sind, Monsieur?«

Es war nicht ungewöhnlich, daß ein weißer Franzose dem farbigen Klavierlehrer seiner Tochter etwas anbot, aber es steckte mehr dahinter als die übliche Höflichkeit. Auf jeden Fall mehr Höflichkeit, als man heutzutage von einem Franzosen erwarten durfte.

Ihm fiel ein, daß er nicht einmal wußte, welchen Namen sie jetzt trug. Sie mußte mindestens siebenundzwanzig sein. Wenn sie nicht gesprochen hätte, hätte er sie vielleicht gar nicht erkannt, aber sie wußte natürlich, wer er war. Er, die Bediensteten in ihren weißen Jacketts und die farbigen Croupiers in den Spielsalons waren die einzigen Männer im ganzen Haus, die nicht maskiert waren.

All das ging ihm durch den Kopf, während sie immer noch vor ihm stand und versuchte, sich darüber klarzuwerden, ob sie leugnen sollte, daß sie ihn überhaupt kannte, oder nur, daß sie das Kind gewesen war, das mit so unheimlicher Leidenschaft moderne Musik gespielt hatte. Bevor sie eine Entscheidung treffen konnte, bedeutete er ihr, ihm in das leere Büro des Zeremonienmeisters und Geschäftsführers zu folgen. Es gehörte Leon Froissart, der sich im Augenblick in sicherer Entfernung oben im Ballsaal aufhielt und so schnell nicht herunterkommen würde. In Paris hätte er vielleicht ihren Arm genommen, denn sie zitterte heftig. Doch selbst wenn man sie für eine Octoroon gehalten hätte – und es gab Octoroons mit so heller Haut –, war es ihm als Schwarzem nicht erlaubt, sie zu berühren.

Nur Weiße hatten das Privileg, mit den Damen, die auf den Blue Ribbon Ball kamen, zu tanzen, zu flirten oder sie zu küssen. Die Bälle fanden für weiße Männer statt. Ein Farbiger oder Schwarzer, ob frei geboren, befreit oder Sklave, gehörte lediglich zum Inventar. Hätte er sich während seiner sechzehn Jahre in Paris nicht abgewöhnt, den Blick ständig gesenkt zu halten, er hätte nicht einmal ihr Gesicht gesehen.

Sie hinterließ eine kleine Spur von schwarzen Hahnenfedern, als sie vor ihm her in das Büro ging. Der Raum war kaum größer als ein Schrank, und es gab kein Licht. Nur die gelblich flackernden Straßenlaternen und ein paar vorbeiziehende Fackeln warfen etwas Helligkeit durch ein kleines Oberlicht über den Fensterläden. Schwach, aber deutlich drangen die Kakophonie der Blaskapellen und das laute Geschrei von der Straße zu ihnen herein.

Sie versuchte immer noch, ihn zu täuschen. »Monsieur Janvier, ich danke Ihnen wirklich für Ihre Hilfe, aber …«

»Mademoiselle Dubonnet.« Er warf einen Blick in die Halle, um sich zu vergewissern, daß sie nicht beobachtet wurden, und schloß die Tür. »Zwei Dinge: Erstens, wenn Sie als eine dieser Damen durchgehen wollen, als farbige Mätresse – eine ›Plaçée‹ – oder eine, die es werden will, müssen Sie Ihren Ehering abnehmen. Er zeichnet sich unter dem Handschuh ab, und jeder, der Ihre Hand nimmt, um mit Ihnen zu tanzen, wird ihn spüren.«

Schnell umschloß ihre Rechte die Linke, um den abgetragenen Handschuh zu bedecken. Für eine Frau hatte sie große Hände – schon als sie ein kleines Mädchen war, waren ihre Handschuhe an den Außenseiten immer geflickt gewesen, genau wie diese hier. Vielleicht hatte das seine Erinnerung angestoßen. Sie fingerte an dem verschossenen Ziegenleder herum, und er fuhr fort: »Zweitens ist dies kein Ort für Sie. Ich weiß, daß es mir nicht zusteht, so etwas zu sagen, aber aus welchem Grund Sie auch hier sind, und ich vermute, daß es mit einem Mann zu tun hat – gehen Sie nach Hause. Was Sie auch vorhaben – suchen Sie einen anderen Weg.«

»Ich bin nicht …«, begann sie atemlos, aber in ihrem Blick lagen Schuldbewußtsein und Verzweiflung. Er hob die Hand.

»Manche der Damen hier sind vielleicht so hellhäutig wie Sie«, fuhr er freundlich fort, »aber sie sind alle für dieses Leben erzogen worden, sie kennen die Regeln. Die meisten kennen einander, und sie alle wissen um die kleinen Tricks – mit wem sie reden dürfen und mit wem nicht. Wer zu wem gehört, mit wem man flirten darf und wen man lieber in Ruhe läßt. Selbst die jungen Mädchen, die mit ihren Müttern das erste Mal hierherkommen, wissen das. *Sie wissen es nicht.* Gehen Sie nach Hause. Gehen Sie sofort nach Hause.«

Sie wandte das Gesicht ab. Schon immer war sie schnell errötet, und er konnte geradezu spüren, wie die Röte sich unter ihrer mit Federn besetzten Maske ausbreitete. Er hätte gern gewußt, ob sie als Frau noch so hübsch war wie als Kind, als er ihr Tonleitern beigebracht hatte, einfache Mozart-Stücke, Quadrillen und die überarbeiteten Arien, mit denen er seinen Schülern normalerweise den Fluß und den Sinn von Musik nahebrachte. Sie hatte ein wundervolles Gehör gehabt, und die Hände, die jetzt an den Handschuhen zerrten, konnten mehr als eine Oktave greifen. Er dachte daran, wie sie Beethoven traktiert, sich der radikalen Musik beinahe wie eine Verhungernde bemächtigt hatte, dachte an die selbstvergessene Leidenschaft in ihren Augen.

Trommelschlagen und Trompetenklänge drangen von der Straße herein, wo eine Horde Maskierter vorbeizog. Jemand rief: »Vive Bonaparte! À bas les Americains!« Wie lange war Napoleon schon tot? Zehn Jahre? Zwölf Jahre? Und immer noch gelang es ihm, einen solchen Aufruhr zu verursachen. »Salaud!« – »Crapaud!« – »Athéiste!« – »Orleaniste …!«

Er sah, daß sie Tränen in den Augen hatte.

»Ich rate Ihnen das zu Ihrem eigenen Schutz, Mademoiselle Dubonnet«, sagte er. »Ich kenne diese Mädchen. Sie werden sich auf die Geschichte stürzen wie Kannibalen auf eine Leiche. Sie werden Sie erkennen und Ihren Namen in den Schmutz ziehen. Das wissen Sie doch.« Er sprach mit ruhiger Stimme, als wäre sie noch immer das dunkelhaarige leidenschaftliche Kind am Klavier, seine Komplizin in der Hingabe an die Kunst. Wieder wandte sie den Blick ab.

»Ja, ich weiß.« Ihre Stimme klang dünn. January zog ein sauberes Taschentuch aus der Hosentasche. Sie nahm es und verschmierte ihre Kriegsbemalung ein wenig. Sie atmete tief durch und hob den Blick. »Es ist nur, daß … Ich habe keine andere Möglichkeit gesehen. Mein Name ist jetzt übrigens Trepagier.«

»*Arnaud Trepagier?*« Er hatte ein Gefühl im Magen, als hätte er beim Ersteigen einer Treppe im Dunkeln eine Stufe verfehlt.

Er hatte gehört, wie die Freundinnen seiner Schwester über die Frauen und die Familien ihrer weißen Liebhaber klatschten, die ihnen Häuser kauften, von denen sie Kinder hatten, die ihre Schuhe und Kleider bezahlten. Es war schlimm genug, daß eine weiße Frau überhaupt auf den Blue Ribbon Ball ging, selbst wenn sie maskiert war, selbst wenn die Anonymität des Karnevals sie schützte. Aber daß die Witwe von Arnaud Trepagier hier war, verkleidet wie Lederstrumpfs schlimmster Alptraum, keine zwei Monate nachdem ihr Mann in der Familiengruft auf dem Friedhof in St. Louis beigesetzt worden war …

In keinem anständigen Haus in New Orleans oder sonst irgendwo im Staat konnte sie sich je wieder sehen lassen. Nicht nur die Familie ihres Mannes, auch ihre eigene würde sie verstoßen. Die kreolische Aristokratie war gnadenlos. Und war eine Frau einmal ausgestoßen, gab es kaum etwas, womit sie ihr Brot verdienen konnte, weder hier noch in Paris, das wußte January.

»Warum sind Sie hier?« fragte er. Sie war nicht dumm. Sie mußte verzweifelt sein, oder sie hatte sich unsterblich verliebt. »Was ist passiert?«

»Ich muß mit Angelique Crozat sprechen.«

Einen Augenblick lang starrte January sie nur sprachlos und entgeistert an. Dann sagte er: »Sind Sie *verrückt?*«

Er war erst seit drei Monaten wieder in New Orleans, aber er wußte alles über Angelique Crozat. Die freien Farbigen in ihren pastellfarbenen Häuschen entlang der Rue des Ramparts und der Rue Claiborne, die Franzosen in ihren dicht stehenden Stadthäusern und die Amerikaner unter ihren schattigen Eichen in den Vororten, wo früher Zuckerrohrfelder gewesen waren – selbst die Sklaven in ihren schäbigen Hütten und Dachböden –, alle kannten Angelique Crozat. Hatten von ihren Wutanfällen in der Kirche gehört, wußten, daß sie letztes Jahr während der Fastenzeit bei der Beichte einen Priester angespuckt hatte. Es hatte sich herumgesprochen, daß sie bei einem Streit mit ihrem Schneider einen rosaroten seidenen Morgenrock, der fünfhundert Dollar wert war, vom Ausschnitt bis zum Saum zerrissen hatte. Und bei einem Streit mit einem Liebhaber hatte sie ein Diamantarmband aus dem Fenster einer Kutsche in den Rinnstein geworfen. Jeder wußte, wie schlagfertig und bissig sie sein konnte. Ihre Boshaftigkeit war wie eine Säure, die den Ruf eines jeden, dessen Name ihr über die Lippen kam, angriff und verätzte. Alle Welt wußte, wie die Männer sie ansahen, wenn sie über die Straße ging.

»Ich muß sie sehen«, wiederholte Madame Trepagier ruhig. Ihre Stimme war fest und schneidend. »Ich muß.«

Die Tür ging auf. Mit vor Schreck geweiteten Augen trat Madame Trepagier hinter Monsieur Froissarts Schreibtisch, so weit weg von January, wie es die winzige Kammer nur erlaubte. January dachte sofort an den angeblichen Kardinal Richelieu. Während er sich umdrehte, überlegte er, was er im Falle eines weiteren Angriffs tun würde – falls jemand erriet, daß Madame Trepagier weiß war und sich hier allein mit ihm aufhielt, ganz zu schweigen von der Frau, die sie suchte.

Aber es war nur Hannibal Sefton, wie üblich leicht betrunken, eine Blumengirlande und ein paar bunte, schillernde Glasperlenketten um den Hals geschlungen. »Um acht fängt der Ball an.« Er verzog den Mund unter dem grauen Schnurrbart zu einem schiefen Grinsen, und der Alkohol verstärkte den fröhlichen Singsang seines irischen Akzents. »Und wenn nicht, gibt dir Froissart einen Tritt in den Arsch.«

»Froissart kann mich mal«, erwiderte January, aber er wußte, daß er gehen mußte. Er war schon zu lange Musiker, um unpünktlich zu sein. Es ging nicht nur um seinen eigenen guten Ruf, sondern auch um den der anderen Mitglieder des Ensembles. Geschäftsführer und Zeremonienmeister fragten selten danach, wessen Schuld es war, wenn das Orchester nicht pünktlich zu spielen begann.

Er wandte sich wieder an Madame Trepagier. »Gehen Sie jetzt«, sagte er und begegnete dem entschlossenen Blick, den sie als Kind schon gehabt hatte.

»Ich kann nicht«, sagte sie. »Ich flehe Sie an, verraten Sie mich nicht. Ich muß es einfach tun.«

Er warf einen Blick auf Hannibal, der mit seiner geheiligten Geige in der Hand an der Tür stand, und sah dann wieder die Frau an. »Ich kann ja schon mal vorgehen«, bot Hannibal hilfsbereit an, »aber Froissart wird gleich hier sein.«

»Nein«, sagte January. »Bleib nur.«

Madeleine Trepagiers Gesicht war gefaßt. Angstvoll, aber ruhig wie das eines Soldaten, der der Schlacht entgegensieht. Das wird sie nicht überleben, dachte er. Nicht, wenn die Crozat herausbekommt, wer sie ist …

»Hören Sie zu«, sagte er. »Ich werde Angelique suchen und ein Treffen im Haus meiner Mutter vereinbaren. Einverstanden? Ich schicke Ihnen morgen eine Nachricht.«

Sie schloß die Augen, und die Anspannung in ihren Schultern und im Nacken ließ ein wenig nach. Sie hielt sich am Schreibtisch fest, und January wurde plötzlich klar, daß auch sie über Angelique Crozat Bescheid wußte. Sie atmete auf und nickte. Eine weitere Feder ihres Kopfschmucks löste sich und segelte wie eine schwarze Schneeflocke durch die Luft.

»Einverstanden. Ich danke Ihnen.«

Hannibal spähte zu beiden Seiten den Gang entlang, bevor sie hinausschlüpften und die Frau im Büro zurückließen. Sie eilten durch das enge, modrig riechende Treppenhaus. In der Halle sammelte January noch eine Hahnenfeder von den blanken Zypressendielen auf, für den Fall, daß Richelieu zufällig vorbeikam und sein aufmerksamer Blick darauf fiel. Mit etwas Glück würden die Menschen in den Ballsaal drängen, sobald die Musik einsetzte, und Madame Trepagier konnte das Gebäude unbemerkt verlassen. Vermutlich war es nicht schwierig, in der Rue Royale eine Droschke zu mieten.

Habe ich nicht vor einer Viertelstunde gesagt, das tust du nie wieder? Im Vergleich zu einer Unterredung mit Angelique Crozat, die boshaft und überheblich war und sich auf ihre helle Haut so viel einbildete, daß sie sich nicht einmal die Mühe machte, freie Farbige anders zu behandeln als Sklaven, war eine Ohrfeige von Kardinal Richelieu harmlos. Zumindest ging so ein Schlag schnell vorbei.

»Wer ist die Dame?« fragte Hannibal, als sie durch den kleinen Raum zwischen dem Speisesaal und der Garderobenkammer gingen.

»Eine Freundin meiner Schwester.« Die Tür zur Garderobe stand halb offen, der kleine Raum war in gedämpftes Kerzenlicht getaucht. Der Garderobenschrank quoll über von Kostümen für die lebenden Bilder, die *Tableaux vivantes*, die um Mitternacht gezeigt werden würden, und zwei Mädchen in Gewändern, die wohl griechische Tuniken darstellen sollten, nähten noch mit fliegenden Fingern an einem wirren Knäuel aus blauem Samt und Perlen.

»Falls du es vergessen hast, so ein Tête-à-tête kann dich das Leben kosten, wenn ihr Beschützer euch erwischt, und ihr wird es wahrscheinlich auch nicht besonders guttun.«

Durch einen Botengang betraten sie die Halle, in die die Haupttreppe mündete. Das weitläufige Treppenhaus hallte von Stimmen wider, ein vielstimmiges Rauschen, aus dem man zuweilen einzelne Worte und Sätze in Französisch, Spanisch, Deutsch und amerikanischem Englisch heraushörte, körperlos, wie treibende Blätter in einem Fluß. Der Geruch von Pomade, Rosen, Frauen und französischen Parfums lag schwer in der Luft wie glänzender Zuckerguß, und durch die drei großen, offenen Flügeltüren, die in den langen, von Gaslampen erhellten Ballsaal führten, drang kaum ein Luftzug.

Hannibal blieb in der mittleren Tür stehen und holte sich ein Glas Champagner und eine Flasche aus einem Eiskübel auf dem Buffet. Einer der farbigen Kellner wollte gerade protestieren, dann erkannte er ihn und grinste.

»Reicht dir wirklich ein Glas, Geiger?«

Hannibal sah ihn mit großen, kohlschwarzen Augen an, reichte das Glas an January, schenkte ihm feierlich ein und nahm selbst einen großen Schluck aus der Flasche.

»Oh, ein Becher voll des warmen Südens
gefüllt aus wahrer, jungfräulicher Quelle
perlende Bläschen verheißungsvoll am Bechergrund
und dunkelrot gefärbter Mädchenmund.«

Feierlich hob er die Flasche und stieß mit January an, dann setzte er seinen Weg zum Podium am anderen Ende des Ballsaals fort. January nahm noch zwei Gläser für Jacques und Onkel Bichet mit, die hinter den Kübeln mit Palmen bereits auf sie warteten. Der Kellner lachte und fuhr fort, Champagner einzuschenken, denn durch die anderen Türen drängten Männer herein und forderten ein letztes Glas, ehe der Tanz begann.

Als January sich ans Klavier setzte – einen sieben Oktaven umfassenden, üppig vergoldeten Erard, der für einen schwindelerregenden Preis aus Paris importiert worden war –, glaubte er, an der hinteren Tür ein helles Wildlederkostüm aufblitzen zu sehen. Beunruhigt drehte er sich noch einmal um, aber die wogende Menge der Feiernden gab den Blick auf das, was er gesehen zu haben glaubte, nicht frei.

Sorge stieg in ihm auf, aber auch Zorn. *Verdammt noch mal, Mädchen, ich versuche nur, dich vor dem Ruin zu bewahren.* Seine Finger glitten über die Tasten, er spielte sich ein; dann nickte er Hannibal und Onkel Bichet zu, und wie Akrobaten stürzten sie sich in die Klänge des *Marlboro Cotillion. Ich hätte meinem Vorsatz treu bleiben sollen – ich bin zu alt für solche Abenteuer.* Seine Lippen brannten, und bei der Vorstellung, Angelique zu suchen und mit ihr zu reden, zog sich alles in ihm zusammen.

Und wozu das Ganze? Wenn sie trotzdem hier heraufkam …

Aber warum sollte sie das tun? Er hatte gesehen, wie erleichtert sie bei dem Gedanken gewesen war, diese Frau nicht selbst suchen zu müssen, hatte gesehen, wie ihre Angst verflog.

Wahrscheinlich hatte er sich geirrt.

Hoffentlich hatte er sich geirrt.

Die Herren führten die Damen aus der Eingangshalle in den Ballsaal und stellten sich zum Tanz auf. Andere kamen unauffällig durch den Vorhang, der den Durchgang zum Théâtre nebenan abtrennte, begrüßten ihre Geliebten mit Küssen, schüttelten ihren Freunden die Hände und grinsten verschwörerisch, während ihre Ehefrauen, Verlobten und Mütter nebenan sich zweifellos heftig Luft zufächerten und sich lautstark wunderten, wo ihre Männer wohl steckten.

So war es nun einmal in New Orleans.

January schüttelte den Kopf.

Madame Trepagiers gesamte Familie war vermutlich auf dem Ball und die ihres verstorbenen Gatten ebenfalls. Bis jetzt war er noch keiner kreolischen Dame begegnet, die keine Brüder oder Cousins hatte. Sicher, wenn sie nicht wußten, daß sie hier war, rechneten sie auch nicht damit, sie zu sehen, aber es war trotzdem riskant. Mit etwas Glück würden die ersten Tänze – der Kotillon, ein Walzer, ein Pantalon – die Männer in ihren Bann ziehen und ihr Zeit geben zu verschwinden.

Wenn sie es denn vorhatte.

Der fröhliche Rhythmus des Kotillons forderte seine Aufmerksamkeit. Er wußte, daß er während der nächsten Stunde nur an die Musik denken durfte. Was sie auch vorhatte, sie mußte es allein tun.

Natürlich war es ihre Angelegenheit, aber er hatte sie als Kind gemocht, ihre Begabung und ihre hungrige Seele hatten etwas in ihm berührt. Sie mußte wirklich sehr verzweifelt sein, wenn sie hierher kam. Ruhig, wohlerzogen und vernünftig, wie sie als Kind gewesen war, hatte sie zugleich einen Mut an den Tag gelegt, der bis zur Tollkühnheit gehen konnte, wenn sie zum Äußersten getrieben wurde. Er bedauerte von ganzem Herzen, daß er nicht die Zeit gehabt hatte, sie persönlich bis zum Haus der Trepagiers in der Stadt zu begleiten.

Und er sollte es noch tiefer bedauern, nachdem man in der Garderobe am Ende der Halle den Leichnam entdeckt hatte.

2

Benjamin Januarys erster öffentlicher Auftritt am Klavier hatte auf einem Quadroon-Ball stattgefunden. Er war sechzehn gewesen und hatte auf privaten Festen und Tanzveranstaltungen gespielt, die St. Denis Janvier seit Jahren während der Weihnachtszeit und des Karnevals veranstaltete. Er war damals schon ein Riese, schlaksig, unbeholfen, nicht besonders hübsch und unendlich schüchtern. St. Denis Janvier hatte für ihn den besten Musiklehrer in New Orleans angestellt, sobald er seine Mutter gekauft – und freigelassen – hatte.

Der Musiklehrer war ein Österreicher, der Beethoven als einen »selbstgefälligen Irren« bezeichnete und nach dessen Ansicht Opern sich auf demselben intellektuellen Niveau bewegten wie die Arbeiterlieder, die Ben während seiner ersten acht Lebensjahre auf den Zuckerrohrfeldern der Plantage Bellefleur, auf deren Grund sich heute der aufstrebende amerikanische Vorort Saint Mary befand, kennengelernt hatte. Der Österreicher – Herr Kovald – unterrichtete auch andere Kinder von Mätressen und war der Ansicht, daß es nur recht und billig war, wenn die illegitimen Väter ihren Kindern nicht nur eine musikalische, sondern auch eine literarische Erziehung angedeihen ließen. Daß Ben offenbar keinen Tropfen europäisches Blut in den Adern hatte, schien ihn nicht zu wundern; jedenfalls hielt er es nicht für erwähnenswert.

Ben sei, wie er schließlich sagte, der Beste, und deshalb verdiene er mehr Schläge als die anderen; ein Diamant müsse auch stärker geschliffen werden, um seine Wirkung voll entfalten zu können. Gewöhnliche Perlen dagegen brauche man nur ein bißchen zu polieren.

Herr Kovald hatte früher auf den Quadroon-Bällen das Piano gespielt. In jenen Tagen fanden sie in einem anderen Saal in der Rue Royale statt. Damals wie heute führten die wohlhabenden Plantagenbesitzer, Kaufleute und Bankiers ihre Mätressen – ihre *Plaçées* –, Mulattinnen oder Quadroons, zum Tanz und zu Vergnügungen aus, fernab von den Kreisen, in denen sich ihre Frauen und Verlobten bewegten. Sie nahmen ihre Söhne mit, um für sie wegen einer eigenen Mätresse zu vehandeln. Damals wie heute brachten die freien farbigen Frauen, die in der Regel selbst *Plaçées* waren oder es früher gewesen waren, ihre Töchter mit, sobald sie alt genug waren, um ihnen einen Beschützer zu suchen, wie es in New Orleans üblich war. Damals war es eine kleine, erlesene Gesellschaft gewesen, die ausschließlich aus Franzosen und Spaniern bestand. Die wenigen Amerikaner, die, nachdem die Vereinigten Staaten das Land erobert hatten, Plantagen nahe der Stadt besaßen, hatten einfach die hübschesten Sklavinnen zu ihren Konkubinen gemacht, und wenn ihr Glanz verblaßte, verkauften sie sie oder schickten sie zurück auf die Felder.

Während der Karnevalsaison 1811 erkrankte Herr Kovald an einer auszehrenden Krankheit, die ihn später das Leben kosten sollte. Als wäre es bereits beschlossene Sache, sandte er einfach eine Nachricht an Livia Janvier, in der er ihren Sohn Benjamin anwies, seinen Platz am Klavier im Ballsaal einzunehmen. Und trotz der tiefen Mißbilligung seiner Mutter (»Es ist eine Sache, wenn du für mich spielst, P'tit, aber es ist etwas anderes, wenn du wie ein Leierkastenmann für die billigen Flittchen spielst, die auf diese Bälle gehen ...«) war er der Aufforderung natürlich gefolgt.

Und seitdem war er, bis auf eine Unterbrechung von sechs Jahren, Musiker von Beruf.

Als sie den Kotillon beendet hatten, war der Ballsaal voll. January sah von den Noten auf und ließ seinen Blick suchend durch den Saal schweifen, während Hannibal mit den beiden anderen Musikern Champagner trank und mit Phlosine Seurat flirtete, die gerade feststellte, daß gepuderte Perücken und Reifröcke wohl eher zum gesetzten Rhythmus eines Menuetts paßten als zu dem ausgelassenen Tempo des Kotillons. Zwischen Schubert-Stückchen, die den Tänzern eine Erholungspause gewähren sollten, versuchte January immer wieder, Madeleine Trepagier in der Menge zu entdecken – wenn sie es wirklich gewesen war, die er am Eingang gesehen hatte – oder Angelique Crozat, oder wenigstens seine Schwester Dominique.

Er wußte, daß Minou mit ihrem Beschützer Henri Viellard auf dem Ball war. Während der vier Jahre zwischen Dominiques Geburt und seiner Abreise nach Paris hatte er immer gewußt, daß das hübsche kleine Mädchen für die *Plaçage* bestimmt war – dazu bestimmt, die Mätresse eines Weißen zu werden, so wie ihre Mutter eine Mätresse gewesen war, mit einem kleinen Haus an der Rue des Ramparts oder der Rue des Ursulines und keiner anderen Pflicht als der, für das Wohlergehen ihres Beschützers zu sorgen, wann immer er geruhte, sie zu besuchen.

Sein Verstand sagte ihm, daß das ein gutes Leben für eine Frau war, versprach es doch allen materiellen Komfort für ihre Kinder.

Und doch war er froh, daß er in Paris war, als seine Mutter anfing, Minou mit auf die Blue Ribbon Bälle zu nehmen.

Er hatte gerade die ersten Takte des Walzers gespielt, als er sie an der großen Flügeltür, die in die obere Halle führte, erblickte; in einem Traum aus rosa Seide und braunem Samt. Es war unverkennbar seine Schwester hinter der mit Rosen besetzten Dominomaske, die dort Hände schüttelte und kichernd Küsse austauschte, ohne jedoch ihre Aufmerksamkeit dem dicken, schwerfälligen, blonden Mann mit Brille an ihrer Seite zu entziehen. Es war Viellard nicht gelungen, die Notwendigkeit, eine Brille zu tragen, mit einer Maske in Einklang zu bringen. Er war sehr modisch gekleidet – in pflaumenfarbenem Frack, jadegrüner Weste und hellen Kniehosen – und sah aus wie eine riesige Pflaume. Als der Walzer zu Ende war, flatterte Dominique über das Parkett zum Musikantenpodium und streckte die mit einem spitzenbesetzten Halbhandschuh geschmückte Hand aus. Sie war wunderschön mit ihrer bernsteinfarbenen Haut, den samtenen Augen und dem Gesicht einer ägyptischen Katze.

»Ich habe gar nicht gewußt, daß Königin Ginevra bei *La Belle Assemblée* schneidern läßt.« Benjamin deutete auf den modischen Glockenrock, den mit schneeweißer Spitze besetzten Kragen und die Puffärmelchen, die – wie er erst kürzlich von Dominique gelernt hatte – auf einem unsichtbaren Gerüst aus Fischbein und Schwanenfedern gefertigt waren. Wie jede farbige Frau in New Orleans mußte sie in der Öffentlichkeit ein *Tignon* – ein Kopftuch – tragen, und sie hatte die Gelegenheit des Maskenballs für eine wundervolle Kreation aus weißen und rosa Federn genutzt. Rosa Quasten und Schleifen aus steifer Spitze fielen ihr auf die Schultern, und das Ganze hatte nicht das geringste mit der schlichten Eleganz am Hof von Camelot zu tun.

Die Frauen tragen heutzutage wirklich die verrücktesten Kleider, dachte January bei sich.

»Königin Ginevra tritt doch erst bei den *Tableaux vivantes* auf, du Dummkopf. Und ich komme mal wieder viel zu spät – während des Karnevals dauert bei den Kellnern alles ewig, und das Restaurant im Hotel National war brechend voll –, und gerade habe ich erfahren, daß Iphègénie Picard ihr Kostüm für unser *Tableau* nicht fertigbekommen hat! Sie ist allerdings nicht die einzige«, fügte sie schnippisch hinzu. »Iphègénie hat mir erzählt …«

»Ist Angelique Crozat hier?« In den drei Monaten seit seiner Rückkehr hatte January gelernt, daß es nur eine Möglichkeit gab, sich mit seiner Schwester zu unterhalten: Man mußte sie gnadenlos unterbrechen, wenn das Gespräch abzuschweifen drohte. Unter dem Rand der Maske verzogen sich ihre vollen Lippen ein wenig, und sie antwortete nicht gleich. Plötzlich war die Atmosphäre zwischen ihnen deutlich kühler. »Warum um alles in der Welt willst du mit Angelique Crozat reden, P'tit? Ich würde dir das übrigens nicht raten. Der alte Peralta verhandelt mit Angeliques Mama – für seinen Sohn, weißt du, der mit dem fliehenden Kinn –, und der Knabe wird verrückt vor Eifersucht, wenn ein anderer Mann sie auch nur ansieht. Augustus Mayerling mußte ihm schon zwei Duelle ausreden, die er natürlich noch gar nicht hätte anzetteln dürfen – Galen, meine ich –, weil die Verhandlungen ja gerade erst begonnen haben ...«

»Ich habe eine Nachricht für sie«, sagte January mit sanfter Stimme.

»Du solltest sie auf die Rückseite eines Bankauszugs schreiben, wenn du willst, daß sie sie liest«, bemerkte Hannibal, der dazugekommen war und am Klavier lehnte. »In einfachen Worten, mit nicht mehr als einer Silbe. Hast du je mit dieser Dame gesprochen? Es hat was von Shakespeare.«

Er griff sich zwei Federn aus Dominiques Hut und drehte sein langes Haar im Nacken zu einem Knoten, den er mit den Federkielen wie mit Haarnadeln feststeckte. »Große Worte, aber nichts dahinter.« Dominique schlug ihm auf die Hände, schenkte ihm aber ein verführerisches Lächeln, das sie einem Mann ihrer Hautfarbe nie gegönnt hätte. Dünn, schäbig und liederlich, wie ein schwindsüchtiger keltischer Kobold, grinste er unter seinem Schnurrbart und zwinkerte ihr zu.

»Ich hatte noch nicht das Vergnügen«, sagte January trocken. »Jedenfalls nicht in letzter Zeit, obwohl sie mich, als sie sechs war, einen afrikanischen Nigger genannt hat. Aber ich habe gehört, wie sie mit anderen geredet hat.«

»Und man kann es noch zwei Straßen weiter hören.«

»Sie müßte hier sein.« Dominique klang immer noch merklich abgekühlt, wie die Luft nach dem Temperatursturz vor einem Hurrikan. »Und ich glaube kaum, daß sich ihr Benehmen gebessert hat. Jedenfalls nicht gegenüber Menschen, die nichts für sie tun können. Ich verstehe ja, daß man leben muß, und ich verüble ihr nicht, daß sie sich Monsieur Peraltas Angebote anhört, aber ...«

»Was spricht gegen Peralta?« January wurde klar, daß er wieder einmal auf eine dieser halb verborgenen Sandbänke aus

Klatsch aufgelaufen war, die die Gesellschaft von New Orleans – die kreolische, die farbige und die der Sklaven gleichermaßen – durchzogen wie Baumstümpfe und Treibholz den Fluß. Eines Tages, das wußte er, würde er wie früher damit umgehen können – wie seine Mutter oder Dominique –, würde sofort wissen, daß von den Irrwegen der Byzantinischen Gärten die Rede war, obwohl nur der Name eines einzelnen Rosenblattes gefallen war. Aber das brauchte Zeit.

Wie so viele andere Dinge Zeit brauchten.

Im Moment jedenfalls konnte er sich an keinen Skandal im Zusammenhang mit dem alten, würdevollen Pflanzer erinnern.

»Nichts«, sagte Dominique überrascht. »Es ist nur so, daß Arnaud Trepagier erst seit zwei Monaten tot ist. Arnaud Trepagier«, fuhr sie fort, während January sie bestürzt anstarrte und die Angst, daß sie Madeleine erkannt haben könnte, wieder in ihm aufstieg, »war Angeliques Beschützer. Und ich finde …«

»Schmieriger Hurensohn!«

Alle Köpfe fuhren herum beim Klang der lauten Stimme. Es lag etwas ungemein Theatralisches in der Art, wie der adrette kleine Gentleman in Pluderhosen und Wams in dem Durchgang, der zu den respektableren Räumlichkeiten nebenan führte, stehengeblieben war und mit weit ausgebreiteten Armen den Vorhang aufhielt, als wolle er seine kleine Statur dadurch unbewußt zur Geltung bringen.

Eine Sekunde später fuhren die Köpfe wieder herum, um das Objekt der Beschimpfung zu betrachten, und niemand schien den geringsten Zweifel zu hegen, wer gemeint war. Sogar January entdeckte ihn sofort an der Art, wie einige Menschen zurücktraten und andere näher kamen; ein hochgewachsener Pierrot, unverkennbar der Amerikaner, der vorhin Tabak auf den Hof gespuckt hatte.

Für einen Amerikaner sprach er sehr gut Französisch. »Lieber ein Hurensohn als ein Zuhälter, Sir.«

Aus allen Richtungen kamen Kellner und Freunde angelaufen, als die aufgebrachte Pluderhose in den Saal stolzierte, etwas, das aussah wie eine zusammengefaltete Zeitung, hoch über den Kopf haltend, als wolle er sein Opfer damit erschlagen. Ein Pirat in scharlachrotem Satin und ein herausgeputzter Pseudotürke in pistaziengrünen Kniehosen und einem Turban so groß wie ein Kürbis hielten die Pluderhose an beiden Armen fest. Zusammen mit dem Fechtmeister Mayerling verfrachteten sie Pluderhose, der wie ein Dämon zappelte und unaufhörlich Beschimpfungen ausstieß, durch den Vorhang zurück in das Théâtre d'Orleans. Der amerikanische Pierrot sah gelassen zu und strich sich unter seiner Maske über den braunen Schnurrbart. Ein römischer Soldat, der in seiner goldenen Rüstung aus Pappmaché eher wie ein Bonbon aussah, tauchte im Durchgang auf, trat zur Seite, um einem wandelnden Laokoon Platz zu machen, und ging mit flatterndem karmesinrotem Umhang auf den Pierrot zu. Der Pierrot machte eine Handbewegung, die sagte: *Ich habe nichts anderes erwartet.*

Hannibal drehte an einem Wirbel und zupfte probeweise an den Saiten seiner Geige. »Ich wette einen Dollar, daß er ihn bis Mitternacht zum Duell gefordert hat.«

»Glaubst du wirklich, daß dieser Granger darauf warten wird?« fragte Onkel Bichet prompt. Wessen Onkel Onkel Bichet eigentlich war, wußte niemand so genau – alle nannten ihn so. Er war beinahe so groß wie January und dünn wie ein Bambusrohr, behauptete, neunzig zu sein, und seine Stirn, die Wangenknochen und die Lippen waren voller vernarbter Stammeszeichen. »Wenn Bouille sich da drüben im anderen Saal seine Familie vom Hals geschafft hat, ist Granger von hier verschwunden. Und wo willst du überhaupt einen Dollar herkriegen?«

»Du meinst, er läßt sich nachsagen, daß er ein Feigling ist?« widersprach Jacques ungläubig. »Ich wette, er hat ihn schon um elf herausgefordert.«

»Das ist William Granger?« Wie jeder, der verfolgt hatte, wie der Briefwechsel im New Orleans *Bee* eskaliert war, hatte January sich ein Bild von dem Eisenbahnspekulanten gemacht; wenn er ihn auch nicht unbedingt als Tabak spuckenden Hinterwäldler – *Kaintuk*, wie die Kreolen die unkultivierten Amerikaner abfällig nannten – vor sich sah, so doch als einen der rücksichtslosen amerikanischen Geschäftsleute, die zuhauf auf den Schaufeldampfern nach New Orleans kamen, einen zweifelhaften Ruf hatten und die Taschen voller Pläne, wie man schnell reich werden konnte. Vielleicht wegen der Ausdrucksweise des Mannes, die sich in den Briefen an den Herausgeber des *Bee* zeigte, oder wegen der Geschwindigkeit, mit der sich seine Anschuldigungen gegen den Vorsitzenden des städtischen Planungsausschusses steigerten, von der unbewiesenen Behauptung, daß er Bestechungsgelder annehme und Informationen an die rivalisierenden Spekulanten weitergebe, bis hin zur Unterstellung persönlicher Verfehlungen, eines zweifelhaften Stammbaums und privater Gewohnheiten, die sich für einen Gentleman – gelinde gesagt – nicht gehörten.

Nicht, daß die Erwiderungen des Stadtrates Bouille in irgendeiner Weise würdevoller ausgefallen wären, insbesondere nachdem Granger ihn beschuldigt hatte, nicht einmal ein anständiges Französisch zu sprechen.

January schüttelte den Kopf und stürzte sich in den fröhlichen Rhythmus des Pantalons. Die Menge wirbelte durcheinander, verschmolz und stellte sich dann paarweise in einem länglichen Kreis an den Wänden des Ballsaales auf. Kreolen mit Kreolinnen, Amerikaner mit Amerikanerinnen, Franzosen mit Französinnen ... Bonapartisten mit Bonapartistinnen, vermutete er.

Er sah den jungen preußischen Fechtmeister aus dem Durchgang zum anderen Ballsaal treten, besagte Zeitung unter den Arm geklemmt, und wie ein narbenübersäter hakennasiger Reiher, in Samt gehüllt und mit Perlen geschmückt, seinen Blick suchend über die Menge schweifen lassend. Hinter ihm kam der scharlachrote Pirat durch den Vorhang und redete ohne Pause auf ihn ein – ein seidener Schal bedeckte die Haare des Seeräubers, konnte aber nicht verbergen, daß sein kupferroter Schopf sich mit der Farbe seines Kostüms gräßlich biß. Dann drängte sich Mayerling durch die Menge, um mit Granger zu sprechen, der dem Zwischenfall offensichtlich keine Beachtung mehr schenkte und Agnes Pellicot um die Gunst eines Tanzes mit einer ihrer Töchter bat.

Agnes musterte ihn von oben bis unten mit einem Blick, der eine junge Bohnenpflanze über Nacht hätte eingehen lassen, und suchte nach Ausflüchten. January hatte seine Mutter sagen hören, daß ihre Freundin alles darum geben würde, ihre Töchter Marie-Anne, Marie-Rose, Marie-Louise und Marie-Neige unter die Haube zu bringen, aber *Kaintuks* waren *Kaintuks*.

Phlosine Seurat, deren Beschützer gegangen war, um seiner Verlobten nebenan im Théâtre Gesellschaft zu leisten, winkte, und Mayerling trat mit einem sehr jungen blonden Knaben in einem billigen grauen Samtumhang zu ihr.

Die Musik zog January mit sich, die *Tour des mains*, die *Demi promenade*, die *Chaine anglaise*, und eine Weile konzentrierte er sich nur darauf und auf die Freude der Tänzer. Die Musik ließ ihn Zeit und Raum vergessen; er dachte nicht mehr an das Brennen seiner Lippen und den Weißen, der ihm das angetan hatte, der das Recht hatte, ihm das anzutun; er vergaß das letzte halbe Jahr. Soweit er zurückdenken konnte, war die Musik seine Zuflucht gewesen, wenn Kummer und Leid, Wut und Unverständnis angesichts des Elends dieser Welt ihn übermannten. Sie war sein Trost, wie die sanfte Kraft des Rosenkranzes. Milde flackerte das Licht der Gaslampen auf den Tasten, er hörte das leise Rascheln der Unterröcke, und beinahe glaubte er, wieder in Paris zu sein. Glücklich.

Als Medizinstudent hatte er auf Tanzveranstaltungen und in Theaterorchestern gespielt, um seinen Lebensunterhalt zu verdienen, und nachdem er es aufgegeben hatte, als Arzt im Hôtel Dieu zu praktizieren, war die Musik sein Lebensinhalt und seine einzige Verdienstquelle geworden. Er liebte es, die Menschen auf den Bällen zu beobachten: die Anstandsdamen, die auf dunkelgrünen Samtstühlen saßen und sich Luft zufächerten; die jungen Mädchen, die kichernd die Köpfe zusammensteckten; die Männer, die am Buffet oder in der Halle über Geschäfte redeten und deren Blicke immer wieder zu den Mädchen wanderten, so wie die Mädchen immer die Männer im Auge hatten. January sah, wie der Amerikaner Granger zur Tür schlenderte und mit dem goldenen Römer sprach. Selbst von hinten sah man ihm an, daß er seinen Ärger unterdrückte. An der Art, wie sie miteinander sprachen, erkannte January, daß der Römer ebenfalls Amerikaner sein mußte, und als der Römer Tabak in die Sandkiste in der Ecke spuckte, war er sich sicher. Bei diesem Anblick ergriff ihn Unbehagen. Er mochte Amerikaner nicht, und er traute ihnen nicht.

Der junge Mann in dem grauen Umhang machte sich ebenfalls auf den Weg zur Tür, sah sich unsicher um und kehrte dann zu der kleinen Gruppe von Fechtmeistern und ihren Schülern zurück. Mayerling und Maître Verret unterhielten sich freundschaftlich, was für professionelle Fechter ungewöhnlich war, normalerweise stritten sie sich sofort; ihre Schüler strahlten und plusterten sich auf wie stolze Kater. Der graue Umhang schoß mindestens ein halbes dutzendmal zwischen der Gruppe und der Tür hin und her, fummelte an seiner Halsbinde herum oder rückte seine seidene, weiße Dominomaske zurecht. *Als ob er auf jemanden wartet*, dachte January.

»*Zum Teufel* mit Angelique!« Dominique kam mit raschelnden Röcken auf das Podium zu, einen Becher Punsch in der Hand. »Ich wette, sie kommt mit Absicht zu spät! Agnes hat gesagt, daß den Kostümen ihrer Töchter für das *Tableau vivant* noch der letzte Schliff fehlt – Angelique geht als Königin Titania, und sie sind die Elfen Motte und Senfsamen –, und natürlich ist Angelique die einzige, die das machen kann. Das sieht ihr ähnlich.«

»Wirklich?« Überrascht sah January von den Noten auf. »Ich hätte gedacht, sie will ein perfektes Bild, damit sie auch wirklich zur Geltung kommt.«

Minou machte schmale Katzenaugen. »Sie selbst will perfekt sein«, sagte sie. »Aber die Mädchen um sie herum sollten, wenn es nach ihr ginge, alle einen kleinen Fehler haben. Sieh dir doch ihre Freundschaft mit Clemence Drouet an – vielleicht könnte sie ja einen netten Mann heiraten, wenn sie aufhören würde, einen reichen Beschützer zu suchen. Angelique entwirft ihre Kleider … Und sieh sie dir an.«

Sie deutete auf das schmalschultrige Mädchen, das in eine Unterhaltung mit dem blonden, grau gekleideten Mann vertieft war, und January mußte zugeben, daß ihr Kleid die ausladenden Hüften und den flachen Busen eher betonte als kaschierte, auch wenn es wunderschön und reich mit Spitzen besetzt war.

»Sie hat die Kostüme für alle Mädchen in ihrem *Tableau* entworfen«, fuhr Dominique leise fort. »Ich habe sie fertig noch nicht gesehen, aber ich verwette meine zweitbeste Spitze, daß Marie-Anne und Marie-Rose darin genauso schrecklich aussehen wie Clemence.«

»Ist sie wirklich so boshaft?« January hatte von diesem Trick schon gehört.

Dominique zuckte mit den Schultern. »Sie muß die Schönste sein in ihrem Bild, P'tit. Und die beiden Maries sind jünger als sie.« Sie deutete mit dem Kopf auf Agnes Pellicot, eine stattliche Frau in dottergelber Seide und einem kunstvoll gewickelten perlenbesetzten *Tignon*, die offenbar mit einem kräftigen Mann in Verhandlungen getreten war, der eine weitere schlechte Version von Ivanhoe verkörperte. Marie-Anne und Marie-Rose standen hinter ihr, zwei dünne Mädchen mit schüchternen Rehaugen.

Sie müssen fünfzehn und sechzehn sein, rechnete January in Gedanken nach – er erinnerte sich, daß Agnes gerade ihr erstes Kind bekommen und verloren hatte, als er nach Frankreich ging –, ungefähr in dem Alter, in dem Madeleine Dubonnet Arnaud Trepagier geheiratet hatte.

Und wahrscheinlich gab es tatsächlich kaum einen Unterschied zwischen jener Verbindung und dem, was Agnes offensichtlich gerade mit Ivanhoe auszuhandeln versuchte. Technisch gesehen waren sie frei, so wie Madeleine Dubonnet frei gewesen war, und konnten eine Heirat – oder eine *Plaçage* – eigener Wahl eingehen. Aber die Wahl beruhte auf dem Wissen, daß eine Frau herzlich wenig dazu beitragen konnte, ein Dach über den Kopf und Essen auf den Tisch zu bekommen, außer sich zu den bestmöglichen Bedingungen an einen Mann zu verkaufen. Warum hungern und knausern und auf dem Deich Sachen verkaufen, warum nähen, bis die Fingerspitzen bluten und die Augen vor Müdigkeit tränen, wenn man sich in Samt und Seide kleiden und den größten Teil des Tages damit verbringen konnte, Anweisungen an Dienstboten zu erteilen und sich das Haar frisieren zu lassen?

Ein Mädchen muß leben.

Angelique Crozat betrat den Ballsaal, und January verstand den eisigen Tonfall seiner Schwester.

Es stimmte, ein Mädchen mußte leben. Und selbst die schönste und hellste Octoroon kam nicht lange ohne das Geld eines Beschützers aus. So war es nun einmal in New Orleans.

Und wirklich paßten die gesellschaftlichen Konventionen, die eine weiße Frau so sehr einengten – Zurückhaltung und Unwissen vor der Ehe, Prüderie, solange sie verheiratet war, und ein Jahr lang knöchellange Trauerschleier, wenn sie das Glück hatte, ihren Gatten zu überleben und nicht im Kindbett zu sterben –, nicht zur sinnlichen und pragmatischen Einstellung dieser Halbwelt.

Aber es war noch einmal etwas ganz anderes, zwei Monate nachdem der Liebhaber zu Grabe getragen worden war, in der schönsten und neuesten Mode aus Paris auf einem Ball zu erscheinen.

Ihr Kleid war aus weißer, in sich gemusterter Seide, einfach und exquisit geschnitten. Wie das von Dominique war es über den vollen Brüsten tief ausgeschnitten und hatte üppig gebauschte Ärmel, die den engen Sitz des über und über mit steifer Spitze besetzten Mieders betonten und sie wie eine Fee erscheinen ließen.

Aber ihr Gesicht war bis zu den Lippen von einer lächelnden, gescheckten Katzenmaske verhüllt; das volle schwarze Haar war mit Spitze geschmückt, wie zufällig durchzogen von Perlenketten, roten Strähnen, blonden Locken und hexenhaft weißem Pferdehaar: In einem wilden Durcheinander fiel es über ihre Schultern bis auf die schmale Taille. Durchscheinende Flügel aus Fischbein und steifem Tüll, gespickt mit glitzernden Glasperlen und Straß, umrahmten ihren Körper und ihr Gesicht wie ein Heiligenschein und funkelten bei jeder Bewegung. Sie schien zu schweben, wie eine Erscheinung aus einer anderen Welt.

Eine dreireihige Perlenkette schmückte ihren Hals; riesige Barockperlen, in altes Gold gefaßt, lagen gemischt mit ungeschliffenen Smaragden effektvoll auf der hellen Haut. Über den hochgeschnürten Brüsten schimmerten noch mehr dieser ungeschliffenen Steine, Perlen und Smaragdarmbänder zierten ihre Handgelenke, und wie Sterne schimmerten Edelsteine in ihrem langen welligen Haar.

Das Kostüm war schamlos und unerhört und in keinster Weise das, was sich für eine Frau, die ihren Geliebten betrauerte, ziemte.

Ohne ein Wort der Entschuldigung ließ der junge Mann in Grau Clemence Drouet stehen und eilte auf die glitzernde Schneekönigin zu. Er war mitnichten der einzige. Männer umschwirrten sie und lachten schallend über ihre witzigen Bemerkungen: »Wie bitte, Sie sind auf dem Weg zu einem Duell?« zu einem bewaffneten Ivanhoe, und zu einem Herkules: »Haben Sie das Löwenfell von dem Burschen unten in der Halle? Eure Majestät! Ihr habt alle sechs Frauen mitgebracht, und keinen Henker? Wie nachlässig von Euch. Vielleicht braucht Ihr einen Henker!«

Gegen seinen Willen begehrte January sie.

Der junge Mann in Grau suchte sich einen Weg durch die Menge und streckte die Hände aus. Sie erblickte ihn, sah ihm in die Augen und lächelte ihn unter den Schnurrhaaren ihrer Katzenmaske erfreut an.

Der richtige Zeitpunkt ist das ganze Geheimnis. Genau in dem Augenblick, da der Junge zum Sprechen ansetzte, wandte Angelique sehr bewußt und mit, wie January erkannte, perfekter Routine, den Kopf ab. »Oh, das ist ja der Mann, der ein Königreich für ein Pferd geben würde.« Sie lächelte einen verwirrten Römer an, ergriff seine Hand und gestattete ihm, sie auf die Tanzfläche zu führen.

Bevor sie zwischen den Tanzenden verschwand, lächelte sie dem Jungen in Grau noch einmal zu.

Es war die präziseste und grausamste Neckerei, die January auf einem Ball je erlebt hatte. Der Junge blieb mit offenem Mund zurück und ballte hilflos vor Wut die Hände zu Fäusten. Leon Froissart, ein geschäftiger kleiner Franzose in einem blauen Umhang und mit tadellos sitzender Halsbinde, eilte herbei, eine junge Dame und ihre Mutter im Schlepptau – Agnes mußte vor Wut kochen, denn weder Marie-Anne noch Marie-Rose war im Moment im Ballsaal –, stellte sie umständlich vor und bot dem jungen Mann die behandschuhte Hand des Mädchens. Der Junge schob sie beiseite und hob die Faust. Froissart wich erschrocken zurück. Eine Sekunde lang dachte January, der Junge würde den Zeremonienmeister tatsächlich schlagen.

Im letzten Augenblick eilte er davon und verschwand in der Halle.

Kopfschüttelnd begann January zur Quadrille aufzuspielen.

Als der Tanz zu Ende war und er den verschiedenen kleinen Dramen, die im Ballsaal inszeniert wurden, wieder mehr Aufmerksamkeit schenken konnte, befand sich Agnes Pellicot wieder in Gesellschaft ihrer beiden Töchter, und es war sonnenklar, daß Minous Voraussagen in bezug auf Angeliques Kostümentwürfe richtig gewesen waren. Marie-Anne und Marie-Rose trugen nun Kleider, die offensichtlich dazu gedacht waren, das feenhafte Kostüm und die schimmernden Flügel der Königin Titania zu vervollständigen. Ebenso offensichtlich betonten sie aber auch die linkische Größe der Älteren und den bläßlichen Teint und die vollen Oberarme der Jüngeren. Beide Mädchen wirkten verstört und waren kurz davor, in Tränen auszubrechen, denn sie wußten sehr gut, daß sie schrecklich aussahen, sie wußten nur nicht, warum. Agnes aber – keine Närrin und selbst einigermaßen erfahren im Schneidern – schien kurz vor einem Schlaganfall zu stehen.

Angeliques schmachtende dunkle Augen hinter der Katzenmaske lächelten; kichernd beauftragte sie Marc Anton, ihr Champagner zu holen, und verschwand in die Halle. Über den Köpfen der Menschen leuchteten die Spitzen ihrer Flügel.

»Ich komme gleich wieder«, sagte January leise und stand auf. Hannibal nickte abwesend und hockte sich auf den Klavierdeckel, während Onkel und Jacques verschwanden, um Punsch zu holen. Als January sich widerwillig durch die Menge zur Tür schlängelte, hallten Musikfetzen in ihm nach, wurden immer verschwommener und verblaßten langsam wie lange zurückliegende Erinnerungen.

Es ist am besten, wenn ich es gleich tue, dachte er. Im Geiste sah er das sechsjährige Püppchen vor sich, wie es, das wimmernde Kätzchen seiner Schwester Minou an sich gepreßt, in rosafarbener Spitze im Empfangssalon seiner Mutter gestanden und seine Hand weggefegt hatte mit den Worten: »Ich muß überhaupt nicht tun, was du sagst, du dreckiger, schwarzer Nigger.«

Und Angeliques Mutter – die Matrone in rosa Satin und einem Diamantendiadem, die gerade mit Heinrich dem VIII. schwatzte und damals selbst fast noch ein Kätzchen gewesen war – hatte gelacht.

Die Kreolen hatten ein Sprichwort: *Setz einen Mulatten auf ein Pferd, und er wird leugnen, daß seine Mutter schwarz war.*

Angelique stand auf der Treppe und redete auf Clemence ein, die mit furchtsamem Dackelblick zu ihr heraufkam. Sie wandte sich jedoch sofort ab, als ein ziemlich übertrieben in Gold kostümierter Pirat und ein blaugelber Ivanhoe ihre Aufmerksamkeit auf sich zogen, indem sie ihr Kuchen und Punsch anboten. January zögerte, wohl wissend, daß eine Unterbrechung nicht willkommen sein würde. In diesem Moment stürmte der Junge in Grau die Stufen herauf und zerrte wütend an Angeliques zerbrechlichem Spitzenflügel.

Ihr glitzerndes Haar flog, als sie herumwirbelte und dabei den

Flügel nur noch mehr zerriß. »Es reicht dir wohl nicht mehr, den Fliegen die Flügel auszureißen?« fragte sie, und ihr Tonfall war scharf wie eine Rasierklinge. Der junge Mann wich zurück.

»Du M-m-miststück!« Er hatte Tränen der Wut in den Augen. »Du … du … D-d-d-irne!«

»Oooh.« Sie hob ihre bloßen Schultern. »Was B-b-besseres fällt dir wohl nicht ein, Galenette?« Vernichtend genau imitierte sie sein Stottern. »Nicht einmal schimpfen kannst du wie ein Mann.«

Rot vor Wut hob der junge Galen die Faust, und Angelique neigte sich ein wenig vor, hob das Gesicht und wandte es ihm zu, so einladend, als erwarte sie einen Kuß. Sie sah ihn an, und ihre Augen lächelten.

Aber dann stürzte sich ihre Mutter in ihrer glitzernden Juwelenpracht zwischen die beiden und überschüttete den wütenden Mann mit einem Schwall von Worten: »Monsieur Galen, Monsieur Galen, so überlegen Sie doch! Ich bitte Sie …!«

Ein kleines, triumphierendes Lächeln spielte um Angeliques Lippen, als sie spöttisch ihre silberweißen Röcke herumwirbelte und in dem dunklen Durchgang zur Halle verschwand.

»Ein Mädchen mit diesem Temperament!« sagte die Mutter. Dreuze war ihr Name, erinnerte sich January, Euphrasie Dreuze. »Sie hat Feuer, mein bezauberndes kleines Mädchen. Ein junger Mann wie Sie weiß doch sicher, daß ein Mädchen so einen Wirbel nur veranstaltet, um einen Mann, in den es verliebt ist, eifersüchtig zu machen?«

Endlich wandte der Junge den Blick von dem Durchgang ab, durch den Angelique verschwunden war, und starrte die Frau an, die ihn mit ihren kleinen, beringten Händen festhielt; starrte sie an, als ob er sie noch nie im Leben gesehen hätte. Dann drehte er sich um und sah in die maskierten Gesichter, die ihn umringten, ausdruckslose Gesichter, bis auf die gierigen Blicke.

»Monsieur Galen«, begann Clemence und streckte zögernd die Hand aus.

Galen schob sie heftig beiseite und stürmte schnaubend die Treppe hinunter.

Clemence drehte sich mit zitternden Händen um und wollte Angelique folgen, doch January war schneller. »Wenn Sie mich entschuldigen wollen«, sagte er, als er sie überholte. »Ich habe eine Nachricht für Mademoiselle Crozat.«

»Oh«, flüsterte Clemence und blieb unsicher stehen. »Oh ... ich glaube ...«

Er ließ sie stehen und öffnete die Tür.

»Wie können Sie es *wagen,* Hand an mich zu legen?«

Sie stand am Fenster, und das Kerzenlicht umgab sie wie ein Heiligenschein aus vergiftetem Honig. Die Worte klangen zornig, aber ihre Stimme war verlockend, die Stimme einer Frau, die einen Streit so in Szene setzt, daß er in einem Kuß endet.

Verblüfft hielt sie inne, als sie sah, daß es gar nicht Galen war, der ihr in das Zimmer gefolgt war.

»Oh«, sagte sie. »Raus hier. Was willst du?«

»Madame Trepagier hat mich gebeten, mit Ihnen zu sprechen«, sagte January. »Sie möchte sich mit Ihnen treffen.«

»Du bist neu.« Sie klang neugierig, als hätte sie ihm gar nicht zugehört. »Jedenfalls hat Arnaud nie von dir gesprochen. So arm, wie sie mir in ihrem Brief vorgejammert hat, kann sie gar nicht sein, wenn sie Neger wie dich beschäftigen kann.« Die Augen hinter der Katzenmaske musterten ihn, und an der Art, wie sie ihren Schmollmund verzog, erkannte January Enttäuschung und Ärger darüber, daß ihr Liebhaber mindestens tausendfünfhundert Dollar besessen haben mußte, von denen sie nichts gewußt hatte.

»Ich bin keiner von Madame Trepagiers Sklaven, Mademoiselle«, sagte January, mit Mühe seine Wut im Zaum haltend. Er dachte daran, wie er sie vor kurzem noch begehrt hatte, und kämpfte gegen ein Gefühl des Ekels, das seinen Zorn nur noch mehr anfachte. »Madame Trepagier bat mich, Sie zu suchen und um ein Treffen zu bitten.«

»Wird diese Ziege denn niemals aufgeben?« Ungeduldig zuckte sie mit den Schultern und zerrte an den goldgefaßten Smaragden und Barockperlen, die schwer auf ihrem seidenen weißen Kleid lagen. »Ich habe ihr nichts zu sagen. Das kannst du ihr ausrichten. Und du kannst ihr auch sagen, sie soll ja nicht irgendwelche widerlichen kleinen Kreolentricks mit mir spielen, mich etwa bei der Polizei wegen Schamlosigkeit denunzieren; ich habe auch meine Tricks. Die Bank meines Vaters führt die Geschäfte der meisten Stadträte, einschließlich der des Polizeichefs und des Bürgermeisters. Und jetzt ...«

Sie sah an ihm vorbei. Plötzlich änderte sie ihre Haltung vollständig, wie eine Schauspielerin, die in eine neue Rolle schlüpft. Im sanften Schein der Kerzen wurde ihr Körper katzenhaft geschmeidig, und ihre Augen wirkten plötzlich verhangen vor schmachtendem Verlangen. Als wäre January auf einmal unsichtbar geworden. Und in haargenau demselben Tonfall, den ihre Stimme hatte, als er hereingekommen war, sagte sie: »Wie können Sie es *wagen,* Hand an mich zu legen?«

Ohne sich umzudrehen, wußte January, daß Galen hinter ihm in der Tür stand.

Das war das Stichwort für seinen Abgang. Er spürte das böse Verlangen, zu bleiben und ihr den Auftritt zu verderben, aber er wußte, daß damit weder ihm noch Madame Trepagier gedient war. Und Peralta würde ihn sowieso rausschmeißen.

Der Junge zitterte, hin und hergerissen zwischen Wut, Demütigung und Verlangen. Das Kinn kaum merklich erhoben, ging Angelique mit aufreizenden Bewegungen auf ihn zu. »Sind wir nicht ein tapferer kleiner Mann?« schnurrte sie und warf ihr schamlos wallendes Haar zurück. Jede ihrer Bewegungen war eine eiskalt berechnete Aufforderung zur wütenden Attacke an den verzweifelten Siebzehnjährigen.

Als January an dem aschfahlen Jungen vorbei zur Tür ging, hatte er Mitleid mit ihm.

»Du ... du ...« Er stieß January beiseite, schob ihn in die Halle und schlug mit einem wie ein Kanonenschlag durch das ganze obere Stockwerk hallenden Knall die Tür zu.

Es war das letzte Mal, daß January Angelique Crozat lebend sah.

3

Miststück, dachte January voll kalter, leidenschaftsloser Wut. Falsches, skrupelloses Miststück.

Die Art, wie sie ihn angesehen hatte, als sei er ein Besitztum, das Wissen, daß diese Frau sich in das Leben der Frau eingeschlichen hatte, die einmal Madeleine Dubonnet gewesen war, erfüllte ihn mit Zorn. Daß er sie auch nur einen Moment lang hatte begehren können – wie vermutlich jeder Mann, der sie sah –, widerte ihn mehr an, als er sagen konnte. Sein Beichtvater Père Antonius würde es wahrscheinlich Buße für die Erbsünde nennen, und wahrscheinlich hatte er recht.

Im Ballsaal schien ein größerer Krieg ausgebrochen zu sein.

January hörte den Lärm, als er durch die obere Halle ging, die völlig verwaist war. Männer und Frauen drängelten sich an den Türen zum Ballsaal. Über den Mißtönen einer Blaskapelle, die draußen auf der Straße Märsche spielte, ertönten Monsieur Bouilles schrille Anschuldigungen: »Ein Schwein und ein Lügner, Abschaum, der in einer ehrenwerten Gesellschaft keinen Platz hat ...«

Granger, dachte January trocken. Bouille hatte in seinem letzten Brief an den *Bee* genau diese Worte benutzt.

»Sie nennen mich einen Lügner, Sir? Wollen Sie denn leugnen, daß Sie von jedem billigen Jakob Bestechungsgelder für Eisenbahnpläne genommen haben?«

»Amerikaner machen ihre Geschäfte vielleicht durch Bestechung, Sir, aber das ist nicht die Art eines Gentleman!«

»Wer ist denn hier der Lügner?«

Die Menge brüllte vor Lachen, und Monsieur Froissart jammerte hilflos: »Aber meine Herren!«

Unbemerkt schlüpfte January zu Hannibal, Onkel Bichet und Jacques, die sich am Klavier eine Flasche Champagner teilten. Er hatte noch auf keinem Wohltätigkeitsball von Weißen gespielt, bei dem es nicht zu Schlägereien, Schießereien oder Fußtritten auf dem Hof oder in den Spielsalons gekommen war – *so viel zu den berühmten kreolischen »Ehrenduellen«,* dachte er. Entweder beschimpfte ein Bonapartist einen Orleanisten, oder aber ein Rechtsanwalt beschuldigte einen anderen, persönliche Bemerkungen im Gerichtssaal verwendet zu haben. Oder ein Arzt forderte einen Kollegen heraus, nachdem sie sich in den Zeitungen einen lebhaften Briefwechsel geliefert hatten.

»Wetten werden noch angenommen.« Hannibal goß ihm ein Glas Champagner ein. »Jacques ist felsenfest davon überzeugt, daß sie den Degen wählen ...«

»Natürlich werden sie den Degen wählen«, bekräftigte der Hornist. »Bouille läßt ein Vermögen in Mayerlings Fechtsaal, und er ist ganz wild darauf, seine Künste auszuprobieren! Er hat bis jetzt noch jeden zum Duell gefordert!«

January schüttelte den Kopf und nippte an seinem Champagner. »Pistolen«, sagte er.

»Pistolen? Wo bleibt deine Phantasie?«

»Amerikaner wählen immer Pistolen.«

»Hab ich dir doch gesagt«, sagte Onkel Bichet zu Jacques.

Auf den Quadroon-Bällen ging es im großen und ganzen gesitteter zu. January überlegte, ob das daran lag, daß die Männer nicht das Recht hatten, ihre Mätressen so zu kontrollieren wie ihre Frauen, und deshalb einen besseren Eindruck auf sie machen mußten, oder ob einfach nur der gesellschaftliche Druck, der in kreolischen Familien herrschte, dazu führte, daß die Männer mehr tranken.

»Lebende Zielscheiben auf dreißig Schritte Entfernung«, konstatierte Hannibal gemessen und gestikulierte mit einem Krebspastetchen. »*Arma virumque cano* ... Hast du die Crozat getroffen?«

»Monsieur Bouille, Sie vergessen sich. Bedenken Sie, wo Sie

sich befinden!« Über die Köpfe der Menge hinweg – und er konnte meistens über alle Köpfe hinwegsehen – beobachtete January, wie ein älterer Gentleman mit weißem Bart und in einem dunkelblauen, vor mindestens fünfzig Jahren aus der Mode gekommenen Satinanzug sich zwischen William Granger und Jean Bouille stellte, die sich, jeder mit einem Stock in der Hand, angriffsbereit voreinander aufgepflanzt hatten.

»Ich vergesse mich keineswegs«, schrie Bouille. »Oder wo ich bin. Ich bin ein Gentleman! Diese Kanaille hat mich in der Öffentlichkeit beleidigt, und ich verlange Satisfaktion!«

Granger verbeugte sich. Er sprach ein gedehntes, näselndes, aber sehr gutes Französisch: »Wann und wo es Ihnen beliebt, Sir. Jenkins …«

Der römische Soldat trat vor und hielt mit nervösen Händen seinen Lorbeerkranz fest, als er sich verbeugte.

»Wären Sie so freundlich, mein Sekundant zu sein?«

»Überlegen Sie es sich noch einmal«, jammerte Monsieur Froissart. »Ich bitte Sie, hören Sie auf Monsieur Peralta. In einer anderen Umgebung läßt sich die Angelegenheit bestimmt regeln.«

Der Stadtrat schnaubte verächtlich und hob drohend den Stock, als fürchte er, sein Gegner werde den Schwanz einziehen; Granger erwiderte den Blick mit unbewegtem Gesicht und spie in Richtung Spucknapf. Froissart sah sich hektisch nach Hilfe um, und in diesem Augenblick spürte January, wie ihn jemand an der Schulter berührte. Es war Romulus Valle, der Majordomus des Ballsaales.

»Vielleicht solltet ihr noch eine Runde spielen, Ben?« Der ältere Mann, ein freigelassener Sklave, deutete auf die Menschen, deren Gesichter deutlich widerspiegelten, daß sie nur zu gern mehr von dem Drama sehen wollten. »Geben wir den guten Leuten was anderes, worüber sie sich den Kopf zerbrechen können.«

January nickte. Wenn es etwas gab, das Kreolen von einem anstehenden Duell ablenken konnte, war es ein Tanz. Jacques und Onkel Bichet nahmen ihre Plätze ein, und obwohl Hannibals Hände ein wenig zitterten, als er nach Geige und Bogen griff, setzte er sicher zur bekanntesten Gigue in ihrem Repertoire an. Auf der Tanzfläche bildeten sich Paare, während Froissart und Monsieur Peralta die Kämpfer in die Halle und vermutlich nach unten ins Büro scheuchten.

Wollen wir hoffen, dachte January, *daß der hübsche Galen und die schöne gnadenlose Dame nicht beschlossen haben, ihr Tête-á-tête ins Büro zu verlegen. Das hätte gerade noch gefehlt: Galens Vater findet die beiden, wie sie sich wie Karnickel auf dem Schreibtisch paaren.*

Hier eine Drehung, dort ein paar Schritte, Partnerwechsel, und dann folgte die große Promenade.

»Ich werde diese Frau *erwürgen!*« Dominique trug jetzt das Kostüm für ihr *Tableau,* und als Ginevra hatte sie das moderne Korsett und die Unterröcke abgelegt – im Gegensatz zu den Rebeccas und Julias, die sich auf der Tanzfläche tummelten. Ohne das Korsett sah sie aufregend sinnlich aus, zart und zerbrechlich, und sie erinnerte January sehr an die Mädchen in seiner Jugend mit ihren hochtaillierten, enganliegenden Kleidern. Er hatte sich nie an den Anblick von Frauen in diesen modernen Kleidern mit Unmengen von Unterröcken und zeltförmigen, weiten Ärmeln gewöhnen können.

»Nicht nur, daß sie einfach verschwindet und Marie-Anne und Marie-Rose nicht hilft – nachdem sie sie dazu gebracht hat, diese abscheulichen Kleider zu tragen, und Agnes kurz davor ist, Gift und Galle zu spucken –, ich verpasse auch noch das einzig wirklich Aufregende an diesem Abend, nur weil ich sie überall suchen muß!«

»Sie wird noch in der Garderobe sein«, sagte January milde. »Sie muß ihren Flügel reparieren.«

»Ben, in der Garderobe habe ich nachgeschaut. Als erstes. Und im Speisesaal. Es würde dieser ... dieser eingebildeten Ziege ganz recht geschehen, wenn er den Flügel ganz abgerissen hätte.« Sie glättete einen der bis auf den Boden fallenden buttergelben Ärmel ihres Kostüms und strich ein paar dunkle Locken in ihrem Haarknoten zurück. »Hast du *gehört*, wie sie ihrer Mutter vorgeschrieben hat, welchen Preis und welche Bedingungen sie dem alten Peralta nennen soll? So etwas habe ich noch nie ...«

»Ich habe überall gesucht.« Marie-Anne Pellicot eilte herbei. Trotz einer Dominomaske, die genau die falsche grau-grüne Schattierung für ihren blassen, milchkaffeefarbenen Teint hatte, sah man, daß sich darunter ein schönes ovales Gesicht verbarg. Ärger hatte die Tränen von vorhin abgelöst. »Es ist beinahe elf! Sie hat versprochen, uns zu frisieren ...«

Ihre Schwester kam hinter ihr her. January hörte im Geiste Ayashas Stimme: *Eine Schneiderin, die ihr Handwerk versteht, kann aus einer Frau eine Schönheit machen. Aber schon indem sie einen Ärmel ändert, kann sie erreichen, daß dieselbe Frau wie eine Vogelscheuche aussieht.* Er wußte, was seine Frau über Angelique gedacht – und gesagt – hätte, wenn sie die Kleider dieser beiden Mädchen gesehen hätte.

Trotz aller Schärfe war Ayasha eine warmherzige Frau gewesen. Sie hätte Angelique niemals auch nur in die Nähe der Haare dieser beiden armen Mädchen kommen lassen.

»Wenn du in der Garderobe als erstes geschaut hast, dann sieh noch einmal nach«, riet January. Die Musik hatte seinen Zorn verscheucht, und er konnte leidenschaftslos über Angelique und die ganze Situation nachdenken. Er fragte sich nur, wie er Madame Trepagier davon abhalten sollte, einen weiteren verrückten Versuch zu machen, diese Frau zu treffen. Die Härte und die Verzweiflung in ihren Augen, als sie gesagt hatte: *Ich muß sie sehen, ICH MUSS!*, hatten ihm gar nicht gefallen. »Vielleicht sind sie und Galen woanders hingegangen, um ihren Streit auszutragen, aber wenn sie ihren Flügel reparieren will, braucht sie Licht, dann muß sie wieder in die Garderobe gehen.«

»Galen?« Marie-Anne war überrascht. »Galen ist doch gegangen, nach dem, was sie in der Halle zu ihm gesagt hat. Das war wirklich furchtbar. Schließlich – er kann doch nichts dafür, daß er stottert.«

»Galen«, seufzte January, »ist zurückgekommen.«

»*Tiens!*« Dominique rang die Hände. »Das hat uns gerade noch gefehlt! Das … das …«

»Haben nicht Sie so heftig die Tür zugeschlagen?« fragte Marie-Rose und versuchte vergebens, den Saum ihres Mieders etwas eleganter auf der Hüfte zu drapieren.

»Habt ihr auf dem Dachboden nachgesehen?« Hannibal rieb mit geübten, gleichmäßigen Bewegungen Harz auf seinen Bogen. »Die Hintertreppen führen nicht nur nach unten.«

»Ich schwöre, ich werde sie … Ah! Da kommt Henri!« Im Nu verwandelte sich ihr Ärger in eine schelmische Fröhlichkeit, als der plumpe Schönling unbeholfen durch den Vorhang trat, der den Durchgang zum Théâtre verbarg. Dezent spielte sie mit einer Haarlocke. »Ich muß gehen, P'tit. Natürlich willst du, daß dein Beschützer dich in aller Schönheit in deinem *Tableau* sieht, aber das bedeutet auch, daß er allein im Ballsaal herumwandert, während du dich vorbereitest.« Wie ein gelbschwarzer gotischer Schmetterling flatterte sie davon und überließ Marie-Anne und Marie-Rose ihrem Schicksal.

»Vielleicht weiß Clemence, wo sie ist«, sagte Marie-Anne, nicht im mindesten irritiert von Dominiques abruptem Aufbruch. Wie January zu Madame Trepagier gesagt hatte: Alle kannten die Regeln.

»Ist sie noch hier? Ich dachte, sie ist Galen hinterhergegangen.«

Hannibal piekste January mit dem Bogen in den Rücken und mimte einen Klavierspieler. »Sie muß sich sowieso die Haare richten, wenn sie mit ihm fertig ist«, stellte der Geiger lakonisch fest. »Dann werden sie sich schon treffen.« Und er setzte zu einem Walzer an.

Im Licht der Gaslampen und der Kerzen folgte January mit den Augen seiner Schwester und ihrem Beschützer, die sich im Walzertakt drehten. Es ärgerte ihn auf eine resignierte Art und Weise, daß sie im wahrsten Sinne alles stehen- und liegenließ, um diesen Mann mit Aufmerksamkeit zu überschütten, dessen

Mutter und Schwestern, Cousinen und wahrscheinlich auch eine Verlobte steif im Théâtre d'Orleans herumstanden, mit anderen verlassenen Damen schwatzten und vorgaben, keinen blassen Schimmer zu haben, wo ihre Männer sich gerade herumtrieben.

Marie-Anne und Marie-Rose verdienten etwas Besseres.

Dominique verdiente etwas Besseres.

Verdienten sie nicht alle etwas Besseres?

Der Walzer war einer der beliebtesten in ihrem Repertoire, und der Ballsaal war voll. Es waren mehr Männer als Frauen anwesend. Sie sahen den Tänzern zu, unterhielten sich und flirteten unter den wachsamen Augen der Mamas ein bißchen mit den unverheirateten Mädchen. In allen Farben des Regenbogens leuchteten die Kostüme im glitzernden Licht, hell und fremdartig, wie verzauberte Heerscharen in einem Traum. Er erkannte die verschiedenen Gruppen für die *Tableaux vivantes*, immer wieder die gleichen Themen und Entwürfe, Nymphen und Koketten des *Ancien régime*. Träume für die Männer, die diese Frauen besaßen oder danach trachteten, sie zu besitzen; eine Gelegenheit, ihre Mätressen in der Phantasie zu verklären. *Man liebt nicht die Farbige – die sang mélée –, mit deren Mutter man um ihre Dienste gefeilscht hat. Man liebt Ginevra in ihrer schattigen Laube und Titania, die Königin der Elfen aus dem Sommernachtstraum.* Und für die jungen Mädchen, die hier waren, um ihre Schönheit vor den künftigen Beschützern zur Schau zu stellen, war der Ball noch wichtiger.

Kein Wunder, daß Agnes Pellicots Gesicht wie versteinert war, als sie durch den Ballsaal eilte, nur um gleich wieder hinauszulaufen. Kein Wunder, daß sie Euphrasie Dreuze, die als überladene, mit rosa Juwelen behängte Taube vorbeitrippelte, einen giftigen Blick zuwarf. Von seinem Platz am Klavier aus konnte January durch alle drei Flügeltüren hinaus in die Halle sehen, wo ein ständiges Kommen und Gehen herrschte, Männer und Frauen, traumhaft kostümiert und von ihrem gar nicht traumhaften Leben gezeichnet.

Als der alte Pflanzer Peralta den Saal wieder betrat, stellte Angeliques Mutter sich ihm in den Weg und redete besorgt auf ihn ein. Der alte Mann zog die weißen Augenbrauen hoch und machte ein grimmiges Gesicht. *Sie erzählt ihm von dem Streit,* vermutete January, *und fragt ihn, ob er Angelique oder Galen gesehen hat.* Der alte Mann drehte sich abrupt um und entfernte sich. An der Tür blieb er kurz stehen, um eine Gruppe schnatternder junger Mädchen zu grüßen, die als Haremsdamen verkleidet in den Saal drängten.

January wandte seine Aufmerksamkeit wieder den Tasten zu. Das war ein Traum, den er lieber nicht so genau sehen wollte.

Es waren ungefähr sechs junge Mädchen, deren Namen er nicht kannte. Minou hatte sie ihm natürlich gesagt, aber obwohl er schon drei Monate zurück war, war ihm die verwirrende Besetzung der farbigen Halbwelt immer noch nicht vertraut. Auch wenn er Ayasha nie etwas anderes hatte tragen sehen als praktische Kattunkleider oder den schlichten elfenbeinfarbenen Tarlatan, der ihr bestes Kleid gewesen war – das Kleid, in dem man sie im letzten August begraben hatte –, schmerzte die unverheilte Wunde in seinem Herzen noch immer, wenn er Araberinnen sah.

Gleich im Anschluß an den Walzer spielten sie noch eine Quadrille. Immer wenn sich der Vorhang zum Durchgang öffnete, hörte man schwach, daß dahinter gestritten wurde. Der Abend war fortgeschritten, und fast alle waren betrunken – zu beiden Seiten des Vorhangs. Doch er blickte nicht auf, sondern suchte Vergessen in der Musik.

Ayasha hatte sich darüber lustig gemacht, als arabische Dinge in Mode kamen. »Sie stellen sich das Leben in einem Harem wunderbar vor«, hatte sie gesagt, und ihr schmales Profil mit der Hakennase hatte geschimmert im Licht der kühlen Pariser Sonne, das durch die Fenster in ihren Salon in der Rue de L'Aube fiel. Perlstickerei hatte in ihren braunen Händen geglitzert. »Nichts anderes tun, als sich für einen Mann schön machen … wie eure kleinen *Plaçées.* Und jede stellt sich vor, daß sie die Lieblingsfrau ist und nicht irgendeine Odaliske, die die meiste

Zeit des Tages damit verbringt, anderen Frauen die Fußnägel zu polieren oder ihre Laken zu waschen. Und jeder stellt sich den Harem eines reichen Fürsten vor, der sich eisgekühlte Getränke und Öl und seidene Beinkleider leisten kann statt billiger abgetragener Hosen, die drei Jahre halten müssen.«

Sie schüttelte den Kopf, eine marokkanische Wüstenhexe, nur unzulänglich als französische Dame von Welt verkleidet. Ihre großen, schwarzen Augen strahlten in einem Gesicht, das nicht im landläufigen Sinn hübsch war - aber wunderschön. »Als ob man davon träumt, in einem dieser riesigen Schlösser hier zu leben, die sich als schrecklich unbequem erweisen, wenn man sie von innen sieht. Und im Traum ist man natürlich immer die Königin.«

Ayasha hatte Algier mit vierzehn verlassen. Sie war lieber mit einem französischen Soldaten gegangen, als in einem Harem zu landen, den ihr Vater für sie ausgesucht hatte. Als January sie kennenlernte, war sie achtzehn und von einer Näherin zur Besitzerin eines eigenen, winzigen – aber tadellos sauberen – Ladens aufgestiegen, in dem sie nach eigenen Entwürfen nähte und wenig Zeit hatte, an romantische Geschichten aus Tausendundeiner Nacht zu denken.

Trotzdem ließen der Anblick einer Frau mit hennagefärbten Haaren und der Geruch von Sesamöl und Honig January immer noch erschauern.

Er konnte einfach nicht glauben, daß er sie niemals wiedersehen würde.

Als er aufblickte, um den Tänzern bei der letzten Figur der Quadrille zuzusehen, stand Augustus Mayerling, der Fechtmeister, neben dem Klavier.

»Monsieur Janvier?« Er verbeugte sich. Sein ebenmäßiges, blasses Gesicht wurde von einer riesigen Hakennase beherrscht und war vom Haaransatz bis zum Kinn von Narben aus Degenkämpfen gezeichnet. Er hatte seltsame, haselnußbraune Augen, wie ein Wolf. »Man hat mir gesagt, daß Sie als Arzt praktiziert haben.«

»Ich bin Chirurg«, sagte January. »Ich habe am Hôtel Dieu in Paris gelernt. Anschließend habe ich drei Jahre dort gearbeitet.«

»Um so besser.« Das blonde Haar des Preußen war kurz geschoren, was seinen Kopf über der bauschigen elisabethanischen Halskrause klein und vogelhaft aussehen ließ. Wie Hannibal sprach er fast akzentfrei, doch January vermutete, daß dies eher gutem Unterricht als langem Aufenthalt in den Vereinigten Staaten zuzuschreiben war.

»Blut und Knochen sind überall gleich. Ich ziehe einen Mann, der davon etwas versteht, einem vor, der sechs Jahre studiert hat, um dann darüber zu streiten, ob Abführmittel die Produktion von Körpersäften steigern oder senken und wieviel Quecksilber oder roter Pfeffer rein hypothetisch die Gallenblase eines Menschen reinigt. Dieser schwachsinnige Bouille hat Granger zu einem Duell gefordert«, fügte er hinzu. Die Tatsache, daß ein Chirurg, der in Paris studiert hatte, jetzt Klavierspieler in einem Ballsaal in New Orleans war, schien ihm offensichtlich weder überraschend noch eines Kommentars würdig zu sein. »Kinder«, sagte er. »Alle beide.«

Die Falten in seinen Augenwinkeln bezeugten, daß Mayerling älter war, als er aussah, aber wahrscheinlich war er immer noch jünger als sein Schüler oder der Mann, den dieser herausgefordert hatte. January antwortete nicht. Die Falten vertieften sich, als Mayerling ein wenig ironisch lächelte. »Gut zahlende Kinder«, antwortete er auf Januarys unausgesprochene Bemerkung. »Wie auch immer. Zwei der drei Ärzte hier in der Stadt sind Brüder von Bouilles Frau – beide haben tatsächlich nicht nur im Hinterzimmer ihres Onkels studiert, verstehen Sie –, und der dritte hat in Mr. Grangers zukünftige Eisenbahngesellschaft investiert. Die anderen, die mir empfohlen worden sind, halten zu viel vom Schröpfen … Ich hoffe, daß Sie bei einer Kugel in der Lunge nicht unbedingt mit Schröpfgläsern behandeln. Es ist in meinem professionellen Interesse, diese Dinge zu erfragen.«

In Anbetracht der Tatsache, daß praktisch jeder junge kreolische Gentleman leicht aufbrauste und seine Freunde wegen absoluter Geringfügigkeiten beschimpfte, war es nicht verwunderlich, daß Mayerling, Verret, Croquere und die anderen Fechtlehrer mit jedem Medizinmann im Umkreis von fünfzig Meilen enge Beziehungen pflegten.

January schauderte. Er kannte einige, die genau das tun würden, dazu massive Einläufe und eine ordentliche Dosis Calomel – Quecksilberchlorid –, natürlich gegen ein gutes Entgelt.

»Glauben Sie, daß sie einen farbigen Arzt akzeptieren werden?«

Nun schien der Fechtmeister aufrichtig überrascht. »Es ist mir völlig egal, was sie akzeptieren. Jean Bouille ist mein Schüler. Der Amerikaner wird Ihre Dienste akzeptieren, oder er wird an seinen Wunden sterben. Und auch das interessiert mich nur wenig. Darf ich mit Ihnen rechnen, Sir?«

January verbeugte sich und unterdrückte ein Schmunzeln angesichts der herrischen Arroganz des Preußen. »Sie dürfen, Sir.«

Mayerling reichte ihm seine Karte – January steckte sie in die Tasche – und nahm im Gegenzug eine von Januarys Karten entgegen. Auf Mayerlings stand einfach: Augustus Mayerling. Fechtmeister. Januarys besagte auf französisch: Benjamin January. Unterricht für Klavier, Klavichord, Harfe und Gitarre. Darunter stand das gleiche auf englisch.

»Ich kann sie nirgends finden«, jammerte Marie-Rose um zwanzig Minuten vor zwölf. Minou flirtete gerade über die Palmen hinweg, die zu beiden Seiten des Podiums standen, mit Hannibal, als Marie-Rose zu ihr kam. Henri war in die respektableren Räumlichkeiten zurückgekehrt, mit dem Versprechen, rechtzeitig zu den *Tableaux vivantes* zurück zu sein. Sogar der ehrwürdige Monsieur Peralta, eine Säule der Rechtschaffenheit, und Euphrasie Dreuze gegenüber immer um Aufmerksamkeit bemüht, war mehrere Male zwischen den Ballsälen hin- und hergewandert.

Aus der Art, wie der alte Mann die Halle vor dem Ballsaal im Auge behielt, schloß January, daß er keine Ahnung hatte, wo sein Sohn steckte. Der Junge war erst siebzehn. Hätte er ihn nach Hause geschickt oder in das Théâtre verbannt, hätte er sich nicht so suchend umgesehen.

Euphrasie Dreuze war unübersehbar entsetzt angesichts der Möglichkeit, daß ihre Tochter ein paar Prozent des Peralta-Vermögens in den Wind geschossen haben könnte, und benahm sich wie ein Fasan im Käfig. Immer wieder eilte sie mit flatternden Röcken und klimperndem Schmuck aus dem Ballsaal in die Halle. January erinnerte sich dunkel daran, von seiner Mutter gehört zu haben, daß Etienne Crozat, Besitzer der *Banque Independent* und Mitinhaber mehrerer anderer Banken, Euphrasie Dreuze bei seiner Heirat großzügig ausbezahlt hatte. Vielleicht sorgte sie sich ja wirklich nur um das Wohl ihrer Tochter – andererseits hatte die Frau bekanntermaßen eine Schwäche für das Glücks- und Kartenspiel, und das war vermutlich der eigentliche Grund für den zunehmend panischen Ausdruck in ihren Augen.

Jenkins, der Römer, der von den Verhandlungen im Untergeschoß zurückkehrte, schlenderte ebenfalls mit suchendem Blick durch die Halle, aber das konnte January im Augenblick nicht sehen.

»Das sieht ihr ähnlich«, seufzte Minou, als Marie-Anne, Marie-Rose und eine der Haremsdamen, die hin und wieder eine Pfauenfeder verlor, nach dem nächsten Walzer davoneilten, um den Hof noch einmal gründlich zu durchsuchen. »Ich habe Romulus gebeten, in den Spielsalons nachzusehen, aber nicht einmal Angelique würde da hineingehen. Vielleicht ist ihr Verschwinden ja Teil ihres Plans.«

»Keine Frau erscheint in einer solchen Aufmachung und verschwindet dann vor den *Tableaux vivantes*«, bemerkte Hannibal. Er wandte sich ab und hustete. Ein Schweißfilm glänzte im Kerzenlicht auf seiner Stirn mit den ausgedehnten Geheimratsecken, und er preßte eine Hand in die Seite, um den Husten zu unterdrücken.

»Nein«, erwiderte Minou. »Aber wenn sie nicht in ein paar Minuten auftaucht, wird Agnes ihre Töchter selbst frisieren müssen, und jeder weiß, daß das Resultat grauenvoll sein wird. Und

Clemence ist auch unauffindbar. Wenn Henri zurückkommt und sich einer anderen Frau nähert, laß ihm irgendein hübsches, mysteriöses Gift in sein Glas mischen, das ihn bewußtlos macht. Würdest du das für mich tun, P'tit?«

»Dann wirst du ihn nach Hause tragen müssen.«

»Monsieur Froissart wird bestimmt behilflich sein. Warum muß immer alles schiefgehen?« Ihre Ärmel bauschten sich wie weiß-goldene Segel, als sie davonflatterte.

»Ich verstehe nicht, wieso sie eineinhalb Stunden dafür braucht«, sagte Hannibal, während er seine Geige stimmte. »Jede Frau unten in den Sümpfen – egal, ob es die Gefräßige, die Bohnenstange oder die dicke Mary ist – läßt dich schon nach fünf Minuten um Gnade winseln. Höchstens sieben.« Er hustete wieder.

»Ist genau das vielleicht der Grund dafür, daß sie in den Sümpfen arbeiten und nicht irgendeinen Bankier haben, der ihnen ein Haus in der Rue des Ursulines kauft?«

»Sie scherzen, Sir.« Der Geiger grinste und trank den letzten Tropfen aus seiner zweiten Flasche Champagner. »Aber ich würde die Opiumration für eine ganze Woche hergeben, nur um zu sehen, was die Gefräßige auf so einem Ball tragen würde.«

»Ich würde etwas dafür geben«, bemerkte January, während er seine Noten für die *Tableaux vivantes* ordnete, »wenn ich wüßte, wohin sie für eineinhalb Stunden gegangen sein können. Das Gebäude ist voller Menschen. Der alte Peralta und Euphrasie Dreuze sind so aufgelöst, die haben bestimmt auf dem Hof und in den Spielsalons gefragt, ob jemand die beiden hat weggehen sehen.« Er nahm Hannibal die leere Flasche aus den zitternden Händen.

»Vielleicht sind sie einfach rüber ins Théâtre gegangen«, sagte Hannibal. »Die Logen außerhalb der Bühne haben Vorhänge, und Angelique geht leicht für eine Weiße durch. Es ist zwar nicht einfach, eine Frau in so einem Kleid – mindestens zwölf Unterröcke, ganz zu schweigen von den Flügeln – in eine Loge zu quetschen, aber wenn einem Wadenkrämpfe nichts ausmachen, geht es.«

»Das wüßte Peralta«, warf January ein.

»Und die Logen sind sehr begehrt«, fügte Onkel Bichet hinzu, der ihrer Unterhaltung interessiert zugehört hatte.

Wie zwei wutentbrannte Narzissen eilten Minou und Agnes Pellicot von der Halle her auf sie zu. January sah, wie beide automatisch zu Euphrasie Dreuze hinüberblickten, die mit zwei ihrer Busenfreundinnen auf wackeligen, vergoldeten Anstandsstühlchen saß, sich mit Unmengen Straußenfedern Luft zufächerte und mit Argusaugen die Türen zur Halle beobachtete.

»Ich habe getan, was ich konnte«, verkündete Agnes, und ihre hervorquellenden braunen Augen blitzten grimmig. »Sie mag ja ein Miststück und eine Hure sein, aber frisieren *kann* sie. Wie kann eine Frau nur so ...« Sie gab auf und hob verzweifelt die Hände. »Das ist *die* Gelegenheit für Marie-Rose und Marie-Anne, gesehen und von ihrer besten Seite bewundert zu werden. Wenn dieses eingebildete mannstolle Weibsbild nicht bald auftaucht ...«

»Ich werde ihre Musik an den Schluß stellen«, sagte January und ordnete die Rossini-Arie, die er für Angeliques *Tableau* vorgesehen hatte, hinter die Mozart-Tänze, die die Haremsdamen begleiten sollten.

»Wage das ja nicht!« kreischte eine maskierte Frau in einem rot-goldenen Sultanakostüm wie aus einem Haschischtraum. Phantasievoll gefärbte Straußenfedern flogen wie Sturmwolken hin und her, und einige flatterten zu Boden, als sie heftig den Kopf schüttelte. »Wir sind die letzten. Es geschieht ihr ganz recht, wenn sie ihren Auftritt verpaßt.«

»Rachelle, natürlich werden wir sie nach euch noch auftreten lassen«, sagte Minou schmeichelnd. »Denk doch nur, wie unfair es wäre, Emilie und Clemence und die beiden Maries dafür zu bestrafen. Wo ist Clemence überhaupt?«

»Ich glaube, sie ist gleich nach Galen gegangen«, warf Marie-Rose ein. »Iphègénies Tante hat jemanden mit einem grau-grünen Kleid im Hof gesehen.«

»Weißt du was«, sagte January, als er sah, wie Sultana Rachelles Mund gefährlich zu zittern begann, »wir spielen jetzt eine Mazurka, dann haben alle noch ein bißchen Zeit. Minou, hast du noch einmal in der Garderobe nachgeschaut? Wenn sie ihren Flügel in Ordnung bringen will, muß sie irgendwann dahin zurückgehen. Es ist der einzige Ort, wo sie Platz dafür hat.«

»Flittchen«, flüsterte Agnes Pellicot mit Unheil verheißendem Gesicht. »*Bandeuse!* Kommt so aufgedonnert auf diesen Ball, zwei Monate nachdem man Arnaud Trepagier zu Grabe getragen hat, nur um zu sehen, wen sie sich als nächstes angeln kann! Wenn sie auch nur einen Funken Anstand besäße, würde sie bei dem *Tableau* nicht mitmachen und ihren Platz einer anderen überlassen! Sie kann nicht arm sein, wenn man bedenkt, was er ihr alles gegeben hat. Mit Juwelen hat er sie überhäuft, Sklaven, ein Haus wie für eine Königin, Pferde, sogar eine Kutsche hat er ihr geschenkt! Hast du die Perlen und die Smaragde gesehen, die sie um den Hals hatte? Jeden Abend ist er von seiner Plantage angeritten gekommen, um mit ihr zusammen zu sein, hat sie sogar in die Oper mitgenommen ... Pfui!«

Wutentbrannt stürmte sie wieder in die Halle hinaus.

»Darf man annehmen«, murmelte Hannibal und schlug die Noten für die Mazurka auf, »daß Mama gewisse Pläne für den jungen Peralta und die hübsche Marie-Rose hatte?«

»Hört sich ganz so an«, stimmte January ihm philosophisch zu. »Können wir?«

Gerade begann die dritte Runde des schnellen Tanzes, als Minou, aschfahl unter ihren dunklen Locken, wieder im Saal erschien. January blickte vom Klavier auf und sah, daß die Ärmel ihres Kleides flatterten, weil ihre Hände bebten, sah, daß das perlenbesetzte Parfumdöschen an ihrer Taille vibrierte, weil ihre Knie zitterten. Schnell bedeutete er Hannibal, die Variation als Solo zu spielen – hoffend, daß sein Kollege sich nicht in irgendwelche abenteuerlichen Tempi verlor, was um diese Zeit keine Seltenheit war –, und beugte sich zu Minou hinunter.

»Was ist los?«

»Ich ...« Minou schluckte schwer. »Es ist besser, wenn du mitkommst.«

»Was ist passiert?« Er kannte seine Schwester nicht besonders gut, aber er wußte, daß unter ihrer oberflächlichen Frivolität ein bemerkenswert kühler Kopf steckte. Es war das erste Mal, daß er sie so außer sich sah.

»In der Garderobe«, sagte sie. »Ben, ich glaube, sie ist tot.«

4

Seit seinem vierzehnten Lebensjahr hatte January Medizin studieren wollen.

St. Denis Janvier hatte ihn auf eine der sehr guten Schulen geschickt, die für die Kinder der farbigen Bourgeoisie zugänglich waren, und wie in seinen Musikstunden wurde er dort immer schief angesehen, weil er so groß und schlaksig war und so schwarz wie ein Afrikaner. Der größte Stolz der Schule war ein Naturwissenschaftler, der in Montpellier studiert hatte und dann in seine Heimatstadt New Orleans zurückgekehrt war.

Monsieur Gomez hielt mehr von Empirie als von Theorie und hatte ihn eher zum Chirurgen als zum Heilkundler ausgebildet. Dafür war ihm January heute noch unendlich dankbar, wenngleich seine Mutter die Nase gerümpft hatte: »Ein *Chirurg*, P'tit? Du willst Zähne ziehen, statt eine Praxis für wohlhabende Herren aufmachen?«

Aber die Lektüre von medizinischen Journalen, die endlosen Kabbeleien über Körpersäfte und den Segen der Medizin, seine Erfahrungen mit denen, die bei jeder Krankheit einen Aderlaß verschrieben und einen Patienten erst dann für ausreichend therapiert erachteten, wenn er so mit Quecksilberchlorid abgefüllt war, daß sein Zahnfleisch blutete, brachten ihn früh zu der Überzeugung, daß er seinen Lebensunterhalt niemals mit soviel Ignoranz, soviel Halbwissen und derart arroganten Lügen verdienen wollte.

Statt dessen hatte er Kaninchen und Ratten seziert, die er in den Sümpfen fing, und Rinder aus den Schlachthäusern; hatte mit Begeisterung die magere Bibliothek von Monsieur Gomez durchgearbeitet und den Lehrer bei seinen Visiten im Krankenhaus begleitet. Dort hatte er gelernt, Knochenbrüche einzurichten, Babys zur Welt zu bringen und Fisteln zu operieren, ohne auf den Anstieg irgendwelcher Körpersäfte zu achten. Für Monsieur Gomez war er mehr als nur ein Schüler gewesen, so wie Madeleine Dubonnet für ihn nicht nur eine Schülerin gewesen war; sie waren eher Verbündete im Wissen um ein Geheimnis, Anhänger derselben schwierigen Erkenntnis.

Er hatte Seite an Seite mit Gomez in General Jacksons Heer gekämpft, als die Briten einmarschiert waren, gemeinsam hatten sie die Verwundeten versorgt. Als in dem Sommer vor seiner Abreise nach Frankreich das Gelbfieber zum erstenmal die Stadt heimsuchte, hatte er an der Seite seines Mentors in den Pesthäusern gearbeitet.

Aber Gomez hatte ihm von Anfang an geraten, Musiker zu werden.

»Dieser österreichische Antreiber ist dein bester Freund, P'tit.« Gomez' dunkle, spanische Augen hatten traurig geblickt. »Du bist begabt. Wenn du ein Weißer wärst, oder wenigstens so hell wie ich, könntest du ein wirklich guter Arzt werden. Aber selbst in Europa, wo die Schwarzen keine Sklaven sind, werden sie dich anstarren und sagen: Schau mal, ein Afrikaner.«

Lange hatte January nur dagesessen und auf seine riesigen, ebenholzschwarzen Handrücken gesehen. Sehr leise hatte er gesagt: »Das bin ich nicht.«

»Nein«, hatte Gomez ihm zugestimmt. »Wenn du ein Afrikaner wärst und dort leben würdest – in einem Stamm, meine ich –, wage ich zu behaupten, daß du deinen Weg zu den Heilkünsten gefunden hättest. Was auch immer die Amerikaner behaupten, es leben nicht nur Wilde dort. Du hast heilende Hände und kennst dich mit Kräutern und anderen Substanzen aus; du hast die geschickten Hände, die ein guter Chirurg braucht, und du bist gut, mutig und schnell – das einzige, was zählt für einen Menschen, der unter dem Messer liegt. Und du hast die nötige Sorgfalt. Du könntest in beiden Welten Außergewöhnliches leisten. Aber du bist eben auch kein Afrikaner.«

January hatte geschwiegen. Zu oft war er bereits diesem gewissen Blick begegnet, zu oft hatten sich Freundinnen seiner Mutter oder Eltern von Mitschülern, ausgesprochen oder unausgesprochen, gewundert: »Er ist … sehr dunkel. Ist er wirklich Monsieur Janviers Sohn?«

Mit einem weißen Großelternteil – wer auch immer das gewesen sein mochte – wurde er in jenen Tagen aus reiner Höflichkeit als *sang mélée* – als Mischling – bezeichnet. Er wußte, wie man in der farbigen Gesellschaft auf jemanden mit einem weißen Großelternteil herabsah, wenn man selbst zwei oder sogar drei hatte. Damals war es so gewesen, und heute war es noch schlimmer. Heute trafen die farbigen Künstler und Handwerker, Farbige, die ihr eigenes Geschäft besaßen, auf die Amerikaner, die neuerdings die Stadt überschwemmten und Plantagen am Fluß und seinen Nebenarmen übernahmen. Von diesen ungebildeten Hinterwäldlern und Flußschiffern, denen jene Künstler, Handwerker und Geschäftsleute niemals Einlaß in ihre Häuser gewähren würden, wurden sie Nigger genannt.

Heutzutage gab es für die Farbigen sehr viel mehr Gründe, sich von den Schwarzen abzugrenzen – deutlich abzugrenzen.

Vielleicht hätte ich hier in New Orleans als Arzt praktizieren können, wenn ich so hell wäre wie Monsieur Gomez, dachte January. So hell wie die ein oder zwei anderen farbigen Ärzte, die eine Praxis hatten – vielleicht hätte er auch nur so hellhäutig zu sein brauchen wie seine Mutter.

Sie war Mulattin. Er, der drei afrikanische Großeltern hatte, war schwarz.

»Ich werde sie dazu bringen, daß sie ihre Meinung ändern«, hatte er gesagt. Das war vor dem Krieg gewesen.

Trotz Napoleons Verrat hatte sich St. Denis Janvier, wie die meisten Kreolen, als Franzose betrachtet. Als January ihm mitteilte, daß er vorhabe, in Europa zu studieren, gingen beide davon aus, daß er nach Frankreich fahren würde. Aber als er alt genug war, um die große Reise anzutreten, herrschte zwischen England und Frankreich und England und den Vereinigten

Staaten wieder Krieg. In Louisiana wurde, abgesehen von General Pakenhams verheerendem Invasionsversuch gegen Ende des Krieges, zwar nur wenig gekämpft, aber es war eine unsichere Zeit für eine Seereise. So war January bereits vierundzwanzig und Kriegsveteran, erfahren im Operieren von Verwundeten und im Umgang mit Epidemien, als er sich auf die Reise nach Paris machte, um sowohl Medizin als auch Musik zu studieren. Zwei Fächer, die ihm unerklärlicherweise manchmal wie eins vorkamen.

Monsieur Gomez hatte in den meisten Punkten recht behalten. Er hatte studiert und alle Prüfungen bestanden und war als Chirurg von einem der großen Krankenhäuser für die Armen eingestellt worden, aber niemand zog auch nur im entferntesten die Möglichkeit in Betracht, daß er eine Privatpraxis eröffnen könnte. Und als St. Denis Janvier 1822 am Gelbfieber starb, kurz nachdem sein Adoptivsohn in die Pariser Akademie für Chirurgie aufgenommen worden war, kam es ohnehin nicht mehr in Frage. St. Denis Janvier hinterließ ihm ein wenig Geld, aber das reichte nicht, um eine Praxis zu kaufen oder neu zu eröffnen.

Er arbeitete immer noch im Hôtel Dieu, als zwei Jahre später eine schwarzhaarige, achtzehnjährige marokkanische Näherin mit Hakennase eine fünfzehnjährige Prostituierte ins Krankenhaus brachte, die manchmal Näharbeiten für sie erledigte. Das Mädchen hatte nach einer Abtreibung, die es selbst vorgenommen hatte, unstillbare Blutungen.

Das Mädchen war gestorben. Ayasha war gegangen, aber als January später das Krankenhaus verließ, stand sie immer noch weinend an der Tür, und er begleitete sie nach Hause.

Er verdiente als Arzt nicht genug, um heiraten zu können, und er wußte damals schon, daß sich das nicht ändern würde.

Aber Paris war die Stadt der Musik, und Musik schien nicht zu den Dingen zu gehören, die nach Meinung der Weißen einen weißen Vater erforderten.

Angelique Crozat lag im Schrank in der Garderobe, unter einem Haufen Mäntel und Operncapes.

»Ich wollte nachsehen, ob sie vielleicht ihre Flügel in den Schrank gestopft hat.« Minou war immer noch ein wenig blaß, und ihre Stimme klang atemlos. Ihr Blick wanderte von ihrem hochgewachsenen Bruder wieder zu der silbrigen Gestalt auf ihrem zerwühlten Bett aus Samt und Seide. Wie eine deformierte, farblose Perle schimmerte Angeliques Gesicht unter dem scheckigen Haar. Einer der extravaganten Ärmel war von der Schulter gerissen, und ein paar weiße Schwanenfedern waren auf das dunkle, seidene Dominokostüm unter ihr gefallen. Die Flügel lagen neben ihr, brüchige Federn, wie fliegende Ameisen sie zuhauf zurückließen, wenn sie ausschwärmten. January kniete sich hin und berührte die Nadel, die lose aus dem zerrissenen silbernen Seidenknäuel hing.

»Sie lag unter den Umhängen. Ich habe einen Zipfel ihres Kleides gesehen, und da ist mir eingefallen, daß auf dem Ball niemand außer ihr Weiß trägt.«

»Hast du ihr die Maske abgenommen?«

Minou nickte. »Sie hatte sie auf, als – als ich sie gefunden habe. Ich dachte, sie lebt vielleicht noch … Ich weiß nicht, was ich gedacht habe.«

Wie Froissarts Büro hatte man auch diesen Raum noch nicht auf Gaslampen umgestellt. Statt dessen brannten überall teure Wachskerzen hinter reflektierenden Glasschirmen. Es war ein gespenstisches Licht im Gegensatz zum Glanz der Gaslampen, als wäre die Kammer vor langer Zeit in Bernstein eingeschmolzen und die Frau auf den Mänteln nicht mehr als eine wunderschöne Versteinerung aus einer anderen Zeit. Aber der bläuliche Farbton des Gesichts, die geschwollene Zunge und die hervorquellenden Augen unter der unheimlichen, in die Stirn geschobenen gefleckten Katzenmaske ließen keinen Zweifel zu. Und die Male um ihren Hals waren eindeutig.

Hinter ihm flüsterte Leon Froissart: »O mein Gott, was soll ich jetzt tun? All die Herren im Ballsaal …«

»Lassen Sie die Polizei holen«, sagte January. »Der Herr möge sich ihrer erbarmen.« Er bekreuzigte sich und verharrte einen Moment in einem stummen Gebet, dann nahm er ihre Hand mit dem spitzenbesetzten Handschuh und drehte sie um. Unter allen Fingernägeln klebte Blut, und zwei Nägel waren beim Kampf beinahe herausgerissen worden. Wie abgefallene Blätter einer welkenden Rose glänzten rote Flecken auf Rock und Ärmeln ihres Kleides.

In Windeseile schossen ihm die verschiedenen Fluchtmöglichkeiten durch den Kopf: der Durchgang vom Ballsaal zum Théâtre, der Innenhof, der voller maskierter Phantasiegestalten war. Oder die Freitreppe in der Halle, auf der die Traumgestalten hinauf- und hinunterflanierten. Die Flügeltüren, die von der Halle in die Spielsalons führten und von dort auf die Straße.

»Gehen Sie. Sofort. So schnell wie möglich. Halten Sie jeden auf, der das Gebäude betreten oder verlassen will. Schicken Sie jemanden rüber ins Théâtre und veranlassen Sie dort das gleiche. Wenn jemand gehen will, erzählen Sie ihm, wir hätten eine große Geldsumme gefunden und müßten den Besitzer identifizieren. Und sagen Sie vor allem Hannibal und den anderen, daß sie den Contredanse von Beethoven spielen sollen. Das sollte fürs erste alle bei Laune halten«, fügte er hinzu. Als er sich umdrehte, sah er den Schrecken in Froissarts Gesicht.

Etwas verspätet fiel ihm ein, daß er nicht mehr in Paris war, und er mäßigte seinen Kommandoton. »Sie verstehen doch, daß die Polizei mit jedem sprechen möchte.«

»Polizei?« Froissart starrte ihn entsetzt an. »Wir können unmöglich die Polizei holen!«

January sah ihm in die Augen. Froissart war ein Franzose, in Frankreich geboren; er verachtete nicht wie die Amerikaner automatisch jeden Farbigen, aber er lebte schon seit vielen Jahren in diesem Land. Ein Amerikaner wäre allerdings niemals rot geworden oder hätte vor Scham den Blick gesenkt.

»Einige ... einige der bekanntesten Herren der Stadt sind heute abend hier!« Seine Stimme klang flehend.

Die bekanntesten Männer der Stadt und ihre farbigen Mätressen, dachte January. Und jeder konnte in diesem Augenblick aus dem Seiteneingang schlüpfen, maskiert als weiß Gott wer.

Ob Franzose oder nicht, Froissart war ein Weißer. January sprach in beruhigendem Ton, wie der weise alte Onkel, den es auf jeder Plantage gab: »Glauben Sie mir, Monsieur Froissart, wenn ich die Wahl hätte zwischen dem Gerede Ihrer Gäste, weil Sie die Polizei holen, oder dem, was die Polizei sagen wird, wenn Sie sie nicht holen – dann würde ich doch lieber die Polizei rufen.«

Froissart antwortete nicht und starrte entsetzt und fasziniert in das Gesicht der Toten. Ihre schöne helle Haut, auf die sie so stolz gewesen war, war blutunterlaufen, ihre feinen Züge, die von denen einer Weißen nicht zu unterscheiden waren, waren beinahe bis zur Unkenntlichkeit verzerrt.

»Das kann mich meine Stelle kosten«, flüsterte Monsieur Froissart mit matter Stimme. »Monsieur Davis will keinen Ärger in diesem Haus, weder in den Spielsalons noch im Théâtre …« Er schluckte schwer. »Und *bien sûr,* sie ist doch nur eine *Plaçée* …«

January wußte, worauf das hinauslief, *so war es nun einmal in New Orleans* … Auch Dominique wußte es; sie verdrehte die Augen in Richtung Tür, und January beugte sich tiefer über die Tote, um Froissarts Aufmerksamkeit auf sich zu lenken. »Sehen Sie die Male an ihrem Hals?« Nur ein Blinder konnte die massiven blauen Würgemale übersehen, die ihren weißen Hals wie eine Schlinge markierten, aber Froissart kniete neben January nieder, gebannt vom grauenvollen Verschmelzen der Schönheit mit dem Tod. Dominiques Unterröcke raschelten kaum, als sie aus der Kammer schlüpfte.

»Sie wurde mit einem Tuch oder einem Schal erdrosselt wie mit einer spanischen Garrotte. Es kann ebensogut eine Frau wie ein Mann gewesen sein. Sie trug eine Halskette aus Perlen und Smaragden, sehen Sie die Druckstellen auf der Haut?« Vorsichtig berührte er die kleinen Flecken. »Man hat sie ihr weggenommen. Also ist es ein Dieb ... Und das bedeutet, er könnte noch einmal zuschlagen.«

»Noch einmal?« Erschrocken schnappte Froissart nach Luft.

January nickte und hielt seinen Blick fest, obwohl er den übermächtigen Wunsch verspürte, diesen ängstlichen Narren beiseite zu stoßen und Romulus Valle zu holen. Romulus konnte einen undurchlässigen Kordon um den Ballsaal und das Théâtre schließen lassen, so daß er selbst genügend Zeit hätte, die Tote zu untersuchen und festzustellen, ob sie auch vergewaltigt worden war.

Aber einen solchen Kordon und eine solche Untersuchung würde niemand zulassen.

»Natürlich würde keiner der Herren im Ballsaal so etwas tun – haben sie es nötig zu stehlen? Aber vielleicht hat jemand etwas gesehen. Und es gibt keinen Grund, warum sie ihre Maske abnehmen oder ihren Namen nennen sollten, wenn die Polizei ihnen Fragen stellt.«

Wenn du das glaubst, dachte er und sah den flehenden und hilflosen Blick des Geschäftsführers, *dann habe ich die Kronjuwelen von Frankreich hier in der Tasche und verkaufe sie dir für lumpige zweitausend amerikanische Dollar ...*

»Aber ... Aber wie wird das aussehen?« stammelte Froissart. »Ich bin vom Wohlwollen dieser Leute abhängig ... Natürlich muß es eine diskrete Untersuchung geben, aber hat das nicht bis morgen früh Zeit?« Er griff in seine Westentasche, holte vier Zehndollarmünzen heraus und drückte sie January in die Hand. »Hier, mein Junge. Ich werde Romulus holen, und dann könnt ihr beide sie auf den Dachboden bringen. Romulus wird hier im Handumdrehen wieder Ordnung schaffen, und du bekommst noch mal vier, wenn du den Mund hältst.«

Er wollte aufstehen, sah sich um – wahrscheinlich nach Dominique –, aber January hielt ihn am Arm fest. »Wissen Sie, Sir«, sagte er ernst, »ich glaube, Sie haben recht mit der Untersuchung. Ich würde der Polizei auch nicht trauen, jetzt, wo so viele ... Nun, ich sollte nicht so über Weiße reden, aber ich glaube,

Sie und ich wissen, daß ein paar von diesen Hinterwäldlern, diesen *Kaintuks*, die heutzutage den Fluß herunter kommen … Und dann auch noch bei der Polizei arbeiten!«

»Genau!« rief Froissart und schwenkte einen dicken, beringten Finger. January sah, wie alle Erinnerung an Dominique aus seinem Gesicht verschwand, und war ein wenig erstaunt darüber, daß er sich von dem ständigen Geplapper seiner Mutter ausgerechnet die Erzählung gemerkt hatte, wie wütend und gekränkt Froissart gewesen war, als die Amerikaner in der Baronne Street das neue St. Louis Hotel gebaut hatten.

Es war, als hätte January mit einem Zauber seine Zunge gelöst. Weitschweifig ließ sich Froissart über die Beleidigungen und die Schmach aus, die ihm widerfahren waren. Nicht nur die Amerikaner bei der Polizei, auch die *Kaintuks*, die mit den Schiffen in die Stadt kamen, die amerikanischen Kaufleute, die aufstrebenden Plantagenbesitzer, überhaupt alle diese Neulinge, die die Stadt überschwemmten, seit Napoleon sie an die Vereinigten Staaten verraten hatte, hatten ihm bitter Unrecht getan.

January blieb während Froissarts Litanei neben der Toten knien, berührte so wenig wie möglich – schließlich war sie die Geliebte eines Weißen gewesen – und versuchte doch, alles, was er sah, in seinem Gedächtnis zu speichern.

Im Nacken war die Spitze an ihrem Kragen zerdrückt und gebrochen und hatte sich mit den farbenprächtigen Strähnen echten oder künstlichen Haars verknotet. Im dämmrigen Licht der Kerzen war schwer zu erkennen, ob dort auch andere Fasern hängengeblieben waren, doch January glaubte es nicht. Vielleicht fanden sich welche in ihrem dunklen Haar. Überall auf dem prächtigen türkischen Teppich lagen Schwanenfedern von ihrem zerrissenen Ärmel, die meisten neben einem niedrigen Stuhl. Auf dem kleinen Tisch gleich rechts neben dem Stuhl standen ein paar Kerzen, von denen das Wachs in bizarren Mustern heruntergetropft war. Sie hatten schon dort gestanden, als January hereingekommen war. Im Schein der Kerzen hatte sie ihren Flügel repariert. In Frankreich hätte man eine Öllampe benutzt, aber in New Orleans nahm man meistens Kerzen. Durch die Zugluft war das Wachs völlig verformt – den ganzen Abend waren Menschen hier hereingekommen, um ihre Kostüme zu reparieren oder nach Angelique zu suchen. Froissart hatte Glück, daß der Tisch während des Kampfes nicht umgefallen war.

Es lagen nicht nur Schwanenfedern auf dem Teppich. Ein Pfauenauge sagte ihm, daß Sultana in dem blauen Taftkleid hiergewesen sein mußte. Ein Dutzend falsche Perlen waren in den Teppich getreten. Marie-Anne hatte solche auf ihrer Maske und ihrem Mieder, und die tropfenförmigen hatte er am Ärmel von Anne Boleyn, einer der Frauen des amerikanischen Heinrich des VIII., gesehen. Die Kostüme für den Mardi Gras waren nicht so solide genäht wie normale Alltagskleidung, deshalb lagen überall auf dem Teppich Bänder, Glasteilchen, Seidenrosen und die unterschiedlichsten Fasern in allen Farben des Regenbogens. In einer Nadel, die in der gepolsterten Lehne des Samtstuhls steckte, fing sich das Licht wie in einem Glassplitter.

Durch das hohe Fenster, das beinahe eine ganze Wand des Raumes einnahm, klang das Gelächter Betrunkener von der Rue Ste. Anne herein. Immer noch spielte die Blaskapelle auf der Straße. Fröhliches Rufen und nicht unbedingt protestierendes schrilles Geschrei einer Frau drangen herein. Männer fluchten auf französisch, auf deutsch und im breiten Amerikanisch der Hafenarbeiter, und dann hörte man, wie jemand laut platschend in den Rinnstein fiel, gefolgt vom brüllenden Gelächter der Betrunkenen.

January warf einen Blick zum Fenster, wagte aber nicht, Froissart zu unterbrechen, um auf dem Fensterbrett nachzusehen, ob jemand Spuren hinterlassen hatte. Der Mörder konnte aus einem der Ballsaalfenster geklettert und über den Balkon entkommen sein. Aber im Ballsaal war es so heiß, daß auch andere Tänzer auf dem Balkon Abkühlung gesucht hatten, eine Flucht wäre also nicht unbemerkt geblieben.

Unten in den engen Straßen des alten französischen Viertels tobte der Karneval und übertönte die Geräusche aus dem Ballsaal. In den neuen Vororten weiter den Fluß hinauf, in den großen Steinhäusern der Amerikaner an den neuen Straßen, auf denen es eine Extraspur für die Pferdeomnibusse gab, saßen wahrscheinlich die Protestanten und schüttelten den Kopf über dieses Treiben. Wobei einige der protestantischen Ehefrauen sich bestimmt fragten, wo ihre Ehemänner wohl heute abend waren – wenn sie den Gedanken nicht lieber verdrängten.

Letzten Sommer hatten zwei Epidemien alle hier im Ballsaal – alle dort unten auf der Straße, die ganze Stadt – in Angst und Schrecken versetzt: das Gelbfieber und die asiatische Cholera, die schlimmer wüteten als je zuvor. Viele hatten die Seuchen überlebt. Wer es sich leisten konnte, war aus der Stadt geflohen und hatte sich in den Hotels am See in Mandeville und Milneburgh eingemietet. Viele waren auf ihre Plantagen gefahren. Es war typisch für die Kreolen, daß sie den Sieg über die Krankheit feierten, anstatt die Toten zu betrauern. Aber es gab keine Garantie, daß in fünf Monaten nicht das gleiche wieder passierte.

Er dachte an Ayasha und bekreuzigte sich noch einmal. Es gab für nichts eine Garantie.

»Sie verstehen es einfach nicht.« Froissarts Stimme holte ihn in die Gegenwart zurück. Der Mann war jetzt richtig in Fahrt. January mimte fasziniertes Interesse, hörte aber kaum zu. Bis zur Cabildo waren es nur ein paar hundert Schritte, und normalerweise konnte selbst eine hübsche Frau allein und sicher durch die Stadt gehen, vorausgesetzt, sie hielt sich von gewissen Orten fern, wie dem Flußufer, den Bars in der Rue du Levee, den Sümpfen oder dem Irish Channel.

Aber im Karneval war das anders.

»Amerikaner haben keinen Stil, kein Feingefühl!« Froissarts flehende Geste gen Himmel war eines Macbeth vor dem Untergang im letzten Akt würdig.

»Ganz bestimmt nicht, Sir.« *Ich erzähl ihm alles, was er hören will.*

»Die Amerikaner haben kein Benehmen. Sie wissen nicht, wie man eine Mätresse behandelt. Sie denken, man braucht nur genug Geld. Für sie zählt nur Geld! Sehen Sie sich nur die Häuser an, die sie bauen. An der Carrolton Street und draußen in LaFayette und in St. Mary! Ich erinnere mich an Zeiten – es ist noch keine zehn Jahre her! –, da gab es hier nur die Avart- und die Delaplace-Plantage und vielleicht noch ein halbes Dutzend mehr – der beste Boden für Zuckerrohr am ganzen Fluß. Und was ist daraus geworden? Sie legen Schienen für Straßenbahnen, zerstören die Felder, und dann bauen sie diese gräßlichen Häuser mit ihren Holzzäunen. Genau so etwas plant dieser hergelaufene Granger am Bayou St. John. Und der will sich duellieren! Pffui!«

Voller Empörung warf er die Arme in die Luft. Forderungen zu einem Duell, Prügeleien mit Stöcken und Faustkämpfe, wie sie unten im Hof stattfanden, fielen offensichtlich nicht in dieselbe Kategorie wie Mord.

»Wie sie sich heute abend in meinem Büro benommen haben, er und seine schmutzigen Freunde! Eine Schande! Das sind keine Gentlemen! Sie haben keine Erziehung! Sie können Rossini nicht von einem Kinderlied unterscheiden!«

»Sie haben völlig recht, Sir«, stimmte January ihm in ernsthaftem Ton zu, doch insgeheim ärgerte er sich über sich selbst. Er spielte dasselbe Spiel, das er als Kind und als Jugendlicher schon gespielt hatte, das alte Doppelspiel, das die Weißen in ihrer Meinung über die Schwarzen nur bestärken sollte. Aber das Spiel wurde noch immer gespielt, und seine Regeln waren wie Waffen oder Werkzeuge, deren Gebrauch ihm vertraut war, obwohl er sich schmutzig fühlte, wenn er sie benutzte. »In Paris waren die Amerikaner genauso. Auf den Bällen, auf denen ich gespielt habe, konnte ich immer sagen, wo die Amerikaner sitzen.«

»Und deshalb können wir heute abend nicht die Polizei holen«, schloß Froissart und sah bedauernd auf die schöne Tote hinab. »Sie wissen einfach nicht, wie man solche Dinge zurückhaltend und diskret regelt. Selbstverständlich muß man sie morgen früh verständigen – wenn ich mit Monsieur Davis gesprochen habe ... Selbstverständlich wird er eine Untersuchung wollen ...« Unsicher kaute er auf seiner Unterlippe, und January dachte an die Mutter eines Freundes in Paris, die Rechnungen erst einmal beiseite zu legen pflegte, »nur für ein paar Tage, bis ich weiß, daß ich das Geld habe«, um sie irgendwann ungelesen zu verbrennen.

Der Mord an Angelique war so eine Rechnung, die ungelesen verbrannt werden würde. Nicht weil sie einen schlechten Charakter gehabt und das Leben aller Menschen, die mit ihr zu tun hatten, durcheinandergebracht hatte, sondern schlicht deshalb, weil sie eine Farbige und eine *Plaçee* gewesen war.

»Was soll man da machen?« seufzte Froissart – January sah Madame De Gagny vor sich, wie sie wieder einmal eine Schneiderrechnung in ihren Rosenholzsekretär schob. »So ist es nun einmal ... Guter Gott, wie lange sind wir schon hier? Die Leute werden sich allmählich wundern ... Sie müssen an Ihr Klavier zurück und dürfen nichts, kein Wort sagen. Seien Sie versichert, daß man sich morgen früh um die Angelegenheit kümmern wird.«

January senkte den Kopf und erhob sich. »Es tut mir leid«, sagte er demütig. »Ich war so aufgewühlt, sie hier so zu sehen ... es hat eine Weile gedauert, bis ich mich wieder gefaßt habe. Vielen Dank für Ihre Geduld.«

Froissart strahlte gönnerhaft. »Aber das ist doch verständlich«, sagte er, als wäre er nicht selbst beim Anblick der Toten grün im Gesicht geworden. January vermutete, daß Froissart zu denen gehörte, die beim ersten Anzeichen sommerlicher Hitze nach Mandeville aufbrachen, und noch nie während einer Epidemie in der Stadt geblieben war. »Der Schock. Ich hoffe, es geht Ihnen jetzt besser.«

»Viel besser«, sagte January und überlegte, ob er einen Schwindelanfall vortäuschen sollte, ließ es aber doch lieber bleiben. Er verachtete sich dafür, daß er überhaupt auf die Idee gekommen war. Wieder senkte er den Kopf, stand ganz langsam auf und versuchte, so viel Zeit wie möglich zu schinden. »Wirklich, viel besser.«

Froissart drehte sich um und verließ die kleine Kammer mit ihrem schrecklichen Inhalt. Gezwungenermaßen folgte ihm January. Er warf einen Blick zurück auf den verkrümmten Körper der habgierigen Frau, die ihn für einen Sklaven gehalten hatte, nur weil seine Haut dunkler war als ihre. Trotzdem verdiente sie es nicht, wie eine unbezahlte Rechnung vergessen zu werden. *Ich habe mein Bestes getan*, rechtfertigte er sich in Gedanken. Bestimmt mehr, als er im Leben je für sie getan hätte.

Als er den Raum verließ, legte er die vier Münzen, die Froissart ihm gegeben hatte, leise auf den Tisch neben der Tür.

»Romulus«, rief Froissart. »Romulus, ich ...«

Als sie in die Halle kamen, erblickten sie eine kleine Gruppe blau uniformierter Wachleute auf der Treppe.

Froissart blieb abrupt stehen und glotzte sie an, als hoffte er, es wären Gäste wie die Gefolgsleute von Robin Hood oder die Haremsdamen.

Aber keiner von ihnen trug eine Maske. Und kein Kreole, dachte January, hätte so viel Humor, sich als ungehobelter *Kaintuk* zu verkleiden, mit einer schäbigen, schlecht geschnittenen, altmodischen Kordjacke, deren Ärmel viel zu kurz waren.

Unauffällig, trotz ihrer Schönheit und des farbenprächtigen Kostüms, schlüpfte Minou an ihnen vorbei und verschmolz mit der Menge im Ballsaal wie Schnee mit der Sandwüste. Ein großer Officer trat vor und legte Froissart eine Hand mit schwarzen Rändern unter den Fingernägeln auf den Arm.

»Mr. Froissart?« Interessanterweise sprach er den Namen richtig aus. »Bevor Sie und Ihr Boy wieder im Ballsaal verschwinden, hätten wir gern ein Wörtchen mit Ihnen geredet.« Sein Tonfall war freundlich, aber er sprach den breiten Dialekt eines Landjungen, so daß sein Englisch kaum zu verstehen war.

Zwei Wachleute gingen in den Ballsaal. Die Musik brach ab. Stille, dann immer lauter werdendes Aufbegehren. January merkte, daß der Lärm aus den Spielsalons sich ebenfalls verändert hatte.

»Was …« stammelte Froissart. »Was …?«

Der große Officer legte eine Hand an seine breite Hutkrempe und spuckte einen Mundvoll Tabak aus. Er war unrasiert, und das braune Haar hing ihm in fettigen Strähnen bis auf die Schultern. »Abishag Shaw, Lieutenant der Polizei von New Orleans. Zu Ihren Diensten, Sir.«

5

Das ist eine Unverschämtheit!« Der plumpe Ivanhoe, der mit Agnes Pellicot verhandelt hatte, pflanzte sich breitbeinig in der mittleren Flügeltür auf, das Schwert gezückt, als wolle er die Rolandsage dort auf der Schwelle inszenieren. January sah, wie sich hinter ihm die unsichtbaren Barrieren, die die Amerikaner – den Römer, Heinrich VIII. und Richelieu – von den Kreolen trennten, seltsamerweise für den Augenblick aufzulösen schienen. »Niemand von uns hat auch nur das geringste mit dem Tod dieser Kokotte zu tun, und ich betrachte es als eine Beleidigung, wenn Sie das behaupten!«

»Teufel noch mal, Sir, ich weiß, daß Sie nichts damit zu tun haben.« Lieutenant Abishag Shaw schien das Französisch des Mannes mühelos zu verstehen, antwortete aber trotzdem auf englisch. Er verschränkte seine langen Arme, ging auf die Tür zu und senkte die Stimme, als wolle er vermeiden, daß die drei Constables ihn hörten, die unsicher hinter ihm standen und argwöhnisch den Vorhang zum Théâtre im Auge behielten. »Aber ich weiß auch, daß Männern wie Ihnen nichts entgeht. Sie hätten jedes ungewöhnliche Vorkommnis mitbekommen – vielleicht wußten Sie zu dem Zeitpunkt, als es geschah, nur noch nicht, daß es etwas Ungewöhnliches war. Darauf zähle ich, nur so kann ich den Mörder finden.«

Die Kreolen tuschelten auf französisch miteinander. Dann begann ein Mann auf englisch zu sprechen: »Sie ist nur eine …« Das nächste Wort – *Niggerhure* – blieb ungesagt, allerdings bestimmt nicht, weil es geschmacklos war, sondern weil dem Sprecher klar wurde, daß es seine Chancen bei den Freundinnen der Toten schmälern würde. Der alte Xavier Peralta wandte sich um. »Sie war eine freie Farbige dieser Stadt, Sir«, sagte er ruhig. »Sie hat Anspruch auf Gerechtigkeit.«

»Ich stimme Ihnen zu«, sagte Ivanhoe. »Aber um zu berichten, was wir heute abend gesehen haben, brauchen wir doch die Masken nicht abzunehmen.«

Shaw kratzte sich am unrasierten Kinn. »Nun«, sagte er mit seiner leisen, klangvollen Stimme, »ich glaube doch.« Und wieder zielte er mit einer Portion Tabaksaft auf den nächsten Spucknapf und verfehlte ihn nur um Haaresbreite – nicht schlecht auf die Entfernung, dachte January.

»Quatsch!« bellte Heinrich VIII. In der mittleren Tür standen nur Männer, in den beiden anderen sah January glitzernde Röcke. In Grüppchen standen die Frauen da, und in ihren Blicken war keine Anteilnahme, sondern besorgte Berechnung; wie Passagiere eines sinkenden Schiffes maßen sie mit Blicken die Größe der rettenden Floße.

Ein gellender Schrei zerschnitt die Luft: »Angelique, mein Baby. Mein Engel! O Gott, mein Kind!« Andere Stimmen waren zu hören, beruhigend, weinend, beschwichtigend.

Januarys Blick kehrte zu den Männern zurück. Es war absurd anzunehmen, daß sich der Mörder immer noch im Ballsaal oder sonst irgendwo im Salle d'Orleans aufhielt. Henri Viellard war jedenfalls verschwunden; eilig hatte er sich durch den Durchgang zu den schützenden Rockzipfeln seiner Mutter, Schwestern und Cousinen davongemacht, die, wie alle Kreolinnen, nur allzu bereit waren, zum Wohle der Familie einen Meineid zu schwören. Auch William Granger hatte sich anscheinend aus dem Staub gemacht. Tatsächlich waren in dem Saal, der bis vor wenigen Augenblicken vor Männlichkeit gestrotzt hatte, nur noch wenige Männer zugegen. Die Damen im Théâtre d'Orleans hatten sich sicher gewundert, wo diese plötzliche Sehnsucht nach ihrer Gesellschaft herrührte.

January hoffte, daß dieser Shaw schlau genug war, in der Halle des Théâtre, im Innenhof und an den Türen der Spielsalons, die auf die Rue Orleans führten, Wachposten aufzustellen.

Augustus Mayerling war auch geblieben. Mit verschränkten Armen hielt er sich hinter der Gruppe. Wie angewurzelt standen seine Schüler hinter ihm; sie wollten sich nicht nachsagen lassen, daß sie geflohen waren, während ihr Meister blieb, doch nicht alle sahen glücklich aus.

»Das ist ja lächerlich«, erklärte Ivanhoe. »Sie überschreiten Ihre Kompetenz, junger Mann.«

»Vielleicht«, meinte Shaw und kratzte sich gedankenverloren unter dem Mantel die Brust. »Aber wenn man Sie ermorden würde, Mr. Destrehan, würden Sie bestimmt auch wollen, daß die Polizei alle Verdächtigen und Zeugen im fraglichen Gebäude festhält.«

»Nicht, wenn das bedeutet, daß meine Freunde der Tat beschuldigt werden!« Ivanhoe blickte finster unter seinem Visier hervor ob dieser unvorbereiteten, völlig korrekten Enttarnung. »Nicht, wenn es ihrem Ruf schadet oder das Risiko besteht, daß ihre Namen in den Zeitungen erscheinen.«

»Wer hat denn etwas von Zeitungen gesagt?«

»Seien Sie doch kein Narr«, fuhr Bouille ihn an. Durch seinen während der letzten Monate öffentlich ausgetragenen Streit mit Granger hatte er Erfahrung mit den Zeitungen, jetzt war er entweder so betrunken, daß ihm sein guter Ruf egal war, oder, was wahrscheinlicher war, er kam gar nicht auf die Idee, daß sein Ansehen in Gefahr sein könnte. »Natürlich erfahren es die Zeitungen, wenn Sie hier eine Liste von allen Gästen aufstellen. Und natürlich werden sie sie veröffentlichen.«

»Froissart«, befahl ein wirklich grauenvoll aussehender Lederstrumpf, »schicken Sie einen Ihrer Leute zum Polizeirevier und lassen Sie Captain Tremouille holen, damit wir dieser Komödie ein Ende bereiten können.«

»Ich fürchte, der Captain hat heute abend frei«, sagte Shaw.

»Er wird auf dem LaFrennière Ball sein«, sagte Peralta ruhig und wandte sich wieder an Shaw. Auf der Spitze an seinem Kragen und an den Manschetten fing sich das Licht der Gaslampen. »Ich verstehe Ihre Lage, Lieutenant, aber Sie müssen natürlich auch für uns Verständnis haben. Es sind Herren hier, die es sich nicht leisten können, daß ihre Namen in sämtlichen amerikanischen Zeitungen stehen, die, wie Sie zugeben müssen, in ihrer Wortwahl wenig Wert auf Diskretion legen. Wenn Sie für die Informationen, die Sie benötigen, unsere Namen brauchen, fürchte ich, daß wir von unserem Recht als führende Bürger dieser Stadt Gebrauch machen und unsere Mitarbeit verweigern müssen.«

Shaws blasse Augen blitzten unter den schmalen Brauen und einer fettigen Haarsträhne, die ihm in die Stirn hing. Wieder spuckte er schweigend aus.

Leise sagte January: »Lieutenant?« Er war sich nicht sicher, wie der Mann auf den Vorschlag eines Farbigen reagieren würde, aber je länger es bei dieser ausweglosen Situation blieb, desto wahrscheinlicher wurde es, daß irgend jemand einen Grund fand, den ganzen Vorfall einfach zu vergessen. Der Mann schien immerhin gewillt zu sein, den Tod einer *Plaçée* zu untersuchen, und das war doch schon etwas.

Shaw musterte ihn einen Moment lang mit wimpernlosen grauen Augen. Sein Blick war rätselhaft, wie der eines bösartigen Pferdes. Dann kam er zu ihm herüber.

Ganz leise sagte January: »Die Frauen werden Ihnen sagen können, wer wer ist. Lassen Sie die Männer ihre Aussage maskiert machen und einen Ihrer Leute aufschreiben, was für ein Kostüm sie tragen und welche Farbe es hat. Vergleichen Sie die Beschreibungen später mit den Aussagen der Frauen.«

Shaw musterte ihn wieder und sagte: »Sie sind doch der, der die Leiche gefunden hat, oder?«

January nickte. »Ja, Sir.«

»Froissart hat gesagt, Sie hätten ihn in ein endloses Gespräch verwickelt, so daß er die Türen nicht blockieren lassen konnte.«

January spürte, wie er rot wurde vor Zorn, weil der Zeremonienmeister ihm die Schuld in die Schuhe schieben wollte. Er zwang sich zur Ruhe. »So ist es nicht gewesen, aber das kann ich nicht beweisen. Er wollte die Tote auf den Dachboden bringen lassen, die Kammer reinigen lassen und erst morgen früh die Polizei holen. Vielleicht hätte er die Polizei auch gar nicht gerufen.« Einen Augenblick überlegte er, ob Shaw das wohl lieber gewesen wäre … aber dann hätte er irgendeine Ausrede gefunden, nicht so schnell zu kommen. »Ich habe ihn abgelenkt, damit meine Schwester Sie holen konnte.«

»Aha.« Der Polizist nickte. Sein häßliches Gesicht war so ausdrucksvoll wie ein Stück Holz. »Deshalb also hat eine Frau, die aussah wie Maid Marian, uns die Nachricht gebracht und nicht ein Angestellter des Hauses.« So ein Englisch hätte January bei seinen Lehrern oder seiner Mutter die größte Tracht Prügel seines Lebens eingebracht, aber wahrscheinlich war das Französisch des Mannes noch schlimmer. »Jetzt, wo ich darüber nachdenke, verstehe ich auch, warum wir überhaupt benachrichtigt worden sind. Miss Janvier ist also Ihre Schwester?«

»Halbschwester, Sir.«

»Hübsches Ding.« Die Worte hätten auch einer Ming-Vase oder einem Sonnenuntergang von Brittany gelten können; es war ein Kompliment ohne jede Anzüglichkeit. Er wandte sich wieder an die in der Tür des Ballsaals versammelten Plantagenbesitzer, Bankiers und Kaufleute. »Gentlemen«, sagte er, »in dieser Stadt gilt gleiches Recht für alle, und als Vertreter der Justiz kann ich keine Abweichung davon billigen, aber ich verstehe Ihre Gründe, und ich fürchte, ich muß sie akzeptieren.« Mit langen, dünnen Spinnenfingern strich er sich die zu lange Haarsträhne aus der Stirn. »Mit Ihrer Erlaubnis werde ich nun also Ihre Aussagen anonym aufnehmen, und ich danke Ihnen, daß Sie Ihrer Pflicht als Bürger dieser Stadt nachkommen und bei der Aufklärung der Umstände, die zum Tod dieses armen Mädchens geführt haben, helfen. Der Mörder wird gefunden werden. Ich bitte Sie um Geduld, denn das Ganze wird eine Weile dauern.«

Aus dem Ballsaal drang ärgerliches Gemurmel. January beobachtete, wie einige Männer – hauptsächlich Amerikaner – auf den Vorhang vor dem Durchgang schielten, und vermutete, daß es ein paar Deserteure geben würde, sobald Shaw außer Sichtweite war. »Mr. Froissart«, sagte Shaw leise, »würden Sie so freundlich sein, uns zu erlauben, Ihr Büro für die Befragung zu nutzen? Es könnte gut die halbe Nacht dauern, weil es so viele sind. Macht es große Umstände, für die Leute hier Kaffee zu kochen? Boechter«, fügte er hinzu und winkte einen der Constables zu sich: »Passen Sie auf, daß niemand von der Straße hereinkommt. Verstanden?«

Oder hinausläuft, dachte January, obwohl er nicht glaubte, daß Boechter ein großes Hindernis sein würde, wenn Peralta oder Destrehan ungeduldig wurden und beschlossen, die Räumlichkeiten zu verlassen. Shaw winkte ihn zu sich und sagte: »Maestro? Sie würden uns einen großen Gefallen tun, wenn Sie ein bißchen Musik machen. Dann haben die Leute etwas zu tun. Klingt vielleicht dumm, aber Musik lenkt doch irgendwie ab, oder?«

January nickte. Er fragte sich, ob das Zufall war oder ob dieser Hinterwäldler wirklich so viel vom kreolischen Wesen verstand. Essen, Kaffee und Musik würden aus dem Ärgernis ein gesellschaftliches Ereignis machen und die Zeugen zum Bleiben animieren. »Wenn es Ihnen recht ist, können Dominique und ich mit unserer Aussage bis zum Schluß warten, Sir. Sie möchten wahrscheinlich so viele wie möglich von ihnen befragen, bevor sie aus Langeweile davonlaufen.«

Der Lieutenant lächelte zum erstenmal, was seinem schiefen Gesicht einen völlig neuen Ausdruck verlieh. »Da könnten Sie recht haben, Maestro. Aber ich glaube, ich muß zuerst mit Ihrer Schwester sprechen, damit ich überhaupt weiß, wonach ich fragen muß.« Er sprach so leise, daß ihn weder die wartenden Gäste noch Froissart oder die Constables verstehen konnten. »Ich nehme an, Ihre Schwester ist mit einem Mann hier?«

»Er wird inzwischen verschwunden sein«, sagte January. »Die Hälfte der Männer hier ist durch den Vorhang ins Théâtre zurückgekehrt. Ihre Frauen und Mütter werden schwören, daß sie die ganze Nacht an ihrer Seite verbracht haben. Ich bezweifle, daß Sie irgend etwas dagegen tun können.«

Shaw spuckte wieder aus – zielen mußte er noch lernen –, behielt aber seine Meinung für sich. »Wir tun, was wir können. Sie müssen vielleicht ein bißchen warten ... Wie war Ihr Name?«

»January, Benjamin January.« Er reichte ihm eine Karte.

Shaw steckte sie in die ausgebeulte Tasche seines grünen Kordmantels. »Wie sagt man doch? So ist es nun einmal in New Orleans.«

Von seinem Podium aus konnte January den Ballsaal in der gesamten Länge überblicken. Immer wieder ging ein Raunen und Murmeln durch die Menge, wenn der nächste Gentleman den Saal verließ, um seine Aussage zu machen. Jene, die der Befragung aus dem Weg gehen wollten, machten sich, kaum daß Shaw aus dem Saal verschwunden war, aus dem Staub, aber der *Kaintuk* hatte einen sicheren Instinkt bewiesen: Romulus Valle hatte frische Austern, Kuchen und Torten auftischen lassen, und schwarzer, dampfender Kaffee sowie die leichten, beruhigenden Klänge von Mozart und Haydn, Schubert und Rossini schufen eine festliche Atmosphäre. Kein Kreole hätte ein Fest verlassen, bevor es zu Ende war, erst recht nicht, wenn er meinte, dadurch etwas zu versäumen. Mit der Sicherheit, daß sie maskiert waren, daß man sie nicht erkennen würde und daß das Ganze sie ja eigentlich nichts anging, blieben die meisten. Einige kehrten sogar aus dem Théâtre zurück, um sich nur ja nichts entgehen zu lassen.

Augustus Mayerling hatte in einer Ecke ein Glücksspiel angefangen und nahm systematisch jeden aus, der ihm in die Quere kam. Ein Apoll mit Storchenbeinen geriet in einen wüsten Streit mit einem der vielen Mohikaner, und drei Schüler Mayerlings mußten die beiden trennen, um ein weiteres Duell zu verhindern. Jean Bouille zitierte für jeden, der es hören wollte, den genauen Inhalt der Leserbriefe, die William Granger über ihn an den *Courier* geschickt hatte, und gab wortgetreue Zusammenfassungen seiner Antworten im *Bee* zum besten.

Für die älteren Frauen wie Anne Pellicot und deren Töchter war es der beste Teil des Abends: Die Männer nahmen die Gelegenheit, aufs neue mit den jungen Mädchen zu flirten, nur zu gern wahr, und die Mütter schwatzten zufrieden miteinander. January wußte, daß seine Mutter einem Schlaganfall nahe sein würde bei dem Gedanken, daß sie zu Hause geblieben war und etwas verpaßt hatte, worüber ihre Busenfreundinnen noch wochenlang reden würden.

Ab und zu war Euphrasie Dreuzes Schluchzen zu hören. Einmal schüttelte Hannibal verhalten den Kopf und bemerkte: »Das war wirklich gut.« Und als January verwirrt die Stirn runzelte, erklärte er: »Sie muß eine Lunge haben wie eine Opernsängerin, wenn man sie durch zwei geschlossene Türen und den Gang hier noch hören kann.«

»Sie hat ihre Tochter verloren«, erwiderte January.

»Letztes Jahr ist einer ihrer Söhne an der Cholera gestorben, und sie ist an dem Abend, als sie es erfuhr, auf einen Ball gegangen. Ganz in Schwarz ist sie erschienen, wie eine Leichenbestatterin, wirklich. Auf jedem Stuhl im Ballsaal hat sie schwarze Streifen hinterlassen, und jedem hat sie erzählt, daß sie vor Kummer gebrochen sei, aber sie ist bis zum letzten Walzer geblieben, und anschließend ist sie Austern essen gegangen. Ich war dabei.«

Der alte Xavier Peralta schien von dem ganzen Klatsch nichts mitzubekommen. Er holte sich eine Tasse Kaffee und schlüpfte unauffällig aus dem Ballsaal. January sah, wie er sich in Richtung Korridor wandte. Was auch immer er über die Verhandlungen und den Vertrag mit Euphrasie Dreuzes Tochter dachte, er respektierte die Trauer.

Er war der einzige, der Betroffenheit zeigte. Die anderen Männer tranken Whisky aus silbernen Taschenflaschen oder kleinen Fläschchen, die im Knauf ihres Stocks verborgen waren, und flirteten mit den Mädchen. Wahrscheinlich aus Angst, daß er alle vier Musiker würde bezahlen müssen, entließ Monsieur Froissart Jacques und Onkel Bichet, Hannibal aber kehrte nach der Befragung mit einer neuen Flasche Champagner zurück, begleitete Januarys Arien und Sonatinen und schien sich köstlich zu amüsieren. January vermutete, daß die anderen beiden nur bis in die Küche gegangen waren, wo sie mit Romulus Valle bis in den Morgen über die Geschichte spekulieren würden.

January beobachtete das Kommen und Gehen. Immer noch hielt er Ausschau nach dem goldenen Lederkleid und dem lächerlichen Kopfschmuck aus schwarzen Hahnenfedern. Sie wäre verrückt, wenn sie geblieben wäre, aber der flüchtige Eindruck ihrer Anwesenheit im Ballsaal, nachdem er zu spielen begonnen hatte, ging ihm nicht aus dem Kopf. Er konnte den verzweifelten Ausdruck in ihren Augen nicht vergessen, als sie gesagt hatte, *ich muß sie sehen … ICH MUSS.* Er grübelte, was es sein mochte, das sie so dringend mit der Toten hatte besprechen wollen, und ob Angeliques Tod gut oder schlecht für sie war.

Shaw war Januarys Rat gefolgt – vielleicht aber auch nur seinem gesunden Menschenverstand –, er verhörte die Männer zuerst und sprach dann mit den Frauen, die gern blieben, obwohl das Buffet abgeräumt wurde, nachdem die Männer gegangen waren. Monsieur Froissart wußte sehr wohl, wer die wichtigen Gäste waren. Einige Herren warteten in der Halle oder den Spielsalons auf ihre *Plaçées.* Andere, deren Frauen, Mütter und Verlobte im benachbarten Théâtre ausharrten, wiesen die Kutscher oder Angestellte des Hauses an, die Damen nach Hause zu bringen. Nur wenige der *Plaçées* äußerten Unmut oder Verärgerung darüber. Sie waren daran gewöhnt, selbst auf sich aufzupassen.

Es war beinahe fünf Uhr früh, als January – mit Rücksicht auf die Gäste in den Spielsalons – von einem Wachposten über die Hintertreppe in Froissarts Büro geführt wurde.

In dem Büro roch es betäubend nach verbranntem Talg und Kautabak. »Ich hätte mit den Müttern anfangen sollen«, seufzte Lieutenant Shaw und entfernte das bräunliche Einschlagpapier von den langen Kerzen, die auf den Schreibtisch tropften. Mit den hochgekrempelten Ärmeln, aus denen lange, zerkratzte, knochige Arme baumelten, und den ledernen Hosenträgern, die in den billigen Baumwollstoff seines Hemdes schnitten wie Spuren von Wagenrädern, sah er aus wie eine schlecht gemachte Vogelscheuche. Stapel von gelbem Papier häuften sich auf dem Schreibtisch, und auf einem kleinen Beistelltisch neben einem zierlichen Empirestühlchen lag ein kleinerer Stapel – hier hatte der Schreiber gesessen. January fragte sich, wie genau die Notizen über die Kostüme wohl waren.

Er war überrascht, als Shaw ihm bedeutete, Platz zu nehmen. Die meisten Amerikaner – eigentlich fast alle Weißen – hätten einen Farbigen stehen lassen.

»Da könnten Sie recht haben, Sir«, sagte er. »Den Müttern entgeht nichts.«

Am Rand des Schreibtisches standen ordentlich aufgereiht Kaffeetassen, die die Männer wahrscheinlich zur Befragung mit hereingebracht hatten. Von draußen drang trotz der späten Stunde immer noch der Lärm von Betrunkenen herein, der sich inzwischen auf einen männlichen Baß eingepegelt hatte. Irgendwo spielte die Blaskapelle ihre fünfte oder sechste Wiederholung derselben zehn Melodien. Als January die Hintertreppe hinuntergekommen war, war der Lärm aus den Spielsalons noch genauso laut gewesen wie am frühen Abend.

»Eins steht jedenfalls fest.« Shaw streckte seine langen Arme und dehnte seinen Rücken, wobei jeder einzelne Wirbel leise knackte. »Ich möchte mit keiner dieser alten Schachteln einen Handel abschließen, egal, wie ihre Töchter aussehen. Auf dem Sklavenmarkt habe ich mehr christliche Nächstenliebe gesehen als in den Augen dieser raffgierigen gelben Schlange … Andererseits kommt diese Art von Handel wenigstens den Töchtern zugute und nicht irgendeinem reichen Plantagenbesitzer. Kennen Sie Miss Crozat?«

»Vom Hörensagen«, sagte January. »Ich bin ihr ein- oder zweimal begegnet, als sie klein war, aber ihre Mama hat sie ziemlich unter Verschluß gehalten. Sie war erst sieben, als ich 1817 nach Paris gegangen bin, und sie war nicht meine Schülerin. Ich habe damals auch schon Klavierstunden gegeben«, erklärte er. »Ich denke, früher oder später wäre ich ihr über den Weg gelaufen. Unsere Mütter sind Freundinnen.«

»Aber Ihre Schwester sagte, daß Sie heute abend mit ihr gesprochen haben.«

January nickte. »Jemand hatte mich gebeten, ein Treffen mit ihr im Haus meiner Mutter zu vereinbaren – für morgen nachmittag ... heute nachmittag. Ich hatte noch keine Gelegenheit, mit meiner Mutter darüber zu sprechen. Seit ich im November aus Paris zurückgekommen bin, wohne ich bei meiner Mutter in der Rue Burgundy.«

Shaw machte sich eine Notiz. »Haben Sie eine Ahnung, worum es bei dem Treffen ging? Und könnte ich den Namen Ihres Freundes haben?«

»Ich weiß nicht, worum es ging. Wenn es Ihnen nichts ausmacht ... Sir«, fiel ihm gerade noch rechtzeitig ein, »... möchte ich den Namen lieber nicht nennen. Es war eine vertrauliche Nachricht.«

Aus Erfahrung wußte January, daß Weiße wie selbstverständlich annahmen, Schwarze würden selbst Aufforderungen nachkommen, die für jeden Weißen ein Grund zu einem Duell gewesen wären, doch Shaw nickte nur. Nachdenklich ruhten seine grauen, tiefliegenden Augen auf ihm. Im trüben Licht, das durch das Oberlicht fiel, sahen sie verschattet aus, wie die Augen Madame Trepagiers ein paar Stunden zuvor. »Kein Problem. Vielleicht muß ich später noch einmal danach fragen, wenn sich zeigt, daß es etwas mit dem Tod des Mädchens zu tun haben könnte. Erzählen Sie mir etwas über das Gespräch.«

»Es war eigentlich kein richtiges Gespräch«, sagte January langsam und versuchte, alles auszulassen, was darauf hinweisen konnte, daß eine Weiße, eine Kreolin, eine Frau, eine Witwe – die eine Verbindung zu Angelique hatte und hier im Gebäude gewesen war – die Nachricht geschickt hatte.

Mit seinem schmutzigbraunen Haar und dem hohlwangigen Gesicht erweckte Abishag Shaw den Eindruck eines Bauerntölpels, der vor kurzem noch einen Pflug gezogen hatte, aber in seinen schläfrigen grauen Augen sah January die kalte Intelligenz eines Jägers. Dieser Mann war Amerikaner und hatte Macht, trotz seiner ungebildeten Art und seines ungepflegten Aussehens. Froissart hatte recht, es gab eine Menge Angelegenheiten, von denen die Amerikaner nichts verstanden, und dazu gehörten in erster Linie die Dinge, die die farbige Gesellschaft in New Orleans von den Schwarzafrikanern trennten.

»Sie hat sich geweigert, einem Treffen zuzustimmen. Sie sagte, daß sie schon früher Nachrichten von ... meinem Freund erhalten hat, daß sie ... dazu ... nichts zu sagen hat.« Im letzten Moment hatte er das *ihr* geändert, doch er hegte den Verdacht, daß Shaw ohnehin eine Frau hinter der Sache vermutete. »Sie sagte, daß ihr Vater ein wichtiger Mann sei und daß mein Freund es lieber nicht wagen sollte ... irgendwelche Tricks zu versuchen.«

»Was für Tricks?« fragte Shaw milde. »Meinen Sie irgendwelche Voodoogeschichten, so was wie Ziegelstaub auf der Hintertreppe? Oder sie der Hochnäsigkeit beschuldigen, damit sie ins Gefängnis kommt?«

»Zum Beispiel«, sagte January, unsicher, ob Shaw die Antwort durchgehen lassen würde.

Shaw nickte wieder. »Hat sie etwas zu Ihnen gesagt? Über Sie?«

Völlig überrascht sagte January: »Nein. Nicht, daß ich wüßte.«

»Hat sie Sie beleidigt? Sie wütend gemacht? Phlosine ...« Er suchte in seinen Notizen. »Ein Mädchen namens Phlosine Seurat hat ausgesagt, sie hätte gehört, wie eine Tür zugeschlagen wurde.«

»Galen Peralta hat die Tür zugeschlagen«, sagte January. »Er kam herein ...«

»Galen Peralta? Xavier Peraltas Sohn? Mit dem sie heute abend diese kleine Meinungsverschiedenheit hatte?« Shaw setzte sich auf, nahm die Stiefel vom Schreibtisch und spuckte aus.

January nickte und betrachtete ihn überrascht. »Hat Ihnen das denn niemand erzählt?«

Der Polizist schüttelte den Kopf. »Wann war das? Der Junge

wurde das letzte Mal gesehen, als er ihr in der Halle diesen komischen Flügel abgerissen hat, und dann ist sie in die kleine Kammer abgerauscht. Da ist sie übrigens das letzte Mal überhaupt gesehen worden. Die Seurat – und die anderen Mädchen, die noch in der Halle waren, sagen, daß der Junge die Treppe hinuntergestürmt ist. Irgend jemand hat ihn noch im Hof gesehen, aber niemand weiß, ob das davor oder danach war.«

»Man kommt vom Hof direkt in den Gang zum Büro«, sagte January. »Vielleicht hat er es sich anders überlegt. Vielleicht war es ein *l'esprit d'escalier,* eine Eingebung.«

»Könnte eine schlechte Eingebung gewesen sein«, sagte Shaw und lehnte sich wieder zurück. Auf der Straße gab es einen lauten Wortwechsel, und gleich darauf fiel jemand so heftig gegen die Wand, daß das Gebäude erzitterte. »Wie vielen Mädels solche Kerle wohl schon das Herz gebrochen haben, weil sie ihnen auf halber Strecke den Gnadenstoß gegeben haben. Erzählen Sie weiter.«

»Wenn er über die Hintertreppe wieder hereingekommen ist, konnte man ihn weder von der Eingangshalle noch von oben sehen. Er ist zurückgekommen, und ich glaube, sie wußte, daß er kommen würde. Sie dachte, ich wäre er, als ich in die Kammer trat, und sie hatte ihr Sprüchlein schon parat. Der Junge war wütend. Und kein Siebzehnjähriger ist klug genug, in so einer Situation einfach zu gehen.«

»Das hätte ich bei Gott auch nicht getan«, sagte Shaw, stand auf und streckte sich. »Hat mich oft genug beinahe das Leben gekostet, wenn ich meinem betrunkenen Vater im falschen Augenblick in die Quere kam. Und Sie sind dann gegangen?«

January nickte. »Ich hatte keinen Grund zu bleiben, und der Junge hätte mich sowieso rausgeworfen. Meine Schwester und Marie-Anne Pellicot haben den Rest des Abends nach Mademoiselle Crozat gesucht. Genau wie Galens Vater. Da dachte ich noch, die beiden seien irgendwo hingegangen, wo es ruhiger ist, um ihren kleinen Streit auszutragen, aber es kann auch sein, daß er schnell wieder gegangen ist – das war, als wir gerade die

Gigue spielten, um die Leute von Bouille und Granger abzulenken. Sie ist vielleicht in der Garderobe geblieben, um ihren Flügel in Ordnung zu bringen, und dann kam der Mörder.«

Shaw zog seine farblosen Augenbrauen hoch. »Wie kommen Sie denn darauf?«

»Kommen Sie mit.« January stand auf, und Shaw folgte ihm auf dem Fuße. Zusammen stiegen sie die Hintertreppe hinauf und wandten sich nach rechts, wo ein verschlafener Constable immer noch die Tür zur Kammer bewachte. Neben seinem Stuhl auf dem Boden standen eine Tasse und ein Teller mit einer halben Pastete. Er rappelte sich auf und salutierte.

»Wir haben alles vom Teppich aufgesammelt, Mr. Shaw. Die Mutter hat das Mädchen wegbringen lassen, wie Sie gesagt haben.«

»Und keine Spur von den verschwundenen Klunkern?«

»Nein, Sir.« Der Mann entriegelte die Tür.

Auch hier tropften die Kerzen. Die Fenster waren geschlossen, der Raum war unordentlich, und es roch nach Rauch und Tod. Die Blaskapelle auf der Straße war endlich verstummt, so daß die Stimmen der wenigen Menschen, die vorbeigingen, um so lauter nach oben drangen.

January ging sofort zu den steifen Flügeln; sie lehnten immer noch an dem Garderobenschrank, der Angeliques Leiche verborgen hatte. Vorsichtig berührte er die Nähnadel, die am Ende eines Fadens baumelte. »Die meisten Frauen stecken die Nadel in den Stoff, wenn sie aufhören zu nähen, damit der Faden nicht rausrutscht«, sagte er. »Nichts macht eine Frau verrückter, als wenn sie neu einfädeln muß. Ich weiß nicht, warum das so ist.«

Shaws häßliches Gesicht verzog sich zu einem Lächeln. »Da ist wohl jemand verheiratet?« Vergeblich sah er sich nach einem Spucknapf um, öffnete das Fenster und den Fensterladen einen Spalt und spuckte quer über den Balkon. January hoffte, daß Kardinal Richelieu unten stand.

Während Shaw mit Spucken beschäftigt war, sah sich January den Tisch genauer an. Die Kerzen waren hinter den Deckel einer Nähschachtel aus Pappe geschoben. Er hob die Schachtel ein wenig an und schob sie ins Licht. Dutzende von Bändern in den verschiedensten Farben, unzählige Reste von Fäden, zwei Nähnadeln und vierzehn Stecknadeln, ein Pfauenauge und Perlen, jede Menge Reste gefärbter und ungefärbter Straußenfedern, ein Knäuel aus Schwanenfedern, so groß wie ein Schafsmagen, und Spitze, die von irgendeinem Unterrock stammte, lagen darin.

Er sah ein halbes Dutzend Haken und Ösen und Miederspitze. Die Angestellten des Ballsaales und des Théâtre würden den ganzen Vormittag lang pfundweise solchen Abfall aufsammeln.

Er nahm ein Lorbeerblatt heraus. »Der Römer in der goldenen Rüstung«, sagte er. »Ich glaube, Granger nannte ihn Jenkins. Er trug einen Lorbeerkranz.«

»Sie haben einen Blick für diesen Tand.« Die Hände in den Taschen, als helfe ihm das, seinen schlaksigen Körper aufrecht zu halten, schlenderte Shaw zu ihm hinüber. »Das mit den Kostümen war eine schlaue Idee.«

»Meine Frau war Schneiderin.« January betrachtete die Fäden und Bänder in seiner Hand. So wie in der Bemerkung über Minou – *hübsches Ding* – hatte in Shaws Worten eben keinerlei Anzüglichkeit gelegen. »Ich war immer von Stoffen und Spitze umgeben, und ich habe zugesehen, wie sie die hübschesten Kleider daraus gemacht hat.«

Er lächelte in der Erinnerung daran. »Es gab eine Dame – die Frau eines Barons –, die sie zum Wahnsinn trieb, weil sie immer mehr wollte, aber keinen Sou dafür bezahlte. Ayasha sagte nichts, bis das alte Weib eines Tages daherkam und ihr vorhielt, daß eine Christin solche Änderungen umsonst machen würde. Daraufhin nähte sie einfach andere Bänder an das Mieder – in einer Farbe, die in dem Jahr der letzte Schrei war, und die Alte war entzückt darüber –, und schneller, als ich es jemals gesehen hatte, wurde aus einer hübschen Frau eine häßliche alte Schachtel.«

Er schüttelte den Kopf und merkte, daß Shaws graue Augen wieder auf ihm ruhten, als spüre er den Schmerz, der unter den schönen Erinnerungen lauerte.

»Ihre Frau war Araberin?«

»Berberin«, sagte January. »Aber sie war Christin, wobei ich nicht weiß, wieviel sie davon glaubte. Sie ist letzten Sommer gestorben.«

»An der Cholera?«

January nickte und griff nach einer rosaroten Samtrose, die von Dominiques Maske stammen mußte. Sie wirkte so winzig in seiner Hand. »Sie hätte Ihnen anhand dieser Kleinigkeiten jeden einzelnen nennen können, der in diesem Raum war. Meine Schwester weiß wahrscheinlich auch, was zu wem gehört.«

»Derjenige, der es getan hat, muß nicht unbedingt etwas verloren haben«, bemerkte Shaw. »Wenn der junge Peralta nur einen einfachen Abendanzug trug, finden wir gar nichts, es sei denn, sie hat ihm einen Knopf abgerissen. Und dieser Jenkins…«

»Er hat sie gesucht«, sagte January. »Er ist die ganze Zeit in der Halle und im Ballsaal herumgeschlichen. Er könnte hier gewesen sein.«

»Haben Sie den Streit in der Halle mitbekommen?«

»Das hat jeder. Sie hat mit Jenkins geflirtet. Sie hat mit jedem geflirtet, jedenfalls mit jedem, der Geld hat.«

»Obwohl Peraltas Daddy sie ... Wie sagt man? Für seinen Sohn gekauft hat?«

»Gekauft ist nicht das richtige Wort«, erwiderte January, aber er entnahm Shaws Tonfall, daß der Polizist wußte, daß die *Plaçées* rechtlich gesehen frei waren. »Es war ein Handel, wie Sie vorhin gesagt haben. Damit der Junge nicht ausgenommen wird und damit das Mädchen gegenüber dem Beschützer nicht raffgierig wirkt. Die Mutter kann sagen: ›Ich will sichergehen, daß Sie nicht irgendein kreolisches Mädchen heiraten und meine Tochter ohne einen Penny mit ihrem Baby sitzenlassen.‹ Die Tochter kann das nicht. Es wird alles vorher arrangiert und besiegelt, damit keine Fragen offenbleiben.«

Nachdenklich betrachtete Shaw das Lorbeerblatt in seiner Hand. »Schlau, schlau«, sagte er. »Welcher Junge sucht sich für das erste Mal schon ein halbwegs anständiges Mädchen? Wenn ich an meine erste große Liebe denke – o Gott.« Er schüttelte den Kopf. »Glauben Sie, daß Miss Crozat mit dem ehrenwerten Römer geflirtet hat, um den Preis in die Höhe zu treiben?«

»Wenn es so war, dann hat es funktioniert. Der Junge war außer sich, als er in die Kammer kam. Aber ob ein Amerikaner sie zu denselben Bedingungen bekommen hätte wie ein Franzose, ist fraglich.«

Shaw musterte ihn einen Moment lang aus zusammengekniffenen Augen, als erwäge er, auf diese Kritik an den amerikanischen Pflanzern, die sich eine gutaussehende Sklavin einfach kauften oder nahmen, ob sie wollte oder nicht, einzugehen. Doch er trat nur ans Fenster und spuckte wieder aus.

January folgte ihm in die Halle, wo Hannibal unter flackernden Gaslampen auf einem Sofa zusammengerollt schlief, während zwei Angestellte Champagnergläser einsammelten und verstreute Perlen und Seidenblumen, Zigarrenstummel und Bänder von den bunten Teppichen kehrten. Dunkel und ruhig lag der Ballsaal hinter ihnen. Shaw schlüpfte in seinen abgetragenen, grünen Mantel, während sie die Haupttreppe hinuntergingen. Auch hinter den geschlossenen Türen der Spielsalons war es ruhig geworden.

An der breiten Tür, die von der Eingangshalle in den Hof führte, erwartete sie ein Constable. Die Luft roch nach Regen und Schlamm. Die Dämmerung kroch durch die geöffneten Eingangstüren.

»Wir haben das ganze Gebäude und den Dachboden durchsucht, Sir«, sagte der Mann und salutierte. »Nichts.«

»Vielen Dank, Calvert.« Er sprach den Namen französisch aus. Zusammen betraten January und Shaw den Innenhof. Shaw drehte sich um und warf einen Blick zurück auf den Salle d'Orleans, dessen blaßgelbe und olivgrüne Mauern hinter ihnen aufragten.

Während des Karnevals hatte diese frühe Morgenstunde etwas unbeschreiblich Schäbiges. Die Straßen waren wie leergefegt, der Himmel weinte, und überall lag Müll. Shaw durchquerte den Hof und betrachtete den Balkon, die kahlen Bäume und die bunten Lampions, die jetzt erloschen waren. Er ging durch die kleine Gasse, die zur Rue Ste. Anne führte; ab und zu kam noch eine Kutsche voller lärmend heimkehrender Nachtschwärmer vorbei, und das Tuten der Dampfer war zu hören.

Eine Frau ging vorüber und sang auf englisch: »Austern! Frische Austern!«, und auf der anderen Straßenseite schwankten zwei Herren in Abendanzügen und Masken von einem Balkonpfeiler zum nächsten. Eine Frau im absurden Gewand einer griechischen Göttin sprach sie mit einem breiten Grinsen an.

»Ich frage mich doch, wie sie ihren Lebensunterhalt verdient«, sinnierte Shaw und spuckte ausgiebig in den Rinnstein.

»Jedenfalls anders als die Frauen, die heute abend auf dem Ball waren«, sagte January leise. Er hatte immer noch die Stimme aus dem Ballsaal im Ohr und Froissarts abfällige Bemerkung, *sie ist doch nur eine Plaçee* … Er bückte sich, um eine einzelne schwarze Hahnenfeder aufzuheben, die naß und verloren an der Mauer lag.

Shaw sah ihn überrascht an. »Ich bin vielleicht ein ungebildeter Hinterwäldler, aber den Unterschied zwischen einer Kurtisane und einem Straßenmädchen kenne ich, ob sie nun maskiert sind oder nicht.«

»Gibt es da einen Unterschied?« fragte January. »Sir?«

»Für mich?« fragte Shaw. »Oder für Mr. Tremouille, wenn er hört, was wir hier haben?«

Sagen Sie es mir, wollte January sagen, aber er verkniff sich die Worte. Der Mann war Polizist, der Mann war Weißer, und der Mann war Amerikaner. Zu einem Kreolen hätte er diese Worte unter vergleichbaren Umständen vielleicht gesagt, aber jetzt beschlich ihn wieder dieses ungute Gefühl, das Bewußtsein, daß dieser Mann die Macht hatte, ihm zu schaden.

Shaw rieb sich das Gesicht, auf dem Bartstoppeln sprossen wie eine Schmutzschicht.

»Eine Frau ist ermordet worden«, sagte er. »Sie war eine freie Frau und Einwohnerin dieser Stadt, das heißt, mein Gehalt wird von ihren Steuern bezahlt. Also bin ich sozusagen verpflichtet, ihren Tod zu sühnen, oder nicht? Verstoße ich gegen irgendwelche Regeln, wenn ich Ihrer Schwester heute nachmittag einen Besuch abstatte?« Er klopfte auf den Stapel Notizblätter, die aus seiner ausgebeulten Manteltasche herausschauten.

»Schicken Sie ihr nachher eine Nachricht, damit sie Zeit hat, sich darauf vorzubereiten«, riet ihm January. »So kann sie einer Freundin oder ihrer Mutter Bescheid sagen, damit eine Anstandsdame dabei ist. Vier Uhr ist gut. Bis dahin ist sie wach und hat sich zurechtgemacht. Und vor acht wird bei den Crozats sicher nichts passieren. Haben Sie die Adresse?«

Shaw nickte. »Sehr freundlich von Ihnen, vielen Dank«, sagte er. »Im letzten Karneval war ich Constable hier – und bei Gott, ich dachte wirklich, ich bin in eins von den Bilderbüchern meiner Großmutter geraten! Es stimmt wahrscheinlich, daß während des Karnevals mehr geklaut wird als sonst. Und wenn ein Fremder einen Fremden umbringt, hat man kaum Chancen, ihn zu fassen, es sei denn, er stellt mit der Beute etwas Dummes an. Aber irgend etwas sagt mir, daß es wirklich ein selten blöder Dieb sein muß, der wegen ein paar Juwelen auf einem Ball wie diesem zum Mörder wird. Und es gab jede Menge Frauen, die genauso teure Klunker trugen, wenn nicht noch wertvollere. Wenn jemand Miss Crozat wegen dieser Halskette umgebracht hat, dann hat er sich verdammt idiotisch angestellt.«

Er trat auf den gepflasterten Gehweg, spuckte in den Rinnstein und verschwand mit wehendem Mantel in der Dämmerung. Mit den Fingerspitzen strich January über die schwarze Hahnenfeder und sah ihm nach, bis er außer Sichtweite war.

6

Alles war still, als January bei dem ockergelben, stuckverzierten Häuschen an der Rue Burgundy ankam. Er lauschte einen Moment an den geschlossenen Fensterläden der beiden Räume, die zur Straße hin lagen, dann ging er leise den morastigen Pfad zwischen den eng stehenden Häusern zum Hinterhof hinunter und duckte sich seitlich unter einem Tor hindurch. Auch nach hinten hinaus waren die Fensterläden geschlossen. Im Hof befanden sich ein Abort und eine Küche aus Ziegelstein mit einer Dienstbotenkammer darüber.

Früher hatte seine Schwester im hinteren Zimmer geschlafen, und seine Mutter hatte das vordere Schlafzimmer und die beiden Salons bewohnt, die ineinander übergingen und für die Besuche von St. Denis Janvier reserviert waren. Mit neun Jahren hatte January schon in der Dienstbotenkammer geschlafen, hatte gewartet, bis die Lichter im Haus erloschen waren, und war die wackelige Wendeltreppe an der Außenmauer hinuntergeklettert, um mit Olympe, Will Pavegau und Nick Gignac mitternächtliche Abenteuer zu suchen. Er lächelte bei der Erinnerung an Olympes weiß glitzernde Augen, als sie sie aufforderte, ihr auf den Friedhof oder zu den Tänzen der Sklaven draußen in Bayou St. John zu folgen.

Seine jüngere – richtige – Schwester war damals ein mageres Mädchen gewesen, das wie eine schwarze Spinne aussah in dem zerlumpten blau-roten Rock und einer Baumwollbluse, die nicht einmal eine Sklavin angezogen hätte. Es war für sie ein leichtes gewesen, sich aus dem Hinterzimmer mit dem Fenster zum Hof zu schleichen, aber January vermutete, daß sie es auch geschafft hätte, aus einem Käfig auszubrechen.

Als Dominique geboren wurde, war Olympe fünfzehn gewesen. Nur ein Jahr lang hatten die beiden Mädchen sich das Hinterzimmer geteilt. Dann gehörte es Dominique allein, ein Luxus für ein kleines Mädchen. Aber Dominique war schon immer der Augenstern ihrer Mutter und der ganze Stolz ihres Vaters gewesen.

Wahrscheinlich hatte Dominique das Zimmer bewohnt, bis sie sechzehn war und Henri Viellard in ihr Leben trat. St. Denis Janvier war zu diesem Zeitpunkt schon tot und hatte seine Mätresse in Wohlstand zurückgelassen. Livia Janvier heiratete einen Kunsttischler, Christophe Levesque, der vor ein paar Jahren gestorben war. Eine kurze Zeitlang war das Hinterzimmer, das erst Olympe und dann Dominique gehört hatte, Levesques Werkstatt. Jetzt stand es leer, obwohl Minou der Meinung war, ihre Mutter sollte sich einen Liebhaber nehmen.

January ging zum Fenster und öffnete einen Flügel der grünen Fensterläden. Er lauschte an den Stäben der Jalousie nach dem leisen, gleichmäßigen Atmen seiner Mutter.

Er hörte nichts. Leise hob er den Haken und schob die Jalousie nach innen. Das Zimmer war gespenstisch leer und verstaubt. Er ging auf die Tür zum Schlafzimmer seiner Mutter zu, die halb offenstand. Durch die Luftschlitze der Tür, die zur Straße lag, fielen Lichtstreifen. Der bunte Bettüberwurf, der tagsüber die schneeweißen Laken bedeckte, war zurückgeschlagen. Zwei buttergelbe Katzen – *Les Madames* – kauerten mit eingezogenen Pfoten am Fußende und dösten. Träge öffneten sie die Augen und schenkten ihm gerade so viel Aufmerksamkeit, wie ein wohlerzogenes kreolisches Mädchen für die betrunkenen Seeleute übrig hatte, die in der Rue Bourbon in ihrem Erbrochenen lagen und schliefen. In der Waschschüssel war Wasser, und über dem Rohrstuhl lag ein Kleid aus schwerem grünem Chintz. Kaffeegeruch hing in der Luft.

Wahrscheinlich war Euphrasie Dreuze oder eine ihrer Freundinnen gekommen, um sie um Hilfe zu bitten, und Livia Janvier Levesque war mit ihr gegangen.

January klemmte seine Notentasche unter den Arm und ging zurück in den Hof. Im Küchenherd brannte noch ein kleines wärmendes Feuer, in der großen Emaillekanne war noch etwas Kaffee. Er goß sich eine Tasse ein und trug sie die Wendeltreppe hinauf. Während er sich umzog, trank er den Kaffee und aß die Beignets, die er im Laufe des Abends von den Tischen im Ballsaal gesammelt hatte. Die Hälfte der Ausbeute hatte er auf Hannibals engem Dachboden deponiert, unter einem Blechtopf, um die Ratten fernzuhalten, doch wahrscheinlich würden die Mädchen, die in dem Haus mit Liebesdiensten ihr Geld verdienten, sie stehlen, sobald er außer Sichtweite war, so wie sie Hannibals Medizin, sein Laudanum und noch den letzten Cent aus seiner Tasche stahlen.

Vor dem Essen kniete er neben dem Bett nieder, holte den Rosenkranz, den er seit seiner Kindheit besaß, aus der Tasche – billige, blaue Glasperlen und ein Kreuz aus geschliffenem Stahl – und sprach schnell die Gebete für die Seele von Angelique Crozat. Aus eigener Erfahrung und von jedem, mit dem er über sie gesprochen hatte, wußte er, daß sie eine verabscheuungswürdige Frau gewesen war, doch nur Gott konnte richten. Wo auch immer sie war, sie war ohne Beichte gestorben und würde die Gebete brauchen. Es war wenig genug, was man für sie tun konnte.

Es war beinahe neun Uhr morgens, als er auf der Plantage mit dem Namen Les Saules von dem gemieteten Pferd stieg. Bis vor zwei Monaten hatte Arnaud Trepagier hier gelebt.

Ein kohlschwarzer Diener in schwarzer Trauerkleidung kam die Hintertreppe herunter, um ihn zu begrüßen. »Madame Trepagier ist mit dem Makler im Büro«, sagte er und deutete mit einer schwarz behandschuhten Hand auf das Haus, während ein barfüßiges Kind das Pferd am Zaumzeug nahm und zu einem eisernen Pfosten unter einer der Weiden brachte, die überall um das Haus herum wuchsen und der Plantage ihren Namen gegeben hatten.

Das Haus war alt, und wie alle Häuser auf kreolischen Plantagen war es hoch gebaut, mit Lagerräumen im Erdgeschoß. Um drei Seiten zog sich eine Veranda, die es größer wirken ließ. »Sie bittet Sie, auf der Veranda zu warten, Sir, sie wird gleich da sein. Darf ich Ihnen eine Limonade bringen?«

»Vielen Dank.« Amüsiert bemerkte January, daß die Manschetten des Dieners weniger fadenscheinig und seine Kleider neuer waren als seine eigenen, die eines freien Farbigen. Die schwarze Frackjacke und die cremefarbene Hose, die er gestern abend getragen hatte, waren in einem besseren Zustand, denn ein Musiker wurde maßgeblich nach seinem Aussehen beurteilt und engagiert. Doch obwohl er in Paris als Musiker viel mehr verdient hatte als jemals als Chirurg am Hôtel Dieu – und als er als Arzt in New Orleans je verdienen würde –, hatte er nie viel sparen können, denn die Steuern in Frankreich waren hoch. Und solange er noch nicht genug Schüler hatte, mußte er sich damit abfinden, zerlumpter herumzulaufen als mancher Sklave.

Der Diener begleitete ihn die Treppe hinauf auf die rückwärtige Veranda, bot ihm einen Stuhl an und zog sich über einen mit Muschelscherben belegten Weg durch den Garten in die Küche zurück. Von seinem Aussichtspunkt ungefähr zehn Fuß über dem Erdboden konnte January durch einen Schleier von grünen Weidenzweigen die unterschiedlichsten Grün- und Brauntöne von selbstgefärbtem Musselin erkennen. Küchensklavinnen, die mit den Vorbereitungen für das Abendessen oder mit der Wäsche beschäftigt waren, eilten vor dem langgestreckten Ziegelbau hin und her. Offenbar trugen nur die Haussklaven, die man euphemistisch »Diener« nannte, Trauerkleidung – für einen Herrn, den sie vielleicht geliebt oder gefürchtet oder einfach hingenommen hatten, so wie man das mühselige Tagwerk in der sengenden Sommerhitze hinnahm. Die anderen trugen, was sie besaßen, selbstgefärbte braune oder ausgewaschene blaue oder rote Baumwollkleider. Schwach drang ihr Gemurmel zu ihm herüber.

Les Saules war eine mittelgroße Plantage. Zu Fuß war es in

die Stadt zu weit, aber zu Pferd brauchte man nur eine halbe Stunde. Das Haus war mit den in New Orleans üblichen Ziegeln erbaut, stuckverziert und weiß gestrichen. An der Vorderfront lagen nebeneinander drei große Räume. Dahinter gab es noch zwei kleine Zimmer, die eine Veranda einschlossen, welche im Sommer vermutlich als Schlafraum diente. In den hohen Verandatüren fehlten die Scheiben, die Öffnungen waren mit Pappe verkleidet. Durch die Zweige hindurch sah January, daß der Putz am Küchengebäude an einigen Stellen abbröckelte und darunter das Mauerwerk zum Vorschein kam. Auf der anderen Seite, hinter der verfallenen Garçonnière und einem Taubenschlag, jäteten Sklaven auf den Zuckerrohrfeldern Unkraut, doch es schienen zu wenige für diese Arbeit zu sein.

Er dachte an die schweren Ketten aus Perlen und Smaragden, die Angeliques Hals und ihr Haar geschmückt hatten. Ihm fiel ein, daß der alte René Dubonnet ein Stück Land am See Pontchartrain sein eigen genannt und von den Vorauszahlungen für die jeweils nächste Ernte gelebt hatte. Wie die meisten Pflanzer – und biblischen Könige – war er reich an Land und Sklaven gewesen, verfügte jedoch über wenig Bargeld und war bis über beide Ohren verschuldet. Warum sollte es Arnaud Trepagier anders ergangen sein?

Dennoch hatten all diese alten Familien immer genug Geld, um ein Stadthaus und eine Mätresse zu halten, und es reichte immer, um die Söhne zum Studieren nach Paris zu schicken und die Klavierstunden und die Klosterschule für die Töchter zu bezahlen. Es war immer genug Geld für gute Weine da, für prachtvolle Hochzeiten und das beste Pferdefleisch. Und es reichte immer, um den prächtigen Lebensstil und die alten Traditionen gegenüber den schmutzigen Yankee-Emporkömmlingen aufrechtzuerhalten.

Vor vielen Jahren, noch ehe er nach Paris gegangen war, hatte January bei einem Debütantinnenball in einem großen Stadthaus an der Rue Royale gespielt. Das war nur wenige Monate nach der Niederlage der Briten in Chalmette gewesen, und einer der Gäste, Juniorpartner in einem Maklerbüro, hatte einen Freund mitgebracht, einen Amerikaner. Sehr reich, sehr höflich, sehr gut erzogen und – soweit January diese Dinge beurteilen konnte – sehr gut aussehend.

Nur ein einziges französisches Mädchen hatte sich mit ihm unterhalten, die Tochter eines verarmten Pflanzers, der seit Jahren versuchte, sie zu verheiraten. Ihre Brüder hatten angedroht, den Mann auspeitschen zu lassen, falls er sie noch einmal ansprach.

»Monsieur Janvier?«

Er schreckte aus seinen Träumen auf und drehte sich um.

Wie ein dunkler Schatten stand Madeleine Trepagier in ihrem Trauerkleid in der halboffenen Tür zum mittleren Salon. Ihre schwarzen Haare waren ordentlich zu einer modischen Lockenfrisur aufgesteckt und mit einer schwarzen Spitzenhaube bedeckt. Ohne die Ledermaske der Indianerprinzessin und die törichten roten und blauen Farbstreifen im Gesicht erkannte January, daß aus dem hübschen Kind eine Schönheit geworden war.

Er stand auf und verbeugte sich. »Madame Trepagier.«

Sie setzte sich ihm gegenüber und betrachtete die umgegrabene Erde und die Wintererbsen im Küchengarten. Sie hatte die üppige Figur einer römischen Venus, verhüllt von einem Trauerkleid, das ursprünglich wohl ein bedrucktes Baumwollkleid gewesen war, denn auf dem Stoff war unter dem Schwarz noch ein Muster zu erahnen, schemenhaft wie das getigerte Fell einer nachtschwarzen Katze, was dem gewöhnlichen Stoff einen merkwürdigen Glanz verlieh. Ihre Finger waren voller Tintenflecke, und Sorgenfalten lagen um ihren Mund und die Augen.

Doch was January am meisten überraschte, war ihre Gelassenheit. Der gequälten Müdigkeit und dem grimmigen Zug um ihren Mund zum Trotz strahlte sie eine tiefe Ruhe aus, die ihre Wurzeln nur in einer unerschütterlichen Sicherheit haben konnte. Selbst wenn alles mißlang, diese Sicherheit war ihr gewiß.

Aber sie war blaß, und er hätte gern gewußt, wann sie letzte Nacht nach Les Saules zurückgekehrt war.

»Vielen Dank für Ihre Bemühungen gestern abend«, sagte sie mit ihrer leisen Stimme. »Und dafür, daß Sie mich fortgeschickt haben.«

»Ich nehme an, Sie sind sicher nach Hause gekommen.«

Sie nickte und lächelte reumütig. »Sicherer, als ich es verdient habe. Ich bin ein Stückchen gelaufen, dann habe ich eine Droschke gefunden und war noch vor halb neun zu Hause. Ich ... ich glaube, es war dumm von mir anzunehmen, daß ich dort mit ihr sprechen kann. Aber ich hatte ihr schon so oft eine Nachricht geschickt, und sie hat nie geantwortet.«

»Das hat sie mir auch gesagt.«

Sie preßte die Lippen aufeinander, und beim Gedanken an den Ärger bekamen die vollen Konturen einen häßlichen, bitteren und unversöhnlichen Zug.

January dachte an das, was Angelique über die »kleinen Kreolentricks« gesagt hatte, und an die Geschichten seiner Mutter über Ehefrauen, die den geheimen Ehrenkodex der Stadt dazu benutzten, die Mätressen ihrer Ehemänner anzuschwärzen. Einen Augenblick schien Madame Trepagier durchaus imstande zu sein, eine andere Frau verhaften und auspeitschen zu lassen, indem sie falsche Beschuldigungen wie die der Überheblichkeit gegen sie vorbrachte – wenngleich Gott wußte, daß Angelique jedem gegenüber überheblich war, egal ob schwarz, farbig oder weiß –, oder sie ins Gefängnis werfen zu lassen, weil sie eine Kutsche besaß oder ihr Haar nicht bedeckte.

Aber nach der Warnung, die Angelique ihm gestern abend mitgegeben hatte, war klar, daß sie diese abscheuliche Macht nicht ausgeübt hatte.

Die Frau, die er vor sich hatte, schüttelte leicht den Kopf, als wolle sie den Ärger vertreiben. »Es wäre wirklich nicht nötig gewesen, den weiten Weg hier heraus zu kommen.«

Etwas an der Art, wie sie dasaß, an der gekünstelten Ruhe, veranlaßte ihn zu sagen: »Sie haben gehört, daß sie tot ist.«

Die großen Hände zuckten auf ihrem Schoß, aber ihr Blick war eher wachsam als überrascht. Sie schien zu überlegen, wieviel sie sagen konnte, wieviel man ihr glauben würde, dann bekreuzigte sie sich. »Ja, ich habe es gehört.«

Wahrscheinlich von der Frau, die ihr heute morgen das Waschwasser gebracht hat, dachte January. Oder von der Köchin, als sie ihr die Lebensmittel für den Tag zuteilte. Die Weißen verstanden nicht, wie Neuigkeiten so schnell die Runde machen konnten; sie waren zu gut erzogen, um herumzuschnüffeln. Sie stilisierten sich zu Göttern, verkündeten laut ihre Wichtigkeit und waren immer wieder überrascht, daß jene, deren Leben sie durch ihr Tun beeinflußten, ihr Treiben mit einem Interesse verfolgten, wie es die Weißen allenfalls für die Personen aus Balzacs Romanen aufbrachten.

»Sie haben gehört, was geschehen ist?«

Wieder zuckten die Hände auf dem Schoß. »Nur, daß sie ... erwürgt wurde. Auf dem Ball.« Sie warf ihm einen kurzen Blick zu. »Die Polizei ... Ist jemand verhaftet worden? Haben sie gesagt, ob sie jemanden verdächtigen? Oder wann es passiert ist?«

Ihre Stimme hatte den flachen, blechernen Klang gespielter Gleichgültigkeit; als versuchte sie unter dem Deckmantel der Plauderei wichtige Informationen zu erhalten. *Wann?* dachte January. Aber als er ihr prüfend ins Gesicht sah, stand sie schnell auf, ging zum Verandageländer und beobachtete aufmerksam einen alten Mann, der unter den Weiden etwas aussäte; als wäre es von größter Wichtigkeit, ihm zuzusehen, wie er in den Beutel mit Samen griff und sie vorsichtig mit etwas Wasser aus einer Kürbisflasche in die Erde setzte.

»Haben sie gesagt, was mit ihren Sachen geschieht?« fragte sie mit abgewandtem Gesicht.

Auch January erhob sich. »Ich vermute, ihre Mutter wird sie behalten.«

Erschrocken sah sie ihn an, und ihre braunen Augen weiteten sich vor Überraschung. Dann schüttelte sie den Kopf und lachte auf, aber es war kein fröhliches Lachen. Als sie wieder sprach, klang ihre Stimme etwas normaler. »Es tut mir leid«, sagte sie. »Es ist nur … All diese Jahre habe ich sie nur als … als Hexe oder Ungeheuer gesehen. Mir ist nie in den Sinn gekommen, daß sie eine Mutter hat, aber natürlich hat sie eine. Es ist nur …« Sie griff sich ins Haar, eine gewohnte Geste, als wolle sie eine Locke, die in die Stirn fiel, aus dem Gesicht streichen. Er sah, daß sie Tränen in den Augen hatte.

Er war einst ihr Lehrer gewesen, und etwas von dem alten Band zwischen ihnen existierte noch immer und veranlaßte ihn zu fragen: »Er hat ihr Dinge gegeben, die Ihnen gehören, nicht wahr?«

Sie wandte sich erneut ab und nickte. Er spürte, wie sehr sie sich schämte. »Hauptsächlich Schmuck«, sagte sie mit erstickter Stimme. »Dinge, die er für mich gekauft hatte, als wir jung verheiratet waren. Sachen aus dem Haushalt, Kristall und Leinen. Ein Pferd und eine kleine Kutsche, obwohl sie nicht damit fahren durfte. Kleider. Das weiße Kleid, das sie trug, gehörte mir. Ich weiß nicht, ob Männer das Gefühl kennen, aber wenn ich mir ein Kleid nähe … ist es ein Teil von mir. Das klingt so dumm, wenn man es ausspricht, und die Mutter Oberin in der Schule würde sagen, ich soll mich nicht an weltliche Dinge binden, aber … Wenn ich mir einen schönen Stoff aussuche und ein Muster, die Spitze, um ihn zu säumen – wenn ich ihn für mich zuschneide, ihn *trage* … und am Ende ihr geben muß …«

Zitternd holte sie Luft. »Das klingt alles so habgierig. Und kleinlich.« Es schien sie große Anstrengung zu kosten, diese Worte über die Lippen zu bringen. »Ich weiß nicht, ob Sie das verstehen.« Sie sah ihn an und faltete die großen Hände vor dem verwaschenen schwarzen Muster ihres Kleides.

Er hatte erlebt, wie die Frauen, die sich Kleider nähen ließen, mit Ayasha umgesprungen waren, wenn sie zur Anprobe kamen, hatte ihre Fragen gehört, während die Kleider in Arbeit waren. »Ich verstehe das.«

»Ich glaube, über das Kleid habe ich mich am meisten geärgert. Mehr noch als über den Schmuck. Aber einige Sachen, die er ihr gegeben hat, waren ziemlich wertvoll. Die Barockperlen und die Smaragde, die sie trug, waren sehr alt, und er hatte kein Recht, sie ihr zu geben ...«

Sie hielt inne, kämpfte wieder gegen eine Welle von Wut und schüttelte den Kopf. »Außer, natürlich, daß jeder Ehemann das Recht hat, seiner Frau alles wegzunehmen.«

»Das Gesetz sagt etwas anderes«, erwiderte January. »Laut Gesetz in einem einst spanischen Gebiet ...«

»Monsieur Janvier«, unterbrach ihn Madeleine Trepagier leise, »wenn ein Mann und eine Frau allein und meilenweit von der Stadt entfernt in einem Haus leben, hat er ein Recht auf alles, was er nur von ihr wünscht.« Ihr sanfter Blick wurde plötzlich stechend, sie sah fremd und gealtert aus. »Die Smaragde gehörten meiner Großmutter. Sie waren praktisch das einzige, was sie aus Haiti mitgebracht hat. Ich habe sie bei unserer Hochzeit getragen, aber ich mochte sie nie. Es heißt, daß ein Fluch auf ihnen liegt, und trotzdem wollte ich sie wiederhaben. Ich brauchte sie. Deshalb wollte ich mit ihr reden.«

»Ihr Mann hat Ihnen Schulden hinterlassen?« Bruchstücke des Klatsches seiner Mutter schossen ihm durch den Kopf.

Sie nickte. Wäre er nicht ihr Lehrer gewesen und ein Freund aus der Kindheit, hätte sie nicht darüber gesprochen.

»Es muß Ihnen schwergefallen sein«, sagte er leise, »dieses Risiko einzugehen, um Ihren Schmuck zurückzubekommen. Haben Sie Kinder?«

»Keine lebenden.« Sie seufzte und sah auf ihre Hände, die auf dem Zypressengeländer ruhten. Er bemerkte, daß sie den Ehering, den sie letzte Nacht abgenommen hatte, nicht wieder angesteckt hatte. »Wenn ich die Plantage verliere«, sagte sie, »weiß ich nicht mehr, was ich tun soll.«

Kinder würden es leichter machen, dachte January. Kein Kreole würde seine Enkelkinder verhungern lassen. Seine Mutter hatte ihm von der mörderischen Seuche des letzten Sommers geschrieben, und er überlegte, ob die Kinder daran gestorben waren. Das Klima in Louisiana war für Weiße eher ungesund.

»Haben Sie Familie?« Er erinnerte sich dunkel, daß eine Generation früher unzählige Dubonnets aus Santo Domingo gekommen waren, aber er wußte nicht mehr, ob René Dubonnet außer dieser Tochter noch mehr Kinder hatte.

Sie zögerte den Bruchteil einer Sekunde, dann nickte sie.

Gouvernante von unzähligen Nichten und Neffen, dachte er. Oder Gesellschafterin einer alten Tante. Oder einfach eine verwitwete Cousine, die man aufnimmt; dazu bestimmt, mit irgendeiner Tochter ein Hinterzimmer und das Bett zu teilen, obwohl sie selbst eine Plantage geführt hat und Herrin über ein Dutzend Sklaven war.

»Können Sie von der Familie Ihres Mannes Hilfe erwarten?«

»Nein.«

An der Art, wie sie das Nein zwischen den Zähnen hervorpreßte, erkannte January, daß das Thema abgeschlossen war.

Sie holte tief Luft, richtete sich auf und sah ihm wieder in die Augen. »Sie haben gesagt, es gibt Regeln in dieser Welt, Regeln, die ich nicht kenne. Ich weiß das. Man hat uns immer beigebracht, nicht hinzusehen, nicht darüber nachzudenken. Sie hatten recht. Ich hätte es wissen müssen, als ich sie auf dem Ball suchte.« Gestochen scharf hoben sich ihre dunklen Augenbrauen von der Blässe ihres Gesichts ab, rote Flecken brannten auf ihren Wangen. Was mochte es sie gekostet haben, sich auf die Suche nach der Frau zu machen, die sie so sehr haßte? Dieses Risiko einzugehen?

Warum wollte sie unbedingt wissen, um welche Zeit Angelique gestorben war?

»Gibt es irgendeine Regel, die es mir verbietet, zu ihrer Mutter zu gehen? Es hat doch bestimmt niemand etwas dagegen, wenn ich ihr mein Beileid ausspreche?«

»Nein«, antwortete January verwirrt und neugierig zugleich. »Wenn Sie keinen Wirbel darum machen.«

»Oh, natürlich.« Flüchtig huschte eine Spur von Mitgefühl über ihr Gesicht. »Ich bin sicher, das letzte, was die arme Frau braucht, ist … daß eine Dame aus der feinen Gesellschaft über sie herfällt. Und je weniger Gerede es gibt, desto besser.« Mit raschelnden Überröcken ging sie auf die Tür zum Salon zu und blieb davor stehen. Für eine Frau mit einer so üppigen Figur bewegte sie sich leichtfüßig wie ein fliehendes kleines Mädchen.

»Heißt sie – Madame ... Crozat?«

»Dreuze«, sagte January. »Euphrasie Dreuze. Sie trägt beide Namen. Das tun manche Mätressen.« Dominique nannte sich immer noch Janvier, aber so wurde auch ihre Mutter genannt, nach dem Mann, der sie gekauft und befreit hatte.

»Ich verstehe. Ich ... wußte nicht, wie man mit diesen Dingen umgeht. Wird sie mich empfangen? Wäre es vielleicht besser, ein paar Tage zu warten? Entschuldigen Sie, daß ich frage, aber Sie kennen die Familie und die Sitten. Ich nicht.«

Er dachte an die verzweifelten Schreie aus der Garderobe, als Euphrasie Dreuzes Freundinnen sich um sie gekümmert hatten, und an die Geschichte, die Hannibal über den Tod ihres Sohnes erzählt hatte. Er dachte daran, wie Xavier Peralta den überfüllten Saal voller ärgerlich murmelnder Menschen durchquert hatte, vorsichtig eine Tasse Kaffee balancierend, und daran, wie das perlenbesetzte *Tignon* von Euphrasie Dreuze im Licht der Gaslampen geglitzert hatte, als sie den jungen Galen am Ärmel ergriff und ihm panisch klarzumachen versuchte, wie sehr ihre Tochter ihn liebte.

»Ich weiß nicht«, sagte er. »Ich kannte Madame Dreuze, als Angelique ein kleines Mädchen war. Damals hat sie ihre Tochter angebetet und wie eine Porzellanpuppe behandelt. Aber manchmal ändern Mütter sich, wenn die Töchter erwachsen werden.«

Auch seine Mutter hatte sich verändert. Nichts war für Dominique gut genug gewesen. Bei jeder Beule und jedem Kratzer wurde sie zum Arzt gebracht, jedes Kleidungsstück wurde bestickt und mit den kompliziertesten Stichen gefältelt und verziert, jedes Spielzeug und jede Neuheit, die im Hafen ankam, wurde zur Belustigung des kleinen Mädchens sofort erworben. Und als er vor drei Monaten, kurz nach seiner Rückkehr aus Paris, einmal zum Frühstück in die Küche kam, wurde er mit der Neuigkeit empfangen, daß Minou eine Bronchitis habe. »Als kleines Kind hatte sie sie zum erstenmal – und seitdem immer wieder«, war der einzige Kommentar seiner Mutter, während sie ungerührt im *Bee* blätterte. January war es gewesen, der sich vergewissert hatte, daß seine Schwester alles hatte, was sie brauchte.

Und mit Sicherheit hatte seine Mutter seinetwegen nie Tränen vergossen. Die Nachricht von Ayashas Tod hatte sie mit dem angemessenen Mitgefühl entgegengenommen, mehr nicht. Es gab Tage, an denen er sie kaum sah, offenbar im Vorbeigehen, wenn er im Salon unterrichtete. Er hatte nie den Eindruck gehabt, daß seine Mutter übermäßiges Interesse an ihm oder seinem Tun hegte.

Lag es daran, daß drei seiner Großeltern schwarz und nicht weiß waren?

Es war Dominique – die noch ein kleines Mädchen gewesen war, als er New Orleans verlassen hatte –, mit der er um seine Frau geweint hatte.

»Entschuldigen Sie mich einen Moment.« Madame Trepagier verschwand in der Dunkelheit des Hauses. January setzte sich wieder. In der hohen Tür zu einem der Seitenzimmer erschien ein Mädchen, spindeldürr und mit einem Gesicht wie ein Frettchen. Ihre Haut war afrikanisch dunkel, und sie trug ein selbstgefärbtes Trauerkleid, aber ihr Gang war von träger Laxheit und zeugte nicht von großer Trauer über den Verlust ihres Herrn. Mit beinahe unverschämter Offenheit musterte sie seine Kleidung und das Pferd, das unter den Weiden im Hof angebunden war, registrierte die Tatsache, daß er auf einem Stuhl saß, der für Besucher bestimmt war, legte schließlich den Kopf ein wenig schief und verließ schweigend, wie es sich für Sklaven in Gegenwart Höhergestellter gehörte, über die Treppe die Veranda.

Und tatsächlich konnte er sich kaum vorstellen, daß Angelique Crozat oder ihre Mutter, geschweige denn seine Mutter, die selbst eine Sklavin gewesen war, mit dieser Frau gesprochen hätten.

Sie war eine Sklavin, und sie war schwarz.

Er war frei und farbig, obwohl seine Haut genauso dunkel war wie ihre.

Er beobachtete, wie die dünne Gestalt, einer Krähe im grünen Gras gleichend, durch den Garten auf die Küche zuging, wie sie den alten Mann, der die Samen setzte, ignorierte und wie sie hochmütig Schultern und Hüften straffte, als sie ein paar Worte mit der Köchin wechselte. Dann wandte sie sich in Richtung Waschküche, und January sah, wie die Köchin und eine andere alte Frau miteinander flüsterten. Er wußte, worüber Bella, die Köchin seiner Mutter, mit der Köchin der Nachbarin redete, und konnte sich genau vorstellen, was die beiden sagten.

Dinge, die er über sich selbst nicht gern hören würde.

»Ich habe eine Nachricht für Madame Dreuze geschrieben.«

Schnell erhob er sich. Mit einem versiegelten Umschlag in der Hand stand Madame Trepagier an der Tür. »Würden Sie so liebenswürdig sein, sie ihr zu überbringen? Es tut mir leid.« Sie lächelte, und alle Nervosität und Abwehr waren plötzlich verschwunden. Einen Augenblick lang sah er das warm lächelnde Kind vor sich, das er unterrichtet hatte, wie es in seinem weißen Kleid am Klavier saß – es war das fröhliche, entschuldigende Lächeln eines Kindes, dessen Spiel voller Leidenschaft und wild wie das eines Erwachsenen gewesen war. Und wieder fragte er sich, aus welcher Quelle dieses Leuchten und diese Wut entsprangen.

»Ich benutze Sie offenbar ständig als Boten, bitte entschuldigen Sie.«

»Madame Trepagier.« Er nahm den Brief entgegen, steckte ihn in die Tasche und beugte sich über ihre Hand. »Ich bin ein bißchen zu alt für einen geflügelten Merkur, aber es ist mir eine Ehre, Ihnen behilflich zu sein.«

»Nach zwei Jahren als Apoll«, sagte sie lächelnd, »ist das allerdings etwas anderes.«

Er verstand die Anspielung und lächelte ebenfalls. Apoll war nicht nur der Gott der Musik, sondern auch der Gott der Heilkünste. »Haben Sie weitergemacht?« fragte er, während er auf die Treppe zuging. »Mit dem Klavierspiel, meine ich.«

Sie nickte, und wieder war ihr Lächeln freundlich, geheimnisvoll und warm. »Es war, als ob man schwimmen lernt«, sagte sie. »Ich habe oft an Sie gedacht, wenn das Wasser tief war. Sie haben mir das Leben gerettet.«

Sie drehte sich um, ging zurück ins Haus und ließ ihn verblüfft auf der Treppe stehen.

7

Eine stämmige Frau in einem ausgeblichenen Dienstmädchenkleid öffnete auf Januarys Klopfen die Tür des leuchtend rosa Häuschens an der Rue des Ursulines. Die Läden der hohen Balkontür waren verschlossen, und gedämpftes Stimmengewirr drang aus dem dämmerigen Hintergrund. Es roch nach Patchouli und starkem Kaffee.

»Suchen Sie Ihre Mutter, Michie Janvier?« fragte sie. »Sie ist hinten mit Madame Phrasie.« Als January sie überrascht ansah, knickste sie.

»Eigentlich suche ich Madame Euphrasie«, sagte er, während die Frau beiseite trat, um ihn hereinzulassen. Sie hatte die glatte Haut und wenig abgearbeiteten Hände einer langjährigen Haussklavin. Auf den ersten Blick hätte er sie im Schatten unter dem Vordach ungefähr auf sein Alter geschätzt, aber als seine Augen sich an das Dämmerlicht gewöhnt hatten, sah er, daß sie nicht älter als fünfundzwanzig sein konnte. »Wie geht es ihr?«

Die Frau zögerte, dann sagte sie: »Sie ist tapfer.« Der kurze Satz sagte alles und verschwieg, was das Mädchen wirklich dachte.

»Tapfer, soso«, sagte Agnes Pellicot trocken. Sie saß auf einem mit grünem Brokat bezogenen Sofa neben zwei anderen Frauen in wunderschönen Kleidern, die bemalte seidene Fächer in den Händen hielten. Die ältere, Catherine Clisson, war drei Klassen über January in Herrn Kovalds Musikunterricht gewesen, ein schlankes Mädchen mit hohen Wangenknochen, in das er sentimental und hoffnungslos verliebt gewesen war. Die jüngere, rundlich und hübsch anzusehen in einem exquisit geschnittenen rosaweiß gestreiften Kleid, war Odile Gignac, die Schneiderin seiner Mutter.

»So tapfer, daß sie jeden Ohrring und jede Brosche einsammelt und jeden Silberknopf von den Kleidern ihrer Tochter abschneidet. Das ist ihre Art von Tapferkeit.«

»Eine Frau kann um ihre Tochter trauern und trotzdem Angst um ihre eigene Zukunft haben, Agnes«, sagte Catherine Clisson besänftigend. »Du weißt doch, daß sie nichts hat, außer dem, was ihre Tochter ihr jeden Monat gegeben hat.«

»Gott weiß, daß meistens Angelique ihre Rechnungen bezahlt hat«, fügte Odile Gignac hinzu und bekreuzigte sich. »*Und* ihre Spielschulden, soweit ich weiß. Aber die arme kleine Clemence ist ohnmächtig geworden, als sie heute morgen kam und von Angelique hörte.«

Agnes schnaubte nur. January schloß daraus, daß die Angelegenheit mit dem jungen Peralta immer noch an ihr nagte.

»Judith«, fuhr Catherine Clisson mit verhaltener Stimme fort, »bitte sei so gut und bring Monsieur Janvier Kaffee. Oder darf ich Ben sagen?« fragte sie, und ihre dunklen Augen strahlten freundlich. Eine Freundlichkeit, die sie ihm in ihrer Jugend nie gezeigt hatte. »Ich habe Sie zweimal bei Ihrer Mutter verpaßt. Es ist schön, daß ich Sie endlich treffe.«

Auch January lächelte. Er war vierzehn gewesen, als sie, viel zu stolz auf ihre Stellung, um einem schlaksigen, kohlschwarzen Lümmel wie ihm auch nur die geringste Aufmerksamkeit zu schenken, die Mätresse eines ältlichen Pflanzers am See Pontchartrain geworden war. Januarys Bewunderung für sie hatte Jahre angehalten. Wenn Monsieur Moret in die Stadt kam, hatte er nächtelang vor ihrem Haus in der Rue des Ramparts herumgelungert und sich vor Eifersucht verzehrt; dabei hatte er nie mit ihr gesprochen, seit sie nicht mehr in die Musikstunden bei Herrn Kovald kam.

Seltsam, wie die Zeit alle Wunden heilte.

Andere Erinnerungen stiegen in ihm auf. Er hatte mit Odile und ihren Brüdern gespielt, obwohl ihre Eltern sie schon sehr jung auf eine ausgewählte Schule für farbige Mädchen geschickt hatten. Wie tausend kleine Nadelstiche spürte er einen merkwürdigen Schmerz im Herzen, als würden Erinnerungen, die so lange begraben und betäubt gewesen waren, neu belebt.

Die Stadt war sein Zuhause gewesen. Diese Menschen waren sein Zuhause gewesen.

War er nicht auch vor diesen Menschen davongelaufen, so wie vor Froissart und Richelieu und den fiebrig heißen Sommern der Gelbfieberepidemien?

»Ich hatte vergessen, wie wundervoll Sie spielen«, sagte Catherine Clisson und legte den neuen, kostbaren, mit französischer Spitze bespannten Sandelholzfächer beiseite. »Beim Tanzen ist es mir noch gar nicht aufgefallen, aber später, als Sie spielten, um uns bei Laune zu halten ... Der Rossini hat mich fast zu Tränen gerührt. Ich habe von Ihrer Frau gehört. Das tut mir leid.«

Er lächelte sie an. »Als wir noch zusammen Unterricht hatten, hatte ich nie das Gefühl, daß Ihnen mein Spiel auffällt«, sagte er ohne Groll und mit der Unbekümmertheit, die aus gemeinsam verbrachten alten Zeiten herrührte. »Sind Sie immer noch mit Monsieur Moret zusammen?«

Ein winziges Lächeln spielte um ihre Mundwinkel, und in ihre Augen trat ein samtwarmer Glanz. Das beantwortete seine Frage, noch bevor sie nickte, und er freute sich für sie. »Nehmen Sie wieder Schüler?« fragte sie. Ihre Frage klang beinahe so, als wäre es all die Jahre eine beschlossene Sache gewesen, daß er zurückkehren würde. Er wollte ihr sagen, daß er eigentlich nicht die Absicht gehabt hatte, jemals zurückzukehren.

»Ich glaube, Ihre Mutter hat mir das schon erzählt. Meine Tochter Isabel ist acht. Ich habe ihr ein wenig Unterricht gegeben, aber es wird Zeit, daß sie einen guten Lehrer bekommt.«

January setzte gerade zu einer Antwort an, als eine Frau im hinteren Teil des Hauses klagend aufstöhnte; ein scharfes Luftholen, das sich zu lautem Schreien steigerte. »Da ist es! Da! Ich habe es gewußt! O Gott ...«

Dann eine Pause, Gemurmel. January und die beiden Damen sprangen auf und eilten zu der Tür, die aus dem abgedunkelten

Salon in ein noch dunkleres Schlafzimmer führte. »Oh, mein Kind! Meine arme Kleine! Mord! O Gott, Mord ...«

»Was hat ...«, begann January.

»Natürlich war es Mord«, sagte Catherine Clisson verwirrt. »Niemand hat je etwas anderes behauptet.«

Die Tür sprang auf, Euphrasie Dreuze stolperte heraus und hielt mit ihren fetten Händen einen Gegenstand umklammert. »O mein Gott, seht nur!« schluchzte sie in den höchsten Tönen. »Mein armes kleines Mädchen ist mit einem Todesfetisch verhext worden! Jemand hat das hier unter ihre Matratze gelegt, und sie hat die ganze Zeit darauf geschlafen! Das hat ihr den Tod gebracht! Das hat sie getötet!«

»Phrasie, sei keine Gans.« Livia Levesque erschien hinter ihrer Freundin und versuchte erfolglos, ihr das schmutzige kleine Knäuel aus Pergament und Knochen wegzunehmen.

Euphrasie Dreuze riß sich los. Sie war nur fünf Jahre älter als January und dicker geworden, aber sie vermittelte immer noch den Eindruck des anschmiegsamen Kätzchens, das vor dreißig Jahren einen wohlhabenden jungen Makler angezogen hatte. Sie hatte ein Doppelkinn, und zu beiden Seiten ihrer geschminkten Lippen hatten sich tiefe Falten eingegraben, aber sie war immer noch eine schöne Frau. Sogar für eine Quadroon war sie sehr hellhäutig, mit kleinen, habgierigen Händen. Obwohl es ein ganz gewöhnlicher Tag war, trug sie ein *Tignon* aus orangefarbener Seide, das mit glitzernden Perlen besetzt war.

Laut schluchzend schwang sie drohend das Ding in ihrer Hand durch die Luft. January nahm es ihr ab. Es war eine getrocknete Fledermaus, kaum größer als ein Magnolienblatt.

Ein *Gris-Gris*. Ein todbringender Talisman.

»Madame Dreuze, Madame Dreuze«, blökte Clemence Drouet und flatterte aufgeregt um sie herum, genau wie sie um Angelique herumgeflattert war. Ihr Gesicht war immer noch aschfahl vom Schock und tränenverschmiert. »Bitte nicht ...«

»Schmeißt diesen Dreck raus«, kommandierte Livia scharf und riß es ihrem Sohn aus der Hand.

Mit einem hysterischen Aufschrei stürzte sich Euphrasie auf die Sklavin Judith, die in der Bewegung des Kaffee-Eingießens erstarrt war.

»Du warst es!« kreischte Euphrasie und schlug dem Mädchen die Tasse aus der Hand. »Du schwarze Schlampe! Du hast es dahin gelegt! Du wolltest, daß mein Kind stirbt!« Blitzschnell schoß ihre Hand hervor und schlug dem Mädchen ins Gesicht. Judith schnappte nach Luft und versuchte auszuweichen, aber das Zimmer war zugestellt mit nagelneuen, geschnitzten Möbeln aus England. Odile und Agnes Pellicot versperrten die Schiebetür zur anderen Hälfte des Salons, Clemence und Euphrasie die zum Schlafzimmer.

»Du warst es, du warst es, du warst es!« Wieder schlug Euphrasie zu und riß dem Mädchen das weiße Kopftuch herunter. Das Ganze glich beinahe aufs Haar der Szene, die Angelique gestern abend geboten hatte, als sie den jungen Peralta schlug.

»Du billige, faule Hure! Du dreckiges schwarzes Luder!« Sie riß Judith an den Haaren, zerrte sie zu sich und schüttelte sie hin und her, bis sie anfing zu schreien. »Du wolltest, daß sie stirbt! Du wolltest zurück zu diesem heuchlerischen weißen Miststück! Du hast sie gehaßt! Du hast irgendeine Zauberin dazu gebracht, ein *Gris-Gris* für sie zu machen!«

»Phrasie!« Catherine Clisson faßte die hysterische Frau am Handgelenk. »Wie kannst du nur, solange Angelique nebenan tot im Bett liegt?«

»Phrasie, sei doch nicht töricht.« Livia warf sich dazwischen und versetzte Euphrasie eine schallende Ohrfeige.

Euphrasie fiel nach hinten und öffnete den Mund zu einem Schrei. Livia griff nach dem Wasserkrug auf der Kommode. »Wenn du schreist, schütte ich dir das hier ins Gesicht.«

Sofort zogen sich Catherine, Odile und Agnes Pellicot in den Eingang zurück und preßten ihre gewaltigen Unterröcke an sich. Sie kennen meine Mutter seit dreißig Jahren, dachte January.

Auch Euphrasie war so klug, nicht zu schreien. Einen Augenblick lang hörte man nur Judith in einer Ecke schluchzen. In wirren, zerzausten Strähnen hing ihr das tabakbraune Haar in das geschwollene Gesicht. Der Geruch von Kaffee, der langsam in den Wollteppich sickerte, hing schwer in der Luft. Draußen sang eine Frau: *»Callas! Heiße Callas!«*

Dann brach Euphrasie wieder in Tränen aus und warf sich an die Brust des einzigen Mannes im Raum. »Sie haben mein kleines Mädchen umgebracht!« heulte sie. »O mein Gott, sie haben sie verhext, haben einen Fluch auf sie gelegt, damit sie umgebracht wird!«

Livia verdrehte die Augen. Januarys Mutter war schmal und zierlich wie ihre Tochter, aber kleiner, sie wirkte beinahe zerbrechlich mit ihrer bronzefarbenen Haut und der geschmeidigen Schönheit, die auch Dominique hatte. Trotz ihrer siebenundfünfzig Jahre bewegte sie sich mit einer Entschlossenheit und Schnelligkeit, die January früher nie aufgefallen war; als hätte das Witwendasein sie von der Verpflichtung, auf Männer verführerisch zu wirken, befreit.

»Sie hat sie gehaßt!« jammerte Euphrasie in Januarys Hemd. »Sie ist immer wieder weggelaufen und zu dieser hochmütigen Ziege zurückgegangen. Sie hat meinen Engel gehaßt. Sie hat ihr den Tod gewünscht, damit sie zurück konnte ...«

Livia setzte den Krug ab, hob Judiths Kopftuch und die unzerbrochene Tasse auf und sagte zu dem schluchzenden Mädchen: »Hol einen Lumpen und Essig und wisch den Kaffee auf, bevor es Flecken gibt.« Sie drückte dem Mädchen den Schal in die Hand. »Binde ihn dir wieder um, ehe du zurückkommst. Und wasch dein Gesicht. Du siehst furchtbar aus. Und du ...«, sie deutete auf Clemence, die mit grauem Gesicht, beide Fäuste vor den Mund gepreßt, an der Tür lehnte, »... werde ja nicht wieder ohnmächtig. Dafür habe ich jetzt keine Zeit.« Sie sah sich nach dem Fetisch um, doch January hatte ihn bereits vom Boden aufgehoben und in seiner Jackentasche verschwinden lassen.

»Es war diese Frau«, heulte Euphrasie und zerrte an Januarys Jackenaufschlag. »Diese hochnäsige weiße Kuh! Die Niggerschlampe ist weggelaufen, sie wollte nach Hause, und die Trepagier hat dem Mädchen versprochen, daß sie sie zurücknimmt, wenn Angelique tot ist. Ich weiß es. Die Trepagier hat sie dazu angestiftet, mein Kind umzubringen. Mein einziges, kleines Mädchen! Oh, was soll ich nur tun? Sie haben sie umgebracht, und ich werde verhungern!«

»Phrasie, du weißt genausogut wie ich, daß Etienne Crozat dir fünfhundert im Jahr gibt«, sagte Livia scharf. »Benjamin, mach dich los, sonst hängt sie bis zum Jüngsten Tag an deinem Hals und heult. Man könnte meinen, *sie* würde morgen beerdigt und nicht ihre Tochter.«

In der Zwischenzeit hatte Odile Gignac Clemence Drouet geholfen, sich auf einen der gepolsterten Brokatsessel zu setzen, wo Clemence, von Schluchzern geschüttelt, ein Taschentuch vor den Mund preßte, wie ein kleines Mädchen, dem man immer verboten hatte, Unmut oder Trauer laut zu äußern. »Na, na, chérie«, murmelte die Schneiderin tröstend. »Du darfst nicht so weinen. Du wirst noch krank davon.«

January mußte zugeben, daß seine Schwester recht hatte, was die Kleider der kleinen Drouet betraf: Das Kleid, das Clemence heute trug und das, wenn Dominique die Wahrheit sagte, ebenfalls Angelique entworfen hatte, war zwar schön und aufwendig, aber sie sah darin aus wie eine grün-goldene Birne.

»Die Trepagier hat sie dazu angestiftet! Sie hat es getan!« Es war erstaunlich, wie Madame Dreuze es schaffte, ihr Gesicht in seinem Ärmel zu vergraben, ohne daß ihre Stimme gedämpft wurde oder ihr *Tignon* verrutschte. »Wie Gift hat sie sie gehaßt! Die beiden haben es getan. Sie haben mein Kind vergiftet!«

»Angelique wurde erwürgt«, erinnerte Livia sie trocken. Als sie sah, wie January vergeblich nach einem Taschentuch suchte, ging sie zur Kommode und holte eine saubere Serviette aus der Schublade. »Und du kannst kaum behaupten, daß Madeleine Trepagier auf dem Ball war und es getan hat. Schaff das Kind hier raus, Odile. Sie fällt ständig in Ohnmacht, seit ...«

»Warum nicht? Sie hätte durch das Théâtre kommen können ...«

»Wo die ganze Familie Trepagier sie erkannt hätte? Und ihre Tante, diese alte Hexe, war auch da.«

»Dann war es Judith, diese schwarze Schlampe! Warum nicht? Sie hat meine Tochter gehaßt ...«

Ungeduldig gab Livia Catherine Clisson ein Zeichen, January von der weinenden Frau zu befreien. Catherine nahm Ben die Serviette aus der Hand und trocknete Euphrasies Tränen, während sie sie zu einem kleinen Sofa führte. Livia Levesque ergriff den Arm ihres Sohnes und lotste ihn schnell zur Tür. Bereitwillig ging January mit, entnervt von Madame Dreuzes Behauptungen, die in vieler Hinsicht, ohne daß es ihr bewußt war, ins Schwarze trafen.

»Ich schwöre«, erklärte Livia, als sie die zwei hohen Stufen zum Gehsteig hinabstiegen, »zwischen den beiden Heulsusen da drinnen fühlt man sich wie in einem Sommerregen.« Sie streifte ihre zarten Handschuhe aus gehäkelter Spitze über und streckte ihre Finger. »Gib mir meinen Sonnenschirm, Ben.«

»Warum sagt sie, daß Judith Angelique gehaßt hat?« January reichte seiner Mutter den zierlichen, spitzenbesetzten Schirm, den sie ihm auf der Treppe in die Hand gedrückt hatte. »Stimmt es, daß Judith Madeleine Trepagier gehört hat?«

Wie der Schmuck und die Kleider, dachte er. *Wenn ein Mann und eine Frau allein und meilenweit von der Stadt entfernt in einem Haus leben ...*

Ein häßlicher Gedanke beschlich ihn.

Obwohl es ein wolkenverhangener Tag war, öffnete Livia den Sonnenschirm. Selbst hier roch man den Ruß aus den Schornsteinen der Flußdampfer.

»Sie benimmt sich, als hätte man ihr Unrecht getan, und nicht, als wäre ihre Tochter ermordet worden«, schnaubte die ältere Dame. »Und sie war *nicht* ihr einziges Kind. Es gibt noch zwei Söhne, der eine ist Tischlergeselle und der andere Schreiber bei den Presbyterianern, aber die beiden geben ihr kein Geld für das Glücksspiel und kaufen ihr keine seidenen Kleider. Etienne Crozat hat ihr ein Haus gekauft und gibt ihr, seit er 1828 Andre Milaudons Tochter geheiratet hat, fünfhundert im Jahr. Sie hat überhaupt keinen Grund zu klagen.« Eine leichte Brise vom Fluß bauschte ihre blaßgrünen weiten Chintzröcke auf, als sie mit kleinen, schnellen Schritten den gepflasterten Gehweg entlangging. Wie Catherine Clisson kleidete sie sich schlicht, aber teuer. Ihr hellgrün-weiß gestreiftes *Tignon* saß wie angegossen über ihrem feingeschnittenen Gesicht, wie die Blütenblätter einer halbgeöffneten Rose. An ihrem Hals glänzte ein goldenes Kreuz, und unter dem Spitzenhandschuh schimmerte der Ehering von Christophe Levesque.

»Und Madame Trepagier?«

Sie sah ihn von der Seite an. »Arnaud Trepagier konnte mit seinen Negern tun und lassen, was ihm gefiel«, sagte sie mit ihrer tiefen, rauchigen Stimme, die beide Töchter geerbt hatten. »Ich glaube, das Mädchen war die Zofe seiner Frau, aber ich finde, es ist kein Unterschied, ob er die Kleider, den Schmuck oder die Zofe seiner Frau verschenkt. Angeliques Köchin gehörte auch Trepagier, und sie ist eine gute Köchin, obwohl sie aus dem Kongo kommt.«

Er dachte daran, wie Angelique ihn angesehen hatte, an das leichte, unpersönliche Bedauern in ihrem Blick, als sie gesagt hatte, *du bist neu*. Er wußte, daß seine Wut ungerecht war, denn er lebte, und sie war tot, aber trotzdem war er wütend auf sie.

Seine Mutter redete, als hätte sie nie zur Erntezeit auf einem Zuckerrohrfeld geschwitzt, als wäre um sie nie wie um ein Reitpferd gefeilscht worden. January erinnerte sich genau daran, wie er sich – seine kleine Schwester im Arm – voller Schrecken in der stickigen Dunkelheit einer schmutzigen Hütte zusammengekauert und gegen die Tränen gekämpft hatte. Würde der Franzose, der seine Mutter kaufte, auch ihn kaufen? Und wo würde er landen, wenn er es nicht tat?

Olympe hatte ihm einmal erzählt, daß es nicht die Idee seiner Mutter gewesen war, ihn und seine Schwester ebenfalls freizukaufen. Er hatte keine Ahnung, woher sie das wußte und ob es überhaupt stimmte.

»Die ganze Zeit hat sie das Zimmer nach einem *Gris-Gris* abgesucht – sie hat alles auf den Kopf gestellt, obwohl Angelique in ihrem weißen Kleid im Bett lag und aussah wie die Braut des Teufels –, und dabei hat sie jede Brosche, jeden Ohrring und jedes Armband, das ihr unter die Finger kam, in die Tasche gesteckt.« An der Ecke zur Rue Burgundy blieb Livia stehen, um ihren Sohn als ersten über die Planke, die über dem von Zypressen gesäumten Rinnstein lag, gehen zu lassen. Sie reichte ihm die Hand, damit er ihr hinüber half.

»Und es lag eine Menge herum. Manche Stücke waren aus Frankreich und alt – aus altem Gold. Dieser Taugenichts, Arnaud Trepagier, hatte bestimmt nicht genug Geschmack, solche Schmuckstücke für eine Frau zu kaufen, und auch für Angelique waren die Sachen zu geschmackvoll. Wenn diese dumme Pute Clemence denkt, daß sie auch nur eine Kleinigkeit als Andenken bekommt, hat sie sich gewaltig geirrt. Stück für Stück werden die Sachen morgen in den Geschäften sein, noch ehe Madame Trepagier sie zurückfordern kann, darauf kannst du Gift nehmen.«

»Kann sie das denn?«

»Ich glaube nicht, daß Trepagier ein Testament gemacht hat. Oder Angelique. Diese Clemence ist die ganze Zeit auf dem Boden herumgekrochen und hat behauptet, Angelique habe ihr dies versprochen, Angelique habe ihr das versprochen, aber das wird ihr gar nichts nützen. Ich habe noch nie jemanden gesehen, der einem Schaf so ähnlich sieht. Und sich so benimmt.«

Eine Kutsche fuhr an ihnen vorbei. Die Vorhänge waren zurückgezogen, und man konnte zwei Mädchen mit porzellanweißen Gesichtern und eine ältere Frau mit einer modischen Spitzenhaube erkennen. Livia machte: »Hmpf. Pauline Mazanat hat Nerven. Spielt die Anstandsdame für ihre Töchter – die ganze Stadt weiß, daß sie eine Affäre mit Prosper Livaudais hat. Er könnte ihr Sohn sein, oder zumindest ihr Neffe.«

Sie wandte ihre Aufmerksamkeit wieder January und den naheliegenden Problemen zu. »Nach Trepagiers Tod hat Angelique den Schmuck behalten, und jetzt geht er an ihre Mutter – ihre Brüder würden ihn nicht anfassen, und das kann ihnen keiner verübeln. Aber Madame Trepagier könnte die wertvollen Stücke, die Perlenkette und die Smaragde einklagen – wenn man sie überhaupt findet. Und die beiden Sklavinnen. Die Köchin müßte mindestens tausend Dollar bringen, auch wenn sie keine Pastete machen kann, und das Mädchen beinahe genausoviel.«

Nur eine Frau wie meine Mutter kann die Preise für die Dienstboten ihrer Freundinnen im Kopf haben, dachte January.

»Es sei denn, Phrasie beschließt, sie zu behalten. Sie hat zur Zeit nur eine Frau, und die kann kein bißchen kochen, aber vielleicht verkauft sie sie auch und behält das Geld, nur um zu verhindern, daß die Trepagier sie zurückbekommt. Natürlich wird sie die ganze Zeit jammern, wie schwer sie es hat. Und Gott allein weiß, wie hoch ihre Spielschulden sind.«

Einige Minuten lang gingen sie schweigend nebeneinander und bahnten sich ihren Weg an Dienstboten und Haushälterinnen, an Männern und Frauen vorbei, die ihre Einkäufe erledigten. Es war ein warmer, aber nicht besonders freundlicher Tag. Etwas seltsam Erwartungsvolles lag schwer in der Luft, ein Gefühl, das die Feuchtigkeit häufig mit sich zu bringen schien. Selbst in diesem alten Stadtviertel gingen die gutgekleideten Dienstboten der Reichen in den kleinen Geschäften ein und aus; es gab Schneidereien und Tischler, Putzmacher, die den letzten Schrei aus Paris kopierten, Buchhändler, Stoffhändler, Geschäfte für Seifen und Miederwaren. Hier und da überragten die hohen Stadthäuser der Reichen die vielen bunt gestrichenen, stuckverzierten kleinen Häuser und die alten spanischen Gebäude, die ein halbes Stockwerk über dem Erdboden auf Pfosten errichtet waren, damit es im Haus kühl blieb. Aus den Höfen und Gassen drangen Kinderstimmen wie das Geschrei junger Vögel. Auf der anderen Straßenseite gingen langsam zwei Nonnen vorbei, ihre schwarzen Kleider bauschten sich im Wind, als sie stehenblieben und einer Frau mit einem bunten Kopftuch Pralinen abkauften. Lächelnd wie zwei junge Mädchen, gingen sie weiter. In der Ferne tutete ein Dampfer in tiefen Tönen wie ein riesiges Meerungeheuer. Livia machte einen kleinen Schlenker um ein paar Pfützen vor dem Durchgang zu einem Hof, wo ein Mann das Pflaster scheuerte. Hinter ihm erhaschte January einen Blick auf Bananenpflanzen, Palmen und Jasmin.

»Weißt du irgend etwas über die Verhandlungen, die Madame Dreuze mit Monsieur Peralta geführt hat?«

»Euphrasie Dreuze hat nicht mal genug Verstand, um auf dem Markt um eine Ananas zu feilschen«, erwiderte Livia kalt. »Wochenlang ist sie zwischen ihrer Tochter und Monsieur Peralta hin- und hergelaufen und hat vorgegeben, diesen Geier genau unter die Lupe zu nehmen. Und was das für ein Handel werden sollte: Sie wollte ein Stück Land, sechshundertfünfundsiebzig im Jahr und Ausstattung, Haushaltsgeld und lebenslanges Anrecht auf so viel Unterhalt, wie sie dem alten Peralta aus der Nase ziehen konnte.«

January machte sich nicht die Mühe, seine Mutter zu fragen, woher sie das alles wußte.

»Habgierige Hexe. Wenn du mich fragst – ich weiß nicht, ob der alte Peralta zugestimmt hätte, denn er hatte seinem Sohn gerade erst vorgeworfen, daß er zuviel Geld ausgibt. Und seit Mai macht Angelique Tom Jenkins schöne Augen. Vater und Sohn sind sie jetzt jedenfalls los.«

Von einem schmiedeeisernen Balkon blinzelte eine Katze herunter. Zwei Jungen trieben einen Reifen vor sich her.

»Erzähl mir von Madeleine Trepagier«, sagte January.

»Du kennst sie.« Livia rückte ihren Sonnenschirm zurecht, obwohl die Sonne gar nicht schien. »Sie war deine Klavierschülerin. Madeleine Dubonnet.«

»Ich weiß.« January hatte das Gefühl, daß es besser war, das zuzugeben, als immer aufpassen zu müssen, daß er sich nicht verriet. »Sie war diejenige, die Beethoven mit soviel ... Wut gespielt hat.« Es überraschte ihn, daß seine Mutter sich noch an die Schüler erinnerte, die er vor seiner Abreise gehabt hatte.

Sie warf ihm aus ihren dunklen Augen einen Seitenblick zu. »Sie hatte ein Recht darauf, wütend zu sein«, sagte sie. »Mit einem Trinker als Vater, der sie an einen seiner Spielerfreunde verheiratet hat, um seine Schulden zu bezahlen. Oh, die Trepagiers sind eine gute Familie, und Arnaud hatte drei Plantagen, wenn man dieses Stück Sumpf in Metarie Plantage nennen kann. Taugt nur zur Stinktierjagd, wie ich gehört habe, und würde selbst heute nicht mehr als fünfzehn Dollar pro Hektar bringen. Und damals, als er die Plantage an den Amerikaner verkauft hat, hat sie sogar noch weniger gebracht.« In ihrem Ton schwang mit, daß der Amerikaner ihrer Ansicht nach ein tabakkauender Hinterwäldler mit Flöhen in der Hose war.

»Ich bin an Les Saules vorbeigeritten«, sagte er, um wieder zur Sache zu kommen.

»Mit der Plantage geht es seit Jahren bergab.« Livia machte eine abfällige Handbewegung. »Billiges kreolisches Zuckerrohr. Bringt nicht mehr als achthundert Pfund pro Hektar, wenn es nicht durch Kälte kaputtgeht. *Und* mit *drei* Hypotheken belastet, und die hat er nur mit Glück gekriegt. Arnaud Trepagier war ein anständiger Gentleman, aber kein guter Pflanzer. Und man sagt, daß die Frau jeden Cent zweimal umdreht und die Sklaven hart arbeiten läßt. Allerdings jaulen Sklaven immer wie junge Hunde, wenn man sie dazu bringen will, sich auch nur geringfügig schneller zu bewegen als eine Schnecke an einem kalten Tag. Gott weiß, was die Frau jetzt machen will – mit all den Schulden, die er ihr hinterlassen hat. Es würde mich überraschen, wenn sie zehn Dollar pro Hektar für das Land bekommt. Dieser nichtsnutzige Bruder von Trepagier hat die Stadt schon vor Jahren verlassen, nachdem er seine Plantage auch an einen Amerikaner verkauft hatte …«, wieder dieser Unterton, »… und mit Eisenbahnaktien um sein letztes Hemd betrogen wurde. Und ich würde lieber auf dem Markt Gumbo verkaufen als bei Alicia Picard – das ist Dubonnets Schwester – und ihrem schmierigen Sohn wohnen.«

January war kurz davor, seine Mutter zu fragen, ob sie vorhatte, noch einmal über das Schlachtfeld zu gehen, um all denen die Kehle durchzuschneiden, die sie beim ersten Angriff nur verwundet hatte, doch er hielt sich zurück. Hinter ihnen rief jemand: »Madame Levesque! Madame Livia!« January drehte sich um, als er schnelle Schritte hörte. Judith kam die Rue Burgundy herunter auf sie zu, die Hände in die Seiten gepreßt, um die Stiche zu lindern. Sie trug wieder ihr Kopftuch, und ihr rotes Baumwollkleid hob sich wie eine dunkelrote Blutspur gegen die hellen Gelb-, Grün- und Brauntöne der Fassaden ab.

»Madame Livia, es ist nicht wahr!« keuchte Judith, als sie January und seine Mutter eingeholt hatte. »Es ist nicht wahr! Ich war nicht bei einer Zauberin. Und ich habe auch kein *Gris-Gris* gegen Mamzelle Angelique versteckt!«

Livia sah sie von oben herab an, trotz der Tatsache, daß Judith ein gutes Stück größer war als sie selbst. »Und bist du weggelaufen?«

January vermutete, daß die Sklavin von der gleichen Abstammung war wie seine Mutter – eine halbe Mulattin –, aber im Blick seiner Mutter und in ihrem Tonfall erkannte er das genaue Abbild der weißen Franzosen, wenn sie mit ihren Sklaven sprachen. Ihr Blick und ihr Tonfall sagten: *Ich bin farbig. Sie ist schwarz.*

Vielleicht erinnerte sie sich wirklich nicht an die Zuckerrohrfelder.

Und Judith sagte: »M'am, es war nur für eine Nacht. Wirklich, nur eine Nacht. Sie hatte mich geschlagen, mit einem Rohrstock ... Ich wäre bestimmt zurückgekommen. Madame Madeleine hat gesagt, daß ich muß ... Ich wäre nie zu einer Zauberin gegangen.«

»Hat Monsieur Trepagier dich Madame Madeleine weggenommen und Angelique gegeben?« fragte January.

Judith nickte. »Ihr Vater hat mich für sie gekauft, als sie geheiratet hat. Ich habe ihr gedient, ihr die Haare gekämmt, ihre Kleider gewaschen ... Sie war immer gut zu mir. Und als Michie Arnaud Angelique ihren Schmuck und ihre Kleider gegeben hat, bin ich beinahe verrückt geworden. Und dann noch ihr Pferd, die kleine Stute, die sie immer geritten hat. Sie hat versucht, nicht zu zeigen, daß es ihr etwas ausmacht; sie hat sich auch nie anmerken lassen, daß er sie schlägt.«

Sie schüttelte den Kopf. Ihre Augen funkelten dunkel vor Wut und Trauer. »Manchmal hat sie sich die ganze Nacht mit blutigem Rücken und zerschlagenem Gesicht an mir festgehalten und geweint. Und dann ist sie aufgestanden und hat weiter seine Hemden geflickt, seine Rechnungen bezahlt und mit der Bank verhandelt. Ich mußte rausgehen und vor Mitleid selber weinen. Und als er mich dieser Angelique gegeben hat, bin ich manchmal weggelaufen, nur um sie zu sehen. Als Mamzelle Alexandrine gestorben ist – ihre Tochter, sie ist am Fieber gestorben –, bin ich zu ihr gelaufen. Sie war meine Freundin, Madame Livia. Aber ich hätte Angelique nie etwas getan. Ich gehe zur Beichte, und ich weiß, daß es eine Sünde ist. Bitte glauben Sie mir. Sie müssen mir glauben. Und was sie da gesagt hat, daß Madame Madeleine mich angestiftet hat … Ich hätte nie so etwas getan. *Sie* hätte das nie getan!«

Livia schnaubte.

Freundlich fragte January: »Würde die Köchin so etwas tun? Sie gehörte auch Madame Madeleine, nicht wahr?«

»Kessie?« Judith zögerte lange. »Ich – ich glaube nicht«, antwortete sie schließlich. »Ich weiß, daß sie ihren Mann und drei Kinder in Les Saules lassen mußte, aber ich weiß auch, daß sie in der Stadt einen anderen Mann hat. Und sie … sie hat Angelique nicht gehaßt. Nicht wie ich. Und außerdem«, fügte sie hinzu und verzog den Mund, »könnte Kessie nichts mehr aus der Küche stehlen, wenn Angelique etwas passiert. Sie hätte vielleicht Erde vom Friedhof in ihrem Schlafzimmer versteckt, aber niemals ein *Ouanga*, ein Todeszeichen.«

Angstvoll und verschreckt sah sie mit großen braunen Augen von Livias kühlem Gesicht zu January. »Ich gehe in die Kirche, und ich glaube an Gott. Ich gehe nicht zu den Voodoo-Tänzen, sonntags. Sie müssen mir glauben. Bitte.«

January schwieg. Er fragte sich, ob seine Mutter recht hatte, wenn sie annahm, daß Euphrasie Dreuze die beiden Sklavinnen ihrer Tochter schnell und für jeden Preis verkaufen würde, nur um Madeleine Trepagier daran zu hindern, sie zurückzufordern. Er fragte sich, ob Judith wußte oder ahnte, was mit ihr geschehen würde.

Livia rückte nur den Sonnenschirm über der Schulter zurecht und fragte: »Und warum bist du plötzlich so erpicht darauf, daß ich dir glaube?«

»Sie wird diesem Polizisten erzählen, daß ich etwas mit Angeliques Tod zu tun habe«, flüsterte Judith. »Sie wird ihm erzählen, daß Madame Madeleine und ich es getan haben.«

»Welchem Polizisten?«

»Dem großen Amerikaner, so groß wie Sie, Michie Janvier. Er ist jetzt im Haus. Er stellt Fragen über Sie.«

»Über *mich?*«

8

Madame Madeleine Trepagier
Les Saules
Orleans Parish

Freitag nachmittag
15. Februar 1883

Madame Trepagier,

mein Versuch, Ihren Brief Madame Dreuze zu übergeben, ist gescheitert. Sie ist zu der Ansicht gelangt, daß auf Ihre Veranlassung hin die Sklavin Judith von einem Voodoo einen todbringenden Fetisch erhalten und in Angelique Crozats Haus versteckt hat und daß dieser Fetisch Mlle. Crozats Mörder angelockt hat. Sie hat diese Überzeugung nicht nur fünf ihrer Freundinnen mitgeteilt – Catherine Clisson, Odile Gignac, Agnes Pellicot, Clemence Drouet und Livia Levesque, alle freie Farbige in dieser Stadt –, sondern, wie ich glaube, auch der Polizei. Ich nehme nicht an, daß die Polizei aufgrund dieser offensichtlich hysterischen Beschuldigung irgendwelche Maßnahmen ergreifen wird, aber die Tatsache, daß sie diese Anklage erhebt, zeigt, daß es nicht günstig wäre, wenn ich mich bei ihr für Sie einsetze.

Zur Zeit trägt Madame Dreuze offenbar sämtlichen Schmuck ihrer verstorbenen Tochter zusammen, um ihn so schnell wie möglich zu verkaufen. Darüber hinaus habe ich Grund zu der Annahme, daß sie die beiden Sklavinnen – Judith und die Köchin Kessie – ebenfalls schnellstens verkaufen will, um jedem Anspruch Ihrerseits zuvorzukommen. Ich rate Ihnen dringend, mit Lt. Abishag Shaw von der Polizei in New Orleans Verbindung aufzunehmen und alle nötigen Schritte zu veranlassen, die Madame Dreuze daran hindern, die Wertsachen ihrer Tochter zu verkaufen, bevor geklärt ist, was davon von Rechts wegen Ihnen zusteht.

Ihr ergebener Diener,

Benjamin January

Nachdenklich rieb sich January die Augen. Mehr als diesen Brief schreiben konnte er nicht tun. Sonnenflecken huschten über den Ärmel seines braunen, zweitbesten Mantels wie der Schal einer koketten Frau. Auf der Bank neben ihm verglichen zwei junge Wäscherinnen mit vollen Weidenkörben auf dem Schoß kichernd die Vorzüge ihrer Liebhaber. Nach dem Lärm zu urteilen, taten die irischen und deutschen Mädchen, die vorn im Bus saßen – Mädchen für alles oder Verkäuferinnen, in Paris hätte man sie Grisetten genannt – genau das gleiche. Eine Kutsche überholte sie. Der hastige Trab der beiden kupferfarbenen Hackneys ließ das gleichmäßige Stampfen der haarigen Hufe des Omnibuskleppers schnell hinter sich.

Vielleicht hätte er diese Botschaft lieber persönlich überbringen sollen und nicht in Form eines Briefes. Aber selbst wenn er, gleich nachdem Judith ihm von Lieutenant Shaws Besuch im Haus der Crozats berichtet hatte, zu Desdunes' Mietstall gegangen wäre und noch einmal ein Pferd gemietet hätte, um nach Les Saules zu reiten, hätte er es kaum geschafft, vor zwei Uhr wieder in der Stadt zu sein. Und Mord und Unrecht hin oder her – um Punkt zwei begann dreimal in der Woche der Musikunterricht der Töchter von Franklin Culver, der ihm fünfzig Cent pro Stunde und Tochter eintrug – beziehungsweise einen Betrag von vier Dollar fünfzig jeden Freitag. Wenn er geglaubt hätte, daß Shaw Euphrasies Anschuldigungen irgendein Gewicht beimaß, wäre es etwas anderes gewesen, aber so konnte er seine Warnung ebensogut in einem Brief übermitteln. Und er hatte nicht den geringsten Zweifel, daß Madeleine Trepagier daraufhin schnellstens handeln würde.

Er seufzte und rieb sich wieder die Augen. Zu beiden Seiten der Nyades Street lagen abgeholzte Parzellen. Dort hatten einst Zuckerrohrfelder im Wind geraschelt, dunkelgrün, heiß und geheimnisvoll. Eine Doppelreihe gewaltiger Eichen überschattete die Straße, überwuchert von graugrünen Moosschleiern. Zu seiner Linken erhob sich in der Ferne grün der Deich, und dahinter glitten schweigend die Schornsteine der Flußdampfer vorbei. Hinter den Bäumen standen neugebaute Häuser im amerikanischen Stil, prächtig verziert und strahlend frisch gestrichen, aus Holz oder importierten Ziegeln, von Gärten umgeben wie Marktfrauen von ihren bunten Röcken. Im Vergleich zu den schützenden Mauern und den überquellenden Balkons des französischen Viertels wirkte der amerikanische Stadtteil luftig und ein bißchen karg mit seinen unfertigen Straßen, die sich zwischen den Eichen und Platanen verloren oder an einem kahlen Erdwall vor den Zuckerrohrfeldern endeten, auf denen noch gar nichts gepflanzt war oder sich gerade die ersten Stoppeln zeigten. In einem Hof hinter einem weißen Lattenzaun schnitt ein Schwarzer mit einer Sense das Gras; eine Frau im einfachen schwarzen Kleid einer Dienstmagd und der hellen Haut einer Irin fuhr ein Baby in einem Korbkinderwagen auf dem Gehsteig spazieren, einen kleinen Jungen im Matrosenanzug und ein noch kleineres Mädchen in einem weißen Rüschenkleid und mit einer Puppe im Arm im Schlepptau.

Die Fenster blitzten hier vor Sauberkeit. Welten lagen zwischen diesen Häusern und den düsteren Hütten am Irish Channel, nur ein kurzes Stück den Fluß hinauf hinter dem französischen Viertel, oder dem Dreck in den morastigen Straßen um die Girod Street. Aber niemals hätte seine Mutter – oder irgendeiner der alten französischen Pflanzer – zugegeben, daß die Leute hier sich in irgend etwas von den anderen unterschieden. »Es sind Amerikaner«, hätte Livia – oder zum Beispiel Xavier Peralta – gesagt, in demselben Tonfall, in dem Bouille über seinen Gegenspieler Granger gesprochen hatte, und mit demselben Ausdruck wie gestern abend in den hinter Samtmasken verborgenen Augen, die im Ballsaal Shaw beobachtet hatten.

Er hegte den Verdacht, daß die Tatsache, daß sie sich solche Häuser leisten konnten – weil ihnen so viele Dampfschiffahrtsgesellschaften und Banken gehörten und ein Großteil des Geldes, mit dem die alten französischen Pflanzer eine Ernte nach der anderen finanzierten –, die Situation nur noch schlimmer machte.

»Ma! Der Nigger, der uns Musikunterricht gibt, ist da!«

Die glockenhelle Stimme des kleinen Jungen drang durch die geschlossene Hintertür, und January spürte, wie sich seine Kiefermuskeln verspannten; trotzdem zwang er sich zu einem liebenswürdigen Lächeln, als das Hausmädchen die Küchentür öffnete und seine mehlbestäubten Hände an der Schürze abwischte. Er wußte, daß auch der weiße Zeichenlehrer des kleinen Mädchens nur zur Hintertür hineingelassen wurde; ein schwacher Trost.

Franklin Culver war Direktor einer kleinen Bank auf der amerikanischen Seite der Canal Street. Er besaß vier Sklaven: das Hausmädchen Ruth, den Hausmeister Jim und zwei weitere Männer, die er an ein Sägewerk vermietete. January vermutete, daß die drei Töchter des Hauses ihn Benjamin statt Mr. January nennen würden, hätten sie seinen Vornamen nur gewußt. Er merkte, daß die Geschichte Charis, die jüngste Tochter, immer noch in tiefe Verwirrung stürzte. »Aber Sklaven haben doch keinen Nachnamen«, hatte sie ihm in der ersten Stunde vorgehalten.

»O doch, sie haben einen, Miss Charis«, hatte January ihr erklärt. »Außerdem bin ich kein Sklave.«

Bei einer späteren Gelegenheit hatte sie angemerkt, Sklaven könnten nicht Französisch sprechen – Französisch war offensichtlich etwas, das kleine Mädchen nur äußerst mühsam von ihren Gouvernanten lernten. Offenbar hatte sie nie gelernt, daß es Schwarze gab, die keine Sklaven waren. Er vermutete, daß ihr Vater diese Unkenntnis mit ihr teilte. Er versuchte nicht einmal, ihr zu erklären, daß er nicht schwarz war, sondern farbig, was etwas völlig anderes war.

Trotzdem waren die Mädchen sehr höflich, unverdorben und liebenswert. Sie wurden offenbar angehalten, täglich zu üben – und vier fünfzig pro Woche waren vier fünfzig pro Woche. Drei Dollar gab er Livia, zusätzlich zu den zwei oder drei Dollar von dem, was er montags, dienstags und freitags verdiente, wenn er in ihrem Wohnzimmer nachmittags eine kleine Gruppe von

Kindern unterrichtete. Sie hatten weder die musikalische Leidenschaft noch die Begabung von Madeleine Dubonnet, und es verband ihn auch nicht eine geheime, gemeinsame Hingabe an die Musik mit ihnen, aber er hatte schon viel schlechtere Schüler gehabt.

Gelegentlich fragte er sich, wofür er eigentlich sparte, wenn er kleine Beträge auf sein Konto bei der Bank von Louisiana abzweigte. Vielleicht auf ein eigenes Haus?

In New Orleans? In Paris war es ihm schlimm genug ergangen in dem Bewußtsein, ein voll ausgebildeter Chirurg zu sein und doch nie eine eigene Praxis haben zu können, oder jedenfalls keine rentable, und das nur aufgrund seiner Hautfarbe. Selbst als Musiker war er wegen seiner Hautfarbe und seiner Größe so etwas wie eine Kuriosität gewesen, aber auf den Straßen von Paris hatten ihn die Leute wenigstens nicht wie einen Idioten oder einen potentiell gefährlichen Wilden behandelt. Dort hatte er sein Verhalten und seine Redeweise nicht an die gängige Konvention für Schwarze anpassen müssen, um seinen Lebensunterhalt zu verdienen.

In den paar Monaten seit seiner Rückkehr hatte er sich fast ausschließlich an die Kreolen im französischen Viertel gehalten, die nicht mit der Überzeugung aufgewachsen waren, daß alle Menschen, die nicht aus Europa abstammten, Sklaven waren oder doch sein sollten.

Aber bei dem Gedanken, nach Paris zurückzukehren, wurde ihm kalt ums Herz. In den Wochen nach Ayashas Tod war er beinahe verrückt geworden. An jeder Ecke glaubte er sie zu sehen, wie sie das Kopfsteinpflaster des Montmartre hinauflief oder sich mit den Marktfrauen unterhielt, einen Strohkorb mit Äpfeln und Brot auf der Hüfte. Von überall her glaubte er ihre Stimme zu hören. In einer Nacht war er stundenlang auf der Suche nach ihr durch die Straßen gelaufen, fast überzeugt davon, daß sie nicht wirklich tot war. Am Ende hatte er schluchzend auf den Stufen von Notre Dame gestanden, die blauen Perlen des Rosenkranzes in einem stammelnden Gebet an die Jungfrau

Maria um die Hand geschlungen. Er wußte nicht, um was er sie anflehte, aber in jener Nacht wurde ihm klar, daß er die Stadt verlassen mußte, wenn er nicht verrückt werden wollte.

Und wohin sonst hätte er gehen sollen?

Er hörte sich Charis' sorgfältig geübte vereinfachte Versionen eines Mozart-Stückes an, Penelopes mechanisch dargebrachte Tanzlieder und Esters überbetonte Verstümmelung von *Childgrove;* er machte Fingerübungen mit ihnen und gab ihnen neue Stücke auf, sah zu und lauschte auf die immer gleichen Fehler. Er war sich bewußt, wie sehr er sich zurückhielt und ihnen nur die allernötigste Aufmerksamkeit und Sorgfalt schenkte. Müdigkeit hatte ihn eingeholt nach einer schlaflosen Nacht, dem Ritt nach Les Saules am frühen Morgen und der aufreibenden Szene im Haus an der Rue des Ursulines. Er fühlte sich seltsam desorientiert in dem überladenen Zimmer mit den modischen Möbeln aus Deutschland aus schwerem, gedrechseltem Walnußholz und den dicken Polstern, den Perlenschirmen über den Lampen und der grün bedruckten Tapete – ein sehr amerikanisches Haus, ganz anders als die Schlichtheit von Les Saules oder das einfache Häuschen seiner Mutter in der Rue Burgundy. Als er vor sechzehn Jahren weggegangen war, hatte es hier fast nur Zuckerrohrfelder gegeben, und Englisch war eine Sprache, die man in New Orleans kaum zu hören bekam.

Mit dumpfem, schwerem Kopf döste er vor sich hin, als der Omnibus die Nyades Street hinunterklapperte. Der Fußmarsch zum Haus seiner Mutter belebte ihn wieder ein bißchen, und bevor seine Schüler um vier Uhr eintrafen, hatte er noch genug Zeit, in die Küche zu gehen und Bella um einen Teller Bohnen und Reis zu bitten. Bella kochte und putzte und wusch die Wäsche, fast so lange, wie seine Mutter in diesem Haus lebte. Nach dem Essen ging er ins Wohnzimmer, wo seine Mutter Zeitung las, und spielte ein paar Stücke von Bach, um einen klaren Kopf zu bekommen und seine Hände aufzuwärmen. Ein paar Minuten später erschienen die Kinder. Sie waren zwischen sieben und vierzehn, und ihre Hautfarbe hatte alle Schattierungen von

Walnußbraun bis Elfenbeinweiß. Er konzentrierte sich wieder auf den Unterricht, verfolgte, wie die kleinen Hände sich mit den Tasten abmühten, und erriet, halb unbewußt, was in den Köpfen vorging, während sie sich an Rhythmus und Klang vergingen.

Eines der Kinder stammte von einer *Plaçée* und einem Weißen ab; die anderen waren die Kinder wohlhabender Handwerker und Händler, die in der farbigen Gesellschaft tonangebend waren und wollten, daß ihre Kinder es ein bißchen besser hatten, als sie selbst es gehabt hatten.

Er fragte sich, was Charis Culver – oder ihr Vater – dazu gesagt hätte.

Als das letzte Kind gegangen war, überquerte er den Hof, stieg die schmale Treppe zu seinem Zimmer über der Küche hinauf und legte sich bei weit geöffneten Fenstern schlafen. Aber er träumte schlecht. Bilder von Madeleine Trepagier in ihrem albernen Lederkleid mit den Hahnenfedern verfolgten ihn. Im Traum stand sie auf einem Auktionssockel, und maskierte Männer in prächtigen Satingewändern riefen ihre Gebote in die Rotunde des St. Charles Hotels. Er bemerkte eine Gestalt im Hintergrund der Gruppe, die er nicht genau erkennen konnte, denn sie war verschleiert, und ihr Kiefer war hochgebunden wie bei einer Leiche. Immer wenn diese Gestalt ihre Hand hob, hörten die anderen einen Moment lang verstört mit dem Bieten auf und gaben dann nur zögernd weitere Gebote ab, als wage es keiner, gegen diesen gräßlichen, grünen Schatten anzutreten.

Ein donnerndes Geräusch, als würde ein Riese durch sein Zimmer stapfen, weckte ihn. Bella, dachte er. Sie klopfte mit dem Besenstiel gegen die Decke der Küche, um ihm mitzuteilen, daß es sieben Uhr war. In zwei Stunden begann der große Ball der Faubourg Treme Miltia Gesellschaft.

Sein Kopf war schwer nach dem kurzen, schlechten Schlaf, und er blieb noch einen Moment liegen. Leise bewegten sich die dünnen, weißen Vorhänge, und ein feuchter Luftzug strich ihm über das Gesicht. Aus der Küche roch es nach frischem Brot und warmem Kaffee, und der Schmerz, die Sehnsucht und der Wunsch, endlich ganz aufzuwachen und Ayasha im Bett neben sich zu finden, überrollten ihn, wie eine dunkle Welle einen Schläfer am Strand überrollt, eine Welle, von der, noch lange nachdem sie verschwunden ist, feuchtes Salz auf der Haut zurückbleibt.

Irgendwo aus seinem Unterbewußtsein tauchte verschwommen ein Bild auf – Reste eines Traums? –, ein Sockel im St. Charles Hotel, leer bis auf ein paar schwarze Hahnenfedern, über denen ein dumpfes Gefühl der Verzweiflung hing.

Angeliques Begräbnis sollte um zwölf Uhr sein.

January saß in einem der Cafés unter der Ziegelarkade am Marktplatz, nippte an einer Tasse schwarzen Kaffees, von dem er hoffte, daß er seine Lebensgeister wecken würde, und lauschte auf den Schlag der Glocke an der Kathedrale. Es war halb fünf Uhr morgens, und January fragte sich, ob er vor dem Begräbnis wohl noch ein paar Stunden Schlaf bekommen würde.

»Vielleicht sind beide schlechte Schützen«, sagte Hannibal und wischte sich den Puderzucker eines Beignets vom Ärmel. New Orleans hatte eines der besten Straßenbeleuchtungssysteme im ganzen Land, und das kupferfarbene Licht der eisernen Laternen, die hoch über dem Gehsteig hingen, drang durch die rußgeschwängerte Düsternis vor der Morgendämmerung bis unter die Arkaden. »Vielleicht schießen sie aneinander vorbei, und wir können alle nach Hause gehen.«

»Vielleicht findet irgend jemand heraus, daß ich der lange verschollene französische Thronerbe bin, und ich kann die Klavierstunden aufgeben.«

January sah sich beklommen um. Die Ausgangssperre wurde während der Karnevalszeit selten beachtet, und die Wachmänner belästigten in der Regel nur jene, die offensichtlich Sklaven oder arm waren. Trotzdem war er unruhig und fühlte sich gefährdet, weil er so spät noch auf der Straße war.

»Einen Degenkampf beenden Kreolen, wenn das erste Blut fließt – irgendwie sind sie in dieser Stadt ja doch alle miteinander verwandt. Bei Pistolen ist es schwieriger.« Er zuckte die Achseln. »Und ich habe keine Ahnung, wie Amerikaner sich verhalten. Meistens schießen sie, um zu töten.«

Die Fensterläden des Cafés du Levee auf der anderen Straßenseite standen immer noch weit offen. Verschwommen konnte man durch den vom Fluß aufsteigenden Nebel die Figuren erkennen, die sich im gelben Licht des Cafés bewegten: die älteren Männer, die vor der Revolution in Santo Domingo geflohen waren, und die jüngeren, ihre Söhne, die Karten spielten, Absinth oder Kaffee tranken, über die dreckigen, verräterischen Bonapartisten herzogen und dem besseren Leben nachweinten, das mit dem Atheismus, dem Rationalismus und den Amerikanern aufgehört hatte zu existieren. Viele von ihnen waren verkleidet. Sie kamen von den Bällen und Tanzfesten überall im französischen Viertel, die langsam dem Ende zugingen. An den Tischen unter den Arkaden saßen Männer und ein paar vereinzelte Frauen in Abendkleidung und Masken, Seite an Seite mit Marktfrauen und Hafenarbeitern, deren Tag begann, während der der Nachtschwärmer zu Ende ging. Einige der feinen Herren an den Nebentischen warfen Hannibal zwar schiefe Blicke zu, weil er mit einem Farbigen an einem Tisch saß, aber angesichts der späten Stunde und der allgemein laxeren Sitten während der Karnevalstage hielten sie den Mund. Außerdem war Hannibal so bekannt, daß die meisten es aufgegeben hatten, sein Verhalten zu kommentieren.

Hinter den in goldenes Licht getauchten Säulen der Arkaden und jenseits des dunklen Deichs ragten die schwarzen Schornsteine der Flußdampfer empor wie die kahlen Baumstämme eines von Feuer verwüsteten Waldes. Die mit Eisenspitzen versehenen Schleusenhäupter glühten gelb im Widerschein des Lichts, das sich flackernd im goldenen Zierat der Fahnenstangen und Steuerhäuser spiegelte. Der dünne Nebel roch nach Asche, und herumfliegende Rußteilchen hatten auf der Hemdbrust und den Manschetten der beiden Männer bereits ihre Spuren hinterlassen.

»Monsieur Janvier.«

Im Schatten der Arkade tauchte Augustus Mayerling auf. Er hatte seine Maske abgenommen, trug aber immer noch das elisabethanische Wams aus schwarzem und grünem Leder, das er auf dem Ball am Donnerstag getragen hatte. Trotz seines kurzgeschorenen Haars und der vier Schmisse auf seiner linken Wange, die das Rasieren für ihn zu einem Alptraum machen mußten, fand January, daß sein spitzes Gesicht über der hochstehenden Halskrause im seltsamen Licht des Cafés auf unbestimmte Weise beinahe weiblich wirkte. »Hannibal, mein Freund. Ich hatte nicht damit gerechnet, dich hier zu treffen.«

»Ich werde mir doch ein Duell nicht entgehen lassen!« Wie üblich zu dieser frühen Morgenstunde sah der Geiger aus wie durch die Mangel gedreht, aber seine dunklen Augen funkelten vor Ironie. »Die einmalige Gelegenheit mitzuerleben, wie ein Kreole und ein Amerikaner aufeinander anlegen? Gott behüte.« Er legte die Finger an die Stirn wie eine verzagte Diva, die der Situation nicht gewachsen ist. »Alles eine Frage des richtigen Zeitpunkts«, erklärte er und wandte sich den Überresten seines Kaffees zu.

»Als nun die dämmernde Frühe
mit Rosenfingern erwachte …«

»Dies ist die Stunde, meine Freunde, in der die Freudenhäuser in den Sümpfen normalerweise ihre Pforten schließen und die Seeleute auf die – mmh – man muß es wohl Straße nennen, strömen. Sie sind immer noch betrunken, aber noch nicht ganz bewußtlos, und vor Sonnenaufgang gehen sie nicht an die Arbeit. Wenn ich zu dem Duell gehe, muß ich mich nur vor *einer* Kugel fürchten.«

»Es ist schön, einem Mann zu begegnen, der ebenso vorausschauend wie talentiert ist«, sagte Mayerling und nickte ernst.

Dann streckte er January seine behandschuhte Hand entgegen. »Danke, daß Sie uns begleiten wollen. Es ist lästig und raubt Ihnen den Schlaf – wie auch mir, möchte ich hinzufügen –, aber offenbar glauben die beiden, daß ihre Männlichkeit angekratzt wird, wenn sie sich die Gelegenheit entgehen lassen, die Legitimität ihrer Behauptungen unter Beweis zu stellen, indem sie sich in Lebensgefahr begeben. Haben Sie von dem Streit gehört?«

»Nur, daß es die lauteste Auseinandersetzung seit der letzten Bürgermeisterwahl war, als die Herausgeber des *Argus* und des *Courier* im Café Hawlett mit Fäusten aufeinander losgingen«, sagte Hannibal heiter.

»Ich glaube, Granger hat angefangen, indem er Bouille beschuldigte, gegen die vorgeschlagene Straßenbahnlinie seiner LaFayette-Gesellschaft gestimmt zu haben, um für eine andere Linie zu votieren, die der französischen Bevölkerung zugute kommen würde.«

January aß den letzten Bissen von seinem Beignet, dann folgten er und Hannibal dem Preußen durch das Gedränge von Tischen und Gästen auf die Straße. »Bouille erwiderte, daß Granger nur wütend sei, weil er, Bouille, sich von LaFayette und der Eisenbahngesellschaft Pontchartrain nicht habe bestechen lassen, und dann warfen sie sich gegenseitig Feigheit, uneheliche Geburt, die Verführung junger Mädchen aus der Klosterschule und diverse andere gräßliche Laster vor. Jeder beschuldigte den anderen, sich vom Bürgermeister ohrfeigen zu lassen, ohne dafür Genugtuung zu verlangen.«

January klemmte sich seine Notenmappe unter den Arm und sprang leichtfüßig über den Rinnstein. Die schwarzlederne Arzttasche hing schwer an seinem Arm, eine merkwürdig vertraute Last.

»Ich bin mit mehr als Stahl bewaffnet«, zitierte Hannibal lauthals Christopher Marlowe. *»Meine Rüstung ist die Wahrheit.«*

»Meine Mutter kann sich nicht vorstellen, daß Bouille einen Bestechungsversuch von Granger ausschlagen würde; seine

Hände seien schmieriger als die Schürze eines Kerzenziehers, meint sie. Und sie sagt, daß Granger zu seinem Vermögen gekommen ist, indem er in St. Charles Kühe gestohlen und wieder an ihre Besitzer verkauft hat. Warum sollte er sich also um diese blöde Straßenbahnlinie scheren? Ich hatte vergessen«, fügte er erinnerungsselig hinzu, »wie sehr mich das politische Treiben in New Orleans immer entzückt hat.«

Der Fechtmeister grinste ihn an. »Besser als Balzac, was? Ich bin ein friedliebender Mench ... doch, wirklich«, versicherte er, als er sah, daß January zweifelnd die Augenbrauen hochzog. »Man kämpft aus Spaß – oder um Leben und Tod. Um sich mit einem Freund zu messen – oder um den Kampf so schnell wie möglich zu beenden, und zwar so, daß der Gegner nie wieder aufsteht. Aber diese Dummheit ...« Er machte eine geringschätzige Handbewegung. Sie schoben sich im flackernden Licht der Öllampen durch den gerade einsetzenden Morgenverkehr zwischen Kutschen, Bierwagen und Handkarren hindurch.

Zusammengedrängt warteten Mayerlings Schüler an der Ecke zur Rue Condé neben einer Kalesche und einem Landauer auf sie. Die Gruppe war etwas kleiner als beim Quadroon Ball, aber es waren dieselben Gesichter. Das rote elisabethanische Kostüm war ebenso vertraut wie der verweichlichte Uncas, ein blaugelber Ivanhoe und ein Seeräuber, der aussah, als gehörte er eher in ein Juweliergeschäft als auf das Deck eines Piratenschiffs. Ratsherr Jean Bouille hatte sich von seinen Renaissancepluderhosen getrennt und trug einen Abendanzug und eine karmesinrote Dominomaske. January fragte sich, ob er wohl das Kostüm gewechselt hatte, um im Falle seines Todes eine würdevolle Leiche abzugeben.

»Wollen sie sich das Schauspiel ansehen?« fragte January, als er mit Mayerling und Bouille in die Kalesche stieg. Er verstaute seine Arzttasche unter dem Sitz – die übliche Kollektion von Schröpfgläsern, Quecksilberchlorid, Opium und rotem Pfeffer. Es wird eine klare Sache sein, dachte er, offene Wunden, eine Menge Blut und vielleicht ein paar gebrochene Knochen. Die vier Nachtschwärmer zwängten sich in den Landauer und zogen Hannibal hinter sich her. Sie versorgten ihn abwechselnd mit dem Inhalt ihrer Flaschen und wurden durch mit Inbrunst vorgetragene Byron-Verse belohnt.

»Sie sind gekommen, um zu sehen, wie einem eidbrüchigen, impotenten Schwein Gerechtigkeit widerfährt«, erklärte Bouille. Für seine Verhältnisse klang er vergleichsweise mild und zurückhaltend. »Was mich betrifft, ich bin froh, daß sie da sind. Ich halte es nicht für unmöglich, daß dieser berüchtigte Schweinehund mit einer Bande von seinesgleichen auftaucht und uns aus dem Hinterhalt überfällt. Denn er weiß sehr wohl, daß er in einem ehrenhaften Kampf von Mann zu Mann nicht bestehen kann.«

Mayerling zog nur seine farblosen Augenbrauen hoch.

Die Kalesche mit ihren zwei Sitzen hatte kaum Platz für drei Personen, und nur weil der Preuße so dünn war, gelang es January, sich noch hineinzuquetschen.

Eng an Mayerling gepreßt, sagte er leise: »Der junge Peralta nimmt es schwer, nicht wahr? Den Tod von Mademoiselle Crozat, meine ich.«

Mit einem seltsamen Blick starrte ihn der Preuße kurz an.

»Es muß schon einiges passieren, damit ein Kreole einem Freund in der Stunde der Not nicht beisteht.«

»Der Junge ist ein Narr«, sagte Mayerling kalt. »Die Frau war eine Teufelin, ein böser Dämon mit einer Registrierkasse anstelle eines Herzens. Seine zukünftige Frau hat allen Grund, dem Mörder dankbar zu sein.«

Überrascht betrachtete January das wie aus Elfenbein gemeißelte Profil des Preußen. »Ich wußte nicht, daß Sie sie kannten.«

Er erinnerte sich, wie der Römer im Ballsaal umhergeschlichen war, wie das Gespräch der Männer erstarb, als Angelique wie eine diamantenfunkelnde Göttin in der Tür des Ballsaals auftauchte, wie die Männer sich um sie scharten.

Nur Mayerling nicht.

»In dieser Stadt kennt jeder jeden«, erwiderte der Fechtmeister. »Trepagier war einer meiner Schüler. Wußten Sie das nicht?«

Er wandte seine Aufmerksamkeit wieder der Straße zu.

Das Duell nahm den üblichen Verlauf. Die beiden Kutschen fuhren die Esplanade entlang bis zu den bleigrauen, von Zypressen umgebenen Wassern des Bayou St. John, und als die Morgendämmerung langsam heraufkroch und der Nebel sich lichtete, erreichten sie auf der Allard Plantage in der Nähe des Wassers eine Lichtung, die im Schatten mächtiger alter Eichen lag.

Auch Granger hatte sich dagegen entschieden, seiner Familie, womöglich tot, im flatternden weißen Gewand eines Pierrots zurückgebracht zu werden, und trug einen Abendanzug. Sein Sekundant hingegen prangte immer noch in der goldbemalten Papprüstung eines römischen Legionärs, und der nach wie vor rotgewandete Pirat mit dem unpassend kupferfarbenen Bart hielt die beiden Pferde vor dem Zweispänner am Zügel fest. January fiel auf, daß sowohl Granger als auch Bouille dunkle Mäntel mit auffallend kleinen, unauffälligen Knöpfen trugen.

Mayerling holte die Pistolen hervor, zwei seiner eigenen Mantons, die von Jenkins und dem blaugelben Ivanhoe eingehend untersucht wurden. Während der Fechtmeister die Pistolen lud, machten die Sekundanten einen letzten, wenn auch ziemlich halbherzigen Versuch, den Duellanten den Kampf auszureden. January hörte, wie Granger mit lauter Stimme verkündete: »Gäbe man mir nicht die Gelegenheit, die dreckigen Auswürfe dieser dreisten Eiterbeule blutig zu beseitigen, sähe ich mich gezwungen, den Schlußakt von Macbeth an diesem Otterngezücht zu exekutieren.« Diese Bemerkung war offensichtlich für Bouilles Ohren bestimmt, denn der Amerikaner, der gerade mit seinen Landsleuten englisch gesprochen hatte, stieß sie auf französisch hervor.

Bouille erwiderte, an seine Sekundanten gewandt, aber in lautem Englisch, daß er keine Angst habe vor einer »Kanaille, die mit einem Gentleman soviel Ähnlichkeit hat wie unser Arzt mit einem Weißen. Man kann nicht vorgeben, jemand zu sein, der man nicht ist.«

January, der neben Mayerling stand, bemerkte das ironische Lächeln des Fechtmeisters. Bouille, wie Livia Levesque ein Verfechter kreolischer Kultiviertheit, hatte offenbar vergessen, daß er nach ein paar unerquicklichen Prozessen und mit einem Berg von Schulden aus Frankreich geflohen war, wo er als Schriftsetzer gearbeitet hatte.

Nicht nur Mulatten litten manchmal unter galoppierendem Gedächtnisschwund.

January und Hannibal zogen sich klugerweise in den Schutz der Eichen zurück. Mayerling, der ein in Januarys Augen höchst leichtsinniges Vertrauen in die Zielkünste der beiden Männer setzte, blieb an seinem Platz.

»Und du läßt den, der getroffen wird, zur Ader?« fragte Hannibal geringschätzig und legte sein Kinn auf einen Ast.

January nickte. »Und dann mache ich ihm einen Einlauf. Zwei- oder dreimal.«

»Sie haben es beide verdient.«

Es knallte zweimal laut. Die Reiher in der nebligen Bucht kreischten.

Als January zwischen den tief herabhängenden Zweigen hindurchspähte, sah er gerade noch, wie William Granger zu seinem Zweispänner stolzierte und einstieg. Bouille redete lautstark auf das kleine Häuflein Fechtschüler ein.

»Habt ihr das gesehen?« krähte der Ratsherr triumphierend. »Der Feigling hat sich selbst reingelegt! Aus Angst vor meiner Schießkunst hat er eine unmögliche Distanz gewählt – fünfzig Fuß! Aus dieser Entfernung würde er nicht mal ein Scheunentor treffen! Und ich habe genau gesehen, wie meine Kugel seinen Mantel an der Schulter zerrissen hat.«

Während der frohlockende Bouille, die Fechtschüler und Hannibal sich mit Whisky aus ihren Jagdflaschen zuprosteten, lief Mayerling wie ein Naturforscher auf der Suche nach einer neuen Mottenart zu der Stelle, wo Granger gestanden hatte, und stöberte so lange unter den Bäumen herum, bis er die Kugel gefunden hatte. Selbst wenn man den günstigsten Winkel annahm, war sie um Meter an dem Amerikaner vorbeigeflogen. »Entweder machen Sie noch ein paar Zielübungen«, sagte er, als er in der Morgendämmerung wie ein Gespenst mit schimmernder Halskrause und bleichen Ärmeln durch den kniehohen Morgennebel zurückkehrte, zu Bouille, »oder Sie schreiben weniger.«

Sie kletterten in ihre Kutschen.

Die gesamte farbige Halbwelt, Alte wie Junge, erschien zu Angeliques Begräbnis. Euphrasie Dreuze schluchzte. Sie trug ein viel zu enges Trauergewand, und ihr Gesicht war unter einem Schleier verborgen, der bis zu den Knien herabwallte. January saß an der Orgel in der Friedhofskapelle von St. Antoine, zählte die Trauernden und zog seine Schlüsse: Die Kapelle war klein, aber auf den harten Bänken saß die überwiegend weibliche Trauergemeinde nicht gerade dicht gedrängt. In dem von Fieberepidemien heimgesuchten Klima New Orleans' mit seinen engen Familienverbindungen besaßen fast alle Frauen Trauerkleidung, und January dachte bei sich, daß sehr viel mehr trauernde Damen, die sich jetzt in gutgeschnittenen pflaumenblauen und tabakbraunen Seidenkleidern zeigten, Schwarz tragen würden, wäre Angelique nur beliebter gewesen. Auch wenn ihre Figur in Schwarz nicht so gut zur Geltung gekommen wäre – Schwarz kleidete nur wenige farbige Frauen.

Als die Sargträger – gutaussehende, aber verlegen dreinblikkende junge Männer, Angeliques Brüder und zwei Vettern – den Sarg durch den Vorhang bugsierten und in die Grabstätte in der Friedhofsmauer schoben, warf sich Madame Dreuze laut weinend der Länge nach zu Boden.

»Oh, Madame …« Flüsternd fiel Clemence Drouet neben ihr auf die Knie. »Lassen Sie sich von der Verzweiflung nicht übermannen! Sie wissen doch, daß Angelique …« Sie war eine der wenigen, die Schwarz trugen, was die geisterhafte Blässe unter dem warmen Mahagoniton ihrer Haut noch unterstrich. Ihre Augen waren geschwollen, und die Tränen hatten eine graue Spur auf ihrem Mieder hinterlassen.

»Steh auf, Phrasie«, sagte Livia Levesque ruhig. »Der Priester wird über dich stolpern.«

Euphrasie ließ es zu, daß der jüngere ihrer beiden Söhne sie hochzog.

»Es gibt keine Gerechtigkeit«, schrie sie mit schriller Stimme. »*Diese Frau* hat meine Tochter durch Zauberkräfte ermordet, und niemand rührt einen Finger, um sie ihrer gerechten Strafe zuzuführen.« Sie drehte sich zu der Trauergesellschaft um, zu den schönen, verschleierten Damen aus der Rue des Ramparts mit ihren Dienern und einigen Händlern, die ihnen zu Diensten waren. Sie standen eng zusammengerückt, denn um sie herum erhoben sich die Grabstätten wie eine kleine Stadt aus Marmor, dicht gedrängt wie das französische Viertel selbst. Kein Wunder, daß Angelique so einen Hang zur Theatralik hatte, dachte January.

»Ich hab's dem korrupten Polizisten gesagt! Ich hab ihm gesagt, welche Gemeinheiten *diese Frau* meinem Unschuldslamm zugefügt hat, bevor sie sie zu Tode gehetzt hat! Und er hat mir sozusagen ins Gesicht gesagt, daß sie keine Nachforschungen anstellen werden, daß sie sie nicht anklagen werden ... daß sie keinen Finger rühren werden, um mein Kind zu rächen!«

Sie schlug ihren Schleier zurück und enthüllte ein von Tränen verquollenes Gesicht, umrahmt von gewaltigen Ohrgehängen aus Jett und Onyx. Auf ihrer von schwarzer Seide umspannten Brust lag ein riesiges goldenes Kreuz. Sie genoß ihre tragische Rolle offensichtlich, drehte sich zu January um und rang die in Spitzenhandschuhen steckenden Hände. »Ben, im Namen deiner geliebten Mutter, hilf mir, *diese Frau* vor Gericht zu bringen, die Frau, die meine Tochter verhext und den Tod über sie gebracht hat. Ich flehe dich an.«

»Wie bitte?« sagte January entsetzt. Aufgrund des Schlafmangels reagierte er verlangsamt, und die Verzögerung war fatal. Euphrasie trat auf ihn zu und erstickte ihn in einer Umarmung und einer Wolke aus Parfum. Ihr Kopf lag an seiner Brust. Erschrocken blickte er um sich, auf Euphrasies Freunde, die Freunde seiner Mutter, die ihn anstarrten, als warteten sie darauf, daß er dieser absurden Bitte nachkam.

Dann zerschnitt Livias Stimme das Schweigen. »Phrasie, bitte meinen Sohn nicht in meinem Namen um etwas! Die Tatsache, daß irgend jemand einen Voodoodreck im Bett deiner Tochter versteckt hat, bedeutet nicht, daß die Frau ihres Liebhabers etwas damit zu tun hat. Und schon gar nicht gibt sie dir das Recht, den armen Ben in etwas hineinzuziehen, das weder seine noch deine Angelegenheit ist.«

»Und ob es meine Angelegenheit ist!« Euphrasie wirbelte herum und ließ January los; nur seine Hand hielt sie fest. »Der Mord an meinem einzigen Kind ist durchaus meine Angelegenheit! Es ist meine Angelegenheit, die Mörderin meines Kindes vor Gericht zu bringen! Dieser Polizist – dieser *Amerikaner* – wird *diese Frau* davonkommen lassen, die mein Kind auf dem Gewissen hat, ob sie es nun mit eigenen Händen erdrosselt hat oder nicht!«

»Madame Dreuze …«, sagte der Priester weinerlich.

»Sag's ihm.« Madame Dreuzes fleischiger Finger, an dem ein Diamant von der Größe eines Taubenauges funkelte, zeigte auf Dominique. Das Juwel glitzerte in der fahlen Wintersonne. »Sag ihm, was du heute nachmittag bekommen hast! Erzähl ihm von der Mitteilung dieses Polizisten – diesem ungebildeten *Kaintuk!* –, daß die Polizei dich als Zeugin nicht mehr benötigt, ebensowenig wie andere Zeugenaussagen, weil sie der Sache nicht weiter nachgehen wird!«

Erschrocken blickte January zu Minou hinüber, die wunderschön aussah in ihrem spinatgrünen, perfekt geschnittenen Seidenkleid, dessen Ärmel an beiden Seiten eine gute Handbreit bauschig abstanden. »Stimmt das?«

Sie zögerte, vermutlich weil sie keine Bemerkung von Euphrasie Dreuze gern bestätigte, dann nickte sie. »Ja. Er hat nicht direkt gesagt, daß sie die Untersuchung einstellen, aber ich kann zwischen den Zeilen lesen.«

»Das werde ich nicht zulassen!« Euphrasie riß die Arme hoch, als flehe sie zum Himmel, und ihre hervorquellenden Augen fixierten January. »Ich lasse es nicht zu! Meine Tochter muß gerächt werden, und wenn du es nicht tun willst, Benjamin, werde ich einen anderen finden.«

9

Oh, Ben, erzähl mir nicht, daß dich das *überrascht!*«

»Natürlich überrascht es mich!« Mechanisch häufte January Gemüse und Reiseintopf auf Minous Teller und reichte ihn ihr. Er war nicht nur überrascht, sondern zutiefst beunruhigt.

Das Licht, das über die hohen Dächer der umliegenden Häuser durch die hohen Fenster in Dominiques exquisites Eßzimmer fiel, wurde bereits schwächer, obwohl es noch nicht einmal sechs Uhr war. Wissend, daß er den größten Teil der kommenden Nacht auf einem Ball in St. Mary würde spielen müssen, hatte January nach dem Begräbnis ein paar Stunden geschlafen, aber er hatte schlecht geträumt. Dominique war in der Küche, als er zu ihr kam. Sie trug eine Schürze über ihrem spinatgrünen Seidenkleid, hatte die Ärmel hochgekrempelt und half Becky und Hannibal beim Abwasch. »Mama ist drüben bei Phrasie«, sagte sie. »Ich habe Bella gesagt, daß ich dir Abendessen mache.«

»Du warst zu lange in Paris«, sagte Hannibal. Er hob sein Glas und prostete seiner Gastgeberin charmant zu. Sie erwiderte seinen Blick mit einem hinreißenden Lächeln.

»Oder nicht lange genug.« January trat zum Tisch.

»Hast du im Ernst geglaubt, die Polizei würde den Mord an einer farbigen Frau untersuchen, wenn alle Hauptverdächtigen weiß sind?«

January blieb stumm. Er spürte eine heiße Woge der Verlegenheit in sich aufsteigen und verabscheute sich selbst für sein blindes Vertrauen in die Justiz, die Polizei und den amerikanischen Polizisten Shaw. Er war wirklich zu lange in Paris gewesen. Er war zwar ein von Grund auf gesetzestreuer Mensch, aber er hatte Jahre gebraucht, um Vertrauen in die dortigen Behörden zu fassen.

»Was stand denn in diesem Brief?« fragte er schließlich. »Ihr müßt doch zugeben, daß Madame Dreuzes Geschichte über Madame Trepagier, die eine Komplizin beauftragt haben soll, einen Voodoozauber unter der Matratze ihrer Rivalin zu verstecken, vor Gericht nicht gerade glaubwürdig wirkt.«

»Ach, das ...« Seine Schwester machte eine abfällige Handbewegung. »Jeder auf der Beerdigung hat genau gewußt, daß Madame Trepagier gestern am späten Nachmittag versucht hat, eine einstweilige Verfügung zu erwirken, um den Verkauf des Schmucks und der beiden Sklavinnen zu verhindern, und daß Madame Dreuze den ganzen Vormittag bei Heidekker und Stein verbracht hat, um alle Kleinteile, Kleider und Möbelstücke zu verhökern. Was glaubst du, warum Phrasie sich so aufgespielt hat? Sie hatte etwas zu vertuschen. Der Himmel weiß, daß jeder, der Euphrasie Dreuze Unannehmlichkeiten bereitet, des Teufels Schwiegermutter sein muß. Frag sie doch einfach.«

»So eine Frau hatte ich auch mal«, bemerkte Hannibal verträumt. »Vielleicht sogar mehr als eine. Ich hab's vergessen.«

Minou schlug ihm mit dem Löffel auf den Arm. »Schlimmer Kerl! Aber nein, Ben. Das war nicht der Punkt.«

Sie stand auf und ging zur Anrichte, auf der zugedeckt die Teller mit Gemüse und Jambalaya, das Brot und der Wein standen, und nahm aus einer Schublade ein klein zusammengefaltetes Blatt gelben Papiers. Hannibal sprang auf und rückte ihr den Stuhl zurecht, als sie an den Tisch zurückkehrte; sie schaute so verblüfft drein, als hätte ihr Bruder ihr diesen Kavaliersdienst erwiesen, dann lächelte sie ihn wieder an und setzte sich mit leise raschelnden Röcken hin. January hatte seine Schwester beim Blue Ribbon Ball ausgiebig beobachtet und wußte, welche Wirkung sie auf Männer hatte – ohne Henri Viellard in Gedanken, Worten oder Taten je untreu zu werden. Jedenfalls übte, nach der ausdrucksvollen Wärme ihres Blicks zu urteilen, Hannibal die gewohnte Wirkung auf Minou aus.

Der Brief war in der bemühten Handschrift eines Menschen verfaßt, der erst spät und unvollständig schreiben gelernt hatte. Wenigstens, dachte January verdrießlich, sind keine Tabakflecken auf dem Papier.

16. Februar 1833

Mis January;

Was die Aufzeichnungen betrift, um die ich sie letzten donerstag Abend gebeten habe, danke ich Ihnen für Ire Mühe. Aber jetzt siet es so aus, das wir sie doch nicht brauchen werden, und ich were ihnen ser dankbar, wenn sie sie an einem sicheren Plaz versteken würden, wo sie keiner siet. Bitte entschuldigen sie, das ich ihnen sofiel Mühe bereitet habe.

Hochachtungsfoll, Abishag Shaw

Schließlich war sie nur eine Plaçée.

Januarys Hand zitterte vor Zorn, als er den Zettel hinlegte.

»Ein Amerikaner«, sagte er leise. »Wir hätten es wissen müssen.«

Minou schwieg und drehte das hohe Kristallglas zwischen den Fingern. Henri Viellard sorgte gut für sie: Das Häuschen war schlicht, aber teuer eingerichtet, sie besaß französisches Porzellan und Kristallgläser aus Deutschland. Als January das Haus im letzten November zum erstenmal betreten hatte, hatte er sofort vermutet, daß der pummelige junge Mann seiner Geliebten völlig freie Hand gelassen hatte. Wenn er von dem einfachen Essen des heutigen Abends ausging, hatte Minou ihre Köchin nach denselben Prinzipien ausgesucht, nach denen sie ihr Haus eingerichtet hatte – und das war, auch wenn Viellard es kaum zugeben würde, wahrscheinlich der eigentliche Reiz ihres Haushalts.

Es wirkte nicht wie das Haus einer Prostituierten, einer Frau, die sich an einen Mann verkauft hatte. Es war das Heim eines Paares, das verheiratet gewesen wäre, gäbe es die Rassenschranken nicht. Das Haus einer Frau, die nicht mit ihrem Mann zusammenleben konnte, weil das Gesetz es verbot. Das Haus einer Frau aus jener merkwürdig vielfältigen Klasse der freien farbigen Mätressen …

Die für einen Amerikaner wie Shaw einfach eine Niggerhure war.

Es kostete ihn einige Mühe, ruhig zu sprechen. »Hast du die Aufzeichnungen noch?«

Bevor January auch nur Anstalten machen konnte, ihr beim Aufstehen behilflich zu sein, war Hannibal schon aufgesprungen. Thérèse, das Dienstmädchen, kam herein und räumte schweigend die Teller und Platten ab. Dominique zog einen dicken Stapel gelben Papiers aus einer Schublade in der Anrichte. Thérèse brachte, immer noch stumm, den Kaffee und hellbraunen Zucker in einer französischen Porzellanschale. Nachdem die Männer die Tassen zur Seite geräumt hatten, breitete Dominique die Papiere auf dem Tisch aus. »Soweit ich mich erinnern kann«, sagte sie, »waren das die Leute, die beim Ball und nebenan im Théâtre d'Orleans waren. Ich hab es von allen meinen Freundinnen und deren Freundinnen überprüfen lassen; wir haben sogar herausgefunden, welche Amerikaner da waren, und wir haben überlegt, wer in dem anderen Ballsaal gewesen sein könnte … Wir wissen zum Beispiel, daß Henris Familie dort gewesen sein muß, weil seine gräßliche Mutter ihn nie ausgehen läßt, ohne sie und seine Schwestern und Tante Francine mitzunehmen. Und wir wissen, daß Pauline Mazanat und die Trepagiers aus Pontchartrain dagewesen sein müssen, weil sie dem Organisationskomitee für den Wohltätigkeitsball vorstehen … So haben wir es uns zusammengereimt.«

Ihre langen, schmalen Finger trennten sorgfältig die Blätter mit Shaws unregelmäßiger Schrift und den engstehenden Buchstaben des Wachmannes von den duftenden hellgelben Bogen ihres eigenen Briefpapiers.

»Wir wissen nur nicht genau, wer die Männer unten in den Spielsalons waren, die natürlich keine Eintrittskarten hatten und nicht nach oben durften. Du kannst sicher sein, daß Agnes

Pellicot ganz genau weiß, wer sie nach ihren Töchtern gefragt hat. Kannst du dir vorstellen, daß dieser schreckliche Heinrich VIII. mit seinen sechs Frauen ein Mann namens Hubert Granville ist und mit Françoise Clisson über ihre Tochter Violette gesprochen hat?«

»Waren die sechs Frauen wirklich alle seine?« fragte Hannibal interessiert.

»Nein.« Dominique lachte und zählte sie an den Fingern ab. »Eine war Bernadette Metoyer, die ihn aus der Bank kennt – er ist der Direktor der *Union Bank* und hat ihr das Geld geliehen, mit dem sie ihr Schokoladengeschäft eröffnet hat, nachdem Athanase de Soto sie ausgezahlt hatte. Zwei waren ihre Schwestern, die ihr im Laden helfen, und eine war Marie Toussainte Valcour – Philippe Cournand, ihr Beschützer, mußte an diesem Abend zum Essen zu seiner Großmutter. Und die fünfte war Marie-Eulalie Figes, die *Plaçée* von Philippes Cousin, der auch zu Großmama Cournands Abendessen antanzen mußte. Die sechste war Marie-Eulalies jüngere Schwester Babette. Marie-Eulalie versucht, Babette mit Jean duBose zusammenzubringen.«

Dieses ausgeklügelte Beziehungssystem zwischen den farbigen Mätressen und ihren Familien überzeugte January schließlich davon, daß Dominiques Liste vollständig war. In Dominiques kleiner, flüssiger Schrift standen Namen hinter allen Zeugen, die geblieben waren, um auszusagen, und – bis auf vielleicht zwanzig – hinter allen Kostümen, die von verschiedenen Personen als »gesehen« angegeben worden waren. Auf dieser Liste fand January zu seiner Beunruhigung auch die »Indianerprinzessin«. Sie war von mindestens drei Personen in der oberen Halle gesehen worden, nachdem die Musik eingesetzt hatte.

Verdammt, dachte er. Der Vorwurf, daß sie irgend etwas mit Angelique Crozats Tod zu tun hatte, war absurd, aber Madame Trepagier hatte sich durch ihr Bleiben in Schwierigkeiten gebracht. Warum war sie oben herumgegeistert, nachdem er ihr geraten hatte, nach Hause zu gehen? Eine kostümierte Frau kam auch ohne Eintrittskarte an den Türstehern vorbei, denn deren einzige Aufgabe war es, Betrunkene und zufällig vorbeikommende Fremde nicht in die Spielsalons zu lassen. Schließlich war es der Blue Ribbon Ball.

War ihr noch etwas eingefallen? Hatte sie ihm noch etwas sagen wollen?

Oder hatte sie beschlossen, selbst nach Angelique zu suchen?

So oder so, sie hatte ihn am Freitag vormittag belogen, als sie behauptet hatte, direkt nach Les Saules zurückgefahren zu sein.

Ich war um halb neun zu Hause, hatte sie gesagt.

Warum hatte sie gelogen?

Er überflog den Rest der Liste.

Es gab nur noch drei weitere Frauen, die »gesehen« oder nicht identifiziert worden waren: einen »himmelblauen Domino«, eine »grüngestreifte Odaliske«, und eine »Zigeunerin«. »Kreolinnen, die ihren Männern nachgeschnüffelt haben«, sagte Dominique spontan, als er sie danach fragte.

»Dummkopf.« Sie erwiderte seinen überraschten Blick mit einem warmen Lächeln. »Du kannst dir nicht vorstellen, daß kreolische Damen sich manchmal einschleichen, um zu sehen, was ihre Männer so treiben? Wir erkennen sie aus hundert Meter Entfernung. Ich kann verstehen, warum sie das machen«, fügte sie nüchtern hinzu. »Und sie … sie tun mir leid. Sogar die, die sich bei der Polizei beschweren, wenn wir ein Restaurant betreten oder uns Kleider kaufen, die zu gut für uns sind. Und was hilft es dir, deinen Mann mit einer Frau zu sehen, von deren Existenz du im Grunde deines Herzens ohnehin weißt? Es tut nur noch mehr weh. Aber die meisten denken darüber erst nach, wenn es zu spät ist.«

January dachte daran, wie er selbst in all den heißen Nächten seiner Jugend auf dem Gehsteig vor Catherine Clissons Haus gestanden hatte, und schüttelte den Kopf. Es tat nur noch mehr weh. Und er wußte, daß die wenigsten Männer, egal, welche Hautfarbe sie hatten, jemals eine Geliebte fallenließen, weil ihre Ehefrau bettelte und flehte. Sie versteckten sie nur besser oder gaben sie vorübergehend auf, nur um bald zu ihr zurückzukehren.

Er drehte die Liste um, die hingekritzelte, vielfach ergänzte und durchgestrichene Chronologie des Abends, angeordnet, wie er interessiert bemerkte, nach den Stücken, die sie gespielt hatten – wie eine Tanzkarte. Minous Tanzkarte war dem Stapel beigefügt, jeder Tanz, den sie gewährt hatte, war vermerkt, und selbst Shaws Fragen bezogen sich auf die Musik, die gerade gespielt worden war.

Das mußte Dominique ihm vorgeschlagen haben. *Walzer* schrieb er mit einem t vor dem z.

Niemand hatte Galen Peralta gesehen, nachdem er nach seinem Streit mit Angelique die Treppe hinuntergestürmt war.

»War jemals irgend etwas zwischen Augustus Mayerling und Angelique?«

Dominique lachte schallend. »Mayerling? Um Himmels willen, nein! Er hat Angelique vom ersten Moment an gehaßt.«

Seine künftige Frau hat allen Grund, dem Mörder dankbar zu sein.

»Weil sie den jungen Peralta so schlecht behandelt hat?«

»Wenn Trepagier und Peralta beide seine Schüler waren«, bemerkte Hannibal, »hat sie den kleinen Galen wahrscheinlich bei Mayerling das erste Mal gesehen. Augustus hatte während der ganzen Verführungsszene einen Logenplatz, angefangen mit dem ersten fallen gelassenen Taschentuch, und gleichzeitig kriegte er mit, wie sie Arnaud bis auf den letzten Cent ausnahm. Seine … Abneigung … war wahrscheinlich eher Abscheu als Haß. Er ist sehr empfindlich in solchen Dingen.«

Kaum ein Grund, jemanden umzubringen, und wenn man Galen Peralta noch so mochte. Aber als er jetzt darüber nachdachte, fiel January ein, daß Mayerling viel länger verschwunden gewesen war, als es gedauert haben konnte, die Formalitäten für das Duell zu besprechen.

Vier Tänze – etwas weniger als eine Stunde – waren zwischen Bouilles Forderung und dem Zeitpunkt vergangen, als Mayerling zurückgekommen war und January gefragt hatte, ob er als Arzt bei dem Duell fungieren könne. Während dieser Tänze – den beliebtesten des ganzen Abends – war die Halle praktisch menschenleer gewesen. Keine von Dominiques Freundinnen war bereit gewesen, den Ballsaal zu verlassen, auch wenn deshalb Teile ihrer Kostüme für die *Tableaux vivantes* unfertig blieben. Nach seinem wütenden Abgang war Galen plötzlich eine Erwiderung eingefallen, und er hatte auf dem Absatz kehrtgemacht, um seinen Streit mit Angelique fortzusetzen – über die Dienstbotentreppe. Falls Clemence ihm über die Haupttreppe gefolgt war, hatte sie ihn verpaßt. Wahrscheinlich hatte er das Gebäude auch über die Hintertreppe wieder verlassen, und der Mörder hatte in aller Ruhe durch die Halle kommen können.

Vorausgesetzt natürlich, daß Galen nicht selbst der Mörder war.

»Diese Namen auf der letzten Seite?« Dominique beugte sich über seine Schulter und klopfte auf den Papierstapel. »Das sind die Personen – danke, Thérèse.« Sie lächelte der Magd zu, die wieder hereingekommen war, um Kaffee nachzuschenken. »Das sind die Leute, von denen wir wissen, daß sie da waren, die aber nicht auf Lieutenant Shaws Liste stehen. Das heißt, sie sind entweder kurz vor dem Mord oder unmittelbar danach gegangen, jedenfalls bevor Shaw mit ihnen sprechen konnte. Catherine Clisson gehört zu denen, die sich rechtzeitig aus dem Staub gemacht haben – oder es war Octave Moret, der darauf bestanden hat, daß sie mit ihm geht. Denn wenn irgend jemand sie erkannt hätte, wäre klar gewesen, daß er auch da war. Er ist Direktor der Bank von Louisiana und kann es nicht riskieren, mit so einer Geschichte in Verbindung gebracht zu werden. Glaubst du, daß Galen Peralta es getan hat? Angelique erwürgt, meine ich?«

January blätterte noch einmal in den Papieren, studierte die Listen. Wer hatte wen gesehen während des Rossini-Walzers, des schnellen Walzers und der Quadrille? Josette Noyelle, sie war die Aphrodite im griechischen Bild gewesen, war während des schnellen Walzers in der Garderobe gewesen und hatte Angelique dort nicht gesehen. Nach dem Rossini-Walzer hatte Dominique nach Angelique gesucht. Immer wieder war sie in der Garderobe gewesen, hatte Freundinnen dort getroffen, die sich gegenseitig die Haare hochsteckten, abgerissene Säume reparierten und sich umzogen oder den Kostümen für die *Tableaux vivantes* den letzten Schliff gaben.

Nur eine einzige Person – Dominique selbst – hatte überhaupt bemerkt, daß Clemence Drouet auf dem Ball gewesen war. Clemence war eine von den Frauen, die man leicht übersah. Sie hatte am nächsten Morgen in Angeliques Haus vorgesprochen in der Erwartung, sie lebend anzutreffen. Also mußte sie den Ball in der Zeit zwischen ihrer kurzen Begegnung mit January, unmittelbar vor dem Streit, und der Entdeckung der Leiche verlassen haben.

Und natürlich hatte sich kein Mensch die Mühe gemacht, sie zu benachrichtigen.

Der Amerikaner Tom Jenkins hatte Angelique offensichtlich ebenfalls gesucht, wenn er es war, der das Lorbeerblatt in der Garderobe verloren hatte. Aber wenn er nicht sehr viel schlauer war, als er wirkte, hätte er wohl kaum weitergesucht, wenn er genau gewußt hätte, daß sie tot in einem Schrank lag.

»Ich weiß nicht«, sagte January langsam. »Es sieht so aus, als könnte Galen es gewesen sein. Er ist jung, und er war verrückt nach ihr, geradezu besessen – schon bevor Trepagier starb, wie ich gehört habe. Aber ich bin mir nicht sicher, ob er so geistesgegenwärtig gewesen wäre, die Leiche zu verstecken und den Schmuck mitzunehmen, damit es wie ein Raubmord aussieht. Hätte er sie umgebracht, hätte man ihn bei der Leiche gefunden, glaube ich.«

»Du würdest dich wundern, was man alles fertigbringt, wenn man muß«, bemerkte Hannibal, der seine kleinen, zerbrechlich wirkenden Hände über dem aromatisch duftenden, heißen Kaffee wärmte. Die Sonne war jetzt ganz verschwunden, und Thérèse kam mit einer Kerze herein, um die Leuchter auf der Anrichte, auf dem Tisch und an den Wänden anzuzünden. Ein goldener Schimmer belebte die blutleeren Züge des Geigers, vertrieb die Blässe aus seinem verlebten Gesicht und verhüllte gnädig die ausgefransten Manschetten und die fadenscheinigen Stellen an dem schwarzen Abendcape, das auf seinen schmalen Schultern viel zu groß wirkte.

»Sonst folgt er Augustus wie ein treues Hündchen, aber bei dem Duell heute morgen ist er nicht erschienen, und ich habe gehört, daß er gestern abend auch nicht auf dem Ball bei Bringier war. Sein Vater wird ihm das kaum verboten haben.«

»Nein«, sagte January nachdenklich. Er blätterte wieder in den Papieren. »Nein.«

Kolumbinen, Pierrots, chinesische Kaiser und Ivanhoes hatten die obere Halle und die Empfangshalle unten bevölkert; Unkasse und Natty Bumpos (oder hieß der Plural *Bumpi?* überlegte January und versuchte, sich an seine Lateinstunden zu erinnern), Sultane und griechische Götter. Männer in Abendkleidung und Dominos. Frauen in nicht zu identifizierenden Kostümen, die Shaws eifriger Assistent so beschrieb: »Spitze mit hohem Kragen, violette Schärpe, mit Perlen bestickte Ärmel« (Livia allerdings hätte angemerkt, daß es keine echten Perlen waren). Dominique hatte mit ihrer gleichmäßigen Handschrift hinzugefügt: »lila Prinzessin – Cresside Morisset in Begleitung von Denis Saint-Roche (Mutter und Verlobte im Théâtre)«.

Aus reiner Neugier fragte January: »Hat Peralta eine Verlobte?« Seine zukünftige Frau …

»Rosalie Delaporte«, erwiderte Dominique prompt. »Die Delaportes sind verwandt mit den Dupages, und es gab ein großes Fest in Großvater Dupages Haus an der Rue St. Louis. Sie waren alle dort.«

Gigue/Reel – Hubert Granville mit Marie-Eulalie Figes, Yves Valcour mit Iphègénie Picard, Martin Clos mit Phlosine Seurat … Marie-Toussainte Valcour und Bernadette Metoyer sahen rotweißen Ivanhoe am Buffet … grüner Elisabethaner an der Tür …

Er schaute genauer hin. Mindestens sechs Personen hatten während des Rossini-Walzers einen »goldenen Römer« im Ballsaal gesehen. Er war beim Duell William Grangers Sekundant gewesen, also mußte er in Froissarts Büro am Fuß der Dienstbotentreppe gewesen sein. Xavier Peralta, der auch dort gewesen war, war erst gegen Ende des schnellen Walzers wieder erschienen, beinahe zehn Minuten später.

Er rief sich den alten Mann im nachtblauen Satinanzug ins Gedächtnis, wie er, in ein langes und ernsthaftes Gespräch mit Euphrasie Dreuze vertieft, gleichzeitig die Menschenmenge in der Halle und im Ballsaal beobachtet hatte, als hielte er nach jemandem Ausschau.

Er, nicht sein Sohn, war ebenso berechnend wie die Frau mit dem Katzengesicht im Gewand einer Teufelsbraut. Er hatte die Szene mit Jenkins sicher beobachtet, das aufreizende Spiel ihrer lachenden Augen und ihres Körpers, während sie von Männern umringt war. Hatte gesehen, wie sein Sohn, krank vor Liebe, ihr gefolgt war. Er war nicht dumm und hatte gewiß bei seinen Freunden Erkundigungen über sie eingeholt.

Ein ansehnliches Grundstück in der Stadt, eine beträchtliche monatliche Geldsumme und alles an Schmuck, Pferden und Sklaven, was sie aus einem liebestollen Siebzehnjährigen herauspressen konnte.

Seine zukünftige Frau …

Ein böser Dämon mit einer Registrierkasse anstelle eines Herzens.

Das Treffen in Froissarts Büro konnte natürlich mit Granger und Bouille fortgesetzt worden sein, nachdem die Sekundanten gegangen waren. Der einzige, der das wissen konnte, war Shaw.

January legte die Papiere zusammen und starrte blicklos in die beginnende Dunkelheit. Ganz unabhängig von Euphrasie Dreuzes Phantastereien über eine tote Fledermaus konnte es durchaus sein, daß Lieutenant Shaw sich seine Notizen angeschaut und eigene Schlüsse gezogen hatte, wer das beste Motiv für den Mord an Angelique Crozat hatte: der leidenschaftliche Sohn oder dieser mächtige und vornehme alte Mann mit dem weißen Bart.

Vielleicht verklärte Idealismus seine Erinnerung, aber wenn

er sich nicht täuschte, wäre sechzehn Jahre zuvor, kurz bevor er Louisiana verließ, ein weißer Mann, der eine freie, farbige Frau tötete, von der Polizei verfolgt und als Mörder gehängt worden. Damals war New Orleans eine französische Stadt gewesen, und die Franzosen wußten, wer und was die Farbigen waren: eine Rasse nicht ganz gleichberechtigter Vettern, weder Afrikaner noch Europäer, aber Grundbesitzer, Künstler, Bürger.

Kurze Zeit hatte es so ausgesehen, als verstünde Shaw die Menschen in New Orleans. Aber dann hatte er diese Aufzeichnungen gelesen.

Er hatte den Amerikanern nie ganz getraut. Aber dies war noch etwas anderes. Daß man ihn auf der Straße zusammengeschlagen hatte, war weniger schockierend und schmerzlich gewesen, als zu begreifen, was die Herrschaft der Amerikaner tatsächlich bedeutete.

»›Versteck sie an einem sicheren Platz‹«, zitierte er trocken und gab Dominique die zusammengefalteten Papiere zurück. »Es sieht so aus, als ginge uns die ganze Geschichte nichts mehr an.«

Und so ruhte die Angelegenheit, bis Euphrasie Dreuze sie in ihre gierigen, mit Ringen geschmückten kleinen Hände nahm.

10

Sie sind für dieses Leben erzogen worden, hatte er drei Nächte zuvor zu Madeleine Trepagier gesagt, während durch die schmierigen Fenster von Froissarts Büro das Licht Streifen auf ihr geschminktes, maskiertes Gesicht warf. *Sie haben gewisse Dinge gelernt. Sie kennen die Regeln. Die meisten kennen einander, und sie alle wissen um die kleinen Tricks – mit wem sie reden dürfen und mit wem nicht …*

Bei der Erinnerung an seine eigenen Worte schüttelte January ironisch den Kopf. Er schlenderte die Rue DuMaine hinunter, und der träge Klang der afrikanischen Trommeln hinter der schmiedeeisernen Umzäunung des Congo Square, fast ein Dialog, wurde immer lauter.

Sie wissen es nicht. Gehen Sie nach Hause, hatte er gesagt. *Gehen Sie sofort nach Hause.*

Obwohl seine Ausweispapiere in der Tasche des schäbigen Kordmantels steckten, den er für ein paar Reales in einem Billigladen in einer Seitenstraße des Irish Channel gekauft hatte, fühlte er sich ein wenig unbehaglich, als er die Rue des Ramparts überquerte.

Gestern abend hatte er zu Dominique gesagt: Die ganze Geschichte geht uns nichts mehr an.

War er ein Narr?

Er steckte die Hand in die Tasche und tastete widerwillig und verärgert nach seinen Papieren. Als er vor sechzehn Jahren nach Paris gegangen war, hatte niemand seinen Status angezweifelt. Er war ein freier Mann, ob schwarz, weiß oder gelb – so hatte Andrew Jackson es ausgedrückt, der ihn für den Kampf gegen die Redcoats in Chalmette angeworben hatte. Er war schockiert gewesen, als ihn der Beamte am Hafen von oben bis unten musterte und sagte: »Ein Rückeinwanderer, was? Du solltest dir Papiere besorgen, Junge. In dieser Stadt gibt es genug Ganoven und Betrüger, die auf einen Jungen wie dich nur warten, und wenn du Pech hast, findest du dich in Null Komma nix Baumwolle pflückend in Natchez wieder. Ohne Papiere würde ich mich in keine Kneipe trauen.«

Von klein auf war er daran gewöhnt, »Junge« genannt zu werden, auch als er schon längst erwachsen war. Er hatte es fast vergessen, genau wie das gebotene Mißtrauen gegenüber den Behörden. Außerdem war es ein Unterschied, ob man eine solche Anrede als vierundzwanzigjähriger Musiker akzeptierte oder als vierzigjähriges Mitglied der chirurgischen Fakultät von Paris, selbst wenn er diesen Beruf seit zehn Jahren nicht mehr ausübte. Aber wenigstens darauf hatte er sich während der Überfahrt von Le Havre seelisch vorbereitet.

Seine Mutter hatte bestätigt, daß heutzutage ein farbiger Mann, egal, wie gut er angezogen war und wie zivilisiert er sprach, einen Beweis seiner Freiheit bei sich tragen mußte – ein Sklave benötigte einen Nachweis, daß er arbeitete –, wenn er allein durch die Straßen gehen wollte.

»So weit ist es gekommen, P'tit«, hatte sie halb verächtlich, halb besorgt gesagt, und in ihren Augen hatte sich seine dunkle Hautfarbe gespiegelt. »Das haben wir den Amerikanern zu verdanken, die von überall her kommen, mit ihren neuen Häusern, ihren geschmacklosen Möbeln und ihren lauten Frauen ohne jeden Anstand. Mehr und mehr beherrschen sie diese Stadt. Was kann man anderes erwarten von Männern, die ihre schwarzen Sklavinnen schwängern und dann nicht einmal ihre eigenen Kinder freilassen? Sie haben keine Ahnung von Kultur und Zivilisation. Für sie sind wir nichts Besseres als ihre Sklavenbastarde. Wenn es nach ihnen ginge, würden sie uns alle in ihren Lagern zusammenpferchen und verkaufen, um Geld mit uns zu verdienen. Das ist das einzige, was diese Schweine interessiert.«

Sie hatte recht, mehr als er es wahrhaben wollte.

In den ersten Wochen nach seiner Rückkehr hatte sie sich bemüht, ihn all ihren einflußreichen farbigen Bekannten vorzustellen, nicht nur, um sie wissen zu lassen, daß er Musiklehrer war und Schüler suchte, sondern auch, um sie daran zu erinnern, daß er ihr Sohn war und ein freier Mann. Ihm fiel auf, daß diese Freunde während der langen Zeit seiner Abwesenheit nahezu gänzlich aufgehört hatten, englisch zu sprechen. Das war ihre Art, sich von den schwarzen Sklaven und den freigelassenen amerikanischen Schwarzen abzugrenzen, die sich als Hilfsarbeiter in der Stadt verdingten; durch ihre Sprache, ihre Kleidung und vor allem durch ihr Verhalten.

Eine andere Stimme klang ihm im Ohr: *Er hat nicht mehr Ähnlichkeit mit einem Gentleman als unser Arzt hier mit einem Weißen …*

Oder mit einem Schwarzen, dachte January kopfschüttelnd, als er sich durch das Tor auf die dreckige, freie Rasenfläche schob, die sich Congo Square nannte. Er fragte sich, ob seine schwarze Haut und längst vergangene Kindheitserinnerungen ausreichten, um ihn als das erscheinen zu lassen, was seine Mutter seit Jahrzehnten jedermann vergessen zu machten suchte.

Die Trommelschläge wurden schneller. Man konnte zwei Stimmen unterscheiden, eine hohe und eine tiefe. Jemand lachte; es wurde gescherzt. Die Trommler imitierten ein Gespräch zwischen einem Mann mit tiefer und einer Frau mit hoher Stimme. Es kam January so vor, als könne er sogar den Wortlaut verstehen: »Kommst du raus mit mir, meine Hübsche, hinter die Hütte?« – »Was soll mir das bringen, außer wunden Füßen und einem dicken Bauch?« – »Ich hab ein paar hübsche Perlen hier«, sang die tiefe Trommel. »Das nennst du hübsch?« lachte die hohe. »Ich habe hübschere ausgespuckt, als ich letzte Woche eine Wassermelone aß.« Aus den Schlägen der Frauentrommel waren deutlich der Augenaufschlag, der kokette Schwung der Hüften herauszuhören. Die Leute lachten über das Grollen der tiefen Trommel.

Auf vielen Plantagen – auch auf Bellefleur – war es den Sklaven nicht erlaubt, Trommeln zu haben. Wenn der alte Joseph nach der Arbeit auf seiner Bambusflöte zum Tanz aufspielte, schlugen die anderen mit Löffeln und Stöcken den Takt dazu. Irgend etwas an diesem Herzschlag, der in den Nächten meilenweit über Sümpfe, Schlammgebiet und stille, stickige Zuckerrohrfelder hallte, machte den Sklavenhaltern angst. Er erinnerte sie daran, wie isoliert sie waren unter den Afrikanern, die sie ihr Eigentum nannten.

Jene Trommeln hatten nicht von scherzhaften Balgereien im Gras hinter der Hütte gesungen.

Die Erinnerung rührte an eine wunde Stelle in seinem Innern, und er verscheuchte sie. Er gehörte nicht hierher. Aber er sah so aus, und das beunruhigte ihn aus Gründen, die er nicht recht benennen konnte.

January betrachtete ihre Gesichter, wie sie sich im schräg einfallenden Licht des frühen Nachmittags bewegten, miteinander plauderten und einander zuhörten. In der Ferne schlug die Glocke der Kathedrale dreimal, und das Klagen eines Schiffshorns antwortete ihr. Am Ende der Straße strömten Grüppchen von Weißen, Farbigen, freigelassenen Schwarzen und ein paar gläubigen Sklaven aus der Nachmittagsmesse in der Kapelle St. Antoine. Die Gebetbücher und Rosenkränze an die Brust gedrückt, überquerten sie die Rue des Ramparts, um den Congo Square zu umgehen.

Die Farbenvielfalt war hier ebenso groß wie bei dem Begräbnis, aber die meisten Menschen waren dunkler. Einige allerdings waren fast ebenso elegant gekleidet. Das waren die Sklaven mit bestimmten Fertigkeiten, Friseure und Schmiede, Schneider und Schuster, Tischler und Stickerinnen, Diener, Köche und Zimmermädchen. Sehr viel zahlreicher aber waren die Schwarzen im stumpfen Grau und Braun der Hilfsarbeiter und Bierkutscher, Stallburschen und Werftarbeiter, Wäscherinnen und Büglerinnen. Die Kopftücher der Frauen waren aus schlichtem Musselin oder geschmacklosem Kattun und nicht aus Seide wie die jener farbigen Frauen, die sich über den Ehrenkodex der Schwarzen nur lustig machten. Aber genau wie die farbigen Frauen in der Stadt hatten sie die Tücher zu den unterschiedlichsten phantasievollen Knoten und Turbanen geschlungen.

Auch in ihren Bemühungen und in ihrer Art zu sprechen unterschieden sie sich von den zurückhaltenden, vorsichtigen, leise sprechenden Mitgliedern der besseren farbigen Gesellschaft. Ihr Lachen war lauter. Die Männer rauchten Zigarren, obwohl es ein Gesetz gab, das Schwarzen und Farbigen das Rauchen in der Öffentlichkeit untersagte. Viele der Frauen hier flirteten so offensichtlich, wie es die wohlerzogenen jungen farbigen Katholikinnen nie gewagt hätten.

Ohne ersichtlichen Grund erinnerte sich January an einen Vormittag vor sieben oder acht Wochen, als er zur Frühmesse gegangen und an diesem Platz vorbeigekommen war. Es hatte nach Blut gerochen. Er war über das feuchte Gras gelaufen und hatte den enthaupteten Körper eines schwarzen Hahns gefunden, den jemand an eine der Eichen genagelt hatte. Blut tropfte auf einen kleinen Teller mit Kichererbsen und Reis, der unter dem Baum stand, umgeben von einem Ring aus Silbermünzen. Nur wenige Tage zuvor hatte ihm sein Beichtvater erzählt, daß er und die anderen Priester zu Füßen bestimmter Statuen in der Kirche immer wieder einmal Kuchenstücke, Zigarren oder Zucker fanden.

Die Trommeln schienen zu einem Einverständnis gelangt zu sein. Es hörte sich an wie ein vor Lust schneller schlagendes Herz. Ein Banjo mischte sich ein, schrill wie Grillen im Sommerlaub, und eine improvisierte Flöte trillerte dazwischen wie eine Nachtigall.

»*Calinda, calinda!*« rief eine Stimme. »Tanz den Calinda! *Badoum, badoum!*«

Das war nicht Rossini, nicht Schubert. Das hatte überhaupt nichts mit Herrn Kovald oder Paris zu tun.

Die Männer und Frauen tanzten bereits.

January lehnte an den eisernen Stäben des Zaunes, die Hände

in den Taschen und Scham im Herzen, und betrachtete das tanzende Volk.

Die Frau, nach der er Ausschau hielt, hatte er seit sechzehn Jahren nicht gesehen.

Dunkle Gesichter unter grellen Kopftüchern, Lächeln, strahlend weiße Zähne. Schäbige, herumwirbelnde Röcke, wogende Brüste unter weißen Blusen, fliegende Arme. Die Menge verströmte einen Geruch von Schweiß, und mit dem Geruch kam die Erinnerung zurück – an fast vergessene Nächte, in denen er auf den Stufen vor der Hütte seiner Mutter saß und durch den Rauch des Feuers aus Pinienzweigen den Tanz der anderen Sklaven beobachtete. Das Tagwerk auf Bellevue war schwer gewesen – endlos jäteten sie, hackten das schwere Zuckerrohr, reparierten Scheunen und Nebengebäude, schnitten Zypressen und legten Sumpfgebiete trocken, um Dämme und Fußwege zu bauen. Er fragte sich, woher sie die Kraft zum Tanzen genommen hatten, woher er selbst sie genommen hatte, trotz der wilden Energie, die ein Kind hat.

Genau wie früher begannen immer mehr Leute zu tanzen. Ein wildes, heidnisches Lachen und Singen erfüllte den Platz, so ganz anders als die Musik, die er studiert hatte. Melodien und Bruchstücke von Melodien flogen vorbei wie taumelnd sich drehende Windmühlenflügel. Ein mageres Mädchen mit einem roten Kopftuch, das zu einem vielfach verknoteten Turban aufgetürmt war, tanzte lockend und einladend auf ihn zu. Die Messingrasseln an ihren Fußgelenken klapperten in einem fremdartigen Rhythmus. Er grinste und schüttelte den Kopf. Sie lüpfte blitzschnell ihre Unterröcke, ließ ihn ein Stück Wade sehen und wirbelte davon. Ein halbvertrautes Gesicht tauchte in der Menge auf – erschrocken erkannte er Romulus Valle und sah schnell wieder weg.

Wer kann sonst noch hier sein? fragte er sich, und einen Moment lang erfaßte ihn Panik. Bella – kam *Bella* vielleicht am Sonntagnachmittag hierher? Die Köchin seiner Mutter? Ihm ging auf, daß er nicht einmal wußte, ob sie immer noch eine Sklavin war oder ob man sie freigelassen hatte. Ihm war nie in den Sinn gekommen, danach zu fragen. Seit Menschengedenken gehörte sie zum Haushalt seiner Mutter ... So oder so würde sie ihm die Hölle heiß machen, wenn sie ihn hier sah.

Plötzlich fragte er sich, ob Judith hier war und wie er ihr das Ding in seiner Tasche erklären sollte.

»Her-on mandé,
Her-on mandé,
Ti-qui li papa!«

Klagend und dünn, fast hypnotisierend erhoben sich die Stimmen aus der Menge. Immer mehr Menschen tanzten jetzt zum gegenläufigen Rhythmus der Trommeln, dem süßen, metallischen Klappern der Fußrasseln. January versuchte, die Bedeutung der Worte zu erfassen, aber sie waren ein Mischmasch aus Afrikanisch und Französisch – einem schlechten Französisch obendrein.

»Her-on mandé,
Ti-qui li papa!
Her-on mandé,
Her-on mandé,
Do-se dan do-go!«

Andere Stimmen ertönten, kaum verständlicher:

»Sie wollen mich erschrecken,
verrückt müssen sie sein.
Sie sehn das Unheil nicht,
oder es liegt am Wein.

Ich, Königin der Voodoos,
mit schönem Taschentuch,
fürcht keines Katers Schrei –
trinke das Gift der Schlange.«

Jemand rief »Marie! Marie!«, January wandte den Kopf und sah eine Frau, die eine Art Podest aus Kisten in der Mitte des Platzes bestiegen hatte. Sie war sehr groß und hätte auch ohne die improvisierte Bühne die meisten in der Menge überragt. Sie war beeindruckend, wenn auch nicht schön, mit ihren kräftigen Wangenknochen und den sehr dunklen Augen. Goldene Ohrringe blitzten unter ihrer schwarzen Mähne, die bis auf ihre Schultern herabfiel, und üppige Diamanten – vielleicht echt, vielleicht aus Glas – funkelten auf ihrer weißen Bluse und dem leuchtend blauen Rock. Sie tanzte, ohne die Füße zu bewegen. Schlangengleich bewegte sich ihr Körper, und ihre Augen waren in einer seltsamen Ekstase geschlossen, obwohl ihr Gesicht im goldenen Nachmittagslicht ausdruckslos wirkte.

»Ich geh über Nägel,
ich geh über Nadeln,
ich geh über goldene Splitter
sie können mir nichts anhaben …«

Andere Stimmen riefen: »Zombi! Papa Limba!«, und Januarys Blick glitt schnell über die Gesichter der Menschen in seiner Nähe. Die Frau auf dem Podest hielt eine Schlange in den Armen, die größte Milchschlange, die er je gesehen hatte, fast zwei Meter lang und so dick wie der Arm eines Mannes. Sie wand sich während des Tanzes um ihren Hals und ihre Schultern. Die tiefen Stimmen erhoben sich gegen den ungestümen Schlag der Trommeln. Hinter den eisernen Zaunpfählen rings um den Platz sah er weiße Gesichter, Frauen in einfachen Baumwollkleidern oder eleganter in Seide, Männer in der robusten Kleidung von Arbeitern oder den Gehröcken der Handwerker und Händler. An den vier Toren, die auf den Platz führten, standen reglos Polizisten.

Wie machen sie das? wunderte sich January. Wie konnten sie einfach nur zuschauen? Fühlten sie nicht, was die Menschen fühlten, was er – gegen seinen Willen – selbst fühlte? Die Musik war elektrisierend, ergriff Geist und Körper mit einer Gewalt, die mehr war als eine Kindheitserinnerung. Sie ging ins Blut, und selbst von seinem weit entfernten Standort aus spürte er die Macht der Frau mit der Schlange.

Er ging näher heran. Die Tänzer bemerkten ihn kaum. Manche Männer nahmen sich eine Tänzerin nach der anderen, andere hüpften, schüttelten und verrenkten sich ganz allein. Er sah in das Gesicht der Frau und fragte sich, ob sie die Menschenmenge um sich herum überhaupt wahrnahm und was es sonst wohl war, was sie sah, hörte und fühlte. Die Schlange bewegte ihren Kopf und züngelte, und er trat einen Schritt zurück. Die irrationale Angst streifte ihn, daß die Frau mit ihren riesigen schwarzen Augen zu ihm herabschauen und sagen könnte: *Du bist keiner von uns ... Du bist ein Spion.*

Da sah er neben dem Podest aus Kisten, auf denen BRODERICK AND SONS stand, zwischen den Tanzenden die Frau, nach der er gesucht hatte, derentwegen er hierhergekommen war.

Sie tanzte allein, wie die Frau auf dem Podest. Im Kreis um die Kisten waren viel mehr Frauen als Männer, und viele bewegten sich mit geschlossenen Augen in einsamer Ekstase. Sie war dünner, als er sie in Erinnerung hatte, und ihr flaches Gesicht mit dem spitzen Kinn war von feinen Linien gezeichnet. Ihre Kleider und der orangeschwarze Schal, der ihr Haar bedeckte, waren verblichen und alt. Über dem tiefen Ausschnitt ihrer Baumwollbluse standen die Schlüsselbeine spitz hervor, und an ihrem Hals zeigten sich erste Falten, ein Anblick, der ihm ans Herz griff.

Er wagte nicht, zu ihr hinzugehen und sie anzusprechen. Er bezweifelte, daß sie ihn in ihrem momentanen Zustand gehört hätte. Aber die Erinnerungen waren wie Essig, Honig und Salz.

»Ja, ja, Mamzelle Marie,
kennt sehr gut den großen Zombi ...«

Die Frau mit der Schlange stieg vom Podest. Mit weit geöffneten, kohlschwarzen Augen streckte sie die Hand aus und schlug gegen die Hände der Tänzer um sich herum. Ab und zu sagte sie mit tiefer, kehliger Stimme etwas, das January nicht verstand. Eine Frau knickste vor ihr, ein Mann küßte ihr die Hand. Die dünne schwarze Frau tanzte nach vorn, klatschte mit einer Hand gegen die Handfläche der Voodoosängerin, und ihre Blicke begegneten sich. Mit einer seltsamen Verbundenheit lächelten sie einander an. Dann umarmten sie sich, und die Frau, die sie Marie gerufen hatten, küßte die andere auf die Wange.

Unter den Bäumen hatte irgend jemand einen Topf mit Gumbo aufgesetzt. Dünner Rauch stieg duftend in die Höhe. Auf einer Packkiste stapelte ein Mann altes Brot. Eine Bonbonverkäuferin mit ihrer Karre stand daneben. Männer und Frauen fanden sich ein, plauderten und lachten und kehrten zum Tanz zurück. So würden sie den ganzen Nachmittag verbringen. Die dünne Frau aber drehte sich um und ging auf eins der Tore zu; ihr geflickter Rock raschelte im Gras.

Sie ging zwischen den Polizisten hindurch, überquerte die Rue des Ramparts und verschwand zwischen den Häusern in der Rue St. Louis. January folgte ihr und bahnte sich einen Weg an den Weißen vorbei, die sich vor der Umzäunung angesammelt hatten. Er wich auf der breiten Straße einer Kutsche und ein paar Mietdroschken aus, sprang über den Rinnstein und lief schnell auf dem Gehsteig durch die länger werdenden Schatten.

Der Angriff kam völlig überraschend. In Gedanken war er mit der Suche nach der Frau mit dem orangeschwarzen *Tignon* beschäftigt – an der Ecke zur Rue Burgundy blieb er stehen, um nach ihr Ausschau zu halten – und dachte darüber nach, was er sagen sollte, wenn er sie eingeholt hatte. Würde sie ihn erkennen? Würde sie zugeben, daß sie ihn erkannte? Würde sie mit ihm sprechen? Oder würde sie einfach weitergehen? Er hatte sie vor seiner Abreise nicht mehr ausfindig machen können, und bei ihrem letzten Zusammentreffen hatte es von beiden Seiten wütende Beschimpfungen und bittere Prophezeiungen gehagelt.

Unterschwellig nahm er wahr, daß auf dem wenig bevölkerten Gehweg jemand hinter ihm ging. Aber erst als er die Schritte und das Rascheln von Kleidern unmittelbar hinter sich hörte, drehte er sich um. Doch da war es viel zu spät.

Die Männer waren mittelgroß, dunkelhäutig, aber nicht so glänzend schwarz wie Afrikaner. Einer von ihnen trug ein rosa-schwarz kariertes Hemd. Er erinnerte sich, ihn auf dem Congo Square gesehen zu haben. Der andere, in groben, roten Baumwollhosen und einer Kordjacke, ähnlich der, die January trug, hatte den Arm bereits erhoben und zielte mit einem Knüppel auf ihn. January riß schützend den Arm hoch, um den Schlag abzuwehren, und es gelang ihm, ein bißchen auszuweichen. Der Schlag traf ihn mit betäubender Kraft an der Schläfe und raubte ihm beinahe die Besinnung, so daß er den darauf folgenden Kampf nur als ein wirres Durcheinander von Schlägen mit Fäusten und Knien, stechenden Schmerzen in seinem Bauch und dem knirschenden Geräusch seiner Fäuste auf Wangenknochen oder Augenhöhlen erlebte. Hände zerrten und zogen an seinem Hemd, und er hörte, wie seine Jackentasche zerriß. Einer von ihnen versuchte, hinter January zu gelangen und seine Arme festzuhalten, aber January war ein Riese; er drehte sich um und warf den Mann im rosa karierten Hemd gegen die nächste Hausecke.

Dann erinnerte er sich nur noch an den kläglichen Versuch, sich an eben dieser Hausecke aufzurichten. Zwei Männer stellten ihn auf die Füße und sagten: »Okay, Sambo, das reicht.« Nur langsam identifizierte sein Gehirn das donnernde Geräusch in seinem Kopf als Schritte, die sich hastig die Rue Burgundy hinunter entfernten. Sein Schädel fühlte sich an, als hätte er einen Sprung, doch er registrierte, daß er nicht doppelt sah.

Die beiden Weißen, die sich über ihn beugten, trugen die blaue Uniform der Stadtwache von New Orleans.

»Keine Marke«, sagte der eine. »Hast du eine Ausgeherlaubnis, Sambo?«

»Mein Name ist Benjamin January«, sagte January und richtete sich auf.

Er konnte sich immer noch nicht daran erinnern, daß er verprügelt worden war, aber sein Kopf schmerzte, und plötzlich wurde ihm übel. Die Polizisten traten einen Schritt zurück, als er auf den Rinnstein zuschwankte, auf die Knie fiel und sich hilflos in das schmutzige Wasser erbrach.

Wieder hörte er Schritte hinter sich. »Sie sind weg«, sagte eine Stimme mit deutschem Akzent. »Was hat der da dazu zu sagen?«

»Hauptsächlich: Hier ist mein Mittagessen!«

Brüllendes Gelächter ertönte, und January wurde wieder auf die Füße gezogen. Der Schock saß ihm in den Knochen, er zitterte vor Scham und Kälte.

»Mein Name ist Benjamin January«, wiederholte er und tastete in seiner Jackentasche nach seinen Papieren. Seine Hände fühlten sich an, als gehörten sie nicht zu ihm. »Hier sind meine Papiere.«

»Und deshalb treibst du dich wohl bei den Voodoo-Tänzen herum, was?« sagte der Kleinste von den dreien. Er war schmächtig und dunkelhäutig und sprach den flachen, abgehackten Dialekt der Stadt. Er griff nach den Papieren, stopfte sie in die Tasche seiner Uniformjacke und packte January am Arm. »Gehen wir, Sambo. Du hast sicher keine Ahnung, wer die Kerle waren, mit denen du dich geprügelt hast, stimmt's?«

»Stimmt«, sagte January, blieb stehen und wollte sich wütend aus dem Griff des Mannes befreien. In seinem Kopf drehte sich alles, und selbst bei dieser kleinen Bewegung spürte er, wie die Übelkeit wieder in ihm aufstieg. Seine Hose war mit Erbrochenem besudelt, und er wollte nur nach Hause gehen und sich hinlegen. »Einen von ihnen habe ich auf dem Platz gesehen, aber ...«

Bei dem ersten Versuch von Widerstand kreisten die drei ihn ein und verdrehten ihm grob die Arme. Wieder stieg eine unangenehme Woge von Übelkeit in ihm auf. Reflexartig und voller Wut machte er eine Bewegung, hielt jedoch plötzlich inne und preßte nur die Hand vor den Mund, während er versuchte, ruhig zu atmen und seine Wut zurückzudrängen.

Plötzlich sah er ein wenig klarer und merkte, daß zwei der Polizisten, in Erwartung seiner nächsten Bewegung, bereits ihre Schlagstöcke in der Hand hatten.

In ihren Gesichtern las er, daß ihm eine Erklärung wenig nützen würde.

11

Ruhestörung, Prügelei in der Öffentlichkeit, und das Ganze am Feiertag«, sagte der kleine Officer und warf Januarys Papiere auf den Schreibtisch des Sergeants in dem mit Steinplatten ausgelegten Amtszimmer des Cabildo. Es war ein Eckzimmer im alten spanischen Rathaus, mit Blick auf den Fluß, über den eingezäunten, begrünten Place des Armes und die Böschung. Durch die Arkaden schien die Abendsonne, verhangen von einer trüben gelblichen Wolke aus den Schornsteinen der unentwegt vorbeiziehenden Dampfer.

»Keine Ausgeherlaubnis. Aber er behauptet, daß er frei ist. Ich würde das an Ihrer Stelle überprüfen, Sir.«

Der Sergeant musterte ihn kalt, und January sah, wie er seine Hautfarbe und seine schäbige Kleidung einzuordnen suchte.

January gab sich bewußt pariserisch und sagte auf französisch: »Ist es vielleicht möglich, nach meiner Mutter zu schicken, der Witwe Levesque in der Rue Burgundy? Sie wird für mich bürgen.« Sein Kopf fühlte sich an wie Wackelpudding, sein Magen noch schlimmer, und der feuchte Fleck auf seinem Hosenbein schien den ganzen Raum mit Gestank von Erbrochenem zu erfüllen. Aber er sah, wie der Blick des Sergeant sich veränderte. »Oder wenn man sie nicht findet, vielleicht nach meiner Schwester, Dominique Janvier. Sie wohnt ebenfalls in der Rue Burgundy. Oder ...« Er sann auf die Namen der wohlhabendsten und einflußreichsten Freunde seiner Mutter. »Darf ich vielleicht eine Nachricht an ... an Baptiste Rodriges, den Zuckerhändler, oder an Doktor Delange schicken, wenn man meine Mutter nicht finden kann? Die Papiere sind echt, das versichere ich Ihnen, aber Ihr Irrtum ist natürlich völlig verständlich.«

Der Sergeant las noch einmal die Beschreibung in den Papieren, dann hielt er sie gegen das Licht. Sein Ton war mürrisch und zweifelnd: »Hier steht, Sie sind ein *Griffe*.« Er benutzte eine der Bezeichnungen für die Nachkommen von Schwarzen und Mulatten. Während seiner Kindheit hatten die Söhne von *Quadroons* January damit beleidigt, allerdings meistens aus sicherer Entfernung. Seine Mutter und ihre Freundinnen kannten eine bunte Palette von unterschiedlichen Begriffen, um Leute mit einem weißen Urgroßvater von jenen mit zwei, drei oder mehr weißen Vorfahren zu unterscheiden. »Für mich sehen Sie aus wie ein Vollblutneger.«

Auch in den Papieren stand: *Sehr dunkel*. January wußte das, denn er hatte sie sorgfältig und widerwillig gelesen, voller Wut darüber, daß er sie überhaupt brauchte. Hinter ihm schleiften zwei Officer einen dickbäuchigen, bärtigen Weißen, der nach Tabak und Schnaps stank, durch die Eingangstür.

»Ihr stinkenden französischen Hurensöhne, sogar wenn ich scheißen gehe, kommt noch was Besseres raus als ihr! Ich bin Nahum Shagrue, blutsverwandt mit den Pocken und mit jedem Krokodil im Fluß per du! Hab jede Squaw den Fluß rauf und runter gefickt und skalpiert und mehr Männer umgebracht als die Cholera! Krieg jeden Kahn kaputt, fresse Grizzlybären und Glasscherben!«

Einer der Wachmänner, der auf einer Bank herumlungerte, zeigte auf den Gefangenen und sagte etwas zu einem anderen Wachmann. January hörte, wie Lieutenant Shaws Name fiel. Die beiden Männer lachten. Der Sergeant deutete mit dem Kopf auf die massive Eichentür, die in den Innenhof des Cabildo führte. Januarys Papiere blieben auf dem Schreibtisch liegen.

Der große Innenhof des alten spanischen Rathauses erstreckte sich fast bis zur Exchange Alley. Er war mit schweren Granitblöcken gepflastert, die als Ballast auf den Schiffen über den Ozean nach New Orleans gekommen waren. An zwei Seiten verliefen Galerien, von denen die Zellentüren abgingen. Als die Wachleute January die Treppe zur ersten Galerie hinaufführten, kamen sie an einem stabilen Gebilde aus fleckigem, zerkratztem grauem Holz vorbei, und January wurde flau im Magen, als er erkannte, daß das der Pfosten war, an dem die Auspeitschungen vorgenommen wurden.

Nein, dachte er seltsam ruhig und verdrängte die Möglichkeit, daß sein Hals oder seine Füße an diesen schmutzigen Ringen angekettet werden könnten. *Nein. Sie halten niemanden unbegrenzt hier fest. Man wird nach Livia oder Dominique schicken. Und ohne eine Anhörung wird gar nichts passieren.*

Doch der Knoten hinter seinem Brustbein löste sich nicht.

Die verputzten Wände der Zelle sahen aus, als wären sie zu Zeiten der amerikanischen Unabhängigkeitserklärung das letzte Mal geweißelt worden. Damals war vermutlich auch das Stroh in den Matratzen zum letztenmal gewechselt worden, und selbst darauf hätte January nicht gewettet. Beide Matratzen waren besetzt. Die eine von einem unwahrscheinlich dicken Schwarzen mit noch größeren Händen als January – allerdings glaubte January nicht, daß der Mann diese Hände dazu gebrauchte, eineinhalb Oktaven auf dem Klavier zu greifen –, die andere von einem Mulatten mit einem vernarbten Gesicht, der January mit kalten grauen Augen musterte und sich dann mit einem deutlichen Achselzucken abwandte. Ein weiterer Mulatte, älter und grauhaarig und offensichtlich betrunken, versuchte schwankend, rechtzeitig den Eimer in der Ecke zu erreichen. Drei weitere Männer, zwei Schwarze und ein Weißer, saßen auf dem Boden. Kakerlaken, so groß wie Januarys Daumen, krochen über die Schläfer, über die Matratzen, in den Eimer und aus den Rissen in der Mauer.

»Kotz ja nicht daneben, Alter«, sagte der Mulatte auf der Matratze, »sonst sorge ich dafür, daß du es aufleckst.«

Der alte Mann sackte an der Wand zusammen und fing an zu weinen. »Ich hab's nicht mit Absicht gemacht«, sagte er leise. »Ich hab gar nichts mit Absicht gemacht. Dachte, die Sachen gehören niemandem, so wie sie da über dem Zaun hingen. Dachte, irgendeine Dame hat sie weggeworfen, ich schwöre ...«

»… sagte, ich wäre unverschämt. Was zum Teufel bedeutet ›unverschämt‹?«

»Es bedeutet fünfundzwanzig Hiebe mit der Peitsche, genau das bedeutet es – oder dreißig, wenn du ›betrunken und unverschämt‹ warst.«

Nein, dachte January und verdrängte die Angst, die wie ein Geschwür in ihm zu wachsen begann. *Nicht, ohne einem Richter vorgeführt worden zu sein. Das gibt es nicht.* Seine Handflächen waren feucht, und er wischte sie an seiner zerrissenen, dreckigen Hose ab. Der Weiße spie eine Ladung Tabaksaft an die gegenüberliegende Wand und auf den Boden. Der süßliche, ölige Geruch wetteiferte mit dem Gestank aus dem Eimer.

Irgendwo hinter der vergitterten Tür waren Frauenstimmen zu hören. Gedämpft klang das schrille Keifen über den großen Hof und die langgestreckte Galerie. In den noch weiter entfernten Zellen, wo die Verrückten untergebracht waren, schrie jemand: »Aber sie haben sich alle gegen mich verschworen! Der König und Präsident Jackson. Sie haben meine Eltern, meine Lehrer und den Bürgermeister bestochen, um mich zu ruinieren …«

Ein Wärter fluchte.

Das Licht im Hof wurde schwächer. Stimmen drangen herein, als die Arbeitskolonnen, die die Rinnsteine reinigten und die Deiche flickten, zurückgebracht wurden. Kleider raschelten leise, Ketten klirrten. Wasser plätscherte aus der Pumpe im Hof, als jemand sich wusch. In der Zelle wurde es langsam dunkel.

Eine halbe Stunde später wurde Nahum Shagrue über die Galerie gezerrt. Mit gesenktem Kopf stolperte er vorwärts. Blut tropfte aus einer Platzwunde am Kopf, die er noch nicht gehabt hatte, als man ihn ins Amtszimmer gebracht hatte. Gott sei Dank sperrten sie ihn in eine andere Zelle.

Als in der Rue St. Pierre unter dem schmalen Zellenfenster Musik einsetzte, brachte ein Junge Holzschüsseln mit ungewürzten, sandig schmeckenden Bohnen und Reis und einen Krug Wasser. Als er wiederkam, um die Schüsseln einzusammeln, begleiteten ihn Wachmänner. Der Mann, der wegen »Unverschämtheit« hier war, zerdrückte mit bloßen Händen eine Kakerlake und fluchte auf jemanden, den er »diesen stinkenden Schreihals« nannte. Der Weiße stierte Tabak kauend vor sich hin und spuckte ununterbrochen aus. Es begann zu regnen.

Die Glocken der Kathedrale schlugen sechs, dann sieben. Um acht – es war inzwischen stockdunkel – signalisierte ein Kanonenschuß auf dem Congo Square den wenigen Sklaven, die noch draußen waren, die Ausgangssperre, aber January vermutete, daß der Regen die Tänzer längst vertrieben hatte.

Er dachte an die Frau, der er gefolgt war, und überlegte, wo sie wohl wohnte und ob er das Ganze nächsten Sonntag noch einmal mitmachen mußte, um sie zu finden.

Wenn ich dann nicht schon auf einem Schiff bin, dachte er bitter, lehnte seine breiten Schultern an die schmutzige Wand und zog die Knie an. Der Mann neben ihm brummte: »Paß auf deine Füße auf, Nigger«, und January knurrte müde: »Paß auf deine eigenen auf.« Es hatte Vorteile, ein Meter neunzig und ein Schrank von einem Mann zu sein.

Auf einem Schiff und auf dem Weg zurück nach Paris, wo er nicht zu befürchten brauchte, daß man ihn an dieses höllische Gerüst fesseln und auspeitschen würde, nur weil so ein Hampelmann von der Polizei der Meinung war, daß seine Haut zu dunkel war. *O Gott,* dachte er und legte seinen schmerzenden Kopf auf die Arme. Vielleicht würde er als Chirurg in Paris keine Arbeit finden, und vielleicht mußte man für alles, von der Zahnbürste bis zum Hausdiener, Steuern zahlen, aber wenigstens brauchte er dort keine Papiere bei sich zu tragen, die bezeugten, daß er nicht irgend jemandes Eigentum war und gerade das Verbrechen beging, sich selbst stehlen zu wollen.

Und Ayasha? flüsterte eine Stimme in seinem Herzen.

Na gut, dann eben nicht Paris. Es gab auch noch andere Städte in Frankreich. Städte, in denen nicht jeder Pflasterstein, jeder Wasserspeier und jeder Baum ihren Namen raunte. Oder England. Die Welt war voller Städte …

Er grübelte, wer die Männer waren, die ihn angegriffen hatten.

Und warum.

Er unterdrückte die aufsteigende Panik, die Angst, daß niemand ihn hier rausholen würde, und dachte über diese Männer nach. Mindestens einer von ihnen mußte auf dem Platz gewesen sein. Wahrscheinlich beide. Sie waren ihm offensichtlich gefolgt.

Warum?

Ihre Anzüge waren schäbig gewesen, aber ihre Schuhe hatten besser ausgesehen als das, was die Sklaven im Winter an den Füßen hatten. Während des Handgemenges hatte er keine Gelegenheit gehabt, sich ihre Hände oder Anzüge genauer anzusehen, um vielleicht herauszufinden, was sie für Berufe hatten.

Ohne Papiere würde ich mich in keine Kneipe trauen, hatte der Beamte im Hafen gesagt. *Es gibt genug Ganoven und Betrüger in der Stadt ... Wenn du Pech hast, findest du dich in Null Komma nix Baumwolle pflückend in Natchez wieder ...*

»Unverschämt« bedeutet fünfundzwanzig Hiebe mit der Peitsche...

NEIN. Das wird nicht passieren.

Warum war Livia nicht gekommen? Oder Minou?

Die Glocke der Kathedrale schlug elf.

Der Sergeant hatte nicht nach ihnen geschickt. War der Sergeant bestochen worden, damit er alles, was schwarz aussah, an Carmen und Ricardo oder Tallbott übergab? An irgendeinen der Sklavenhändler, denen die Verschläge und Baracken unten am Hafen gehörten?

Hier in der stinkenden Dunkelheit schien ihm das schrecklich wahrscheinlich.

January schloß die Augen und versuchte, sein heftig schlagendes Herz zu beruhigen. Wieder waren von irgendwoher keifende Frauenstimmen zu hören. Ein Mann brüllte: »Maul halten, ihr Huren. Ich will schlafen!« Andere stimmten ihm fluchend zu, dann artete die Brüllerei in eine Prügelei aus.

Es war verrückt zurückzukommen. Er fragte sich, warum sie nicht alle weggingen, alle, die es konnten – solange sie frei waren. *Und wie lange würden sie noch frei sein? Immer mehr Amerika-*

ner, für die jeder Mensch mit dunkler Hautfarbe eine Ware war, die man verkaufen konnte, kamen nach New Orleans.

Mir wird das nicht geschehen. Morgen lassen sie mich frei. Heilige Mutter Gottes, schick jemanden, der mich hier rausholt …

Um kurz vor acht stand Abishag Shaw in der Zellentür.

January war sich nicht sicher, ob er überhaupt geschlafen hatte. Die Nacht lag verschwommen und unendlich dunkel hinter ihm, durchsetzt von Angst, von sorgfältig gehüteten Erinnerungen an Paris, an Ayasha und jedes einzelne Musikstück, das er je gespielt hatte; unterbrochen von den Geräuschen hin und her huschender Ratten und krabbelnder Kakerlaken und geschwängert von unbeschreiblichem Gestank. Irgendwann hatte er seinen Rosenkranz in der Tasche gefunden und gebetet; er hatte an die Worte und den Weihrauch der Messe gedacht, die er am Morgen besucht hatte – vor seinem unglücklichen Ausflug zum Congo Square. Die vertrauten Verheißungen der Gebete und die Berührung des Kreuzes hatten ihn ein wenig getröstet. Um sieben hatte eine Stimme, die auf dem Hof laut Urteile verlas, ihn aus seiner Versunkenheit geschreckt: »Matthew Priest, wegen Unverschämtheit zwanzig Hiebe …«

Dann das Geräusch von Peitschenschlägen auf bloßer Haut, die heiseren Schreie eines Mannes.

»Es tut mir außerordentlich leid, Maestro«, sagte Shaw, als er eilig vor January die Galerie entlang- und die Holztreppe auf den Hof hinunterging. Wie üblich sah er aus, als wäre er unter die Wölfe gefallen. Auf dem gepflasterten Hof sah er sich wachsam um, als erwarte er einen Indianerangriff. »War die letzten beiden Tage wegen einer anderen Geschichte unterwegs. Beschwerden über vermietete Sklaven, die irgendwo unterkriechen, statt zu ihren Besitzern zurückzukommen. Macht jeder, klar, die ganze Gegend da unten in den Sümpfen ist voll von Spelunken und Mietshäusern, aber der Captain war plötzlich scharf auf diese Geschichte, und ich habe mit Kerlen gesprochen, die noch den Sarg ihrer Mutter verkaufen würden. Und ich wäre immer noch nicht hier, wenn ich Sie nicht bei Ihrer Mutter gesucht hätte …«

»Mich gesucht?« Sie blieben neben der Pumpe stehen, die angeblich dazu diente, das Reinlichkeitsbedürfnis der Gefangenen zu befriedigen. January spritzte Wasser auf den klebrigen Fleck auf seinem Hosenbein und rieb mit einem Büschel Unkraut, das er zwischen den Pflastersteinen herausriß, darauf herum. Alles tat ihm weh, und sein Kopf fühlte sich an, als wäre er mit schmutzigem Wasser gefüllt, das bei jeder Bewegung schmerzhaft hin und her schwappte. Die Muskulatur seiner Arme und seines Oberkörpers schien sich über Nacht in Holz verwandelt zu haben. Bevor er die Zelle verlassen hatte, hatte er seine Kleider gründlich untersucht, aber er wurde den Verdacht nicht los, daß immer noch überall Kakerlaken herumkrochen.

»Ihre Mutter hat gesagt, sie hätte gehört, daß Sie Schwierigkeiten mit der Polizei haben«, sagte der Lieutenant und beobachtete aufmerksam die Tür zum Dienstzimmer. »Sie war in größter Aufregung ... Keine Sorge, wir gehen da nicht rein. Ich habe sie.« Er holte Januarys Papiere aus seiner Jackentasche und hielt sie hoch, dann steuerte er auf eine schmale Seitentür zu, die auf die Rue St. Pierre führte. »Sie war sehr besorgt und sagte, da müsse ein Irrtum vorliegen.«

»Aber sie ist nicht hergekommen, um mich zu suchen.« Bitter griff January nach seinen Papieren, prüfte, ob es wirklich seine waren, und steckte sie in die Tasche.

»Na ja, sie hat gesagt, daß Ihre Schwester herkommen würde, sobald dieser Mann gefrühstückt und seine Krawatte gebunden hat und aus dem Haus ist. Aber wer weiß, wie lange er dafür braucht. Er sieht so aus, als ob er auf dem Frühstückstisch ein Schlachtfeld hinterläßt.« Shaw spuckte in den Rinnstein. »Ich habe ihr versprochen, daß ich mich um Sie kümmere. Ich muß sowieso mit Ihnen sprechen.«

January sah weg und unterdrückte eine Woge von Zorn, die heftiger aufwallte als alles, was er letzte Nacht in der dunklen Zelle empfunden hatte.

Natürlich würde Minou erst kommen, wenn dieser fette Hornochse ihre Fürsorge und ihre Küßchen nicht mehr brauchte. Vielleicht war es ja verständlich. Gott bewahre, daß sie sich mit Schwarzen einließ – oder mit einem Bruder, der sich mit Schwarzen einließ.

Aber Livia hatte keine Entschuldigung.

Nach so langer Zeit sollte es eigentlich nicht mehr weh tun.

Eine Passage nach Le Havre kostete fünfundsiebzig Dollar. Vielleicht weniger, wenn er auf den Komfort einer Kabine verzichtete und sein Essen selbst mitbrachte. Dazu kamen fünf Dollar für den Zug nach Paris und fünfzig zum Leben, bis er Arbeit gefunden hatte. Aber nicht in Montmartre. Nicht in den ruhigen Vororten im Norden von Paris. Es würde viele Jahre dauern, bis er es wagen würde, wieder nach Notre Dame zu gehen. Aber …

In dem Café auf dem Markt, nicht weit vom Fluß, wurden alle gleich bedient: Kreolische Zuckerhändler, farbige Marktfrauen, Schauerleute, schwarz und glänzend wie Obsidian, Flußkapitäne und aristokratische Mischlinge aus Haiti, weißbärtige Zuckerrohrpflanzer und ihre Enkelsöhne, die mit großen Augen den grünbraunen Fluß mit seinem Wald aus Masten, Schiffsbäuchen und rauchspeienden Schornsteinen bestaunten. Hafenarbeiter, so kultiviert und wohlriechend wie Nahum Shagrue, entluden stapelweise Holz und Pelzballen, Hanf, Tabak und Getreide. Bärtige Arbeiter mit dem breiten hinterwäldlerischen Akzent Shaws oder einem gälischen Einschlag schwitzten Seite an Seite mit schwarzen Hafenarbeitern, löschten Waren aus Wolle, unverarbeitete Baumwolle und kistenweise Kaffee, Alkohol und Gewürze aus dem halben Dutzend Dampfern, die im Hafen lagen. Tukanindianer vom Flußdelta, mürrisch und gräßlich anzusehen, lenkten ihre Einbäume voller Austern an die Kais und unterhielten sich laut in ihrer unverständlichen Sprache.

»Sonntags ist es am schlimmsten«, bemerkte Shaw, schlürfte den Kaffee, den der farbige Kellner ihm gebracht hatte, und drehte sich zu January um, der mit Kaffee und einem Stück Obstkuchen am Nachbartisch saß und sich nicht zum erstenmal der Ironie der unausgesprochenen Vereinbarung bewußt wurde, daß der Schein gewahrt werden mußte.

Und tatsächlich würde seine Mutter ihm die Hölle heiß machen, wenn sie zufällig vorbeikäme und ihn mit einem so verkommenen Exemplar der menschlichen Rasse wie Lieutenant Abishag Shaw beim Essen sitzen sähe.

»Und der Karnevalssonntag ist am allerschlimmsten«, fügte der Polizist hinzu. »Hinter dem Friedhof gab es einen Hahnenkampf, ganz zu schweigen von der Tanzerei – nicht, daß ich da gewesen bin, o nein. Aber was haben Sie da gesucht?« Wenigstens hatte er den Tabak ausgespuckt. January fragte sich, ob er überhaupt etwas schmeckte. »Ihre Mutter würde Ihnen was erzählen, wenn sie wüßte, wo Sie gewesen sind.«

»Mir ist sehr wohl aufgefallen, daß sie nicht gerade über ihre Unterröcke gestolpert ist, um mich aus dem Gefängnis zu holen.«

»Nun ...« Shaw kratzte sich an seinem unrasierten Kinn. »So sind manche Menschen. Wollen nicht zugeben, daß ihr Sohn im Kittchen gelandet ist.«

»Sie würde am liebsten leugnen, daß sie überhaupt einen Sohn hat«, erwiderte January überraschend ruhig. »Jedenfalls einen schwarzen. Oder eine schwarze Tochter.« Er nippte an seinem Kaffee und blickte stur geradeaus, auf die bunten, stuckverzierten Wände der Häuser gegenüber, wo die Fensterläden gerade geöffnet wurden und die Dienstboten auf den Balkon traten, um die Betten zu lüften oder Staubtücher auszuschütteln. Er sah Shaw nicht an, aber er spürte, wie überrascht der Mann war.

»Ich hatte den Eindruck, daß Ihre Mutter ganz schön stolz auf Miss Janvier ist.«

»Das stimmt«, sagte January. »Dominique hat eine helle Haut und einen weißen Beschützer. Es ist Olympe Janvier, auf die sie nicht stolz ist. Meine richtige Schwester. Sie habe ich auf dem Congo Square gesucht.«

»Ah.«

Eine Frau, die aus einem Korb, den sie auf ihrem Kopf balancierte, *Callas* verkaufte, blieb lächelnd stehen und gab eines der heißen gebratenen Reisbällchen dem alten Romulus Valle, der, ordentlich angezogen, mit einem Korb am Arm unterwegs war, um seine morgendlichen Einkäufe zu erledigen, als hätte er die letzte Nacht nicht völlig verzaubert von Mamzelle Marie ununterbrochen getanzt.

Nach einer Weile fragte Shaw: »Haben Sie sie gefunden?«

»Als sie wegging, bin ich ihr die Rue St. Louis hinunter gefolgt. Die Männer, die mich verprügelt haben, kamen hinter mir her. Ich kann mir immer noch nicht erklären, warum. Vielleicht dachten sie, daß ich Geld bei mir habe, oder sie haben gemerkt, daß ich dort fremd bin.«

Er drehte sich ein wenig um und sah Shaw über die Schulter hinweg an. Bei dieser Bewegung bildete sich eine Falte in seinem Hosenbein, und er schlug danach, noch immer besessen von dem morbiden Gedanken, daß ein paar dieser nicht unbedingt kleinen Lebewesen aus dem Cabildo auf ihm herumkrabbelten. Aber die Tatsache, daß er hier saß, unter den Arkaden des Cafés, und nicht mehr den derben Sprüchen seiner Zellengenossen und den Schreien der Verrückten ausgesetzt war, brachte ihm etwas verspätet zu Bewußtsein, daß er Shaw etwas schuldete.

»Danke, daß Sie mich da rausgeholt haben.« Er mußte den kindischen Impuls, nur zu murmeln, unterdrücken und zwang sich, dem Mann in die Augen zu sehen. »Das war ... sehr freundlich von Ihnen, Sir.«

Shaw schüttelte abwehrend den Kopf und winkte eine Pralinenverkäuferin zu sich, die sich ihren Weg zwischen den Tischen hindurch bahnte. »Davon kann ich nie genug kriegen«, gab er zu, wählte eine weiße Praline und gab ein großzügiges Trinkgeld. January kaufte eine dunkle Praline, und die Frau schenkte ihm einen der kleinen Strohblumensträuße, die den Rand ihres Korbes schmückten, als Zugabe.

»In der Stadt wimmelt es von zwielichtigen Gestalten«, sagte

Shaw, als sie weitergegangen war. »Wenn es den Leuten nichts ausmacht, daß ihnen Weiße beim Tanzen zusehen, was sollte sie dann ein fremder Schwarzer scheren, der seine großen Hände in den Taschen läßt und ein bißchen zusieht? Das sind doch keine echten Voodoo-Tänze wie draußen am See, oder? Haben Sie mit einer der Frauen gesprochen?«

»Ich habe mit niemandem geredet. Vielleicht hätte ich das tun sollen.«

»Warum? Haben Sie Miss Olympe aus einem bestimmten Grund gesucht?«

January zögerte. Er spürte die alte Wachsamkeit, einem Weißen, jedem Weißen, nicht zuviel zu zeigen. Dann nickte er und griff in seine Jackentasche – nicht in die, wo er den Rosenkranz aufbewahrte.

Das *Gris-Gris* war noch da, eingeschlagen in sein Taschentuch. Vorsichtig zog er es heraus und wickelte es aus, unter dem Tisch, damit die Kellner es nicht sahen.

»Madame Dreuze hat mich am Samstag bei Angeliques Beerdigung gebeten zu beweisen, daß Madame Trepagier ihre Sklavin Judith dazu angestiftet hat, das hier in Angeliques Matratze zu verstecken. Eine Theorie«, fügte er trocken hinzu, »die Ihnen bestimmt schon bekannt ist.«

Shaw verdrehte die Augen.

»Nicht, daß es für Sie noch von Interesse wäre«, sagte January und senkte den Kopf, damit Shaw nicht merkte, wie wütend er war; umständlich wickelte er das Knäuel aus Pergament und Knochen wieder in das Taschentuch. Mit Mühe sagte er ruhig: »Ich glaube nicht, daß Madame Trepagier etwas mit dem Todesfetisch oder Angeliques Tod zu tun hat, aber nachdem die Polizei die Untersuchung eingestellt hat, wollte ich wenigstens herausfinden, wer Angelique den Tod wünschte. Wissen Sie übrigens, ob es Madame Trepagier gelungen ist, Madame Dreuze davon abzuhalten, die beiden Sklavinnen zu verkaufen? Judith und Kessie? Ursprünglich gehörten sie beide Madame Trepagier.«

Er mußte das unbedingt herausfinden, und der Gedanke an die Sklavenhändler in der Baronne Street, zu denen er dann wohl gehen mußte, jagte ihm plötzlich einen Schauer über den Rücken.

Er hoffte, daß man ihm die Angst nicht ansah, aber Shaws kühlem, prüfendem Blick schien nichts zu entgehen.

»Moralisch gesehen, ja«, sagte der Polizist langsam. »Aber ein Mann kann über das Eigentum seiner Frau ziemlich frei verfügen, und er hat die beiden seiner großen Liebe geschenkt. Ja, Madame Trepagier hat versucht, eine einstweilige Verfügung zu erwirken, um die beiden zurückzubekommen, aber Madame Dreuze hat sie gestern morgen auf dem französischen Sklavenmarkt verkauft. Sie hat sich mit der Hälfte ihres Wertes zufrieden gegeben, nur um sie so schnell wie möglich loszuwerden.«

January fluchte leise auf arabisch. Schweigend beobachtete er eine Arbeitskolonne von schwarzen Männern und Frauen, die, am Hals aneinandergekettet, unter Aufsicht auf dem Weg zum Flußufer waren.

Matthew Priest, wegen Unverschämtheit ... Die Stimme des Wachmannes und das Klatschen der Peitsche auf bloßer Haut gingen ihm nicht aus dem Kopf.

Jeder konnte seine Sklaven im Gefängnishof für fünfundzwanzig Cent pro Hieb vom Henker auspeitschen lassen.

Am anderen Ende des Place des Armes konnte er die hölzerne Plattform mit dem Pranger sehen. Ein Mann – farbig, aber heller als er – saß darin, Hand- und Fußgelenke an schmutzige Bretter gekettet; eine Horde Straßenkinder bespuckte ihn mit Tabaksaft und warf Pferdeäpfel nach ihm. Wie dumpfes, dämonisches Kriegsgeheul drangen ihre Stimmen durch den Lärm von den Kais und das Tuten der Dampfschiffe. Vor sechzehn Jahren war der Pranger noch eine Strafe gewesen, die auch über Weiße verhängt werden konnte.

Hundertfünfzig Dollar würden ihn nach Paris bringen. Wenn er weiter sparte, konnte er es wohl in drei Monaten schaffen.

Der Gedanke half ihm. Er holte tief Luft und erklärte: »Kurz bevor ich nach Paris ging, erfuhr ich, daß meine Schwester – Olympe, Minou war damals erst vier – im Haus einer Frau namens Marie Saloppé lebte, einer Voodoo-Zauberin, um ihr Handwerk zu lernen.« Er ließ das *Gris-Gris* wieder in der Tasche verschwinden und sah Shaw an.

»Ich dachte, ich würde sie auf dem Congo Square treffen, vielleicht könnte sie mir sagen, wer den Fetisch gemacht hat. Eine getrocknete Fledermaus ist ein Todesfetisch. Wenn man sie nur erschrecken wollte, hätte man Ziegelstaub oder ein Kreuz aus Salz auf die Hintertreppe gelegt, damit sie es auch bestimmt sieht. Dieses Zeichen, auf dem sie jede Nacht ahnungslos geschlafen hat, ist das Werk von jemandem, der ihr wirklich übelwollte.«

Der schlaksige Amerikaner leckte bedächtig Spuren der Praline – zusammen mit einer Menge Tinte – von seinen langen Fingern, ehe er antwortete.

»Auf jeden Fall wollte Ihnen jemand übel. Vorausgesetzt, die Burschen sind Ihnen von demjenigen auf den Hals gehetzt worden, der dieses Ding da versteckt hat ... Woher wußten sie von Ihnen?«

January schnaubte. »Ganz New Orleans hat gehört, wie Madame Dreuze mich angefleht hat, den Mörder ihrer Tochter zu finden«, sagte er. »Und da der Fall offenbar niemanden mehr interessiert ...«, fügte er spitz hinzu.

»Also, das stimmt nicht mehr«, sagte Shaw. »Seit heute morgen. Deshalb war ich ja bei Ihrer Mutter.«

»Sie haben es sich also anders überlegt?« fragte January. Er spürte, wie er wieder wütend wurde. »Hat man beschlossen, daß eine Frau nicht unbedingt eine Weiße sein muß, damit ihr der Schutz des Gesetzes zuteil wird?«

»Sagen wir einfach, ein paar Mitglieder des Stadtrates sehen die Sache jetzt in einem anderen Licht.« Shaw trank seinen Kaffee aus und lehnte sich zurück. Seine blassen Augen blickten nachdenklich und wachsam unter den buschigen Brauen hervor. »Captain Tremouille hat heute morgen mit mir über die Sache gesprochen, und deshalb war ich bei Ihrer Mutter – deshalb bin ich so schnell wie möglich zum Gefängnis gekommen, als ich hörte, daß man Sie eingesperrt hat. Scheint so, als suche man nach Beweisen, um Ihnen den Mord anzuhängen.«

12

Mir?« January mußte an die Verwundeten denken, mit denen er nach der Schlacht bei Chalmette gesprochen hatte. Sie hatten erzählt, daß sie zuerst nur eine Art Schock gespürt hatten, nachdem sie von der Muskete getroffen waren, als hätte ihnen jemand einen heftigen Stoß versetzt. Sie waren einfach umgefallen. Der Schmerz kam später.

»Genau.«

Unglauben und Angst stiegen in ihm auf. Als wäre er gerade über einen Felsrand getreten und realisiere nur langsam, daß darunter der Abgrund lag.

»Ich kannte die Frau nicht einmal.«

»Nun ja«, sagte Shaw vorsichtig. »Captain Tremouille hat mich gebeten, die Sache zu untersuchen.«

»Ich habe sie nicht umgebracht! Sie können jeden fragen. Galen Peralta ...«

»Niemand hat Galen Peralta in die Garderobe gehen sehen«, unterbrach ihn Shaw. »Außer Ihnen, Maestro.«

Es war ein Abgrund. Er war verloren. Wenn er unten aufschlug, würde er sterben.

Seine Mutter war nicht gekommen. Auch seine Schwester nicht.

Nur Shaw.

»Captain Tremouille hat das Problem«, sagte Shaw und drehte nachdenklich die Reste der Praline in seinen klebrigen Fingern hin und her, »daß ein farbiges Mädchen – eine *Plaçée* – tot ist und daß der Mann, der sie höchstwahrscheinlich umgebracht hat, der Sohn eines der reichsten Plantagenbesitzer hier in der Gegend ist. Captain Tremouille glaubt an die Gerechtigkeit –

wirklich –, aber er will natürlich seinen Posten nicht verlieren, und das könnte schwierig werden, wenn die Peraltas und die Bringiers und noch ein halbes Dutzend andere einflußreiche kreolische Familien, die untereinander natürlich gut bekannt sind, sagen: Warum denn einen Weißen einsperren, warum denn so ein großes Trara wegen eines farbigen Mädels, das es nicht besser verdient hat? Deshalb mußte ich zwei Tage lang Sklaven jagen, die auf irgendwelchen Dachböden in der Magazine Street hausen.«

»Weiter«, sagte January grimmig.

»Also«, fuhr Shaw fort. »Gestern – und vielleicht hatte die Tatsache, daß sie für zwei erstklassige Weibsbilder nur tausend Dollar bekommen hat, etwas damit zu tun – dachte Euphrasie Dreuze sich wohl, sie könnte bei diesem Spiel unter Freunden ein bißchen mitmischen, und besuchte Etienne Crozat, das ist der Vater von ihrem Mädchen. Keine Ahnung, was sie ihm erzählt hat, aber Captain Tremouille hat mich sofort rufen lassen und mir zu verstehen gegeben, daß der Mord aufzuklären sei, und zwar schnellstens. Ob es nicht vielleicht irgendeinen Mann gebe, der wie sie schwarz ist und sie so gehaßt hat, daß er sie umbringen wollte? Dieser Crozat ist ein mächtiger Mann. Die Hälfte der Pflanzer verkauft ihre Ernte an ihn, und im Stadtrat gibt es drei Mitglieder, die von Bohnen und Reis leben müssen, wenn er ihnen keinen Kredit mehr gibt oder ein paar Cents weniger für das Pfund Zucker.«

»Ich kannte sie nicht.«

Die grauen Augen ruhten auf ihm. »Glauben Sie, daß das eine Rolle spielt?«

Plötzlich fiel ihm ein, wie Shaw ihm im Hof des Cabildo seine Papiere gegeben hatte, wie er ihn durch die Seitentür herausgebracht hatte. Wie er den Hof im Auge behalten hatte, während er, January, sich an der Pumpe wusch. Wachsam wie ein Mann in Indianergebiet.

Schlagartig wurde ihm klar, wovor Shaw ihn bewahrt hatte.

»Sie glauben mir?«

»Jedenfalls«, sagte Shaw, »glaube ich, es gibt bessere Verdächtige. Einer von ihnen hat wahrscheinlich dafür bezahlt, daß Sie gestern verprügelt wurden. Tatsache ist, daß diese Clemence Drouet sagt, Sie seien ganz verrückt darauf gewesen, Miss Crozat zu sehen. Sie behauptet, Sie hätten sie in der Halle einfach aus dem Weg gestoßen, und Sie *sind* derjenige, der das Mädchen zuletzt lebend gesehen hat.«

An einem Tisch in der Nähe wurde es plötzlich laut: Mayerling und seine Schüler. Obwohl es heller Tag war, trugen sie noch die Kostüme der letzten Nacht. Unter den hochgeschobenen Masken quollen wirre Haarsträhnen hervor. Zwei Schüler hatten sich halb von ihren Plätzen erhoben, junge Kreolen mit kümmerlichen Schnurrbärten. Einer von ihnen war der blaugelbe Ivanhoe, der die Kutsche zum Duell gelenkt hatte.

Mayerling streckte die Hand aus und berührte den Jungen kurz an seinem bunten Ärmel. »Ich bitte dich, *mon fils*«, sagte er mit seiner heiseren, jungenhaften Stimme, »kläre die Frage nach Gastons Benehmen mit Argumenten! Laß meinen Schüler am Leben. Auf jeden Fall so lange, bis er meine diamantene Krawattennadel bezahlt hat.«

Gelächter ertönte, und der Junge setzte sich schnell wieder. Auch er mußte lachen. »Es freut mich, daß Sie mir das zutrauen«, sagte er und warf dem überheblichen jungen Mann, der der Auslöser seiner Wut war, einen vernichtenden Blick zu.

»Wenn deine Angriffe nicht besser werden, wirst du derjenige sein, der mich verläßt. Es sei denn, Gaston vernachlässigt weiterhin seine Beinarbeit.«

Der hochmütige Gaston fuhr hoch, doch als sein Lehrer ihn stirnrunzelnd ansah, lachte er.

»So, wie die Jungs sich benehmen, würde man nicht glauben, daß die Cholera oder das Gelbfieber auf sie wartet und sie noch früh genug ins Grab bringt«, murmelte Shaw. »Was nützt es ihren Papas, fünftausend Dollar für ihre Erziehung und einen Aufenthalt in Europa auszugeben, wenn sie sich wegen des Blumenmusters auf einem Mädchenrock umbringen? Und dann *be-*

zahlen sie den Deutschen auch noch, damit er ihnen zeigt, wie man es macht.«

»Der junge Peralta ist ja gar nicht dabei«, sagte January. »Bin ich auch derjenige, der *ihn* zuletzt lebend gesehen hat?«

Shaw verzog unter seinen Bartstoppeln den Mund. »Ich habe nach Galen Peralta gesucht«, sagte er und wandte den Blick nicht von dem kleinen Häufchen am Nachbartisch. Gerade erteilte Mayerling mit einem Strohhalm eine Lektion in italienischer Verteidigung. »Sein Vater hat mir erzählt, daß er aufs Land gefahren ist, auf ihre Plantage am Bayou Chien Mort. Er kommt Dienstag in einer Woche zurück, und Captain Tremouille meint, daß dann immer noch Zeit ist, ihn zu fragen, wo er nach seinem kleinen Streit mit Miss Crozat hingegangen ist und was er gemacht hat.«

»*Dienstag in einer Woche?*« fragte January. »Er hat die Stadt vor *Mardi Gras* verlassen?«

»So was Ähnliches habe ich auch gedacht.« Shaw zog einen unappetitlichen Tabakstrang aus seiner Jackentasche und zupfte ein Stückchen davon ab. Er sah zu ein paar Schreiberlingen hinüber, die an einem Nachbartisch bei Beignets und Kaffee saßen und sich auf französisch unterhielten, und steckte den Kautabak wieder ein. »Aber er war verrückt nach dem Mädel. Völlig verrückt, das sagt jeder. Vielleicht hat er es in der Stadt einfach nicht mehr ausgehalten.«

January starrte auf seine Hände und dachte daran, wie der Anblick von Blättern, die im Regen an die Bordsteinkante flatterten, oder das Geräusch von Fensterläden, die im Wind knarrten, ihn mit unerträglich schmerzender Trauer erfüllt hatten. Er hatte Ayashas Kleider, ihre Schuhe, ihren Schmuck in einen alten Lederkoffer gepackt und von einer Brücke in die Seine geworfen, anstatt die Sachen zu verkaufen oder wenigstens an die Armen zu geben, denn der Gedanke, vielleicht auf dem Markt einer Frau in ihren Kleidern zu begegnen, hätte den mühseligen Heilungsprozeß zerstört.

»Aber Bayou Chien Mort ist vierzig Meilen von hier entfernt.«

Shaw antwortete nicht. Nach einer Weile fuhr January fort: »Ich bin in diese Stadt zurückgekommen – in der ich ohne die Erlaubnis eines Weißen nicht einmal durch die Straßen laufen darf –, weil hier mein Zuhause ist. Weil ... weil ich nicht wußte, wohin sonst. Aber die Plantage am Bayou Chien Mort ist eine von Peraltas kleineren Pflanzungen. Sie wird von einem Verwalter geführt.«

»Woher wissen Sie das?«

»Von meiner Mutter«, sagte January. »Meine Mutter weiß alles. Galen würde nach Alhambra gehen. Am See. Dort ist sein Zuhause.«

»Wirklich?« Shaw wirkte nicht sehr überrascht, nicht einmal besonders interessiert. Aber January begriff allmählich, daß der Lieutenant, dafür, daß er nie besonders interessiert wirkte, heute morgen erhebliche Strapazen auf sich genommen hatte, um January aus dem Cabildo herauszuholen, bevor seine Vorgesetzten merkten, daß sie gar keinen Beweis brauchten, um ihn einzusperren.

»Er könnte seine Gründe haben«, sagte Shaw nach einer Weile. »Ich weiß nicht, wie gut Sie mit Ihrem Daddy auskommen, aber wenn ich gerade mein Mädchen verloren hätte – auch die kindische Liebe eines Halbwüchsigen erscheint dem Halbwüchsigen ziemlich groß –, dann wäre ich von meinem Vater gern noch sehr viel weiter weg als die paar Meilen Ritt nach Bayou Chien Mort.«

Und selbst wenn er das Mädchen getötet hätte, dachte January, wäre das so.

Gleichzeitig fiel ihm das Blut unter Angeliques Fingernägeln ein.

Er dachte: *Sie hat ihn gezeichnet.*

Und spürte, wie sein Herz schneller schlug.

»Und in der Zwischenzeit«, sagte er langsam, »sollen Sie den Mord aufklären. So schnell wie möglich. Vermutlich noch vor dem nächsten Dienstag?«

»Ich glaube, das steckt dahinter. Passen Sie auf, es gibt keine

Beweise gegen Sie, außer, daß Sie der letzte waren, der Miss Crozat lebend gesehen hat. Und daß Sie Ihren Platz am Klavier in der Absicht verlassen haben, allein mit ihr zu sprechen. Ein halbes Dutzend Leute haben gesehen, wie Sie ihr nachgingen.«

»Wie lange war ich nicht im Ballsaal? Fünf Minuten?«

»Niemand hat Sie wieder herauskommen sehen. Ich habe mich ziemlich genau erkundigt.«

Schon während unserer Unterhaltung in der Garderobe war ich ein Verdächtiger, dachte January.

»Natürlich hat mich niemand herauskommen sehen. Alle haben zugesehen, wie Granger und Bouille sich zu Narren gemacht haben. Hannibal Sefton hat mich weggehen und wiederkommen sehen. Das ist der Geiger.«

»Der so gehustet hat?«

January nickte. »Er wohnt in der Perdidio Street bei Maggie Dix unter dem Dach. Ich kenne keinen besseren Geiger als ihn, weder hier noch in Paris oder sonst irgendwo, aber er hat die Schwindsucht, deshalb kann er nicht unterrichten und verdient nur wenig.«

»Er war sternhagelvoll, als ich mit ihm gesprochen habe. Ich behaupte nicht, daß ein Mann nicht mehr weiß, wie spät es ist, wenn er betrunken ist, aber vor Gericht wird man das nicht mögen – falls es soweit kommen sollte.«

An Mayerlings Tisch brach schallendes Gelächter aus, weil der Fechtlehrer einen seiner kampflustigen Schüler mit einem Teelöffel entwaffnet hatte. January fiel ein, daß auch Arnaud Trepagier Mayerlings Schüler gewesen war.

Er drehte sich um und sah dem Amerikaner zum erstenmal ins Gesicht. »Ich bin froh, daß Sie immer noch *falls* sagen.«

»Das werde ich so lange wie möglich sagen«, sagte Shaw freundlich. »Das Ganze kommt mir ein bißchen komisch vor, um so mehr, nachdem man Sie verprügelt hat. Vor fünfzehn Jahren hätte ich gesagt, keine Sorge, es gibt keine Beweise, und Sie kannten das Mädchen nicht mal vom Sehen. In fünfzehn Jahren werde ich vielleicht sagen, keine Sorge, niemand wird wegen des

Todes eines farbigen Mädchens aufgehängt, egal, ob frei oder nicht. Um ehrlich zu sein, Maestro, ich hab keine Ahnung, was ich heute sagen soll.«

»Nun«, sagte January, »ich weiß, was ich sagen soll.« Er streckte die Hand aus. »Danke.«

Shaw zögerte einen Moment, dann ergriff er sie. Seine Hand war groß und immer noch schwielig von harter Feldarbeit. »Das ist mein Job«, sagte er. »Und es ist auch mein Job, Sie zu verhaften, wenn ich keinen anderen finde. Die Person, die Sie gebeten hat, Miss Crozat eine Nachricht zu überbringen – wollen Sie mir etwas über sie erzählen?«

January zögerte, dann sagte er: »Noch nicht.«

Madame Trepagier empfing ihn auf dem Balkon, und als sie aus dem Schatten des Hauses heraustrat, erkannte er selbst aus ein paar Meter Entfernung die Anspannung schlafloser Nächte in ihrem blassen Gesicht.

»Ich wollte Ihnen für Ihre Nachricht danken«, sagte sie und überließ ihm ihre schwarz behandschuhte Hand gerade so lange, wie es die Höflichkeit verlangte. »Das war sehr freundlich von Ihnen.«

»Leider hat es nicht viel genützt«, sagte January bitter.

»Das war nicht Ihre Schuld. Und wenigstens wußte ich so, was mich erwartet.« Sie preßte die Lippen zusammen und unterdrückte ihre Wut, wie es sich für eine Dame der Gesellschaft gehörte. »Frauen werden so oft wie ihre Mütter, ich weiß nicht, warum ich überhaupt überrascht war. Aber vielleicht bin ich ungerecht.«

Und die Anspannung löste sich für einen Moment, als sie auflachte. »Und jetzt werde ich wohl die … die Erniedrigung ertragen müssen, daß irgendwelche billigen Flittchen oder … oder Amerikanerinnen mit dem Schmuck meiner Mutter und meiner Großmutter herumlaufen.« Sie hatte sich gerade noch gefangen, und January wußte instinktiv, daß sie eigentlich *billige Flittchen oder schwarze Schlampen* hatte sagen wollen.

Schnell redete sie weiter: »Natürlich wird Tante Picard glauben, ich hätte den Schmuck verkauft, und mir anbieten, ihn zurückzukaufen.«

Nein, dachte January. Niemals würde sie ihrer Familie erzählen, was für Geschenke ihr Mann seiner Mätresse gemacht hat. Dazu ist sie zu stolz.

Ihr Stolz zeigte sich in der Art, wie sie mit einer schnellen Bewegung den Kopf schüttelte, als wäre die ganze Angelegenheit nur ein lästiges Ärgernis, und ihre Betroffenheit hinter einem warmen Lächeln verbarg. »Was kann ich für Sie tun, Monsieur Janvier? Wollen Sie sich nicht setzen?«

Sie deutete auf einen der Korbstühle und setzte sich ihm gegenüber. Unten im Küchengarten jätete der alte Sklave Unkraut; er bewegte sich unendlich langsam unter den blassen samtgrünen Blättern.

»Ich habe zwei Bitten«, sagte January. »Zum einen möchte ich Sie um die Erlaubnis bitten, der Polizei mitzuteilen, daß die Nachricht, die ich Mademoiselle Crozat überbringen sollte, von Ihnen war.«

Sofort wurden ihre gequälten braunen Augen wachsam. Wachsam und ängstlich. Sie antwortete nicht, aber ihr Rücken spannte sich plötzlich an, und ihre Hände zuckten auf dem Schoß. Ihr Körper sprach ein scharfes, deutliches *Nein.*

Langsam erklärte er: »Ich war der letzte, der Mademoiselle Crozat lebend gesehen hat, weil ich ihr Ihre Nachricht übermitteln wollte. Jetzt habe ich erfahren, daß einige Leute mir den Mord in die Schuhe schieben wollen.«

»O mein Gott ...« Ihre braunen Augen weiteten sich vor Verwirrung und Schreck und ... Berechnung? Warum dieser Blick? Fühlte sie sich in die Enge getrieben? »Das tut mir leid.«

»Ich weiß nicht, was Sie ihr bei diesem Treffen gesagt hätten; Mademoiselle Crozat ist tot, und der Schmuck ist verkauft, also können Sie der Polizei alles mögliche erzählen, wenn man Ihnen diesbezüglich Fragen stellt. Aber irgend etwas muß ich ihnen sagen.«

Lange Zeit antwortete sie nicht. Mit unbewegter Miene, dem Blick eines Kartenspielers, der geschickt sein Blatt ordnet, um zu sehen, welche Karte er als nächstes ausspielt, saß sie da. Dann sah sie ihn an und sagte ein bißchen atemlos: »Ja, ja, natürlich … danke … daß Sie es mir gesagt haben.«

Daß Sie mich gewarnt haben.

Wovor hatte sie Angst?

»Wird Ihre Familie es Ihnen wirklich nicht verzeihen, wenn herauskommt, daß Sie versucht haben, sie zu treffen?«

Schnell wandte sie den Kopf ab, aber nicht so schnell, als daß er nicht gesehen hätte, wie ihre Nasenflügel vor Wut und Abscheu bebten und rote Flecken auf ihren Wangenknochen erschienen, als hätte man sie geschlagen.

»Entschuldigung«, sagte er. »Das geht mich nichts an.«

Sie schüttelte den Kopf. »Nein, es ist nur … Um den Schutz der Familie zu erhalten, muß man als Frau einen gewissen Preis zahlen. Und wenn man dazu nicht bereit ist …«

Sie hielt inne, und plötzlich wirkte die Stille auf der Plantage beunruhigend laut. Jetzt wußte January, was die ganze Zeit schon fehlte, was er vermißte: Kinderstimmen unter den Bäumen, wo die Hütten stehen mußten, und den Klang des Hammers aus der zur Plantage gehörenden Schmiede.

Mit einer schnellen Bewegung, in der er das Kind von einst wiedererkannte, wandte sie ihm das Gesicht zu. »Ich habe nicht übertrieben, als ich sagte, daß ich den Schmuck von Angelique Crozat zurückhaben muß. Ich brauche ihn. Zwei Zuckerrohrfelder werden bereits zum viertenmal abgeerntet. Sie *müssen* neu bepflanzt werden, und ich habe nicht genug Geld, um die nötigen Sklaven zu mieten, geschweige denn zu kaufen. Arnaud hat im Oktober drei unserer Arbeiter verkauft. Um den Weihnachtsball zu bezahlen, hat er gesagt, aber ich glaube, von einem Teil des Geldes hat er Geschenke für diese Frau und ihre Mutter gekauft, weil er dachte – fürchtete –, Mademoiselle Crozat könnte sich nach einem anderen umsehen. Drei weitere hat er verpfändet, um das Geld für das Zuckersieden aufzubringen. Das weiß ich erst seit letzten Dienstag. Ich habe ihr geschrieben – ich hatte ihr früher schon geschrieben – und keine Antwort erhalten.«

January erinnerte sich an den Herbst, in dem drei Männer auf Bellefleur an einer Lungenentzündung gestorben waren und der Besitzer kein Geld gehabt hatte, um neue Sklaven für die Ernte zu kaufen. Alle hatten sie hart arbeiten müssen. Obwohl er erst sieben Jahre alt war, wurde er mit den Männern auf die Felder geschickt, und noch heute tauchte in seinen Träumen manchmal die Erinnerung an eine körperliche Erschöpfung auf, die so groß war, daß er den Heimweg von den Feldern nicht mehr schaffte. Einer der Männer hatte ihn nach Hause getragen. Auch dieser Mann war nach der Ernte schwer krank geworden.

»Und der Gläubiger läßt sich nicht vertrösten, bis neu angepflanzt ist?«

»Ich tue, was ich kann.« Ihre Stimme klang so angestrengt, ruhig und konzentriert, als hielte sie eine schwere Last mühsam im Gleichgewicht. »Aber um diese Jahreszeit wird natürlich überall gepflanzt. Und zu allem Unglück ist jetzt auch noch das Hausmädchen Sally verschwunden. Wahrscheinlich hatte sie Angst, daß ich sie auch auf die Felder schicke, und vielleicht bleibt mir tatsächlich gar nichts anderes übrig. Aber entschuldigen Sie«, fügte sie hinzu, »das interessiert Sie sicher nicht. Natürlich dürfen Sie der Polizei erzählen, daß die Nachricht von mir war, obwohl ich ... Wäre es zu viel verlangt, wenn ich Sie bitte, nicht zu sagen, wo und wann ich Sie damit beauftragt habe? Könnten Sie ihnen nicht einfach sagen, daß Sie ... daß Sie mein Lehrer waren und daß ich wußte, daß Sie auf dem Blue Ribbon Ball sein würden ...?«

»Natürlich«, sagte January.

»Ich war ja nicht lange dort, ich bin nicht in den Ballsaal gegangen und habe nicht gesehen, wer mit wem gesprochen hat«, fuhr sie eilig fort. »Es ... es war dumm von mir, diesen Versuch überhaupt zu unternehmen, und ich werde Ihnen immer dankbar sein, daß Sie mich vor ... vor den Konsequenzen bewahrt haben. Ich danke Ihnen. Ich danke Ihnen wirklich.«

Sie mied seinen Blick. »Sie sagten, Sie haben zwei Bitten?«

»Madame Madeleine?« Der alte Butler Louis kam auf den Balkon und blieb an der Tür stehen. An ihm vorbei konnte January in den mittleren Salon des Hauses sehen, einen mittelgroßen Raum, der in seiner Schlichtheit wunderschön war, mit sonnengelben Wänden und einem Kaminsims aus einfachem gebleichtem Pinienholz. In der offenen Tür zum vorderen Balkon stand wartend ein Mann. Obwohl er wie ein Gentleman gekleidet war – er trug ein salbeigrünes Jackett mit langen Rockschößen und taubengraue Hosen –, sah man sofort, daß er Amerikaner war. Das breite Gesicht mit den roten Haaren und den wulstigen, von einem rosaroten Bart eingerahmten Lippen war nicht kreolisch. Die Augen – oder, besser gesagt, der Blick, die Art, wie er den Kopf hielt, als er die einfachen Vorhänge und das altmodische Pianoforte taxierte – waren keine kreolischen Augen.

Und mit Sicherheit hätte kein Kreole, ob Aristokrat oder einfachster Dienstbote, sich einfach aus der Tür gelehnt, um Tabaksaft auf den Balkon zu spucken.

»Monsieur McGinty ist hier, wegen der Erntehelfer.«

Madame Trepagier zögerte, hin- und hergerissen zwischen Sorge und guter Erziehung. January griff nach seinem großen Filzhut auf dem Geländer und sagte: »Wenn es Ihnen recht ist, Madame, warte ich in der Küche. Eine Sache würde ich Sie gern noch fragen, wenn Sie später noch einen Augenblick Zeit für mich haben.«

»Danke.« Hätte er ihr die Hand auf den Arm gelegt, hätte er gespürt, wie sie zitterte. Doch als sie sich umdrehte, um dem Mann namens McGinty in die Augen zu sehen, hatte ihr Gesicht den Ausdruck bitterer Härte, den es auch auf dem Quadroon-Ball gehabt hatte.

»Dieser McGinty könnte wenigstens so viel Anstand haben, sie erst nach der Pflanzzeit mit Michie Arnauds Schulden zu behelligen«, brummte Louis, als er vor January her die ausgetretenen Stufen hinunter- und den gepflasterten Weg entlangging, der unterhalb des Balkons auf der Rückseite des Hauses zur Küche führte. Sogar im Winter waren die Steine voller Moos. Im Sommer war dies vermutlich der einzige Ort, wo man die Hitze während der Arbeit ertragen konnte.

Die Fensterläden des Eßzimmers waren geschlossen. Der Hausherr war erst vor kurzem gestorben und die Herrin noch in tiefer Trauer, so daß es wohl kaum einen Grund zum Feiern gab.

»Gerade jetzt, wo auch noch Sally weggelaufen ist und alle nur noch mehr Arbeit haben. Dabei war sie nicht einmal ein gutes Hausmädchen. Ein Unglück kommt selten allein.«

January sah das schmale, hübsche, aber verdrießliche Gesicht des Mädchens vor sich, ihren gertenschlanken Körper und den trägen Gang, als sie vor drei Tagen auf dem Balkon an ihm vorbeigekommen war. Ein Mädchen voller Mißtrauen, dachte er, voller Angst, verkauft, vermietet oder verschenkt zu werden.

Und Louis trug als Butler natürlich die Verantwortung für die Mädchen und ihre Arbeit.

»Sie hat Judith ersetzt, nicht wahr?«

»Hm«, machte der Butler. »Selbst drei Mädchen von Sallys Schlag könnten Judith nicht ersetzen. Sally hat sich immer nur beschwert und gejammert; alles mußte ich selber machen.«

Der Butler sprach gut Französisch, aber wenn keine Weißen in der Nähe waren, vernachlässigte er die Grammatik und verfiel in die Mundart der Sklaven. »Wenn sie nähen mußte oder Wäsche waschen, hat sie nur gejammert, daß die Arbeit zu schwer ist und daß Ursula ihr viel zuviel aufbrummt, und kaum mußte sie Judiths Arbeit tun, hieß es immer nur, daß sie doch viel besser nähen oder Wäsche waschen kann. Und sie hat gestohlen. Taschentücher, Strümpfe, Ohrringe, als ob dieses gelbe Flittchen Madame Madeleine nicht schon genug gestohlen hat.«

Sie gingen an braunen Beeten und wucherndem Gestrüpp im Küchengarten vorbei auf das weiß getünchte Steingebäude zu, in dem die Wirtschaftsräume untergebracht waren. Unter dem Balkon im zweiten Stock standen die Fensterläden zur

Küche weit offen, die Hitze aus dem offenen Herd erwärmte die kühle Nachmittagsluft, und der Duft nach langsam köchelnden roten Bohnen verdrängte süß und durchdringend den schweren Geruch von feuchtem Gras. An Wäscheleinen, die zwischen den schattenspendenden Weiden hinter dem Haus gespannt waren, flatterten Laken, Unterröcke, Strümpfe, Tischtücher und Servietten, und an einem Tisch unter dem Balkon saßen zwei alte Frauen, damit beschäftigt, ein Huhn zu füllen und Berge von Limonen, Zwiebeln und grünen Äpfeln zu schneiden.

»Claire, bring dem weißen Gentleman oben im Haus Tee und Gebäck, und für Michie Janvier eine Limonade«, sagte Louis. »Und bring uns auch ein wenig Gebäck, wenn du schon dabei bist. Dieser McGinty ist wieder da«, fügte er hinzu, als die ältere der beiden Frauen gebückt aufstand und mit überraschender Behendigkeit in die Küche ging, um den Kessel mit heißem Wasser auf dem großen Herd aufs Feuer zu setzen.

»Albert hat gesagt, daß sie ihn am Samstag in der Stadt nicht gefunden haben«, warf die andere Frau ein, deren geschürzte Röcke voller nasser Flecken waren und nach Seife rochen. »Und Madame Alicia – das ist Madame Madeleines Tante«, erklärte sie mit einem Seitenblick auf January, »wollte nicht mit ihm verhandeln, weil er Amerikaner ist. Warum Michie Arnaud mit einem Amerikaner Geschäfte gemacht hat, statt mit einem anständigen Franzosen, ist mir allerdings auch ein Rätsel.«

»Weil er mit ihm gepokert hat.« Claire kam mit einem vollbeladenen Tablett aus Pappmaché aus der Küche. Zwei Teetassen, eine Teekanne, eine Kanne mit heißem Wasser und ein Teller mit Gebäck waren hübsch wie ein Blumenstrauß auf der dunkelrot glänzenden Fläche arrangiert. »Und weil er ihm, als er anfing, die Sachen zu verkaufen, damit dieses Frauenzimmer sich nicht nach einem anderen umschaut, mehr Geld versprochen hat, als es ein Franzose je tun würde.«

Die alte Köchin nahm einen bunten Krug mit Limonade vom Tablett und stellte ihn auf den Tisch. Dann übergab sie Louis das Tablett, der es hinüber zum Haus trug, die Treppe hinauf, auf den hinteren Balkon.

»Kann ich helfen?« January deutete auf den Gemüseberg auf dem Tisch. »Ich habe noch etwas mit Madame Madeleine zu besprechen, wenn sie mit Monsieur McGinty fertig ist, und ich hasse es, untätig herumzusitzen, wenn andere arbeiten.«

Seine Mutter wäre schockiert gewesen und hätte ihn gedrängt, sich ein wenig entfernt unter die Bäume zu setzen, statt mit den Negern zu tratschen, aber January nahm an, daß diese beiden alten Frauen wahrscheinlich eine ganze Menge mehr über Angeliques Liebschaften wußten als Madame Trepagier.

Sein Angebot wirkte wie ein Zauberspruch. Buchstäblich wie ein Zauberspruch, dachte January, als er im Handumdrehen eine Schüssel voller Zuckerschoten vor der Nase hatte; Claire stellte sie ihm zum Enthülsen hin. Ein Voodoo-Zauber hätte die Köchin nicht wirkungsvoller zum Reden bringen können.

»Vom ersten Augenblick an hat sie mit anderen herumgeflirtet und Michie Arnaud hingehalten. Mal war es ja, mal nein, mal vielleicht.« Die Finger der alten Köchin waren knotig vor Arthritis, schienen aber nichts von ihrer Schnelligkeit eingebüßt zu haben, so flink und exakt schnitten und hackten sie Pfefferschoten und Zwiebeln und schoben sie zu ordentlichen Häufchen zusammen, während sie redete. »Er wußte nie, woran er mit ihr war; keiner wußte, wie es um die beiden stand. Das gefiel ihr.«

»Wann hat er Angelique kennengelernt?«

»Vor fünf Jahren«, sagte die Köchin. »Vorher hatte er ein anderes Mädchen in der Stadt, Fleur hieß sie. Ein hübsches Mädel, so hell wie Angelique, sah ihr auch ähnlich – so groß und schlank. Aber als er Angelique gesehen hat, war er wie vom Blitz getroffen. Ein Jahr lang ist er ihr nachgelaufen, hat mit ihrer Mutter verhandelt und nicht auf Madame Madeleine oder Mamzelle Fleur gehört, und diese Angelique hat ihm abwechselnd schöne Augen gemacht und mit ihm gestritten. Hat geschworen, daß sie sich in den Fluß stürzt, ›bevor sie zuläßt, daß einer wie er sie anfaßt‹ … Und im nächsten Augenblick dreht sie sich um, spielt die Süße und Hilflose, ist lustig wie ein junges Kätzchen, und er muß ihr Ohrringe oder eine Brosche schenken, um zu beweisen, daß er sie liebt. Auf den Bällen hat sie mit anderen Männern getanzt und ihn dann in einen Streit verwickelt. Er hat sie geschlagen, aber sie wußte genau, wie sie auch daraus Gewinn schlagen konnte.«

January dachte daran, wie spöttisch ihre Stimme geklungen hatte; wie aufreizend sie ihren Körper ins Spiel gebracht hatte, sogar, als sie den jungen Peralta beschimpft hatte. Wie sie den Schlag herausgefordert hatte, der sich in ihrer Hand zur Waffe wandeln würde. Er sah sie vor sich, wie sie Peralta in die Augen geschaut hatte, frech und herausfordernd, als sie sich von einem anderen Mann zum Tanz führen ließ.

»Und was ist aus Mademoiselle Fleur geworden?« fragte er. Claire sah fragend zu Ursula, der Wäscherin, die während ihrer Unterhaltung leise hin und her gegangen war, heißes Wasser aus dem Kessel in die Küche geholt und einen Teller mit Gebäck zusammengestellt hatte.

»Sie ist achtundzwanzig am Fieber gestorben«, sagte die Wäscherin.

»Achtundzwanzig, genau«, bestätigte die Köchin. »Aber bevor sie starb, hat Michie Arnaud sie verlassen, ihr Geld gegeben und Angelique ein Haus gekauft. Natürlich nicht so eins wie für Mamzelle Fleur. Dafür hat Mamzelle Fleurs Mama gesorgt. Und das neue Haus mußte besser sein und teurer. Die Leute sagten, daß Mamzelle Fleur vor Kummer und Scham gestorben ist, aber glauben Sie mir, Michie Janvier, das Fieber lauert immer.«

Sie nickte bekräftigend und schob das fein geschnittene Gemüse in eine Porzellanschüssel.

Er holte das *Gris-Gris* aus der Tasche und wickelte es aus. »Kennst du jemanden, der dafür bezahlt haben könnte, daß dies hier in Angeliques Matratze versteckt wurde?«

Die Frau bekreuzigte sich. Dann wandte sie sich wieder dem

Huhn zu, das sie gerade zunähte. »Jeder hier würde das tun, wenn er könnte«, sagte sie schlicht.

»Vielleicht Sally?« Der Zeitpunkt ihrer Flucht ließ January keine Ruhe.

Die Köchin dachte darüber nach, dann schüttelte sie den Kopf. »Viel zu faul«, sagte sie. »Viel zu beschäftigt mit ihrem feinen Freund und seinen Ohrringen, mit Schmuck und vornehmen Kleidern. Es überrascht mich nicht, daß sie weggelaufen ist. Zu Fuß ist es nicht weit bis in die Stadt oder zu den neuen amerikanischen Häusern, da wo früher die Plantage der Marignys war, und von da konnte sie die Straßenbahn nehmen. Judith schon eher. Sie hat Angelique immer gehaßt, schon bevor Michie Arnaud sie weggegeben hat.«

»Diese Angelique war ein Teufel.« Ursula kam wieder dazu und trocknete sich die Hände. »Judith kam manchmal her, den Rücken voller Striemen, und hat sich bei Madame Madeleine ausgeweint. Hier in der Küche, wo Michie Arnaud es nicht sehen konnte. Einmal hat er sie erwischt und beide verprügelt.«

Die alte Frau setzte sich und wechselte einen Blick mit ihrer noch älteren Freundin: faltige Gesichter unter abgenutzten weißen Kopftüchern. Zu alt für die Feldarbeit, selbst wenn an allen Ecken die Arbeiter fehlten. Eine Inventarliste würde sie als *wertlos* führen.

»Dreizehn Jahre waren sie verheiratet«, sagte Ursula langsam. »Dreizehn Jahre … Michie Philippe war zehn, als er starb, am Gelbfieber im letzten Sommer. Die kleine Mamzelle Alexandrine war sechs. Madame Madeleine ging es schlecht nach dem Tod von Mamzelle Alexandrine, aber nachdem Michie Arnaud die Geschichte mit Angelique angefangen hatte, bekamen sie keine Kinder mehr.«

»Mit Kindern war schon lange vorher Schluß«, sagte Claire, und ihre kleinen schwarzen Augen funkelten vor Zorn. »Immer habe ich ihre Blutergüsse verarztet, und du, Ursula, hast so viel Blut aus ihrer Wäsche, den Laken und den Unterröcken gewaschen, das weißt du genau.«

Sie wandte sich wieder January zu, ihr zahnloses Gesicht ähnelte einem Schnitzwerk in rissiger, alter schwarzer Eiche. »Als das mit Angelique anfing, wurde es schlimmer, und nach dem Tod der Kinder wurde es noch schlimmer, aber geschlagen hat er sie erst, seit er angefangen hatte zu trinken. Kein Wunder, daß die Frau den Blick einer gejagten Katze hat, die so verängstigt ist, daß sie nicht mal ein Stück Fisch aus deiner Hand frißt. Kein Wunder, daß sie keine Träne vergossen hat, als die Cholera ihn dahingerafft hat und er aussah wie ein ausgewrungener Lumpen. Kein Wunder, daß sie es ablehnte, einen von seinen Cousins, Charles-Louis oder Edgar oder wer weiß wen, zu heiraten, weil sie wollten, daß das Land in der Familie bleibt – gleich nach der Beerdigung kamen sie an. Oh, ich weiß, wie die Kreolen sind, wenn es um Land geht!«

»Es hat ihrem Verhältnis zu den Trepagiers nur geschadet, daß sie das Angebot abgelehnt hat, und es wird ihrem Verhältnis zu den Trepagiers oder zu Madame Alicia Picard noch mehr schaden, wenn sie mitkriegen, daß sie versucht, anderswo Geld für die Plantage aufzutreiben, statt einen von ihnen zu heiraten, wie es sich ihrer Meinung nach gehört.«

»Wie will sie Geld auftreiben?« fragte January neugierig. »Und ich dachte, Tante Picards Sohn ist schon verheiratet?«

»Keine Ahnung, wie sie Geld auftreiben will«, antwortete die alte Wäscherin, erhob sich und ging wieder an ihre Arbeit in dem offenen Ziegelbau, dessen Feuerstelle zum Küchenkamin gehörte. »Aber ich hab auch keine Ahnung, warum sie sich nachts aus dem Haus schleicht, so wie letzten Donnerstag, und sich von Albert am Place des Armes absetzen läßt und nicht beim Haus ihrer Tante. Warum sie in einer gemieteten Kutsche ohne Licht zurückkommt, als ob sie niemanden wecken will, und durch die eine Tür hereinschleicht, die nicht verschlossen ist. Da war es beinahe elf Uhr.«

13

Warum sind Sie geblieben?«

»Ich ...« Ihre Hände zuckten, und sie fuhr sich mit der Zunge über die Lippen. Im Schatten des Balkons sah sie niedergeschlagen und erschöpft aus, und er bedauerte, daß er sie fragte, daß er sie fragen mußte.

Aber wenn die Polizei seinen Namen in einem Atemzug mit dem Galgen nannte, hatte er keine Wahl.

»Warum glauben Sie, daß ich ...?« Sie hatte sich wieder gefaßt. »... wo geblieben bin?«

»Drei Leute haben in ihrer Aussage bei der Polizei erwähnt, daß sie eine Indianerprinzessin im Salle d'Orleans gesehen haben, oben, spät am Abend, viel später, als Sie behaupten, gegangen zu sein.« Sinnlos, Claire und Ursula in Schwierigkeiten zu bringen. In Wahrheit hatten zwei der Leute, die sie in der oberen Halle gesehen hatten, keine Ahnung, wann das gewesen war, und der dritte hatte erwähnt, daß sie während des ersten Walzers dort gewesen sei.

»Am Freitag morgen haben Sie mir erzählt, daß Sie um halb neun zu Hause waren, was bedeuten würde, daß Sie unmittelbar nach unserer Unterredung gegangen sein müssen. Aber Sie haben auch das weiße Kleid erwähnt, das Angelique trug, und die Kette mit den Perlen und Smaragden. Also waren Sie lange genug da, um sie noch zu sehen.«

Ihr Gesichtsausdruck veränderte sich nicht, aber ihr Atem ging schneller, und sie schlug die langen Wimpern nieder. Sie sagte nichts, und er fragte sich, ob sie auch ihrem Mann gegenüber versucht hatte, sich mit Schweigen zu wehren.

»War ein Mann der Grund?«

Sie zuckte so plötzlich und heftig zusammen, daß es nicht gespielt sein konnte. »Nein.« Ihre Stimme war leise und kalt, aber absolut fest. »Kein Mann.«

Er war beschämt.

»Aber Sie sind geblieben?«

Sie holte tief Luft, als wollte sie einen Anflug von Übelkeit verscheuchen, und sah ihm wieder in die Augen. Ihr Blick war undurchdringlich und wachsam, und wie immer wählte sie ihre Worte mit Bedacht. »Der Grund, aus dem ich geblieben bin, hat nichts mit Angeliques Tod zu tun. Überhaupt nichts.«

Alle wohlhabenden und einflußreichen weißen Männer der Stadt waren an diesem Abend dort gewesen. Und ihre Frauen nebenan.

Aber nachdem sie mit ihm gesprochen hatte, konnte sie hoffen, daß Angelique mit sich reden ließ, daß sie sich erweichen ließ ... Dagegen sprach, daß sie ihr schon öfter Briefe geschrieben und sich mehr als einmal eine Abfuhr geholt hatte.

In der Ferne hörte man das Schlagen einer Axt; Männer hackten das Holz, das sie das ganze Jahr hindurch für die Mühlen gelagert hatten. Fern und klar klang der Schlag der Axt durch den Wald. Der hohe Schornstein der Zuckermühle ragte über die Weiden hinaus, die Ziegel schwarz vom Ruß, wie der Turm einer verfallenen Festung über verlassenem Land. Man würde keine zehn Dollar für den Hektar bekommen, hatte seine Mutter gesagt, und er glaubte ihr; das Land war abgewirtschaftet, nahezu wertlos, und es würde Tausende kosten, es wieder zu dem zu machen, was es einmal gewesen war.

Und doch klammerte sie sich daran. Sie hatte sonst nichts.

»Ja«, fuhr sie nach einer Weile fort. »Ich habe gesehen, wie sie heraufkam und die Männer um sie herumschwänzelten. Man sagt, daß jeder Mann ihr nachgelaufen ist. Ich war so wütend, daß ich ihr den Schmuck meiner Großmutter vom Hals reißen, sie am liebsten damit totschlagen wollte, aber ich habe sie nicht umgebracht. Ich habe nicht mit ihr gesprochen. Meines Wissens habe ich nie mit ihr gesprochen.«

Jeder Muskel in ihrem Gesicht war angespannt, und January stand so dicht neben ihr, daß er die kleine Narbe auf ihrer Unterlippe sehen konnte, eine Narbe, die viele Frauen hatten, weil sie sich auf die Lippen bissen, wenn ein Mann sie heftig schlug.

»Ich schwöre, ich habe sie nicht umgebracht.« Madeleine Trepagier hob den Kopf und sah ihn an. »Bitte verraten Sie nicht, daß ich dort war.« January konnte ihr nicht in die Augen sehen. *Immer habe ich ihre Blutergüsse verarztet ... hast genug Blut aus ihrer Wäsche, den Laken und den Unterröcken gewaschen ...*

Das Haus war klein wie die meisten kreolischen Häuser. Er fragte sich, ob die Kinder, Philippe und Alexandrine, die Auseinandersetzungen mit angehört hatten, und wußte gleichzeitig, daß es gar nicht anders sein konnte.

Sie hatte sich sowohl von der Familie Trepagier als auch von der Familie ihres Vaters abgewandt. Kein noch so aufgebrachter Zuckerrohrpflanzer würde zum Stadtrat gehen und verlangen, daß man einen anderen Schuldigen – vorzugsweise einen mit der Hautfarbe des Opfers oder dunkler – finden müsse.

Oder doch? Würde der Stadtrat das vielleicht von sich aus tun, egal, wer der weiße Verdächtige war? In den Gerichten saßen immer noch genügend Kreolen, für die das Wort eines freien Farbigen gegen das eines Weißen bei einem Schwerverbrechen etwas galt, doch darauf wollte er es ohne handfeste Beweise lieber nicht ankommen lassen.

Und es gab keine Beweise. Gar keine. Fest stand nur, daß er Angelique als letzter lebend gesehen hatte.

An diesem Abend fand bei Hermann's, einem wohlhabenden Weinhändler in der Rue St. Philippe, ein Ball statt. Dort würde er mit Hannibal reden und ihn bitten können, sich bei den Damen in den Sümpfen umzuhören, ob irgendwo in dem Labyrinth aus Bordellen, Dachböden, Hinterzimmern und Hütten, wo die Sklaven, die »aushäusig« schliefen, eine notdürftige Unterkunft fanden, ein neues schwarzes Mädchen aufgetaucht war. Sally konnte genausogut bei ihrem vielgepriesenen »feinen Freund«

sein, aber January wußte durch seine Lehrzeit bei Monsieur Gomez und langjährige Erfahrung mit der Unterschicht in Paris, daß eine Frau in dieser Situation – egal ob Sklavin oder freies Hausmädchen – häufig als Prostituierte endete, wenn sie den ausbeuterischen Schutz ihres Herrn verließ. Mochte der Mann ihr auch noch so ein angenehmes Leben versprechen.

Auch eine Sache, die meistens mit einem Schulterzucken quittiert wurde und der lapidaren Frage: »*Que voulez-vous?*«

Als er nach der Klavierstunde bei den Culver-Schwestern zum Haus seiner Mutter zurückkehrte, traf er sie und Dominique im hinteren Salon an. Beide waren emsig damit beschäftigt, an einer Unmenge pfirsichfarbener Seide zu nähen. »Das wird mein neues Kleid für den Mardi Gras Ball im Salle d'Orleans.« Seine Schwester lächelte und deutete mit dem Kopf auf einen Berg Unterröcke, unter denen der zweite Stuhl des Salons beinahe verschwand. »Ich werde eine Schäferin sein, und ich habe Henri überredet, als Schaf zu gehen.«

»Das ist das Vernünftigste, was ich heute gehört habe.« January goß sich eine Tasse von dem Kaffee ein, den Bella auf der Kommode hatte stehen lassen.

»Leider kann er nicht lange im Salle d'Orleans bleiben«, fügte sie munter hinzu. »Er muß mit seiner gräßlichen Mutter und sämtlichen Schwestern auf den Maskenball im Théâtre, aber er hat versprochen, jeden Walzer mit mir zu tanzen.«

»Ich wünschte, *ich* könnte einen Walzer mit dir tanzen.« Er drehte sich um und versuchte, über den Berg von Rüschen und Spitzen, über Dominiques gesenkten Kopf mit dem eleganten *Tignon* aus blaßrosa Batist hinweg, den Blick seiner Mutter auf sich zu ziehen.

Aber Livia sah nicht einmal auf. Als er von seinem Gespräch mit Shaw zurückgekommen war – nachdem er in der Kathedrale eine Kerze gestiftet und zwanzig schwer verdiente Dollar für eine Dankesmesse gespendet hatte –, war sie nicht dagewesen. Sie war immer noch nicht zurück gewesen, als er gebadet und sich für den Ritt nach Les Saules umgezogen hatte. Er überlegte, ob sie absichtlich mit Minou hier saß, ob sie extra alles so arrangiert hatte, daß bei seiner Rückkehr – denn zurückkommen mußte er, wie immer um diese Tageszeit, um in der Küche ein wenig zu essen, ehe er sich auf den Weg zu seiner nächtlichen Arbeit machte – eine dritte Person anwesend war, damit bei ihrem ersten Zusammentreffen die Unterhaltung nicht über Allgemeinplätze hinausging.

Und morgen würde dieses harmlose Zusammentreffen seinen Zorn bereits abgeschwächt haben.

Es hat sowieso keinen Zweck, dachte er, plötzlich müde und erschöpft von den Anstrengungen der letzten Nacht und dem Durchstehen von Situationen, in denen für Weiße andere Regeln galten als für ihn. Wenn er Streit mit ihr anfing, würde sie doch nur mit ihren großen, dunklen Augen zu ihm aufschauen, wie jetzt auch, als wolle sie ihn fragen, worüber er sich eigentlich so aufrege: Lieutenant Shaw hatte ihn doch aus dem Gefängnis geholt, oder? Warum hätte sie kommen sollen?

Wenn man ihr letzte Nacht eine Nachricht geschickt hatte, würde sie wahrscheinlich leugnen, sie erhalten zu haben. Würde er anführen, daß Shaw gesagt hatte, sie habe bereits gewußt, daß er eingesperrt war, würde sie sagen: »Amerikaner erzählen viel, P'tit, das weißt du doch.«

Was auch immer geschah, sie, Livia Levesque, eine gute, freie, farbige Witwe, traf keine Schuld.

Also schenkte er sich Kaffee ein und ging zum Tisch. »*Nicht hierher setzen*«, kreischten die Frauen und griffen schützend nach der Seide.

January zog sich einen Stuhl in sichere Entfernung, damit die Stoffmengen keinen verschütteten Kaffee abbekamen, und sagte: »Mama, hast du je erlebt, daß ich *irgend etwas* verschüttet habe?« Es stimmte: Trotz seiner Größe bewegte er sich anmutig. Er hatte nie darüber nachgedacht, bis Ayasha ihm eines Tages gesagt hatte, sie habe ihn nur geheiratet, weil er der einzige Mann sei, den sie unbekümmert mit weißer Gaze in einem Raum allein lassen könne.

»Einmal ist immer das erste Mal«, erwiderte seine Mutter mit so typischer Nüchternheit, daß January gegen seinen Willen beinahe lachen mußte.

»Minou, kanntest du Trepagiers erste *Plaçée*? Fleur Soundso?«

»Médard«, ergänzte Livia, ohne von ihrer Stickerei aufzusehen. »Diese bigotte Heuchlerin.«

Trauer verschattete Dominiques Blick, Trauer und eine Spur von Zorn. »Nicht ganz«, sagte sie. »Arme Fleur.«

»Unsinn«, sagte ihre Mutter energisch. »Sie war hoch erfreut, als Trepagier sie freigab.«

»Ihre Mutter war hoch erfreut«, korrigierte Minou. »Immer, wenn er betrunken war, hat er Fleur geschlagen, aber trotzdem hat es ihr das Herz gebrochen, als er sie verließ und noch in derselben Woche eine Affäre mit einer anderen Frau begann. Ihre Mutter hätte Angelique umbringen können. Ich fand immer, es geschieht dem alten Schuft recht, daß er noch ein zweites Haus kaufen muß.«

»So wie ich Angelique kenne, mußte es natürlich auch teurer sein als das von Fleur. Die Häuser an der Rue des Ursulines kosten ungefähr tausend Dollar mehr als die in der Rue des Ramparts. Wenn Sie eine Pfote auf die Spitze legen, Madame«, fügte sie ernsthaft zu der fetten gelben Katze gewandt hinzu, »verbringen Sie den Rest des Tages in der Küche.«

Dominique maß eine Armlänge rosafarbenen Seidenfaden aus, schnitt ihn mit einer Schere mit goldenen Griffen ab, fädelte ihn fein säuberlich in die Nadel und schlang am Ende des Fadens einen Knoten, nicht größer als ein Salzkorn. »Fleur hat das Haus den Ursulinerinnen vermacht, als sie dem Kloster beitrat, und dort ist sie auch gestorben.«

»Und soviel ich gehört habe, hat Euphrasie Dreuze versucht, sich dieses Haus ebenfalls unter den Nagel zu reißen«, warf Livia ein. »Mit der Begründung, daß es immer noch Trepagiers Eigentum sei. Aber was soll man von einer Frau erwarten, die ihre eigene Tochter dazu benutzt, ihren Liebhaber bei Laune zu halten, obwohl sie erst zehn Jahre alt ist.«

»*Was?*«

»Sei nicht so naiv.« Sie hob den Kopf und sah ihn flüchtig an; wie eine Katze, ohne jede Gefühlsregung. »Was glaubst du, warum Etienne Crozat plötzlich so interessiert daran ist, Angeliques Mörder zu finden? Er hatte nicht nur mit den beiden etwas. Mit anderen auch, je hellhäutiger, desto besser. Und es waren nicht nur Mädchen. Er nimmt, was Euphrasie auftreiben kann.«

January spürte, wie sein Magen revoltierte, als er an die beiden jungen Männer mit den verschlossenen Gesichtern dachte, die den Sarg ihrer Schwester getragen hatten und mit ihrer Mutter nichts mehr zu tun haben wollten.

»*Deine* Dienste sind damit wohl überflüssig geworden, P'tit.« Livia wickelte die zusammenlaufenden Fäden um zwei Finger und zog die gesäumte Seide in Falten. Die Geste erinnerte January so schmerzlich an Ayasha, daß er wegsehen mußte. Lernten alle Frauen, mit den gleichen Bewegungen mit Nadel und Faden zu hantieren, so exakt wie Schritte und Drehungen beim Ballett? »Ich hoffe«, fuhr sie munter fort, »daß wir von dieser Art Schwierigkeiten nun verschont bleiben. Übrigens«, fügte sie hinzu, als January gerade erwidern wollte, daß ihnen eine Menge Schwierigkeiten bevorstanden, wenn sie ihn nicht am Galgen sehen wollten, »Onkel Bichets Neffe war vorhin hier und hat ausgerichtet, daß du für heute abend einen anderen Geiger finden mußt. Hannibal ist krank.«

Minou warf ihm einen besorgten Blick zu. »Sollte vielleicht jemand von uns zu ihm gehen und nachsehen, ob er alles hat, was er braucht?«

»Ich gehe morgen zu ihm.« January stand auf und warf einen Blick auf die Uhr auf der Anrichte. Er stellte seine Kaffeetasse ab. Um halb neun begann der Ball bei Hermann's, und er war hundemüde.

»Ich habe Bella gesagt, daß sie dir in der Küche ein Abendessen herrichten soll«, sagte seine Mutter, während sie einen neuen Faden einfädelte, um den Rock zu fälteln. »Deine Schwester und ich haben noch ein paar Stunden zu tun.«

Nicht: »Es tut mir leid, daß du die letzte Nacht im Gefängnis verbringen mußtest«, dachte January wütend und erstaunt zugleich, als er in den Hinterhof trat. *Nicht: »Es tut mir leid, daß ich nicht kommen konnte, um dich da rauszuholen.«* Sie machte sich nicht einmal die Mühe, eine Entschuldigung zu erfinden: *»Ich habe mir das Bein gebrochen. Eine Freundin ist plötzlich gestorben. Fahrende Händler haben mich in der Rue St. Pierre entführt.«*

Nicht: »Bist du immer noch in Gefahr, P'tit?«

Nicht: »Kann ich dir helfen?«

Aber er konnte sich nicht daran erinnern, daß sie jemals so etwas gesagt hätte.

Die Gesellschaft, die sich in den beiden großen, ineinander übergehenden Salons des Hauses in der Rue St. Philippe drängelte, war nicht so groß wie die beim Blue Ribbon Ball, aber sehr viel erlesener. Und doch erkannte January viele Kostüme wieder; seit dem Dreikönigstag hatte er sie immer wieder gesehen, und dank Dominiques Aufzeichnungen wußte er nun, welcher Name zu dem blaugelben Ivanhoe gehörte: Anatole, den es heute abend eher zu der blonden Rowena als zu der dunklen Rebecca hinzog. Er wußte, wer der Jupiter mit dem goldenen Bart aus Drahtgeflecht war, wie die zahlreichen Korsaren, Mohikaner, Löwen oder biblischen Könige hießen. Die kreolische Aristokratie war geschlossen angetreten, und Onkel Bichet, der jeden im französischen Viertel entweder persönlich oder vom Hörensagen kannte, steuerte zwischen Walzern, Kotillons und den obligatorischen Menuetten sein Wissen bei.

Tante Alicia Picard war die anhängliche Dame mit den breiten Hüften in dem düsteren rotbraunen Ballkleid, die unaufhörlich redete – über ihren Rheumatismus, ihre Migräneattacken und ihre Verdauung, wenn man ihrer Gestik Glauben schenken konnte. Sie hatte die Angewohnheit, ihrer verdrießlich dreinblickenden Begleiterin – laut Onkel Bichet die Frau ihres Sohnes – sehr nahe zu kommen und andauernd nervös an deren Ärmel, Handschuh oder Kleid herumzuzupfen. Jedesmal, wenn es der Schwiegertochter gelang, sich in eine Unterhaltung mit jemand anderem zu flüchten, drohte Tante Picard ohnmächtig zu werden oder ersann irgendeinen Auftrag, der nur von der Schwiegertochter ausgeführt werden konnte.

»Lieber würde ich auf dem Markt Gumbo verkaufen als bei Alicia Picard wohnen«, hatte seine Mutter gesagt. Er begann zu verstehen, warum Madeleine Trepagier bereit war, nahezu alles zu tun, um Les Saules zu halten, nur damit sie nicht im Haus dieser Frau leben mußte.

Als Tante Picard sich dem Musikerpodium näherte, hörte January, daß sie ausschließlich über ihre Krankheiten und die verschiedenen Todesfälle in der Familie redete, und zwar nur unter dem Aspekt, daß sie ihr Kummer bereiteten und lästig waren.

Tatsächlich trugen die meisten kreolischen Mütter triste Farben, die davon zeugten, daß es kürzlich einen Trauerfall in der Familie gegeben hatte. Madame Trepagier war nicht die einzige, die durch die Geißel des letzten Sommers einen Verlust erlitten hatte. In der ganzen Stadt gab es wahrscheinlich keine Familie, die verschont geblieben war.

»Ob es wieder eine Choleraepidemie gibt?« Die Stimme von Dr. Soublet, einem der bekannteren Ärzte der Stadt, klang durch den Saal, als die Musik einen Augenblick lang leiser wurde. »Meine liebe Madame Picard, aufgrund der Vertreibung der giftigen Gase durch das im Kampf gegen das Gelbfieber vorgenommene Verbrennen von Schießpulver sind alle Voraussetzungen, die der asiatischen Cholera dienlich wären, aus unserer Stadt verschwunden, und in der Tat gab es viel weniger Fälle als allgemein angenommen.«

Xavier Peralta, der im dunklen Abendanzug genauso würdevoll wirkte wie im Satinkostüm des vergangenen Jahrhunderts, runzelte die Stirn: »Die Zeitungen haben berichtet, daß über sechstausend gestorben sind.«

»Mein lieber Monsieur Peralta«, rief der Arzt aus. »Bitte, *bitte*, glauben Sie kein Wort von dem, was diese Ignoranten in den Zeitungen schreiben! Sie bestehen auf dem Irrglauben, daß ein Unwohlsein ein einziges Gebilde ist, eine Art böser Geist, der den Menschen heimsucht und mit einem einzigen Zauberspruch ausgetrieben werden kann. Unwohlsein bedeutet Un-Wohlsein, eine Kombination von unterschiedlichen Bedingungen, die separat behandelt werden müssen: Um das Allgemeinbefinden zu bessern, läßt man den Patienten zur Ader, während man bestimmten Darmerkrankungen mit einer gehörigen Portion Quecksilbersalz zu Leibe rückt. Was allgemein als Fall von asiatischer Cholera bezeichnet wird, mag ebensogut eine völlig andere Ursache haben. Zum Beispiel sind die Symptome einer Arsenvergiftung absolut identisch mit denen, die allgemein dem *Morbus Cholera* zugeschrieben werden.«

»Heißt das«, lachte einer der Delaporte-Söhne, »daß letzten Sommer sechstausend Frauen in New Orleans ihre Männer vergiftet haben?«

»Eher haben Sklaven ihre Herren vergiftet«, erklärte eine große, auffallend schöne kreolische Dame in einem dunkelroten Kleid. Sie warf dem Begleiter von Peralta, einem ebenfalls ziemlich großen, gutaussehenden Herrn in einem etwas altmodischen Umhang mit hohem Stehkragen, einen feurigen Blick zu. »Sie können nicht behaupten, daß Sie so etwas nicht schon gesehen hätten, Monsieur Tremouille.«

Der Kommandeur der städtischen Polizei von New Orleans machte ein unbehagliches Gesicht. »So etwas kommt natürlich vor, Madame Lalaurie«, sagte er. »Aber wie Dr. Soublet schon sagte, unterschiedliche Ursachen können zum selben Ergebnis führen. Wenn ein Sklave sich schlecht behandelt fühlt …«

»*Mon dieu,* Sklaven glauben immer, daß sie schlecht behandelt werden«, lachte Madame Lalaurie. »Selbst wenn man sie bestraft, weil sie Essen gestohlen haben, winseln und betteln sie und stehlen ungerührt weiter, als wäre es ihr Recht, die Menschen zu bestehlen, die ihnen Essen, Kleidung und ein Dach über dem Kopf geben. Ohne Disziplin wären sie nicht nur elend unglücklich, die ganze Gesellschaft würde zugrunde gehen, wie in Frankreich oder erst kürzlich in Haiti.«

»Dienstboten brauchen Disziplin«, pflichtete ein hochgewachsener Mann ihr bei, der prachtvoll als Karobube verkleidet war. »Sie brauchen sie nicht nur, sie hungern geradezu danach, ohne es zu wissen. Genau wie Frauen gelegentlich hart angefaßt werden müssen.«

»*Das* ist allerdings etwas, das leicht zu weit gehen kann, Monsieur Trepagier.« Eine gewaltige Frau mit einem Gesichtsausdruck, der dem eines Schafes nicht unähnlich war, wandte sich zu Monsieur Trepagier um, ein Manöver, das aussah, als mache das Schloß Versailles mit sämtlichen Gärten im Schlepptau eine Hundertachtziggraddrehung. January hätte sie auch ohne Onkel Bichets leise Erklärung als Henri Viellards Mutter identifiziert. »Und eine Meinung, die ich eher zurückhaltend äußern würde, wenn ich auf der Suche nach einer Braut wäre.«

»Trepagier?« January warf dem Cellisten einen Blick zu. »Doch nicht der lange vermißte Bruder?«

»Du meine Güte, nein.« Onkel Bichet schüttelte den Kopf. »Bruder Claud hat sich gleich nach der Hochzeit mit einem von Papa Dubonnets Hausmädchen und Tante Paulina Livaudais Schmuck im Wert von fünfhundert Dollar aus dem Staub gemacht. Das da ist Charles-Louis. Er entstammt der Jefferson Parish-Linie der Familie. Er war neulich auch im Théâtre d'Orleans, hat aber die meiste Zeit mit Madame Solange Bouille in einer der Logen herumgeschäkert.«

Trepagiers Wangen röteten sich unter der Maske vor Zorn. »Nun, ich bitte um Verzeihung, Madame Viellard, aber ich habe das Gefühl, daß Frauen gern aus einer Mücke einen Elefanten machen. Frauen haben das Bedürfnis nach einer starken Hand, genau wie Dienstboten.«

»*Ich* war mir eines solchen Bedürfnisses nie bewußt.«

January betrachtete Madame Viellard und unterdrückte den heftigen Verdacht, daß diese Frau nie verheiratet gewesen war, daß Henri und seine fünf plumpen, kurzsichtigen und beinahe gleich aussehenden Schwestern also das Produkt unbefleckter Empfängnis waren.

»Ich muß Monsieur Trepagier zustimmen«, sagte Madame Lalaurie mit ihrer tiefen, wohlklingenden Stimme. »Eine Frau respektiert Stärke, sie braucht sie, um glücklich zu sein.« Ihr Blick ruhte geringschätzig auf Henri Viellard, der an diesem Abend einen hochmodischen blauen Umhang trug, mit einer Weste aus mehreren Metern rosa Seide darunter, die mit Vergißmeinnicht bestickt war. »Es ist keine Schande für einen jungen Mann, Stärke zu zeigen. Ihr kleiner Galen, Monsieur Peralta, hat es vielleicht ein wenig übertrieben, als er vor nicht allzu langer Zeit einer Irin Stockhiebe verpaßte, weil sie auf der Straße unverschämt zu ihm war, aber eher zähmt man ein wildes Tier, als daß man aus einem Schwächling einen Mann mit Entschlußkraft macht.«

Blaß, klein und stumm stand ihr Mann im Schatten ihrer Röcke, die behandschuhten Hände gefaltet wie Wachsblumen, und äußerte keine Meinung.

»Der Zwischenfall liegt schon lange zurück«, sagte Peralta schnell. »Damals war er ja fast noch ein Kind, und glauben Sie mir, diese Wutanfälle hat man ihm gründlich ausgetrieben.« Seine blauen Augen waren fest auf das Gesicht der Frau gerichtet, aber January spürte beinahe körperlich, wie bewußt sich dieser Mann der Anwesenheit Tremouilles war, der – völlig beschäftigt mit einem Glas Punsch – neben ihm stand. »Heute würde er keiner Fliege mehr etwas zuleide tun.«

»Es ist zu seinem Nachteil«, sagte Madame Lalaurie ernst, »und ein Irrtum Ihrerseits, ihn seiner besten Eigenschaft zu berauben; sie würde ihn eines Tages zu einem guten Ehemann und Landbesitzer machen.«

»Aber«, hob die schmallippige Madame Picard junior an, »ich habe gehört, daß der junge Galen im Fechtsaal ein Teufel ist. Er ...«

»Lisette!« Plötzlich tauchte Tante Picard unmittelbar neben ihr auf, fächerte sich heftig Luft zu und verdrehte die Augen. »Lisette, ich fühle mich plötzlich so schwach. Ich bin sicher, es ist die Grippe ... ich spüre schon den ganzen Abend einen schrecklichen Druck hinter den Augen. Sei ein gutes Mädchen und hol mir ein Glas Glühwein. Oh, und Dr. Soublet ...« Sie brachte es fertig, den Arzt hinter sich herzuziehen, als sie ihrer unglückseligen Schwiegertochter zum Buffet folgte. »Vielleicht können Sie mir eine Empfehlung ...«

Bitte verraten Sie mich nicht, hatte Madame Trepagier ihn auf der Veranda ihrer heruntergekommenen, wertlosen Plantage angefleht. Sie zu verraten, erkannte January, während sie ein leichtes Schubert-Stückchen anstimmten und die Unterhaltung im Saal sich anderen Themen zuwandte, bedeutete, sie endgültig von den Picards und den Trepagiers zu trennen. Sie hatte deren Hilfe bereits zurückgewiesen, eine Hilfe, die sie wieder auf den Status einer Leibeigenen reduziert hätte, und er vermutete, daß nicht viel fehlte, um die Kluft zu vergrößern.

Ohne die Familien im Hintergrund ...

Was dann? fragte er sich. *Wird man sie statt meiner hängen?* Das hielt er eher für unwahrscheinlich. Und eines wußte er: Wer auch immer Angelique Crozat den Schal oder die Schnur um den Hals gelegt hatte, sie war es nicht gewesen.

In der Nähe des Buffet hörte er eine Frau sagen: »... Natürlich wußte ich, daß Caroline es zerbrochen hat, aber vor den Dienstboten konnte ich das natürlich nicht sagen, verstehst du? Ich meine, *sie ist schließlich meine Nichte*. Also habe ich Rose ein paar Ohrfeigen gegeben und ihr gesagt, daß sie in Zukunft aufpassen soll.«

Kälte kroch in January hoch, und Angst schnürte ihm die Kehle zu.

Egal, wie viele Heiratsanträge Madame Trepagier ausschlug, ihre Familie würde immer hinter ihr stehen, wenn sie des Mordes an einer Farbigen beschuldigt würde. Und solange es keine stichhaltigen Beweise gab, würden die Bürger der Stadt einen Angeklagten ohne Einfluß und Macht, einen Angeklagten, der kein Weißer war, in jedem Fall vorziehen.

January hatte Kopfschmerzen und spürte eine Angst, die sich auch durch den sanften Fluß der Musik kaum vertreiben ließ.

Und das schlimmste war, daß er Madeleine mochte und sie respektierte: das Kind, das er unterrichtet hatte, mit all seiner seltsamen Leidenschaft für die Musik; das ihn so akzeptiert hatte, wie er war; die Frau, die um ihre Freiheit kämpfte, die ihm vertraute.

Er wollte nicht, daß die Frage lautete, sie oder ich.

Und ahnte, wie die Antwort derer, die die Macht hatten, lauten würde.

14

Das Stadthaus der Peraltas befand sich in der Rue Chartres, nicht weit vom Place des Armes. Es war ein stattliches Gebäude, mit grasgrünem Stuck verziert, drei Stockwerke hoch und drei Flügel breit. Gußeiserne Balkons schmückten den zweiten und dritten Stock, und im Erdgeschoß befand sich ein Laden, in dem mit erlesenen französischen Möbeln gehandelt wurde. Um diese frühe Stunde wurden die roten Fensterläden der Ladentür gerade geöffnet. Vor der Tür fegte eine muntere weiße Frau den Gehsteig, die schwarzen Locken mit einem Tuch gegen den Staub geschützt, während ein älterer Mann Planken über den Rinnstein vor der gepflasterten Durchfahrt zum Hof legte.

Abwartend stand January an der Ecke zur Rue St. Philippe, bis die Ladenbesitzerin hineinging, dann schlenderte er unauffällig die Straße hinunter auf die Einfahrt zum Hof des Peralta-Hauses zu, die roten und gelben Häuser, die dunklen Durchfahrten und die bunte Helligkeit der dahinter liegenden Höfe betrachtend, als sähe er all das zum erstenmal.

Es war noch nicht ganz acht Uhr. Noch waren nur Dienstboten und einige wenige Marktfrauen mit ihren bunten Kopftüchern unterwegs. Im dunstig gelben Morgenlicht schien die Straße noch zu schlafen, die Fensterläden waren verschlossen, und im Rinnstein trieb der aufgeweichte Abfall des Karnevals vorbei.

In seinem besten Pariser Französisch fragte January: »Entschuldigen Sie, guter Mann. Führt diese Straße zum Markt?« Er zeigte flußaufwärts in Richtung Rue Chartres.

Der Sklave verbeugte sich, runzelte die Stirn und antwortete: »Ich bin nicht ganz sicher, Sir.« Das *Sir* war ein Tribut an den

Akzent, denn January war nicht gut angezogen. »Ich bin neu in der Stadt. Yetta!« rief er über die Schulter. »Yetta, der Herr hier will wissen, wo der Markt ist. Weißt du das?«

Aus dem Hof kam eine müde aussehende Frau und trocknete sich die Hände an der Schürze ab. »Ich glaube, da lang ...« Sie zeigte vage in Richtung Fluß. Ihr Französisch war stark mit afrikanischen Ausdrücken durchsetzt. »Tut mir leid, Sir«, fügte sie hinzu. »Wir sind alle neu hier in der Stadt, erst diese Woche gekommen. Kennen uns selber noch nicht aus. Sind Sie auch fremd hier?« Sie schenkte ihm ein fröhliches Lächeln voller Zahnlücken.

»Paris«, erwiderte January kopfschüttelnd. »Ich bin hier geboren, aber das ist schon eine Weile her. Ich bin nicht mehr in Louisiana gewesen, seit ich ein Dreikäsehoch war. Ich dachte, ich würde mich noch auskennen, aber ich muß zugeben, daß ich mir vorkomme, als hätte man mich in Moskau ausgesetzt.«

»Fragen Sie doch mal im Laden«, schlug Yetta vor. »Helga – Mamzelle Richter, ihr gehört der Laden – kennt sich in der Stadt aus wie eine Maus in der Scheune. Sie kann Ihnen auch sagen, wo Sie am besten einkaufen können.«

»Vielen Dank.« Er lächelte und gab den beiden ein paar Münzen, dann betrat er Mademoiselle Richters Laden und stellte seine Frage nach dem Weg, versäumte jedoch nicht anzumerken, daß es doch ziemlich merkwürdig sei, mitten im Karneval das gesamte Hauspersonal auszuwechseln.

»Das habe ich auch gedacht«, sagte das deutsche Mädchen offen. Ihr Französisch unterschied sich nicht von dem der kreolischen Damen, die gestern abend auf dem Ball bei Monsieur Hermann gewesen waren. »Meiner Meinung nach war es irgendeine ansteckende Krankheit. Monsieur Peralta hat alle Dienstboten einen ganzen Tag lang eingeschlossen, bis die neue Mannschaft in zwei Kutschen von seiner Plantage am See eintraf. Dann stiegen die alten Dienstboten einer nach dem anderen in die Wagen – Stallburschen, die Köchin, die Wäscherin, Hausmädchen, alle. Am Samstag früh sind sie abgefahren.

Wenn ich nicht hier wohnen würde, hätte ich es gar nicht mitbekommen – und ich habe es sowieso nur gesehen, weil ich früher gekommen bin, um die Buchhaltung zu machen. Die letzten sind am späten Vormittag abgefahren, ich glaube, mit Monsieur Galen, denn ihn habe ich seitdem auch nicht mehr gesehen.«

Sie zuckte die Achseln. »Ich habe letzten Sommer die Cholera und das Gelbfieber überlebt – und zwei Gelbfieberepidemien in den Sommern davor, die meine Schwägerin vorausgesagt hatte, die aber nie ausgebrochen sind. Ich lese die Zeitungen und höre auf das, was die Marktfrauen sagen, und ich habe nichts Beängstigendes gehört. Deshalb glaube ich eher, daß es vielleicht die Masern oder die Windpocken waren. Das wäre gerade jetzt, während des Karnevals, besonders lästig. Monsieur Xavier ist übrigens hiergeblieben, kommt und geht, als hätte es hier kein Kommen und Gehen gegeben, wenn Sie verstehen, was ich meine.«

Masern oder Windpocken, dachte January, als er die Rue Chartres in Richtung Canal Street hinunterging, hinter der der amerikanische Vorort St. Mary lag. Oder hatte jemand etwas gehört oder gesehen, das er nicht hören oder sehen sollte?

Wieder dachte er an das Blut unter Angeliques Fingernägeln.

Morgen war Aschermittwoch. Fastenzeit hin oder her, am Aschermittwoch fanden immer kleine Gesellschaften statt, denen man nicht ohne Grund fernbleiben durfte. Wenn er heute nachmittag mit Desdunes, dem Besitzer des Mietstalls, verhandelte, konnte er heute abend nach dem Mardi Gras Ball im Théâtre d'Orleans die Stadt verlassen und im Mondlicht nach Bayou Chien Mort reiten.

Mit etwas Glück blieb Xavier Peralta bis Donnerstag in New Orleans.

Bis dahin würde er gesehen haben, was er sehen mußte.

Die Sümpfe lagen am oberen Ende der Girod Street, zum See hin, gleich hinter den vornehmen amerikanischen Häusern des

Vorortes St. Mary. Es waren im wahrsten Sinne des Wortes Sümpfe, denn das Gebiet jenseits der Canal Street war nicht trockengelegt, und das Abwasser aus den ansehnlichen amerikanischen Geschäften, die an der Straße lagen, versickerte hier, obwohl es eigentlich im Auffangbecken des Kanals am Ende der Straße landen sollte. In den ungepflasterten Straßen gab es nicht einmal die in der Altstadt üblichen Gehsteige aus Ziegeln oder gestampfter Erde, und die Häuser, die die Straße säumten – Schnapsläden, Spielhöllen, Bordelle und Etablissements, in denen alles auf einmal untergebracht zu sein schien –, waren windschief, nicht gestrichen und unbeschreiblich schmutzig. Die meisten sahen aus, als wären sie aus unbrauchbaren Holzresten aus den Sägewerken oder aus Strandgut von Schiffswracks zusammengeschustert. Hier, in diesen abstoßenden Hütten, unter den ständig wechselnden Bewohnern, wütete das Gelbfieber am schlimmsten, raffte die Cholera täglich Dutzende von Menschen dahin. Es stank nach verbranntem Holz und Abwasser.

In Erinnerung an Hannibals Philosophie vom richtigen Zeitpunkt hatte January auf dem Markt eine Pause gemacht, um etwas Pfefferkuchen zu essen und Kaffee zu trinken, und er hoffte in den Sümpfen zu sein, bevor der übliche Rummel losging. Er hatte allerdings nicht mit der Ausdauer der Amerikaner gerechnet: Selbst hier, in den amerikanischen Wohngebieten, waren die Auswirkungen der ausgelassenen Stimmung, die am Faschingsdienstag in der ganzen Stadt herrschte, zu spüren. Die meisten Schnapsläden waren geöffnet, und die Inhaber verteilten über improvisierte Tresen Whisky aus Fässern an langhaarige Bootsleute; Weiße spielten an behelfsmäßigen Tischen Karten, und in den Gassen knieten Schwarze im Schlamm und würfelten. Die Fensterläden vieler Häuschen waren bereits offen und gewährten einen Blick in schäbige Zimmer, die kaum größer waren als die Betten, die darin standen. Auf den Türschwellen saßen Frauen, die Unterröcke bis zu den Knien hochgeschoben, rauchten Zigarren oder aßen Orangen und scherzten mit den vorbeiziehenden Männern.

»Hey, Sambo«, rief eine Mulattin, »bist du überall so groß?« Sie schenkte ihm ein zahnloses Lächeln und schob ihren Rock höher.

January grinste, tippte an seine Mütze – er trug seinen einfachsten Anzug und eine lässige Arbeitermütze – und schüttelte den Kopf. Gerade wollte er weitergehen, als plötzlich ein bärtiger Hafenarbeiter mit blitzenden Schlitzaugen vor ihm auftauchte. Tabaksaft klebte in seinem Bart.

»Laß die Finger von den Huren.« Er kam näher und bedrängte ihn. January wich zurück. Natürlich war der Mann nicht allein, diese Hinterwäldler schienen immer zu zweit oder zu dritt aufzutreten; schon kamen aus der nächsten Bar seine Freunde, wie Bluthunde, die darauf warteten, angreifen zu können. January antwortete völlig überrascht: »Ich wollte ...«, was, wie er einen Moment später merkte, ein Fehler war. Er hatte vergessen, zu grinsen und sich zu verbeugen.

Der Mann roch wie ein Abort; in seinen Brusthaaren unter dem offenen Hemd tummelten sich deutlich sichtbar jede Menge Läuse. »Du wolltest mal sehen«, sagte er und kam noch einen Schritt auf January zu. »Und du wolltest mal drüber nachdenken.«

Über diese Frauen? wollte January sagen, aber er wußte, daß der Mann, all diese Männer darauf brannten, eine Schlägerei anzuzetteln. Er brachte eine Verbeugung zustande, aber das Grinsen fiel ihm schwer. »Ich hab gar nichts gedacht, Sir, wirklich, Sir«, sagte er. Wenn er jetzt im Gefängnis landete, war er ernsthaft in Schwierigkeiten. Manch einer mochte der Meinung sein, daß ein Geständnis für alle die schnellste Lösung des Problems darstellte, und beim Gedanken an die Methoden, mit denen sie es erzwingen würden, wurde ihm eiskalt.

Er wich vor den Amerikanern zurück und stolperte möglichst ungeschickt in die Kloake, die die Straße hinunterfloß. Er haßte sich dafür, daß er es nicht wagte, die Hand gegen seinen Gegner zu erheben, wo er doch wußte, daß er ihn mühelos am Kragen packen und durch die nächste Bretterwand in eine der Hütten werfen konnte. Doch er stieß einen überraschten Schrei aus, starrte auf seine Stiefel und jammerte: »O Gottogott, mein Herr wird's mir zeigen, hab meine Stiefel ganz schmutzig gemacht! O Gottogott ...« Er zog ein Taschentuch hervor und begann, an den schmierigen Stiefeln herumzuwischen.

Verächtlich trat der Bärtige vor und versetzte ihm einen Stoß, so daß er der Länge nach in die dreckige Brühe fiel. January fing sich mit den Händen ab, rollte sich aber trotzdem ungeschickt herum und warf die Beine in die Luft, um den Sturz schlimmer aussehen zu lassen. Er blieb liegen, atmete schwer und wagte nicht, zu den Männern aufzublicken, die einen Kreis um ihn gebildet hatten und lachten, denn er wußte, seine Augen würden ihn verraten. *Besser, als ausgepeitscht zu werden,* wiederholte er im Geist immer wieder. *Besser, als gehängt zu werden.*

Nach einer Weile gingen sie weiter, schlugen sich gegenseitig auf die Schulter und grölten einander zu: »O Gottogott, mein Herr wird's mir zeigen ...«

Er hörte, wie die Hure sagte: »Der schwarzen Laus habt ihr's gegeben« und einen Augenblick später das Klatschen eines Schlages und den Aufprall ihres Körpers gegen den Türpfosten.

»Laß deine Augen, wo sie hingehören, Nigger.«

Er rappelte sich auf und ging so ruhig und unauffällig wie möglich weiter. *Ich werde hier weggehen,* dachte er, immer noch kochend vor Wut darüber, daß er sich schlagen und demütigen lassen mußte, wenn er davonkommen wollte. *Die Welt ist groß ...*

... und leer.

Er schüttelte die aufsteigende Verzweiflung ab. *Wenigstens gibt es nicht überall amerikanische Schweine, denen die Wampe über den Gürtel hängt und die nicht mehr Verstand haben als Livias Katzen. Hundertfünfzig Dollar.*

Vorausgesetzt natürlich, er überlebte das alles.

Er ging an einer weiteren Reihe von Bordellen vorbei – von denen nur wenige geöffnet waren – und wandte sich dann nach rechts in eine Gasse. Er warf einen Blick zurück, um sich zu vergewissern, daß seine Peiniger ihn nicht beobachteten. Ein betrunkener Indianer lehnte schnarchend an einem Haus, nackt, wie Gott ihn erschaffen hatte, nicht einmal mit einem Tuch bedeckt. Irgend jemand hatte ihm einen seiner Mokassins gestohlen, dann aber offensichtlich doch darauf verzichtet – er hatte riesige Löcher – und ihn ein Stück weiter im Gras liegenlassen. Den anderen hatte der Indianer noch am Fuß.

Ist wahrscheinlich mit Fellen oder Töpferwaren in die Stadt gekommen, dachte January, *und hat gestern abend den Verdienst versoffen.* Er beugte sich über ihn und suchte nach Anzeichen für Unterkühlung, aber der Mann schlief friedlich. Achselzuckend ging January weiter. Im Hof hinter den Bordellen hatte sich ein Häufchen Männer versammelt, sie verfolgten einen Hahnenkampf. Befreite Sklaven, vermutete January, oder Männer, die sich für einen Tag oder eine Woche eine Quasi-Freiheit von ihren Besitzern erkauften, sich irgendeine Arbeit suchten und lieber in irgendwelchen Verschlägen oder auf der Straße schliefen als vor den Fenstern der Weißen in den engen Sklavenunterkünften. Ein kleines Mädchen in Lumpen beobachtete die Gasse – wenn Polizei auftauchte, würden die Männer verschwinden und allenfalls ein paar Spritzer Hühnerblut auf dem Boden zurücklassen.

Wer auch immer Shaw beauftragt hatte, diese Männer zu jagen, wollte, daß er sehr beschäftigt war.

January überquerte den Hof. Rechts lag die Küche, leer bis auf eine große Mulattin, die ein Baby stillte und gleichzeitig in einer Pfanne auf dem Herd Hafergrütze rührte. Er warf einen Blick durch die Tür: Es wimmelte von Kakerlaken und stank nach Ratten, aber die Frau summte eine kleine Melodie vor sich hin, und das Baby war friedlich.

Auf der Rückseite des Bordells führte eine klapprige Leiter auf den baufälligen Dachboden. January mußte den Kopf einziehen, um durch die schmale Tür zu kommen, und selbst in der Mitte des langgestreckten Raumes, unter dem Dachfirst, konnte er nur gebückt stehen. Unter einem der staubigen Dachfenster am anderen Ende entdeckte er ein paar Bücher an der

Wand und eine Matratze auf dem Boden. Erschrocken quiekende Mäuse flohen vor dem Klang seiner Schritte. Von unten drang das dumpfe Quietschen eines Bettgestells herauf, es stieß gegen eine dünne Wand, und ein Mann grunzte wie ein Schwein.

»Ich möchte wissen, woher sie so früh am Morgen die Energie nehmen«, klagte Hannibal von der Matratze her. »Die Gefräßige – das ist die im vorletzten Zimmer – macht es seit heute morgen um acht. Selbst wenn sie nur fünf Cent pro Nummer verlangt, muß sie ein Vermögen verdienen. Bis jetzt waren es neun. Ich war mit Frauen verheiratet, die das in einem Jahr nicht geschafft haben.«

January kniete sich neben die Matratze. In dem dämmrigen Licht sah der Geiger schrecklich aus. Gespenstisch weiß und eingesunken lag sein Gesicht unter den langen Haaren. Seine Decke war mit Blutspritzern gesprenkelt, und die Lumpen, die nicht weit neben einem Wasserkrug lagen, waren ebenfalls voller Blutflecken. Sein fadenscheiniges Nachthemd war schweißnaß. Doch sein Pulsschlag war regelmäßig, und seine Fingernägel bekamen schnell wieder Farbe, als January sie zwickte. Er legte das Ohr an die Brust des Freundes und horchte. Gott sei Dank, von dem verräterischen Rasseln einer Lungenentzündung war nichts zu hören.

»Tut mir leid, daß ich den Ball bei Hermann verpaßt habe«, sagte Hannibal, als January sich aufsetzte. »Hast du Ersatz für mich gefunden?«

»Bichets Neffe Johnnie hat gespielt.«

»Das ist ja entwürdigend. Hast du keinen Besseren gekriegt? Der Junge kann nicht mal mit einem Wecker in der Hand den Takt halten. Ich werde heute abend dasein.«

Zweifelnd betrachtete January das leichenblasse Gesicht und die zitternden Hände. »Glaubst du wirklich?«

»Wer kann es sich in diesen Zeiten leisten, krank zu sein? Ich werde dasein. Ich brauche das Geld.«

Das Bettgestell unten quietschte heftiger. Ein Mann schrie

auf, als sei er erschrocken oder verletzt. Hannibal schloß die Augen.

»Letzte Nacht war es schlimm genug hier. Heute ist Mardi Gras, und da schlürfe ich lieber im Théâtre d'Orleans Austern, als hier der Symphonie der Bettgestelle und den Schlägereien in den Kneipen zuzuhören. Die Fleischige hat mir gestern abend ein bißchen Gesellschaft geleistet – sie hat mir das Wasser gebracht –, aber heute nacht werden sie alle beschäftigt sein, da kann ich auch meinen besten Anzug ausbürsten und mich in der Öffentlichkeit zeigen. Apropos: Ich weiß nicht, wie man in Frankreich einen Abort benutzt, aber wir benutzen ihn von oben und nicht mit den Füßen.«

January sah an seinem Anzug hinunter und lachte bitter. »In Kentucky offensichtlich nicht«, sagte er, und Hannibal sah schnell weg.

»Ah, ich hätte das ... Na ja.«

»Meine Mama würde sagen, das geschieht dir recht, wenn du in die Canal Street gehst und dich unter die Amerikaner mischst. Sie ...«

Die Tür ging auf. Die große Frau trat auf den Dachboden. Statt des Babys hielt sie jetzt in einer ihrer riesigen Hände eine Schüssel mit Hafergrütze, in der anderen balancierte sie zwei Tassen Kaffee samt Untertassen. Trotz ihrer Größe und ihres Umfangs – mit ihr zu schlafen muß sein, als würde man einen Ackergaul besteigen, dachte January voller Bewunderung – war sie wunderschön; wenn man nicht mit der Vorstellung aufgewachsen war, daß nur weiße Haut und eine zierliche Figur schön waren.

»Ich habe dich raufgehen sehen, Ben«, sagte sie, kniete sich neben ihn und reichte ihm eine Tasse. Sie war nicht sauber, aber er hatte aus weitaus schlimmeren Gefäßen getrunken, und der Kaffee war stark und würde sämtliche Cholera- und Gelbfieberbazillen oder was ihre Kunden sonst noch mitbrachten und was sie ebenfalls überlebt hatte, töten. »Wie fühlst du dich, Hannibal?«

»Stark wie ein Tiger.« Er setzte sich ein wenig auf, stocherte in der Hafergrütze herum und aß lustlos ein paar Löffel. Die Frau griff in ihre Rocktasche und holte eine kleine Flasche hervor. »Das habe ich in Nancys Zimmer gefunden. Es ist nicht mehr viel drin, aber wenn du es mit Wasser verdünnst, reicht es vielleicht noch.«

Hannibal hielt die Flasche gegen das Licht, und January stieg der bittere, betäubende Geruch von Alkohol und Opium in die Nase. Der Geiger verzog den Mund – offensichtlich hatte Nancy das meiste verbraucht –, aber er sagte: »Danke, Mary. Gott sei Dank war ich schon so oft in allen Pfandhäusern der Stadt, daß kein Pfandleiher mehr meine Geige nimmt«, fügte er philosophisch hinzu. »Also haben die Mädchen es aufgegeben, sie versetzen zu wollen. Und die Bücher sind natürlich auch vor ihnen sicher.«

»Ich bin bei Tia Hojie gewesen und habe dir das hier geholt«, sagte Mary. Sie förderte einen kleinen Beutel aus rotem Flanell zutage und hängte ihn Hannibal an einem langen, schmutzigen roten Band um den Hals. »Mach ihn ja nicht auf«, fügte sie hinzu, als er Anstalten machte, genau das zu tun. »Es ist ein Heilzauber – der Knochen einer schwarzen Katze und Mäuseköpfe und wer weiß was noch alles. Trag es einfach, und es wird dir helfen. Eine grüne Kerze habe ich auch noch mitgebracht.«

»Ich danke dir«, sagte Hannibal und ergriff ihre Hände. »Du bist ein guter Mensch. Was wird Big Mag sagen, wenn sie die Kerze hier entdeckt? Sie hat mir die Lampe, die ich zum Lesen hatte, weggenommen«, erklärte er January. »Wenn es dunkel wird, bleibt mir nichts anderes übrig, als den Gefechten da unten zu lauschen.«

»Ich stelle sie in ein Glas«, versprach Mary. »Außerdem wird Big Mag heute abend beschäftigt sein; sie wird nichts merken. Ich werde ein Zeichen auf deine Schuhe machen und die Kerze hier anzünden, solange du weg bist, und morgen fühlst du dich besser.«

Hannibal hustete, kämpfte dagegen an und brachte ein Lächeln zustande. »Ich werde mich besser fühlen, wenn ich weiß, daß ich Big Mag die Miete zahlen kann«, sagte er. »Vielen Dank.«

Die Frau sammelte die blutverkrusteten Lumpen ein, sah nach, ob noch Wasser im Krug war, und verabschiedete sich. Hannibal sank auf die Matratze zurück, die Schüssel mit Hafergrütze kaum angetastet neben sich, und schlief beinahe sofort ein. January schüttelte den Kopf, deckte die Schüssel mit der Untertasse zu und kletterte die Treppe hinunter. Einem plötzlichen Impuls folgend, durchquerte er den Hof und ging auf die Küche zu, wo Mary wieder herumwerkelte. Wie er vermutet hatte, fand er einen Rest Ziegelstaub auf den Stufen und eine Spur gelbe Erde auf der Türschwelle.

»Vielleicht kannst du mir helfen«, sagte er. Sie drehte sich um, das Baby wieder auf der Hüfte und eine schwarze Flasche mit Gin in der Hand.

»Vielleicht kann ich das«, sagte sie lächelnd.

»Ich habe gehört, hier soll es ein neues Mädchen geben; eine dünne Schwarze namens Sally. Ist von einer Plantage weggelaufen. Weißt du, wo sie sein könnte, wo ich mit ihr reden kann?«

»Sally.« Die Frau runzelte nachdenklich die Stirn. Ihr Englisch hatte den rauhen Akzent des Ostens, Virginia oder Carolina, langsam und schleppend, im Gegensatz zu den flachen, offenen Vokalen des Idioms von New Orleans. »Den Namen hab ich noch nicht gehört, und ich kenne die meisten Mädchen, die hier in der Gegend ihre Spielchen treiben.«

»Vielleicht treibt sie noch keine Spielchen«, sagte January. »Sie hatte ein neues Kleid, vielleicht neue Ohrringe. Sie ist mit einem Mann weggelaufen.«

»Wenn sie mit einem Mann weggelaufen ist, wird sie ganz schnell bei den anderen Mädchen landen.« Sie erfrischte sich mit einem kräftigen Schluck Gin und wiegte das Kind. Auf großen, bloßen, rosafarbenen Sohlen schaukelte sie hin und her. »Aber ich habe keinen der Männer mit einem neuen Mädchen gesehen. Jedenfalls keinen von denen, die einer Frau ein neues Kleid und Ohrringe kaufen können. Aber ich frage ein bißchen herum.«

»Danke, Mary.« Er legte eine Fünfzigcentmünze auf den Tisch. Sie würde sie nehmen, nachdem er gegangen war. Sie registrierte es aus dem Augenwinkel, sagte aber nichts. Er war sich nicht ganz sicher, was Sally ihm würde sagen können, aber inzwischen war er ziemlich neugierig zu erfahren, was Madame Trepagier Donnerstag nacht genau gemacht hatte und in welchem Zustand ihre Kleidung gewesen war, als sie nach Hause kam.

Das würde Sally wissen. Und wenn Sally ihrer Herrin genügend grollte, konnte man sie wahrscheinlich zum Reden bringen. Es war zumindest eine Spur und würde ihm neue Spuren zeigen, auf die er Shaw hinweisen konnte.

»Eine Frage noch. Ich suche eine Voodoo-Zauberin namens Olympe. Ich weiß nicht, wie sie jetzt mit Nachnamen heißt, aber sie ist ungefähr so groß und dünn und dunkel wie ich. Sie arbeitet unter Marie Laveau.«

»Alle arbeiten heutzutage unter Mamzelle Laveau«, sagte die dicke Mary ohne Groll. »Sie sorgt verdammt gut dafür, daß sich keine andere Königin in der Stadt selbständig macht. Olympe?« Sie runzelte die Stirn. »Das muß Olympia Corbier drüben in der Customhouse Street sein – man nennt sie Olympia Schlangenknochen. Man sagt, sie hat große Kräfte, aber sie ist verrückt.« Sie zuckte mit den Schultern. »Natürlich sind sie alle ein bißchen verrückt. Sogar die netten wie Tia Hojie.«

»Wo in der Customhouse Street?«

»Zwischen Bourbon und Burgundy. Sie hat dort ein kleines Häuschen. Ihr Mann, Corbier, ist Polsterer, aber er hat nicht viel zu sagen.«

»Wenn ich mit einer Voodoo-Zauberin verheiratet wäre«, sagte January, »hätte ich auch nicht viel zu sagen.«

Er wandte sich zum Gehen. In einer der Bars am Ende der langen Reihe von Bordellen brach plötzlich ein heftiges Gerangel aus. Schläge, Schreie und lautes Fluchen waren zu hören. Jemand rief: »Paß auf! Er hat ein Messer!« Aus dem Fenster, das zum Hof ging, flog ein Mann, mitsamt den billigen Vorhängen, Glas und Teilen des Fensterrahmens. Nach Luft schnappend, landete er in dem seichten, unbeschreiblich schmutzigen Wasser, das in Pfützen fast den gesamten Hof überschwemmte, dann krachte ein weiterer Männerkörper durch die Überreste des Fensters, und ein halbes Dutzend Kerle – alle weiß, bärtig, in den verfilzten Hemden aus grobem Wollstoff und den derben, von Hosenträgern gehaltenen Hosen der Hafenarbeiter – quoll aus der Hintertür.

Die Zuschauer des Hahnenkampfes in der anderen Ecke des Hofes wandten sich sofort dem weitaus einladenderen Spektakel zu, und der Mann im Schlamm schrie: »Verdammt, er hat mich umgebracht! O Gott, ich blute!«

Der süßliche Geruch von warmem Blut hing schwer in der Luft. January lief schnell hin. Als er sich durch die Menge gedrängt hatte, setzte sich der Mann gerade auf. Sein Gesicht war kalkweiß unter dem ergrauenden, von Tabaksaft verklebten Bart. In seinem Oberschenkel klaffte eine handtellergroße Wunde, aus der Schlagader schoß wie eine Fontäne glänzend rotes Blut. Stöhnend bäumte sich der Mann auf und fiel zurück.

Ohne nachzudenken, sagte January: »Ein Tuch«, und Mary, die hinter ihm hergelaufen war, zog ihr Kopftuch herunter. Er kniete sich neben den Bootsmann, wickelte das bunte Tuch ungefähr in Höhe des Gelenks um den Oberschenkel des Mannes, drehte sich um und sagte: »Einen Stock – irgendwas …«

Jemand reichte ihm den Ladestock einer Pistole. Er schob ihn in den Knoten und drehte die Aderpresse fest zu. Seine Hände arbeiteten wie von selbst, während ihm Dutzende ähnlicher Notfälle im Hôtel Dieu durch den Kopf gingen. »Ein Tuch«, wiederholte er, streckte wieder die Hand aus, und man gab ihm ein Halstuch. Es stank zum Himmel, war schwarz von Fett und Schweiß, und Läuse krabbelten darauf herum, aber er hatte keine Zeit, wählerisch zu sein. Er faltete es zusammen und preßte es auf die Wunde, damit sie sich durch den zusätzlichen Druck schloß.

Der Patient stöhnte, streckte die Hände aus und flüsterte: »Whisky, Heilige Mutter Gottes, gebt mir Whisky.«

January griff nach der Flasche, die ihm jemand reichte, und goß den Inhalt über den provisorischen Verband. Das brannte, und der Mann heulte auf, riß ihm die Flasche aus der Hand und schrie: »Schaff den Nigger weg! Nahum! Schaff den Nigger weg, sage ich! Wer zum Teufel hat ihm erlaubt, den alten Gator Jim anzufassen? Ich hab schon Nigger wie ihn getötet, als ich noch nicht mal geradeaus spucken konnte!«

»Er sollte keinen Whisky trinken«, sagte January, als jemand eine weitere Flasche herunterreichte. »Der Schnitt muß gereinigt und genäht werden, am besten ausgebrannt.«

»Zum Teufel mit dem Gerede!« schrie der Patient und versuchte, sich aufzusetzen.

»Eine ordentliche Portion Tabaksaft tut es auch«, fügte einer der Hafenarbeiter hinzu, und das schien wie ein Losungswort zu wirken: Jeder kannte ein Spezialrezept. Gator Jim trank in großen Schlucken aus der Whiskyflasche, und als January ihn daran hindern wollte, zogen ihn zwei Männer weg und warfen ihn auf den schlammigen Hof.

»Ihr könnt ...«, hob January an, als die Männer ihren Freund zurück in die Bar trugen. Einer trat vor und stellte sich ihm in den Weg.

Plötzlich wußte er wieder, wer der Mann war. Er hatte ihn zuletzt im Gefängnis gesehen, sein Name war Nahum Shagrue.

»Die Bar ist für Weiße, Boy.« Shagrues Stimme war ganz ruhig, aber seine Augen waren die eines Wildschweins: intelligent, häßlich und tödlich kalkulierten sie den Angriff. Er hatte eine Pistole und zwei Messer im Gürtel, ein weiteres Messer ragte aus seinem Stiefelschaft. Seine platte Nase war von unzähligen Narben übersät, so als hätte vor langer Zeit jemand die Spitze abgebissen. Die Platzwunde auf der Stirn, die ihm einer der Wachleute verpaßt hatte, war blutverkrustet, und seine blonden

Barthaare waren fleckig von angetrocknetem Tabaksaft, als hätte jemand Kakerlaken in seinem Bart zerdrückt. Jetzt spie er January zielsicher eine Ladung Tabaksaft auf den Fuß.

»Die Wunde muß saubergemacht werden, wenn er keine Blutvergiftung bekommen will«, sagte January. »Sie muß genäht werden, und alle fünf Minuten muß die Aderpresse gelockert werden, wenn ...«

»Bist wohl so eine Art Doktor, Boy?«

January war schlau genug, nicht zu antworten.

»Wir können selbst auf uns aufpassen. Wir brauchen keinen hochgestochenen Nigger, der uns sagt, was wir zu tun haben«, sagte Shagrue. »Und jetzt verschwinde, bevor du auch noch gereinigt und genäht werden mußt.«

Aus dem Innern der Bar hörte January die rauhen Stimmen der Schauerleute. »Heiliger Strohsack, gib ihm Whisky.« – »Ich habe gehört, Kuhscheiße zieht das Gift aus der Wunde.« – »Eine Lady drüben in der Jackson Street hat eine Kuh ...« – »Zur Hölle mit den vornehmen französischen Doktors, hol den alten Indianer Sam ... Aber nüchtern, wenn's geht ...«

January wußte, daß der Mann sterben würde.

Er drehte sich um und begegnete dem Blick des Hafenarbeiters vor ihm: stumpf wie zerbrochenes Glas, kalt, intolerant und abgrundtief ignorant.

Und stolz darauf.

January wandte sich ab.

15

Olympe Corbier öffnete die Tür ihres kleinen, ockerfarben verputzten Häuschens an der Rue Douane und starrte ihren Bruder einen Augenblick lang an. Er sah ihrem hageren Gesicht unter dem orangeschwarzen *Tignon* an, daß sie ihn nicht sofort erkannte. Der Raum hinter ihr war hell, und es roch nach Weihrauch und getrockneten Kräutern. An der Wand hing unter einem Sassafraszweig ein billiger französischer Druck der Jungfrau Maria; auf einem schmalen Tisch aus Bootsplanken und Ästen stand auf der einen Seite eine grüne Kerze, auf der anderen eine rote, und in der Mitte lag ein Knäuel bunter Bänder. Das war alles, was January über ihre Schulter hinweg sehen konnte. Irgendwo im Haus sang ein Kind.

Sie sagte: »Ben.«

Sie war die Frau, die er auf dem Congo Square gesehen hatte.

»Olympe.«

»Marie hat gesagt, daß du wieder da bist.« Sie trat zur Seite, um ihn hereinzulassen. Als er auf den hohen Steinstufen neben ihr stand, überragte er sie noch. Sie war zwar sehr groß für eine Frau, aber doch ein gutes Stück kleiner als er. Wie am Sonntag trug sie einen bunten, fadenscheinigen Rock, dazu die übliche weiße Bluse und eine Jacke, wie sie die Frauen armer Handwerksleute trugen. Die feinen Fältchen um ihre Augen und ihren Mund nahmen dem Gesicht nichts von seiner Lebendigkeit.

»Marie?«

»Die Königin. Laveau. Aber es ist sowieso schon überall herum, daß der Sohn der Witwe Levesque aus Frankreich zurück ist und wie der Engel Gabriel Klavier spielt. Nana Bichie hat es mir auf dem Markt erzählt, wo ich immer meine Kräuter kaufe. Daß du eine Frau hattest in Frankreich, daß sie gestorben ist und du deshalb zurückgekommen bist.«

Ihr Französisch war schlechter geworden. Schon als er nach Frankreich gegangen war, hatte sie begonnen, es zu vernachlässigen, sie zog das *a* in die Länge, so daß es wie ein *o* klang, ließ Artikel weg, zog Worte zusammen. Sie hatte eine ebenso tiefe, musikalische Stimme wie January. In einem anderen Zimmer des Häuschens – oder vielleicht auch im Hof – hörte er ein kleines Mädchen singen, und für einen Moment unterbrach das Kind seinen Gesang. Kaum merklich hörte sie mit einem Ohr auf das, was draußen vorging, wie es alle Mütter zu allen Zeiten getan hatten. Dann gehörte ihre Aufmerksamkeit wieder voll und ganz ihm.

»Du bist nie gekommen.«

»Ich wußte nicht, ob du es willst«, sagte er. »Wir haben uns gestritten …« Er zögerte und kam sich unbeholfen und dumm vor, aber er wußte, daß der Streit, den sie vor sechzehn Jahren gehabt hatten, nicht aus der Welt war. »Und ich hatte ein schlechtes Gewissen, weil ich nicht noch mal bei dir war, nicht gefragt habe, wie es dir geht, ehe ich nach Frankreich gefahren bin. Ich war wohl ziemlich dumm damals – und wahrscheinlich hätte ich jetzt auch nicht den Mut aufgebracht, wenn ich nicht deinen Rat bräuchte.«

»Wegen Angelique Crozat?«

Er war verblüfft. Ein strahlend weißes Grinsen erhellte ihr schwarzes Gesicht, und sie entspannte sich. Sie schüttelte den Kopf. »Bruder, für einen *Griffe* bist du innerlich ziemlich weiß. Weißt du wirklich nicht, daß die ganze Stadt darüber redet, wie Phrasie Dreuze, die dumme Kuh, sich bei der Beerdigung an dich gekrallt hat wie Spanisches Moos und dir aufgetragen hat, den Tod ihrer Tochter zu rächen? Stimmt es, was sie sagt, daß jemand ihr Kopfkissen verhext hat?«

»Jemand hat das hier unter ihre Matratze gelegt.« Er holte das Taschentuch aus der Jackentasche – er trug seine etwas bessere

Kordjacke, nicht die grobe Arbeiterjacke, die er in den Sümpfen angehabt hatte. Bella hatte den Kopf geschüttelt, als er ihr heute morgen bei seiner Rückkehr das feuchte stinkende Bündel gegeben hatte. »Wenn ein Fuchs einem Schwein nachstellt, braucht er sich nicht zu wundern, wenn hinterher sein Pelz stinkt«, hatte sie gesagt.

Olympe ging zu einem sehr alten, sehr ramponierten Sofa, das unter dem Fenster zum See stand, verscheuchte eine riesige graue Katze, und sie setzten sich. Vorsichtig drehte sie das *Gris-Gris* im Licht hin und her. Sie ließ das Taschentuch zwischen der getrockneten Fledermaus und ihrer Handfläche liegen und berührte das Ding nur mit dem Fingernagel, aber ihr Gesicht hatte den konzentrierten Ausdruck eines Arztes, der eine Stuhl- oder Speichelprobe untersucht. Die Katze schnupperte an Januarys Knie, dann zog sie die Pfoten ein und starrte wieder schlitzäugig und schläfrig in die Ferne.

»Das hat John Bayou gemacht«, sagte Olympe schließlich. »Diese Sorte hängt in den Sümpfen am See, wo er sich immer rumtreibt, und man kann das Terpentin noch riechen.« Sie hielt es ihm unter die Nase. »Er mag Schnupftabak und schnüffelt gern Terpentin. Dr. Yah-Yah hätte eher eine Kugel aus Wachs und Hahnenfedern gemacht, als eine Fledermaus zu fangen. Es ist ein schlimmes *Gris-Gris*. Es trägt den Tod in sich.« Ihre dunklen Augen blickten ihn an. »Hast du das die ganze Zeit in der Tasche gehabt?«

Er nickte.

»Du kannst von Glück sagen, daß du mit ein paar Schlägen davongekommen bist.« January berührte die geschwollene Wunde an seiner Wange, die er sich am Sonntag eingehandelt hatte. Natürlich hatte er da das *Gris-Gris* in der Tasche gehabt. Genau wie heute morgen in den Sümpfen.

»Wie?« fragte sie und sah ihm ins Gesicht. »Dachtest du, es wirkt nur gegen den, für den es gemacht worden ist?« Ihre Züge wurden ein wenig weicher; die alte, tiefe Verachtung, mit der sie ihn bei ihrem letzten Treffen gestraft hatte, schien über die Jahre schwächer geworden. Inzwischen hatte sie Kinder geboren und erfahren, wie hilflos man angesichts der Schmerzen anderer sein konnte. »Oder haben sie dir in Frankreich beigebracht, daß das alles nur Hokuspokus ist?« Früher hätte sie ihm die Worte ins Gesicht geschleudert wie einen Fehdehandschuh. Jetzt lächelte sie, zwar gereizt, aber freundlich.

»Wo finde ich diesen John Bayou?«

»Ich würde dir nicht raten, ihn zu suchen«, sagte Olympe. »Ein gemeiner Kerl, dieser Doktor John.« Ihre kaffeebraunen Augen verengten sich wie die einer Katze. »Und was war Angelique Crozat für dich?«

»Eine Frau, die ich ermordet haben soll.«

»Wer sagt das?«

»Die Polizei. Noch sagen sie es nicht offen, aber sie denken es immer lauter.« Und er berichtete ihr, was in jener Nacht passiert war, verschwieg nur, wer ihm die Nachricht für Angelique aufgetragen hatte – »jemand, der nicht zum Ball gehen konnte« – und was Shaw ihm später noch erzählt hatte.

»Phrasie Dreuze«, sagte Olympe mit einer Miene, als hätte sie in eine Zitrone gebissen. »Oh, ja, ihr Beschützer hat es sich etwas kosten lassen, daß sie über ihn und ihre Tochter den Mund hält. Mamzelle Marie hatte auch etwas davon. Sie hat Phrasie gezeigt, wie sie Angelique Monsieur Trepagier als Jungfrau unterjubeln kann. Aber einige wußten davon. Wer Angelique als Kind gekannt hat, brauchte nicht lange zu raten. Kein Wunder, daß sie für Männer nicht viel übrig hatte.«

Sie schüttelte den Kopf. »Weiß Phrasie, daß du sie als letzter lebend gesehen hast?«

»Ich glaube schon. Sie war dabei, als Clemence Drouet es Shaw gesagt hat, aber ich glaube nicht, daß sie schlau genug ist, um zwei und zwei zusammenzuzählen. Und selbst wenn, würde sie sich wahrscheinlich keine Gedanken darüber machen.«

»Nein. Solange sie ihre Rache bekommt.« Sie betrachtete die vertrocknete Fledermaus auf der Fensterbank. »Ich brauche ein oder zwei Dollar, wenn ich etwas von Doktor John erfahren will.«

Er nahm zwei schwere Silberdollar aus seiner Brieftasche, und sie legte sie zu der Fledermaus auf die Fensterbank, auf jede Seite einen. Die Katze sprang hoch und schnupperte an den Münzen, kam aber nicht in die Nähe des *Gris-Gris.* January sagte sich, daß sie es wegen des Geruchs nach Schnupftabak und Terpentin mied.

»Bist du jemals gebeten worden, Angelique zu verhexen?«

Olympe zögerte, aber ihr Blick wurde unruhig.

»Von wem?«

Sie spielte mit den Silbermünzen. »Als du nach Frankreich gegangen bist, Bruder, hast du erzählt, daß du ein Doktor werden willst. Ein richtiger Doktor, ein studierter. Bist du das?«

January nickte.

»Hast du diesen Eid geschworen, den diese Doktoren schwören müssen, daß sie die Geheimnisse ihrer Patienten nicht ausplaudern? Geheimnisse, in denen die Wurzel ihrer Krankheit liegt?«

Er wandte den Blick ab, unfähig, ihr in die Augen zu sehen. Dann seufzte er. »Sieht so aus, als wäre ich heute ziemlich dumm. Ich rede wohl ziemlichen *Gombo*«, fügte er hinzu. Ihm fiel auf, daß er unmerklich in das weichere, afrikanische Französisch gerutscht war und sogar dessen typische Abkürzungen benutzte.

»Du hast dich schon immer wie ein Franzose aufgeführt«, sagte Olympe lächelnd. »Du bist genauso schlimm wie Mama und deine Schwester mit ihrem fetten, schwabbeligen Geldsack. Immer tut ihr so, als sei ich keine von euch, nur weil ich meines Vaters Tochter bin.« Sie verzog den Mund, und einen Moment lang blitzte der alte Zorn in ihren Augen auf.

»Es tut mir leid.« Er wollte nach den Münzen greifen. Überrascht sah sie ihn an.

»Hast du es dir anders überlegt?«

»Du hast doch gerade gesagt, du wirst mir nichts erzählen.«

»Ich erzähle dir nicht, wer *mich* bezahlt hat«, erklärte sie, als wäre er ein kleiner Junge. »Vielleicht war jemand ganz anderes bei John Bayou, und dann geht es mich nichts an. In zwei oder drei Tagen werde ich es wissen.«

»Dann werde ich wieder dasein.« Er glaubte, beiläufig zu sprechen, aber der Blick, mit dem sie ihn ansah, war mehr als interessiert. »Ich verlasse die Stadt für ein paar Tage. Ich reite heute nacht, sobald der Ball vorbei ist.«

Er spürte sein Herz schlagen, als er es aussprach. Er wollte nicht darüber nachdenken. Er hatte New Orleans nicht einmal verlassen, seit er nach Louisiana zurückgekehrt war. Und aus dem französischen Viertel war er nur herausgekommen, wenn er einen ganz bestimmten Grund hatte, wie die Klavierstunden im Haus der Culvers oder anderer Schüler.

Im alten französischen Viertel hatten ihn die Traditionen der freien Farbigen beschützt. Durch sein Französisch gab er sich als einen der ihren zu erkennen, und Freunde und seine Familie wachten über ihn, denn sollte ihm Böses widerfahren, drohte der ganzen Familie Böses.

Und falls er in diesem Staat noch mehr Angehörige hatte, pflückten sie noch irgendwo Baumwolle oder schnitten Zuckerrohr, namenlos und ohne Rechte. Tatsächlich gab es für ihn jenseits der Canal Street nichts als die Sümpfe.

»Kann der Polizist nicht gehen?« fragte sie. »Oder will er nicht?«

»Ich weiß es nicht«, sagte January leise. »Ich glaube, sie halten ihn auf Trab, damit er Ruhe gibt. Und ich glaube …« Er zögerte, unsicher, was er sagen sollte, weil er nicht so recht wußte, was er eigentlich in Chien Mort suchte.

»Ich glaube, er will wirklich die Wahrheit herausfinden«, fuhr er langsam fort. »Aber er ist Amerikaner, und er ist ein Weißer. Wenn er im Grunde seines Herzens nicht möchte, daß Galen Peralta der Mörder ist, wird er … nur zu gern bereit sein, das Ganze von einer anderen Seite zu betrachten, wenn der alte Peralta sagt: ›Schau dir den doch mal genauer an.‹ Und Tatsache ist, daß er aus den Sklaven kein Wort herausbringen wird.«

Olympe nickte.

January schluckte schwer, als er an die unbekannte gefährliche Welt vor den Toren der Stadt dachte. »Ich glaube, ich muß selbst gehen.«

Durch die offene Tür zum hinteren Zimmer sah er ein ungefähr zwölfjähriges Mädchen, so dünn wie Olympe, aber ihre Haut hatte den rötlichen Mahagoniton der freien Farbigen. Auf dem Knie hielt sie einen zweijährigen Jungen, dem sie eine Geschichte erzählte, während sie Erbsen enthülste.

Mein Neffe und meine Nichte, dachte er. *Nur zwölf Blocks flußabwärts oder sechs Blocks flußaufwärts wären sie in Sicherheit ...* Und er wußte, daß nicht einmal das mehr stimmte.

»Ich komme wieder«, sagte er. Seine Stimme klang heiser.

»Warte.« Olympe stand auf und ging zu einer großen Anrichte in der Ecke. Es war ein einfacher Schrank, wie das Sofa und alle anderen Möbel im Raum mit einer Patina, die von hohem Alter zeugte. Das rote Zypressenholz schimmerte wie Satin, die Bretter waren mit hübschem Papier ausgelegt, und er war angefüllt mit roten Tonschalen und Blechdosen mit grellen Etiketten, die einst Kaffee, Zucker oder Kakao enthalten hatten. Aus einer der Dosen nahm sie ein blaues Band, aus einer anderen ein paar winzige Knochen, dann wickelte sie die Knochen in ein Stück roten Flanell und band alles zusammen an ein Lederband. Während sie arbeitete, murmelte sie vor sich hin, klatschte ab und zu in die Hände oder schnipste mit den Fingern. Schließlich nahm sie das Ganze in den Mund, bekreuzigte sich dreimal und kniete vor dem Bild der Jungfrau Maria nieder, den Kopf im Gebet gesenkt.

January kannte Teile des Rituals aus seiner Kindheit auf Bellefleur. Der Priester, der ihn unterrichtet hatte, hatte ihn später gelehrt, der Jungfrau zu vertrauen und in den Mysterien des Rosenkranzes Trost zu suchen. Es war Jahre her, daß er an solchen Zauber überhaupt gedacht hatte.

»Hier.« Sie hielt ihm das Lederband hin. »Binde es dir um den Knöchel, wenn du gehst. Papa Legba und die Jungfrau Maria werden auf dich aufpassen und dich sicher und frei zurückbringen. Da draußen bist du nicht sicher«, fuhr sie fort, als sie sah, wie er lächelnd das Lederband in die Tasche steckte. »Fast eine Woche lang hattest du das *Gris-Gris* in der Tasche, das bringt Unglück. Unglück, das immer größer wird, wie eine Ratte, die sich im Dunkeln mit Würmern vollstopft. Trag es. Auf der anderen Seite des Flusses bist du nicht mehr sicher. Niemand von uns ist dort mehr sicher. Vielleicht nie mehr.«

Die Sonne ging über dem weiten Bogen des Flusses unter, als January durch die Rue Burgundy zum Haus seiner Mutter ging. In den hohen Stadthäusern wie in den niedrigen Hütten, in jedem Hof, an jeder Ecke war Bewegung, Erregung zu spüren. Die Vorbereitungen für die letzte Nacht des Karnevals, die Spannung, welches das phantasievollste Kostüm sein würde, die Freude beim Gedanken an die Freiheit, die die Masken versprachen, waren überall gegenwärtig.

Er hatte bei Desdunes bereits das bestmögliche Pferd gemietet, eine Satteltasche mit Essen, ein wenig Kleidung und Futter für das Pferd lag gepackt unter seinem Bett. *Auf der anderen Seite des Flusses bist du nicht sicher.*

Das Land, in dem er geboren war, das Land, das seine Heimat war, gehörte dem Feind. Den Amerikanern. Männern wie Nahum Shagrue.

Er hatte Herzklopfen. Wenn er einen Beweis fand, irgend etwas, das er Shaw über Bayou Chien Mort berichten konnte, glaubte er, daß der Mann selbst hingehen würde. Und in den Gerichtssälen von New Orleans gilt die Aussage eines freien Farbigen noch etwas, dagegen konnten die Amerikaner nichts tun.

Aber es mußte die Aussage eines freien Mannes sein, nicht die eines eingeschüchterten Sklaven.

Ein paar kreolische Fechtschüler kamen ihm auf dem Gehsteig entgegen, aufgeregt gestikulierend redeten sie über ein Duell oder ein Kartenspiel, und January sprang über den stinkenden Rinnstein auf die morastige Straße, um sie vorbei zu lassen.

Keiner würdigte ihn auch nur eines Blickes, so sehr waren sie mit sich selber beschäftigt.

January ging über eine Planke wieder auf den Gehsteig und verfluchte Euphrasie Dreuze im stillen. Beim Haus seiner Mutter angelangt, zwängte er sich durch den engen Pfad zum Hof und kletterte von dort in sein Zimmer über der Küche. An dem kleinen Schreibtisch aus Zypressenholz schrieb er schnell einen Brief an Abishag Shaw – er drückte sich sicherheitshalber so einfach wie möglich aus –, dann nahm er seine Papiere aus der Tasche und schrieb sie in seiner besten Handschrift Wort für Wort ab. Er wollte das Blatt zusammenfalten, doch dann glättete er es wieder und fertigte vorsichtshalber noch eine zweite Kopie an, auf dem Papier, das er letzte Woche gekauft hatte, um die Zahlungen seiner Schüler zu vermerken. Die Übereinstimmung mit der offiziellen Unterschrift machte ihm wenig Sorgen; er wußte, daß die Menschen im ländlichen Louisiana nicht sehr gebildet waren. Er steckte das Original zusammen mit dem Brief an Shaw in einen Umschlag und verschloß ihn mit rotem Wachs. Eine der beiden Abschriften faltete er zusammen und legte sie in den Schreibtisch, die andere steckte er in die Tasche.

Es war ein schwacher Rettungsring, aber mehr stand ihm nicht zur Verfügung.

Minous Haus lag einen halben Block entfernt. Die beiden Häuser waren beinahe identisch; all die Häuschen an diesem Abschnitt der Rue Burgundy glichen einander wie ein Ei dem anderen. Er ging über einen schmalen Pfad zwischen Minous Häuschen und dem Nachbarhaus in den Hof, wo die Köchin seiner Schwester an einem Tisch vor der Küchentür Äpfel für einen Kuchen schälte. Der Nachmittag war kühl, und die Wärme, die aus der großen, aus Ziegeln gemauerten Küche strömte, war einladend. Drinnen bügelte Thérèse an einem großen Tisch neben dem Herd Unterröcke.

»Sie ist da drin«, sagte die Köchin und lächelte ihn ermutigend an, was bedeutete, daß Henri Viellard nicht da war. Selbstverständlich durfte der Beschützer seiner Schwester nicht daran erinnert werden, daß Dominique einen Bruder hatte, noch dazu einen mit so dunkler Haut. Er hatte sie süß und charmant wie immer gefunden, als sie ihn bat, nur hereinzukommen, wenn Henri nicht da war, aber nach den Ereignissen des Vormittags und nach der Nacht im Gefängnis hatte er Verständnis für Olympes Rebellion.

»Aber ich warne Sie, sie ist in heller Aufregung wegen dem Ball.«

In heller Aufregung wegen des Balls? dachte January, als er durch die hohe Flügeltür die beiden ineinander übergehenden Salons betrat und seine Schwester betrachtete, die die Locken einer riesigen weißen Perücke, wie man sie vor fünfzig Jahren getragen hatte, arrangierte.

In was für einer Aufregung würde sie sein, wenn man ihr sagte, daß ein Weißer sie ungestraft ermorden darf? Oder weiß sie das und akzeptiert es, so wie sie es hinnimmt, daß sie sich in der Öffentlichkeit nicht zeigen darf, ohne ihr Haar zu bedecken, oder daß sie keine Kutsche besitzen darf?

»Ben.« Sie wandte sich um und lächelte ihn an. »Möchtest du einen Tee? Thérèse wird ...«

Er schüttelte den Kopf, ging auf sie zu und küßte sie auf die Wange. »Ich kann nicht lange bleiben«, sagte er. »Ich spiele heute abend, und ich war den ganzen Vormittag unterwegs und will noch in die Kirche, bevor der Ball beginnt.«

»In die Kirche?«

»Ich verlasse die Stadt, sobald der Ball zu Ende ist«, sagte January ruhig. »Ich reite nach Bayou Chien Mort, um mit den Dienstboten zu sprechen – und um einen Blick auf Galen Peralta zu erhaschen, wenn es mir gelingt. Das Mädchen, das du erwähnt hast – seine Verlobte –, liebt er sie?«

»Rosalie Delaporte?« Dominique rümpfte die Nase. »Wenn du vorhast, einen Brief zu überbringen, hast du wahrscheinlich mehr Glück, wenn du sagst, daß er von seinem Fechtlehrer ist. Er ist derjenige, den er vermutlich am meisten vermißt.«

January schüttelte den Kopf. »Billigt sein Vater diese Freundschaft mit dem Fechtlehrer?«

»Sein Vater billigt Rosalie Delaporte. Eine graue Maus, wenn du mich fragst.« Sie rückte einen Blumenstrauß außer Reichweite der allzu neugierigen Katze. »Vielleicht könntest du sagen, daß du eine Nachricht von Angeliques Mutter bringst. Mit der Geschichte war sein Vater auch einverstanden.«

»Wirklich?« January setzte sich rittlings auf den anderen Stuhl. Das Durcheinander von Federn, Spitze und Seidenblumen auf dem Tisch erinnerte ihn schmerzlich an Ayasha. Das pfirsichfarbene Kleid lag ausgebreitet auf dem Diwan im vorderen Salon und glänzte matt in dem Licht, das durch die Glastüren hereinfiel. »Da bin ich mir nicht so sicher. Was er an Angelique billigte, solange sie am Leben war, und was er heute darüber denkt, sind zwei verschiedene Dinge. Hast du irgend etwas, das Angelique gehört hat? Ein Andenken, das sie ihm unbedingt vermachen wollte?«

»Ihre Mutter hat doch alles verkauft, was auch nur einen Cent wert war. Aber warte.« Dominique stand auf, ging zur Kommode und kehrte mit einem Paar zierlicher weißer Handschuhe zurück. »Wir hatten bei Schuhen und Handschuhen die gleiche Größe – das weiß ich, weil sie sich einmal ein Paar Schuhe von mir geliehen hat, als sie von einem Regenschauer überrascht wurde. Dieses Miststück hat sie nie zurückgegeben. Diese hier könnten auch ihre sein.«

»Danke.« Er steckte sie in die Tasche. »Was schulde ich dir dafür?«

»Dummkopf.« Sie wehrte das Angebot ab. »Dann weiß Henri wenigstens, was er mir zum nächsten Geburtstag schenken kann. Wie kommt es, daß Männer nie wissen, was sie einer Frau schenken sollen? Immer wenn er Geschenke für seine Mutter oder seine Schwestern braucht, muß ich sie kaufen. Natürlich erfahren sie das nicht.«

»Bist du sicher, daß er nicht eine andere Frau für dich die Geschenke kaufen läßt?« fragte January schelmisch.

Dominique richtete sich auf. »Benjamin«, sagte sie würdevoll, »*keine* Frau, selbst wenn sie mir böse gesinnt ist, würde vorschlagen, daß er mir die gesammelten Werke von Jean-Jacques Rousseau schenken soll.«

»Ich gebe mich geschlagen«, sagte January demütig. »Eins noch.« Er holte den Umschlag aus seiner Brusttasche und gab ihn seiner Schwester. »Bis Sonntag sollte ich zurück sein. Dann hole ich ihn wieder ab. Wenn nicht – wenn ich ihn bis dahin nicht abgeholt habe –, bring den Umschlag sofort zu Lieutenant Shaw.«

Und wenn es zum Schlimmsten kommt, fügte er im Geiste hinzu, bete zu Gott, daß irgend jemand – dein Henri, Livia oder sonstwer – tausendfünfhundert Dollar zusammenbringt, um mich aus der Sklaverei freizukaufen.

Wenn sie mich überhaupt finden.

Wie er es vorausgesagt hatte, tummelten sich auf dem öffentlichen Maskenball im Théâtre d'Orleans viel mehr Menschen als auf dem Quadroon-Ball im benachbarten Salle d'Orleans. Ihr Benehmen war allerdings weit weniger gut.

Wie üblich war über den Sitzen im Parkett vom Bühnenrand bis zu den Türen der Tanzboden aufgehängt. An allen Säulen und Vorhangstangen flatterten Fähnchen, und Kellner wachten über lange Tische mit Erfrischungen, die – wie sowohl John Davis, der Besitzer der beiden Gebäude, als auch sein Zeremonienmeister den Musikern unmißverständlich zu verstehen gegeben hatte – nur für die Gäste bestimmt waren. In der Menschenmenge, die geschäftig im Saal hin und her eilte oder bei der Quadrille die Tanzfläche bevölkerte, erkannte January die vertrauten Kostüme wieder: Richelieu, den gräßlichen blaugelben Ivanhoe, Heinrich VIII. – ohne Frauen –, den lorbeerbekränzten Römer. Der Römer wurde von einer flachsblonden, flachbusigen, allerdings anständig verhüllten Kleopatra begleitet, ein paar der amerikanischen Pflanzer und Geschäftsleute waren mit ihren Frauen da, und die kreolischen Ballschönheiten waren von jener Art, die die bessere Gesellschaft der Kreolen als *Chacas* bezeichnete: Verkäuferinnen, Kunstgewerblerinnen, Straßenmädchen.

Die jungen kreolischen Gentlemen waren jedoch vollzählig versammelt und vergnügten sich mit den *Chacas*, als hätten sie nie mit den wohlerzogenen Mädchen ihres Standes geflirtet. Augustus Mayerling, der ungeachtet seiner Geschicklichkeit mit dem Degen ein überraschend friedliches Gemüt zu sein schien, mußte zwei- oder dreimal einschreiten, um aufflackernde Streitereien zu schlichten. Andere Fechtmeister waren weniger pflichtbewußt. Zumindest zeitweise waren die Frauen den Männern zahlenmäßig deutlich überlegen, denn die kreolischen Herren hatten die Angewohnheit, durch den diskret verhängten Durchgang in den benachbarten Salle d'Orleans zu verschwinden, wo der Ball in vollem Gange war. Gelegentlich, wenn der allgemeine Geräuschpegel etwas sank, klang die Musik von nebenan herüber.

Philippe Decoudreau spielte wieder das Horn, und January krümmte sich innerlich.

Doch je weiter der Abend fortschritt, desto seltener war die Musik von drüben zu hören. Zusätzlich zum Lärm der Menge, dem dumpfen Stampfen vieler Füße auf dem aufgehängten Tanzboden und dem Krach des Orchesters, das für diesen Abend mit einer Gitarre, zwei Flöten und einer schlecht gespielten Klarinette verstärkt worden war, drang das Geschrei von der Straße herein. Die schweren Vorhänge aus olivgrünem Samt waren zurückgeschlagen, und die Fenster standen offen. Draußen vergnügten sich Maskierte, Amerikaner, Huren, Seemänner und die Einwohner der Stadt. In Scharen drängten sie sich durch die Straßen, von Spielsalons zu Cabarets zu Restaurants. Fröhlich rufend und singend zogen sie dahin, läuteten Kuhglocken oder schlugen Zimbeln. Etwas Fieberhaftes lag in der dampfenden Luft. Zwischen den Tänzen brachen im Théâtre immer wieder Streitereien und Raufereien aus, die manchmal andauerten, bis die Streithähne sich den Weg zum

Eingang gebahnt hatten, wo Pistolen, Degen und Stöcke abgegeben worden waren.

»Siehst du Peralta irgendwo?« fragte January einmal besorgt, als er sich den Schweiß abtupfte und suchend über die Menge blickte. Die Temperatur im Saal war durch die Menschenmenge unerträglich gestiegen, was die Tänzer jedoch nicht im mindesten zu stören schien. Von den hohen Fenstern wehte kaum ein Luftzug herüber, und die Gerüche von Parfum, Pomade und verschwitzten Kleidern machten die Luft unerträglich stickig.

Hannibal, blaß vor Erschöpfung, das Gesicht schweißüberströmt, ließ seinen Blick über die Menge schweifen und schüttelte den Kopf. »Das heißt aber noch lange nicht, daß er nicht hier ist«, sagte er. Seine heisere, jungenhafte Stimme war kaum zu hören. »Vielleicht ist er in der Eingangshalle – ich war vor ein paar Minuten dort, sie ist überfüllt wie eine Kutscherkneipe an Weihnachten. Oder er ist nebenan.«

Oder in Davis' Spielsalon ein paar Häuser weiter, dachte January. *Oder auf einem vornehmen Ball in einem Privathaus. Oder auf dem Weg nach Bayou Chien Mort, um sicherzugehen, daß niemand unbequeme Fragen über seinen Sohn stellt.*

Als January am Nachmittag in der Kathedrale gebeichtet und verzweifelt um das Gelingen seiner Reise gebetet hatte, hatte ihn die Vorstellung gepeinigt, daß Peralta ihn auf dem Ball erkennen und seine Pläne durchschauen könnte. Es ärgerte ihn, daß er sich bei seiner Suche nach Gerechtigkeit – eigentlich die Aufgabe der Polizei – wie ein Verbrecher fühlte. Die Beichte, die Buße und das Ritual der heiligen Messe hatten ihn eine Zeitlang beruhigt, doch als der Abend fortschritt und Peralta nicht auftauchte, kehrte seine Furcht wie hungrige Ratten zurück.

Das Orchester war auf der Bühne plaziert, und der provisorische Tanzboden lag ein wenig tiefer, so daß January einen guten Blick über die Tänzer hatte. Dr. Soublet stand dort und diskutierte lautstark mit einem anderen Arzt, der der Meinung zu sein schien, daß man einem Patienten beim Aderlaß innerhalb einer

Woche unmöglich eine solch ungeheure Menge wie drei Liter Blut abnehmen dürfe.

Das Buffet war an der den Fenstern gegenüberliegenden Seite angerichtet, doch Henri Viellard – pflichtbewußt als Schaf kostümiert – schien Gaumenfreuden der frischen Luft vorzuziehen; er tupfte sich wiederholt die Stirn mit frischen Taschentüchern aus weißem Leinen ab, weigerte sich aber, die Nähe von Austern, Torten, Baisers und Pasteten zu verlassen. In seinem wolligen, aufgeplusterten Kostüm mit der pfirsichfarbenen Schleife um den Hals sah er selbst aus wie ein bebrilltes Baiser. Auch seine Schwestern waren als bunte Phantasietiere kostümiert: January sah einen Schwan, ein Kaninchen, eine Katze, eine Maus (das war die Kleine, die aussah, als wäre sie aus dem Kloster weggelaufen) und etwas, das ein Fisch sein mußte, wie er und Hannibal nach reiflicher Überlegung feststellten.

»Madame Viellard geht vielleicht als Bäuerin?« überlegte January unschlüssig.

»Oder als Frau Noah«, schlug Hannibal vor. »Dazu muß sie nur ein kleines Boot unter dem Arm tragen.«

Sowohl William Granger als auch Jean Bouille waren da und wahrten peinlich genau den größtmöglichen Abstand zueinander, solange sie sich im gleichen Raum aufhielten. Onkel Bichet hatte bemerkt, daß Bouilles Frau jedesmal, wenn ihr Mann sich in den benachbarten Salle d'Orleans davonstahl, in einer der verhängten Theaterlogen verschwand. Als der Tanz zu Ende war, führten Granger und Bouille ihre jeweilige Partnerin zum Buffet. Beinahe kreuzten sich ihre Wege, und der Zeremonienmeister hastete herbei und stellte sich Bouille in den Weg, um ein erneutes Desaster zu verhindern.

Als Monsieur Davis abgelenkt war, verließ January seinen Platz am Klavier und schlich sich an der Wand entlang zum Buffet. Hannibal gefiel ihm gar nicht. Er war weiß um den Mund und stützte sich unauffällig am Klavier ab, während er spielte. Er sah blutleer aus, tiefe Falten um seine Augen zeugten von Schmerzen, und January vermutete, daß das mit Wasser gestreckte Laudanum ihm nicht viel half. Als er näher an das Buffet kam, fing er Mayerlings Blick auf, der ihm signalisierte, er solle bleiben, wo er war. Mayerling schlenderte selbst zum Buffet, griff nach einem Glas Champagner und einer Flasche starkem Rum und wanderte damit unauffällig zur Bühne, während January sich wieder ans Klavier setzte.

»Ich wollte Ihnen noch einmal dafür danken, daß Sie sich neulich als Arzt zur Verfügung gestellt haben«, sagte der Fechtmeister. »Sehen Sie sich bloß die Konkurrenz an!«

Soublet und sein Widersacher hatten das Stadium lauten Schreiens erreicht und fuchtelten mit ihren Stöcken herum. Es war offensichtlich nur noch eine Frage der Zeit, bis sie ihre Sekundanten nannten.

»Man könnte es wahrscheinlich Glück im Unglück nennen, daß ich in dieser Stadt nicht praktizieren kann«, sagte January.

»Ein ziemlich großes Glück. Sie wissen, daß Granger jetzt behauptet, er habe in die Luft geschossen – mit Absicht –, und Bouille erzählt jedem, egal, ob er es hören will oder nicht, sein Gegner habe sich im letzten Moment zur Seite geworfen – mit anderen Worten, er sei feige ausgewichen, was sicherlich unter diesen Umständen das Dümmste wäre, was man tun kann, denn die meisten Pistolen verziehen in die eine oder andere Richtung, besonders auf fünfzig Fuß Entfernung.«

Er deutete auf Bouille, der in eine Unterhaltung mit Monsieur Davis vertieft war und sich von ihm zu einer Gruppe von Kreolen lotsen ließ. »Wir können nur hoffen, daß es uns gelingt, ein Zusammentreffen der beiden heute abend zu verhindern. Ab übermorgen werden sie hoffentlich wieder nüchtern sein.«

»Sie dilettantischer Schweinehund!« kreischte Dr. Soublet, dessen Widersacher offenbar Anhänger der bekannten Heilkräuterschule eines Yankee-Doktors war.

»Mörder!« schrie der Kräuterdoktor, und die beiden Männer fielen fluchend mit Händen und Füßen übereinander her.

»*Im Nest die Vögel sind empört*«, seufzte Hannibal und kippte den Rum hinunter.

»wenn sie die Szene sehen.
Brüder und Schwestern, unerhört,
die an die Kehl' sich gehen.«

Unterstützt von einigen Männern, bugsierte Monsieur Davis die Streithähne eilig aus dem Saal.

Mayerling rührte sich nicht von der Stelle und schüttelte in beinahe kindlichem Erstaunen den Kopf. Hannibal griff wieder nach der Geige, um das Geschnatter der Menge mit seinem Spiel zu übertönen; süß wie ein Honigbonbon und gestochen scharf wie zersplittertes Glas erklang die Musik.

»Ich habe den Sinn eines Duells noch nie verstanden.« January wandte sich wieder den Tasten zu. Seine Hände folgten der Melodie der Geige, schmückten sie automatisch aus. »Vielleicht wäre das anders, wenn es mir erlaubt wäre, zum Duell zu fordern oder eine Herausforderung anzunehmen, aber ich glaube es nicht.«

»Natürlich nicht«, sagte der Preuße überrascht. »Sie haben Ihre Musik. Sie sind ein intelligenter und gebildeter Mann. Langeweile kennen Sie nicht. Der Grund ist immer nur Langeweile, wissen Sie«, fuhr er fort und ließ seinen Blick erneut durch den Saal schweifen. »Schauen Sie sich diese amerikanischen Hinterwäldler in den Sümpfen an, oder die Iren. Sie haben nichts zu tun, deshalb geraten sie immer in Streit. Sie suchen ihn geradezu. Sie unterscheiden sich nicht sehr von den Kreolen.«

Nachdenklich schüttelte er den Kopf.

»... sie kann es sich eigentlich überhaupt nicht leisten, so verdammt wählerisch zu sein«, sagte eine Männerstimme neben einer der Logen auf der Bühne. »Wenn Arnaud gesündigt hat, hatte er einen Grund. Wenn eine Frau ihren Mann glücklich macht, hat er keinen Grund herumzustreunen.«

Murmelnde Zustimmung. January drehte sich schnell um und erblickte den Karobuben, Charles-Louis Trepagier, und einen zweiten Mann; er war kleiner, hatte aber dieselbe kräftige, gedrungene Figur. Der Kleinere trug ein buntes Kostüm mit-

pistaziengrünen Pluderhosen, einer grünorange gemusterten Weste und einem Turban, ebenfalls in Grün und Orange, mit roten Glassteinen, so groß wie amerikanische Dollarmünzen – so hatte sich Lord Byron vielleicht einen türkischen Pascha vorgestellt. Eine orangefarbene Maske verbarg sein Gesicht, die Füße steckten in orangefarbenen Pantoffeln, und um seine Taille wand sich eine lange rote Schärpe, die ihr Leben mit Sicherheit als Damenschal begonnen hatte.

»Es ist ja nicht so, daß sie keine Angebote hätte«, fügte ein weiterer Angehöriger des Trepagier-Clans gehässig hinzu. »Und noch dazu gute – ich meine nicht diesen Abschaum McGinty. Sie hält sich für etwas Besseres ...«

»Was Besseres! Daß ich nicht lache!« Mit einem verbitterten Bellen warf der Fremde den Kopf zurück. Dann beugte er sich vor und senkte die Stimme. »Die Frau hat dich zurückgewiesen, weil sie irgendwo einen Liebhaber versteckt hat. Und den hat sie schon, seit sie Arnaud aus dem Ehebett geworfen hat. Ich habe sogar gehört, sie soll maskiert auf Bälle gegangen sein.«

»Auf öffentliche Bälle?«

»Natürlich auf öffentliche Bälle«, sagte der Pascha. Er deutete mit dem Kopf auf den Durchgang zum Théâtre. Vielleicht auch auf andere.«

»Sir ...«

January hatte gar nicht bemerkt, daß Mayerling sich bewegt hatte. Der junge Fechtmeister schlüpfte durch die Menge wie ein bronzener Fisch. Die blau-schwarzen Edelsteine seines Kostüms glitzerten gefährlich wie die Schuppen eines Drachen, die großen, blassen Hände ruhten gefaltet auf der glänzenden Gürtelschnalle. In seinen braunen Augen hinter der ledernen Maske lag plötzlich tödliche Kälte.

»Ich nehme an«, sagte Mayerling, »Sie verbreiten Gerüchte aus dritter Hand über jemanden, den keiner von Ihnen kennt. Kein Gentleman würde den Namen einer Frau in der Öffentlichkeit so in den Schmutz ziehen.«

Die jungen Trepagiers verstummten und sahen ihn erschrokken an. Der Preuße hatte in den fünf Jahren, die er in New Orleans war, nur drei Duelle ausgetragen, aber jedesmal hatte er seinen Gegner mit solch wissenschaftlicher Präzision und solch absoluter Gnadenlosigkeit getötet, daß niemand es mehr wagte, ihn herauszufordern. Die blassen Wolfsaugen wanderten von den Kostümen zu den Gesichtern der Männer. Ihnen entging nichts, und sie erkannten beide genau.

»Das ist allerdings Ihr Glück, denn ich duelliere mich nur mit Gentlemen«, fuhr Mayerling ruhig fort. Er wandte sich an den Pascha in Grün. »Sollte mir allerdings zu Ohren kommen«, sagte er und schien mitten in das Gesicht hinter der grellen Maske zu starren, »daß der Name einer Frau von jemandem verunglimpft wird, mit dessen Blut ich meinen Degen nicht beschmutzen werde, bleibt mir keine andere Wahl, als die Ehre der Dame zu verteidigen, und ich werde einen Weg finden, den Gerüchten Einhalt zu gebieten.«

Sein stechender Blick traf sie wie ein Schlag mit dem Handrücken. Es lag keine Grausamkeit darin, nur Kälte und eine furchteinflößende Kraft. Beinahe sah January die Blutspur vor sich, die er hinterließ.

»Ich hoffe, ich habe mich klar ausgedrückt?«

Der Pascha setzte zu einer Antwort an. Der Karobube legte ihm eine Hand auf den seidenen, orangefarbenen Arm. Zu Mayerling sagte er: »Natürlich haben wir über eine Frau niederen Standes gesprochen, über eine *Chaca,* die ihren Mann betrogen hat. Das war alles.«

»Selbst dann«, sagte Mayerling leise, »beunruhigt mich solches Gerede. Vielleicht sollten Sie sich bemühen, das Verhalten von Gentlemen besser zu imitieren – wer auch immer Sie sein mögen.«

Keiner der Männer antwortete ihm. Mayerling wartete einen Augenblick, um ihnen Gelegenheit zu geben, sich als Gentlemen zu erklären und ihn herauszufordern, dann wandte er sich ab und verschwand in der Menge.

January beugte sich vor und tippte Onkel Bichet auf die

Schulter. »Wer war das?« fragte er. Der alte Mann sah ihn überrascht an.

»Zwei von den jungen Trepagiers.«

»Nein – der andere?«

Der Cellist drehte sich um, doch gerade verschwand der Pascha, in ein Gespräch mit dem roten Piraten vertieft, durch den Vorhang zum Salle d'Orleans.

Die Brüder Trepagier – es waren mindestens vier, zwei davon verheiratet und alles andere als jung – waren inzwischen damit beschäftigt, einen viel jüngeren Mann anzupöbeln und zu beleidigen, weil er es wagte, mit einem verwirrten jungen Mädchen in einem Hexengewand aus lauter schwarzen Federn zu flirten. Sie wiegten sich offensichtlich in der Gewißheit, daß der Jüngling es nicht wagen würde, sie herauszufordern, womit sie richtig lagen.

Onkel Bichet schüttelte den Kopf und warf einen Blick auf das Programm. »Diese Faulpelze haben lange genug herumgestanden«, sagte er, und January wandte sich widerwillig wieder der Musik zu.

Sally, dachte er. *Wer auch immer der grüne Pascha war, er muß mit Sally, der entlaufenen Sklavin, gesprochen haben. Oder er hat Madame Trepagier auf dem Ball am Donnerstag abend erkannt. An ihren Bewegungen, ihrer Haltung oder der Stimme – wie ich selbst –, oder an diesem törichten Kostüm, das sie vielleicht schon mal irgendwo anders getragen hat.*

Und wenn das der Fall ist, dachte January mit plötzlicher Bitterkeit, *ist es wirklich unverschämt von einem Mann, der selbst die Bälle der Quadroons besucht, eine Frau zu kritisieren, die er dort erkannt hat.*

Der Ball dauerte bis kurz vor Morgengrauen. Theoretisch begann die Fastenzeit um Mitternacht, aber es gab noch genügend Champagner, Rum, Pasteten und Gumbo. January hatte, seit er am Nachmittag die Beichte abgelegt hatte, nichts mehr gegessen, obwohl er Gelegenheit dazu gehabt hätte. Endlich tauchte Xavier Peralta auf; als König verkleidet in einer roten Robe, mit dem Zepter in der Hand, seinen Cousin, den Polizeichef, an seiner Seite. Nachdem die respektierlicheren Damen sich verabschiedet hatten, wurden die Tänze wilder, und es kam immer häufiger zu Rangeleien. Jeder schien entschlossen, den Karneval bis zur letzten Sekunde auszukosten, sich die Füße wund zu tanzen, über den Köpfen der lärmenden Menschen in der beleuchteten Rue Orleans auf dem Balkon zu scherzen und sich zu vergnügen.

Doch je weiter der Abend fortschritt, desto mehr der wohlhabenderen Männer verschwanden für immer längere Zeit. Die kreolischen Ballschönheiten, wenn auch nicht unbedingt die aus der besseren Gesellschaft, standen verlassen an der Wand, tuschelten miteinander und taten so, als kümmere es sie nicht. Die meisten von ihnen, vermutete January, würden nur kurz nach Hause gehen, um sich die Schminke abzuwischen, und dann zur Frühmesse in der Kathedrale erscheinen. Die amerikanischen Frauen, immer noch in Begleitung ihrer Männer, flüsterten miteinander über das Häufchen jener Frauen, deren Männer »Luft schnappen« gegangen waren. Die meisten kamen und gingen, nur der römische Soldat blieb verschwunden. Die verlassene Kleopatra war in ein lebhaftes Gespräch mit einigen anderen Damen verwickelt, behielt aber wachsam die Tür im Auge, und als der umtriebige Römer endlich zurückkehrte, empfing sie ihn mit einiger Bitterkeit und Schärfe.

Daran sind sie selbst schuld, dachte January, doch er wußte, daß es so einfach nicht war. Alles in New Orleans war bittersüß miteinander verflochten, und man konnte nicht entkommen, ohne ein Stück seines Herzens zu verlieren.

Kein Wunder, daß alle versuchen zu tanzen und fröhlich zu sein, solange es geht, sinnierte er, als er sich im lauen Dunst der beginnenden Dämmerung auf den Weg zum Mietstall machte. Immer noch zogen kostümierte und maskierte Menschen lärmend durch die Rue Orleans, und aus allen Tavernen klang Musik von Blaskapellen und dumpfen Trommeln. Unter dem flackernden Licht der Straßenlaternen verfolgten lärmende *Kaintuks* lachende maskierte Straßenmädchen. In der Luft lag nicht nur die schwere Feuchtigkeit vom Fluß, es roch nach Wein, Whisky, Tabak und billigem Parfum.

Er nahm von einem schläfrigen Stallburschen das gemietete Pferd entgegen und ritt zum Ufer hinunter, wo der Kapitän des Kahns, mit dem er am Vortag die Überfahrt vereinbart hatte, auf ihn wartete. In weißen Wellen stiegen die Frühnebel vom Fluß herauf. Ruhig lag der Strom zwischen den Dämmen, die an beiden Ufern wie Berggipfel aus den Nebeln ragten. Hinter ihnen schlummerte die Stadt, endlich erschöpft, im Licht der langsam verlöschenden Sterne.

So vieles – Betrug und Enttäuschung, das Ungeheuer Sklaverei und der lauernde Schrecken des Gelbfiebers – ließ sich unter dem bunten Mantel der Musik, dem Geschmack von Kaffee und Gumbo, dem schimmernden Mondlicht verbergen.

Mardi Gras war vorüber. Gierig hatte man eine letzte gute Mahlzeit verschlungen, ein letztes Glas Wein getrunken, sich ein letztes Mal in der Dunkelheit leidenschaftlich umarmt, bevor die Buße der Fastenzeit begann.

Angst im Herzen, beobachtete er, wie die dunkle Küste des anderen Ufers näher kam.

16

Der Morgen fand ihn acht Meilen vor der Stadt, am Ufer entlang reitend, zur Linken üppige Bäume und am Fuße des sandigen Abhangs das Unterholz, zur Rechten die dunkelbraune Erde der Felder. An manchen Stellen waren sie von Unkraut überwuchert, und als die ersten Sonnenstrahlen die Federwolken, die vom Golf herübertrieben, auflösten, wurden Gruppen von Sklaven sichtbar, die sich mit Hacken auf den Schultern ihren Weg durch das Dickicht bahnten und mit bloßen Füßen die Bodennebel aufwirbelten. Einmal sprach ihn ein Weißer in undeutlichem Französisch an und wollte seine Papiere sehen, aber als January sie hervorholte – dazu eine Bestätigung von Desdunes' Mietstall, daß das Pferd nicht gestohlen war –, schien der Aufseher das Interesse zu verlieren und würdigte die Papiere kaum eines Blickes.

Um die Papiere zu kontrollieren, mußte der Mann seine Peitsche unter den Arm klemmen. Die Männer auf den Feldern sangen bei der Arbeit, im immer gleichen Rhythmus und beinahe unverständlichem *Gombo*, sie bereiteten die Erde für die neue Bepflanzung mit Zuckerrohr vor.

January kannte das Lied von der Plantage, auf der er zur Welt gekommen war.

Seit seiner Rückkehr hatte er Angst gehabt, New Orleans zu verlassen. Er fürchtete um seine Freiheit, und er fürchtete die Veränderungen, die um sich griffen, seit die Amerikaner die Kontrolle über das Land hatten. Und er fürchtete, daß die Weißen ihn für einen Sklaven halten oder ihn wieder zu einem machen könnten. Der Geruch nach Erde und Schweiß, die brennende Morgensonne auf seinen Handrücken, das Vogelgezwitscher aus den Eichen, die das Feld säumten, der Gesang von den Feldern, der gelegentlich wie Nebelschwaden herüberdriftete, all das brachte die Erinnerung an seine eigene Sklaverei, seine Kindheit, seine Unwissenheit zurück, eine schreckliche Mischung aus Süße und Schmerz.

Dreißig Jahre lang hatte er sich, genau wie Livia, vorgemacht, daß ein anderer dieser Sklave gewesen sein mußte. Nun, nach all den Jahren, fragte er sich zum erstenmal, was aus seinem Vater geworden war.

Und was ist aus dem Kind geworden, dachte er, dem kleinen Jungen, der noch vor Tagesanbruch durch die Felder rannte oder bei Sonnenuntergang auf den Sandbänken lag und dem Chor der Frösche lauschte?

Plötzlich schien es ihm, als wüßte er es immer noch nicht.

Er rastete häufig, damit das Pferd sich ausruhen konnte, denn er wußte, daß es zwischen der Stadt und Bayou Chien Mort keine Gelegenheit gab, es auszutauschen. Er ritt über die Felder, um den großen Bogen des Flusses bei McDonoughville abzukürzen, durch sumpfige Zypressenwälder, in denen es in der hellen Vormittagssonne von summenden und zirpenden Insekten wimmelte. Die Erde war feucht und von Sümpfen durchzogen, die wie grün-braunes Glas unter stummen, wachsamen Bäumen lagen. Irgendwann am Nachmittag kaufte er einem Trapper, dessen Haus auf einer Lichtung in den Sümpfen stand, für fünf Cent eine Schüssel Gumbo und einen halben Laib Brot ab. Das Haus war nicht mehr als eine Hütte und kaum von dem Stall zu unterscheiden, der eine einsame Kuh und einen Wurf Schweine beherbergte, aber January sah am Blick des Mannes, daß er abgewiesen worden wäre, hätte er um Einlaß gebeten. Es waren Spanier, und sie verstanden sein Französisch kaum. Ein paar schmutzige, magere Kinder standen hinter dem Haus und beobachteten ihn, aber keines sagte ein Wort.

Bayou Chien Mort lag ungefähr fünfundzwanzig Meilen südöstlich von New Orleans, in Plaquemines Parish, einem Landstrich, der immer noch größtenteils von Franzosen besiedelt war, wenn überhaupt. Das gab ihm eine gewisse Sicherheit, denn die Wahrscheinlichkeit, daß die kleinen Bauern und Trapper, die hier in den Wäldern lebten, einen Schwarzen fangen und als Sklaven verkaufen würden, war nicht sehr groß. So ein Unternehmen wäre viel zu aufwendig gewesen. Er hatte sie auf dem Markt in New Orleans gesehen, in einfachen Kleidern aus selbstgesponnener, rot und blau gestreifter Baumwolle, bettelarm, umgeben von einem Schwarm Kinder, die alle Nono, Vévé oder Bibi zu heißen schienen. Fröhlich verkauften sie Töpferware und Krokodilhäute und verschwanden wieder, ohne sich, wie die Amerikaner, den Vergnügungen der Stadt hinzugeben. Mehr noch als die Kreolen, von denen sie verachtet wurden, lebten sie in einer eigenen Welt, bis hin zu ihrer eigenen, merkwürdigen Sprache.

Trotzdem fühlte er sich unter ihnen sicherer als im Norden oder Westen, wo die Amerikaner lebten, wenngleich ein allein reisender Schwarzer nirgends wirklich sicher war. Selbst als er wieder dem Flußlauf folgte, wählte er einen morastigen Pfad durch die stillen Wälder hinter den Plantagen. Der Fluß war viel zu belebt, und die Kohlenschiffer – Nahum Shagrue und seine Kumpane – waren nur wenig besser als Flußpiraten, und manchmal nicht einmal das.

Er hatte gehofft, während der Mittagshitze rasten und schlafen zu können, aber der Waldboden war in einem so schlechten Zustand, daß er nur langsam vorankam, und während die Sonne immer höher stieg, wagte er nur so lange Pausen zu machen wie unbedingt nötig, um dem Pferd etwas Ruhe zu gönnen. Ein- oder zweimal döste er ein, nachdem er dem Pferd etwas von dem mitgebrachten Hafer gegeben hatte – außer den vier Stunden nach dem Ball bei Hermann hatte er in den letzten zwei Tagen kaum geschlafen –, aber jedesmal, wenn der Wind den Ruß eines Dampfers vom Fluß herüberwehte, schreckte er schweißgebadet auf, vor Angst, Xavier Peralta könnte alle Familienfrühstücke und Aschermittwoch-Einladungen abgesagt haben, um zu seinem verbannten Sohn zu eilen.

Ungefähr eine Stunde vor Sonnenuntergang erreichte er Chien Mort. Er näherte sich von hinten, sah die Lichter durch die Bäume schimmern und erblickte die hügeligen Reihen auf den frisch gepflügten Feldern, bereit für die halbvergorenen Halme der letzten Zuckerrohrernte.

Die Arbeit war bereits weit gediehen. Laut seiner Mutter blieb Peralta gewöhnlich auf seiner Hauptplantage – Alhambra am See Pontchartrain. Er mußte einen tüchtigen Aufseher hier haben.

Im Schutz der Bäume ritt January an den gepflügten Feldern entlang, bis das Haus in Sicht kam. Er registrierte verschiedene Nebengebäude, Grenzsteine und Felder und vesuchte, sich ihre Anordnung zu merken, wie er es als Kind schon getan hatte. Wenn irgend etwas schiefging, mußte er sich vielleicht schnell und im Dunkeln orientieren können. Felder mit einer zweiten Zuckerrohrbepflanzung lagen vor ihm, auf denen die ersten stacheligen, dunkel gestreiften Halme austrieben – holländisches Zuckerrohr, das es zu seiner Kinderzeit noch nicht gegeben hatte –, und frisch gepflügte Felder, an deren Muster er erkannte, daß hier bald Mais ausgesät werden würde.

Dahinter lag der Uferdamm, dicht gesäumt von Platanen. Ein Waldstreifen verbarg das Haupthaus, doch er konnte das Ziegeldach und den Turm der Raffinerie erkennen, und in der Ferne, kaum noch zu sehen hinter einem Obstgarten, lagen die weiß gekalkten Holzhäuschen der Sklaven. Das Haupthaus und die Hütte des Aufsehers, die Taubenschläge, die Räucherhäuser und die Ställe lagen versteckt im Schatten ehrwürdiger alter Eichen.

Er schnalzte leise mit der Zunge und ritt weiter.

Zwischen den Zuckerrohr- und den Maisfeldern lag ein Streifen Land, der dicht mit Nesseln und Kresse bewachsen war. Zwei oder drei Platanen hatte man dort stehen lassen, wahrscheinlich, vermutete January, um den Arbeitern Schatten zu spenden, wenn sie Mittagspause machten.

Er machte kehrt und ritt am Rand der Felder entlang zurück,

bis er wieder auf dem Waldpfad war. Ein paar Meilen zurück hatte er einen zweiten Pfad gesehen, und tiefer im Wald, wo der Boden immer sumpfiger wurde, hatte er Rauch gerochen. Geduldig suchte er den Abzweig, der weiter von der Plantage entfernt war, als ihm lieb war, aber er kannte das Gelände nicht, und dies war seine einzige Möglichkeit. Der Pfad schien selten benutzt zu werden und führte direkt in das Dickicht der Sträucher, zum sumpfigen Nebenarm des Flusses, dem Bayou Chien Mort. Doch als der Abend dämmerte, fand er, was er suchte, ein kleines Häuschen, aus Lehm, Moos und Zypressenplanken zusammengebaut mit einer kleinen Veranda zu dem schmalen Nebenarm hin. Auf dem Hof wuselten barfüßige, ungekämmte Kinder mit schwarzen Augen herum, Nachkömmlinge französischer Kanadier, die vor beinahe hundert Jahren hierhergekommen waren.

»Papa ist weiter oben am Fluß«, erklärte das älteste Mädchen auf Januarys Frage. Der Rauch, den er vor einer Stunde gerochen hatte, kam von einer Feuerstelle in der Küche, die gleichzeitig der größte Raum des kleinen Hauses war. Es roch nach Zwiebeln, Pfeffer und Flußkrebsen. »Aber Val kann Peralta die Nachricht bringen, wenn Sie wollen.«

Val wurde aus einem Verschlag geholt, wo er Bisamratten das Fell abzog. Er war vierzehn, hatte schwarze Haare und die seltsamen, blassen, graugrünen Augen, die manche Akadier hatten. Sämtliche Kinder scharten sich um den Küchentisch, während January seine Nachricht niederschrieb, und staunten entweder über die Tatsache, daß ein Schwarzer schreiben konnte, oder über das Wunder der Buchstaben an sich. Dann saßen sie alle zusammen mit ihm auf der Veranda, und er aß einen Teller von dem Eintopf, den das Mädchen gekocht hatte (»Es war noch nicht lange genug auf dem Feuer, es ist noch nicht wirklich gut«, sagte das Mädchen), und als er sich auf den Weg machte, blieben sie voller Staunen über die Münzen, die er ihnen gegeben hatte, zurück.

Sie erinnerten ihn an Ayashas Schilderungen von marokkanischen Bauern, die am Rande der Wüste lebten. *Sie kennen ihre Gebete,* hatte sie gesagt, *und sie können eine echte Münze von einer Fälschung unterscheiden. Und mehr nicht.*

Er lächelte und fragte sich, was sie von alldem hier gehalten hätte: von den spanischen Holzfällern, den italienischen Eisverkäufern auf dem Markt, der merkwürdigen kleinen Kolonie der *Tockos,* die am Flußdelta lebten, Austern fischten, griechische Lieder sangen und von denen sich hin und wieder bei Vollmond einer ertränkte, den Deutschen und den rechtlosen Stämmen der Choctaws und Natchez-Indianer. Angeblich gab es auch eine chinesische Kolonie irgendwo am Ufer des Flusses.

Und natürlich Afrikaner.

Im ständig wechselnden Zwielicht der Dämmerung suchte er nach einem Versteck für das Pferd. Er hatte es nicht gewagt, die Kinder direkt zu fragen; ihnen hatte er gesagt, er sei in Eile, nur auf der Durchreise, und habe keine Zeit, auf der Plantage selbst haltzumachen. Aber er hatte herausgefunden, daß »Ti Margaux, weiter oben am Bayou« kürzlich gestorben war und daß dessen Haus und Scheune leer standen. In der dschungelartigen Stille der Sümpfe war es fraglich, was »weiter oben am Bayou« bedeutete, denn diese Nebenarme konnten mal in die eine, mal in die andere Richtung fließen, meistens aber lagen sie unheimlich und still unter einem dichten grünen Baldachin aus Zypressen und Moos. Nach langem Suchen fand January das Häuschen schließlich. Es stand auf Pfählen und war, wie die meisten dieser kleinen Häuser, aus Lehm und Zypressenholz gebaut.

Nachbarn oder die Familie hatten bereits alles, was irgendeinen Wert besaß, entfernt, einschließlich der Dachsparren über der Veranda. Die Scheune war ähnlich geplündert, aber die Türen waren immerhin noch da. In der einbrechenden Dunkelheit fand January einen zerbeulten, löchrigen Eimer; nachdem er die Risse mit Moos zugestopft hatte, konnte er Wasser vom Fluß heraufholen, ohne daß der Eimer allzusehr leckte. Er rieb das Pferd ab, fütterte es, verriegelte das Tor und betete, daß keine Nachbarn auftauchten, um noch einmal Nachlese zu halten. Er glaubte es nicht. Der Ort schien bereits gründlich geplündert zu sein.

Eine Decke über der Schulter und Minous Handschuhe in der Tasche, machte er sich aufs neue auf den Weg nach Chien Mort.

»He, wer hockt da so spät noch im Dunkeln rum?«

Seine Mutter – oder seine Lehrer – hätten ihm das Fell über die Ohren gezogen. Er hatte schon zu Olympe gesagt, daß ihre Gegenwart ihn dazu brachte, so zu reden wie früher, und es war erstaunlich, wie leicht er wieder in das nachlässige Französisch fiel, die *a*s zu *o*s in die Länge zog, Endungen wegließ und keine Artikel mehr benutzte.

Der alte Schwarze, der auf der Treppe vor seiner Hütte saß und auf einer Art Panflöte aus Schilf spielte, sah auf und grinste ihn im Licht einer Fackel aus Pinienknorren zahnlos an. »He, wer schleicht da aus den Feldern wie 'ne Schlange auf Rattenjagd?«

Die Musik hatte ihn von den Feldern durch die dunklen Zuckerrohrreihen zu den weiß gekalkten Hütten hinter dem großen Haus geleitet: Panflöten, Banjos und Rasseln aus Knochen. Lebendige Musik, Tanzmusik – der Bamboula, der Tanz über den Besenstiel –, die in der Dunkelheit unheimlich und heidnisch klang. Wieder stieg schmerzlich die Erinnerung in ihm auf, eine traurige und nostalgische Erinnerung an einen kleinen Jungen, der auf den Stufen einer Sklavenhütte sitzt – so wie jetzt ein Stück weiter drei oder vier Kinder auf den Stufen saßen – und den Männern und Frauen zusieht, die sich im Schein der Fackeln wiegen. Sie tanzen, um die von der Arbeit schmerzenden Muskeln zu lockern; sie tanzen, um die Freiheit zu finden, die sie nur im Herzen fühlen dürfen.

Der Tanz war gerade erst vorüber. Auf der Stufe der Nachbarhütte klimperte ein Mann immer noch leise auf seinem Banjo vor sich hin, doch die Stücke waren jetzt ruhiger: eine Gigue, wie Hannibal sie manchmal auf der Geige spielte, die Melodie einer Opernarie. Die jungen Mädchen machten den jungen Männern hübsche Augen. Zu dieser Jahreszeit zirpten nur wenige Grillen. Hinter dem großen Haus, am Ufer, quakten die Frösche. Jetzt fielen ihm die Namen wieder ein, die er ihnen als Kind gegeben hatte: Monsieur Gig, Monsieur Quak-Quak, Mamzelle Didi. Es war immer noch kühl, und das Feuer, das auf der Lichtung brannte, verbreitete eine angenehme Wärme.

»Nur eine Handvoll Blätter, vom Wind hierhergeweht«, sagte January lächelnd, als der alte Mann ein bißchen zur Seite rückte, um ihm Platz zu machen. »Und verdammt froh, ein bißchen Musik zu hören.«

»Auf dem Weg in die Wälder?« fragte der Mann mit dem Banjo. Was nichts anderes war als eine euphemistische Umschreibung der Frage, ob er ein entflohener Sklave sei.

»Sagen wir mal, nicht auf dem Weg in die Stadt.« January zwinkerte ihm zu. »Auf dem Weg nach Grand Isle zu meiner Frau und meinen Kindern. Hab gedacht, es wird so viel getanzt und gefeiert, und die ganze Stadt rennt mit Masken rum, und die meisten sind so betrunken, daß sie sich nicht mal ohne Maske erkennen würden, da merkt niemand, daß ich überhaupt weg war.«

»Ich hab von dir gehört«, sagte eine korpulente junge Frau mit hübschem Gesicht, deren Baumwollkleid und buntes Kopftuch sie sofort als eine der von Peralta so überstürzt ausgewechselten Haussklaven entlarvte.

»Du warst in New Orleans?« fragte January mit unschuldig überraschtem Blick.

Und er erfuhr die ganze Geschichte.

Stück für Stück, ausgeschmückt mit Geschichten über benachbarte Dienstboten, Ehemänner und Frauen, Freunde und Freundinnen der Sklaven im Stadthaus, erzählte sie folgendes: Galen Peralta hatte an der Akademie für Fechtkunst von Augustus Mayerling die Mätresse von Arnaud Trepagier, seinem Mitschüler, kennengelernt und sich unsterblich in sie verliebt. Der Vater hatte den Jungen zu den Blue Ribbon Bällen mitgenommen, um ihm ein anderes junges Mädchen als Mätresse schmackhaft zu machen, doch das hatte nicht gefruchtet.

»Und sie hat ihn auch nicht gerade entmutigt«, fügte die Frau hinzu. Ihr Name war Honey, und in der Stadt war sie Peraltas Köchin gewesen.

»Zuckerbrot und Peitsche«, sagte eine andere Frau, an deren kräftigem Kinn die ersten Falten das nahende Alter verrieten. »Es war nur gut, daß Arnaud Trepagier an der Cholera gestorben ist, sonst hätte es Ärger gegeben.« Sie klang schadenfroh, und in ihrem Blick lag Gehässigkeit, was January ihr nicht übelnahm. Nachdem sie wahrscheinlich beinahe ihr ganzes Leben in New Orleans verbracht hatte, mußte die Verbannung auf eine abgelegene Plantage, noch dazu so Hals über Kopf, bitter, verwirrend und erschreckend sein.

Und Angelique trug Trauer.

(»Ein bißchen vielleicht«, schnaubte die ältere Magd. »Ich hab schon bescheidenere Kleider auf der Gallatin Street flanieren sehen.« – »Wenigstens trug sie Schwarz«, wandte die freundlichere Honey ein. »Ich habe sie auf dem Markt gesehen.«)

Michie Galen schickte ihr Briefe. Michie Xavier fand das unschicklich. Michie Galen kümmerte das wenig. Er war siebzehn und verliebt.

»Ein Mann muß weiß Gott nicht siebzehn sein, um sich wegen einem Mädchen zum Narren zu machen«, grinste eine Frau vor einer anderen Hütte. An ihrer bloßen Brust hielt sie ein schlafendes Baby, und an ihrer Seite hatte sich ein vierjähriger Junge zusammengerollt und schlief. Ihr Mann, Feldarbeiter, der neben ihr saß, versetzte ihr einen kräftigen Stoß mit dem Ellbogen, aber seine Augen lächelten. Alle außer January schienen die Geschichte zu kennen, doch sie war immer noch neu genug, um überall auf lebhaftes Interesse zu stoßen.

Michie Galen flehte seinen Vater an, mit Madame Dreuze zu sprechen. Sie gingen auf den Ball der Quadroons. »Michie Xavier ist erst nach Hause gekommen, als es hell wurde. Und das ist sehr spät für ihn. Er ist keiner von denen, die den Mond anheulen. Da haben wir davon gehört. Er hat gefragt, ob Michie Galen schon zu Hause ist. Wir haben nein gesagt, da hat es am Tor geklopft, und Charles hat aufgemacht. Michie Xavier hinter ihm her, und die meisten von uns auch. Unter den Straßenlaternen stand Michie Galen, er war betrunken und hielt sich am Tor fest. Seine Maske hing runter, und sein Gesicht war völlig zerkratzt und blutete.«

January schwieg, aber er fühlte sich wie als Kind, wenn er mit einer Steinschleuder auf Jagd gegangen war und zusah, wie ein Eichhörnchen nach einem sauberen Schuß vom Ast fiel.

Die Erinnerung an Angeliques Gesicht stieg in ihm auf – dieses geheimnisvolle, katzenhafte, von Edelsteinen und Spitze eingerahmte Gesicht –, und ihre Stimme, wie sie sagte: *Wie können Sie es wagen, Hand an mich zu legen?* Wie sie es ein zweites Mal sagte, in exakt demselben Tonfall, wie einstudiert.

Mit einem leichten Knistern ging das Feuer aus. Die Arbeiter rückten zusammen, um das Ende der Geschichte zu hören. Jemand schielte nervös den Weg hinunter auf das Haus des Aufsehers, aber alles blieb dunkel, und kein Laut war zu hören.

»Fast eine Minute lang standen Michie Galen und Michie Xavier da und starrten sich an«, fuhr die Köchin fort. »Dann drehte sich Michie Xavier ganz ruhig zu uns um und sagte: ›Schließ das Tor, Charles. Und mach es morgen früh ja nicht auf. Honey, haben wir genug Lebensmittel für einen Tag in der Küche, ohne auf dem Markt einkaufen zu müssen?‹ Niemand hat gesagt, was passiert ist, aber wahrscheinlich hat Michie Galen sich betrunken und ein Techtelmechtel mit irgendeinem Mädchen gehabt, und sein Vater wollte nicht, daß Rosalie Delaporte, seine Verlobte, davon Wind bekommt.«

»Du meinst Thierry Delaporte«, warf ein kleiner, würdevoller älterer Mann ein, dessen grobe Kleider und einfache Mokassins ebenfalls neu waren und kaum zu der dünnen Gestalt paßten. Zwei seiner Finger waren bandagiert. January vermutete, daß das der Diener, Charles, war, der hier wohl im Augenblick niedere Aufgaben verrichten mußte. Galen Peralta würde kaum mehr als eine Köchin und eine Magd brauchen, um das große Haus sauberzuhalten. »Rosalie Delaportes Pa«, fügte er erklärend für January hinzu. »Er hat eine große Plantage draußen in St. Charles Parish, und sie reden seit Jahren davon, daß Michie Galen seine Tochter heiraten soll.«

»Und es wird noch Jahre so weitergehen, wenn Michie Galen etwas mit dieser Angelique anfängt«, erwiderte die Magd. »Ich hab gehört, sie ist reines Gift.«

»Am nächsten Morgen«, fuhr Honey fort, nachdem sie einen kurzen Abstecher zu den familiären Banden zwischen den Familien Peralta, Delaporte, Tremouille und Bringier gemacht hatte, »schickte Michie Xavier Momo« – sie deutete auf einen jungen Mann, der offensichtlich bereits an den hiesigen Mädchen Gefallen fand – »mit einer Nachricht nach Alhambra. Die Köchin, Tia Zozo und die anderen von dort mußten für uns als Diener, Magd und Kutscher nach New Orleans kommen, und wir wurden für ein paar Wochen hierher geschickt, damit es kein Gerede gibt.«

»Glaubst du wirklich, nur für ein paar Wochen?« sagte die Magd bitter. »Früher oder später kommt es sowieso heraus, und dann wird er mit dem Vater von der kleinen Delaporte Schwierigkeiten kriegen. Er will unbedingt, daß sie heiraten. Du träumst wohl, Mädchen. Wir werden eine ganze Weile hierbleiben müssen.«

Ihre Augen funkelten vor Zorn.

January dachte an die vielen Meilen, die er durch die Sümpfe geritten war. Der Ort lag völlig abgeschnitten von der Welt. Diese Frau – all die Haussklaven hier – waren im wahrsten Sinne des Wortes von einem Tag auf den anderen, und in ihren Augen aus einer Laune heraus, von ihren Freunden, Ehemännern und Liebhabern und von den Plätzen, die sie kannten, getrennt worden. Er sah die Trauer in den Augen der Köchin, als sie den Blick abwandte.

»Das würde Michie Xavier uns nicht antun, Anne«, sagte Charles sanft. »Ich kenne ihn. Ich arbeite seit vierzig Jahren in seinem Haus. Als wir in die Wagen stiegen, hat er zu mir gesagt, daß wir bald zurück sein werden.«

»Ha! Und wo ist er jetzt?«

»Höchstwahrscheinlich auf dem Weg hierher. Er mußte bis Aschermittwoch in der Stadt bleiben, er mußte zur Messe in die Kathedrale gehen und zum Fischessen zu den Bringiers. Aber jetzt ist er bestimmt schon unterwegs, um nach Michie Galen zu sehen.«

»Übrigens«, fragte January und dachte an seine eigene Kindheit und an die Angst, die Plantage Bellefleur zu verlassen und in die Stadt gehen zu müssen. »Wer kocht für ihn, und wer bürstet seine Anzüge aus? Ihr arbeitet alle hier auf den Feldern, und die Leute aus Alhambra sollen euch in der Stadt ersetzen? Er wird bald genug haben von verknitterten Hemden und Staub unter seinem Schreibtisch.«

Die Magd Anne sah nicht sehr überzeugt aus, aber Honey lächelte dankbar. Sie schwatzten noch eine Weile über den Tod von Xavier Peraltas erster Frau im Kindbett, nach der Geburt von Galen, und über seine zweite Frau, die vor vier Jahren am Gelbfieber gestorben war. Offenbar hatte er noch drei kleine Mädchen. Jede Kleinigkeit des Familienlebens, jedes noch so geringe Ereignis, wurde ausgebreitet – January hatte beinahe vergessen, wieviel Haussklaven über die Geschäfte ihres Herrn wußten. Während seiner Zeit als Sklave war er zu klein gewesen, um sich über solche Dinge Gedanken zu machen, aber es war eine Magd gewesen, die ihn über die Fortschritte beim Verkauf seiner Mutter auf dem laufenden gehalten hatte. Später hatte Livia versucht, ihn von den anderen Sklavenkindern im französischen Viertel fernzuhalten, was ihr jedoch kaum gelungen war. Er erinnerte sich an Olympes Geschichten von Voodoo-Zauberern und Voodoo-Königinnen; daß sie über ein undurchsichtiges, dicht geknüpftes Netz Informationen erhielten und alles darüber wußten, wohin die Leute gingen und was sie taten und warum, ohne daß diese auch nur eine Ahnung davon hatten, wie genau sie beobachtet wurden.

Schließlich sagte der alte Mann mit der Panflöte: »Sirius steht schon hoch. Wenn der alte Uhrquahr aus seinem Fenster das Feuer sieht, kommt er her. Uhrquahr ist der Aufseher«, erklärte er January. »Ich hätte nichts dagegen, wenn du hier bei uns schläfst, aber Uhrquahr ist gemein. Reiz ihn lieber nicht.«

»Das ist sehr freundlich«, sagte January. »Ein bißchen Wärme und ein bißchen Reden, mehr habe ich nicht gebraucht – und eine kleine Pause. Noch ehe es hell wird, werde ich weiterziehen.«

Es ist lange her, dachte er, als er im Sternenlicht durch die Felder auf das Maisfeld mit den Platanen zuging, daß ich so bei den Feldarbeitern und Haussklaven gesessen und ihren trägen, immer schläfriger werdenden Gesprächen zugehört habe. Er vermißte dieses Leben nicht, auch wenn es Weiße gab, die behauptet hätten, daß er sich im Grunde seines Herzens danach sehnte. Die Angst, die Bedrohung und die Hilflosigkeit jener Tage waren zu stark gewesen, sogar jetzt spürte er sie wieder. Die Weißen, die behaupteten, Sklaven liebten die Sklaverei, waren Narren. Noch weniger »liebten sie« eine »starke Hand«. Wie die meisten Menschen machten sie das Beste daraus, suchten das Glück in Kleinen, immer in dem Wissen, daß ihnen auch das von irgendeinem launischen Weißen genommen werden konnte.

Was er vermißt hatte, ohne sich dessen bewußt zu sein, war die Schönheit, die durch die Gitterstäbe des Käfigs seiner Kindheit zu ihm herübergeschlüpft war: die laue Luft eines Frühlingsabends, der Geruch von frisch gepflügter Erde. Das Klappern der Rasseln in der Dunkelheit, die Freundlichkeit der Gefährten in der Not.

Er hatte immer gewußt, daß seine Mutter ihn nicht liebte. Aber sein Vater hatte ihn geliebt, und jede Frau auf Bellefleur war seine Tante gewesen. Doch ihm war bisher nicht klargewesen, wie sehr er dieses Gefühl vermißte. Er war in einer so engen Gemeinschaft groß geworden – zuerst in Bellefleur und dann im französischen Viertel der Stadt –, da war es kein Wunder, daß er sich in all den Jahren in Paris danach gesehnt hatte.

Kein Wunder, daß er in diese Gemeinschaft zurückgekehrt war, nachdem ihm so großes Leid geschehen war. *Hier gehöre ich her,* dachte er, und der Gedanke überraschte ihn nicht einmal. *Nicht nach Europa. Nicht nach Paris. Nicht nach Afrika. Hierher, zu diesen Menschen, die keine Afrikaner mehr sind und noch keine Franzosen.*

Und Nahum Shagrue?

Darauf wußte er keine Antwort.

Aus weiter Ferne hörte er Stimmen, die sich zu einem letzten Lied erhoben, wie Geisterstimmen in der Nacht.

»Elend führte diesen Schwarzen in die Wälder.
Sagt meinem Herrn, ich starb in den Wäldern.«

Hoch stand die Mondsichel über den Bäumen. Als January sich mit seiner Decke unter die Platanen legte, den Rosenkranz betete und im schwachen Licht der Sterne beobachtete, wie die Wolken vorüberzogen, schien Paris Welten entfernt zu sein. Er hätte gern gewußt, ob Ayasha in Paris jemals dieses Gefühl gehabt hatte, wenn sie an Algier dachte.

17

Von seinem Lager unter den Platanen aus sah er Galen Peralta im grauroten Licht der Morgendämmerung über die Zuckerrohrfelder kommen.

Über die leicht hügeligen, noch nicht gepflügten Felder hatte er einen uneingeschränkten Blick in alle Richtungen, noch ungehindert durch das Zuckerrohr, das im Herbst hoch genug stehen würde, um eine ganze Armee zu verbergen. Aus den Schornsteinen der Küchengebäude zwischen dem Herrenhaus und der Hütte des Aufsehers stieg Rauch auf, obwohl es ein warmer Morgen war und bei den Behausungen der Sklaven, dem Häuschen des Aufsehers und dem Herrenhaus kein Rauch zu sehen war. In der Ferne tutete ein Dampfschiff durch die feuchte, stille Morgenluft. Aller Wahrscheinlichkeit nach hatte der alte Peralta die Stadt gegen Mitternacht verlassen. Er konnte jeden Augenblick eintreffen.

January versuchte, sich zu erinnern, ob er während der Nacht ein Boot gehört hatte. Er glaubte es nicht, aber die Berichte der Sklaven hatten ihn so gefesselt, daß er nicht darauf geachtet hatte. Außerhalb der Stadt hatte der Fluß eine starke Strömung, und ein Schiff, das flußabwärts fuhr, mußte nicht zusätzlich Dampf machen, wenn es in den gewundenen Kanälen in Ufernähe blieb. Der Mond nahm zu. Er hatte gehört, daß es Steuermänner gab, die sogar in mondlosen Nächten fuhren. Wahrscheinlich würde auch er einen so wagemutigen Steuermann anheuern, wenn er in einer verzweifelten Lage wäre.

Mit zusammengekniffenen Augen blinzelte er in das graue Morgenlicht. Er hoffte, daß es Galen war, der da über die Felder kam.

Der Junge näherte sich. Er kam zu Fuß, wohl um unnötiges Aufsehen zu vermeiden. January erkannte die schlaksige, eher schmächtige Gestalt aus dem Salle d'Orleans wieder; Welten lagen zwischen dieser Erscheinung und der untersetzten, aufrechten Haltung des alten Peralta. Das Gesicht wurde von einer ausladenden Hutkrempe überschattet, aber der Gang war nicht der eines selbstbewußten Aufsehers.

January versuchte, sein heftig schlagendes Herz zu beruhigen. Es würde noch eine Weile dauern, bis der Dampfer anlegte. Ihm blieb genug Zeit, sich in Sicherheit zu bringen.

Er mußte nicht lange mit dem Jungen reden, aber er mußte ihm ins Gesicht sehen, um nachzuprüfen – und bezeugen zu können –, ob es stimmte, was man ihm erzählt hatte.

Nach einer Woche waren die Wunden immer noch zu sehen, wenn auch schwächer. Eine weitere Woche, und sie würden verschwunden sein. Die Kratzspuren, die auf beiden Seiten von den Wangenknochen bis zum Kinn verliefen, stammten eindeutig von den Fingernägeln einer Frau. An einigen Stellen waren sie bereits verschorft, an anderen zogen sich dunkelrote Linien über die zarte, blaßbraune Haut, noch immer die zarte Porzellanhaut eines Kindes. Galen blinzelte ihn unter der Hutkrempe hervor an; es war das erste Mal, daß January ihn aus der Nähe sah.

Er sah große, klare blaue Augen, einen hauchdünnen blonden Schnurrbart, der lächerlich an der schmalen Oberlippe klebte, und blondes Haar, das an den Spitzen von der Sonne gebleicht war. Er hatte dunkle Ringe unter den Augen, und Anspannung, Trauer und schlaflose Nächte hatten um seinen Mund herum tiefe Falten hinterlassen.

January hatte lange genug nachts im Hôtel Dieu gearbeitet; er wußte, daß ein Mann, der die Frau, die er liebte, aus Wut oder Eifersucht erwürgt hatte, durchaus nachts wach liegen und um sie weinen konnte. Er hatte Männer neben dem toten Leib ihrer Frau oder Geliebten gesehen – der sie selbst eine zerbrochene Flasche über den Kopf gezogen hatten –, die tränenüberströmt versuchten, sich die Pulsadern aufzuschneiden. Angelique aber war trotz ihrer hellen Haut eine Farbige gewesen, weniger wert in den Augen des Gesetzes und vielleicht auch in den Augen ihres Geliebten.

Vielleicht war es das, was ihn so schmerzte.

»Sie-Sie-Sie haben etwas für m-mich?«

»Ja, Sir.« January lüpfte seine Mütze und sprach mit Absicht so einfach wie möglich. »M'am Dreuze schickt das hier.« Er zog das saubere Tuch mit Dominiques Handschuhen aus der Tasche.

Der Junge wickelte sie aus und starrte sie an. January sah, wie er die Zähne zusammenbiß, um nicht die Fassung zu verlieren.

Im Gegensatz zu Charles-Louis Trepagier stand hier ein junger Mann, der Gewalt nicht als selbstverständlich akzeptierte, nicht einmal die Gewalt seines eigenen Naturells. January fragte sich, was Xavier Peralta seinem Sohn in der Morgendämmerung nach dem Ball gesagt haben mochte, nachdem die Sklaven fort waren.

»Ha-hat sie –« Er schluckte und versuchte es noch einmal. »Ha-hat sie noch etwas geschickt?«

»Nein, Sir.«

Der Junge sah auf und kämpfte mit den Tränen. Er würde nicht weinen, nicht in Gegenwart eines Fremden, noch dazu eines Schwarzen. »Ich v-verstehe.« Verwirrt zog er die fein geschwungenen Augenbrauen zusammen. January wußte, daß man ihn allein wegen seiner Größe meistens erkannte, und er war einer der wenigen gewesen, die in jener Nacht nicht maskiert waren.

Sie waren sich auf der Schwelle zur Garderobe begegnet.

Da hatten sich Galens Aufmerksamkeit und sein ganzes Herz auf die glitzernde Fata Morgana konzentriert, die ihn dort im Kerzenlicht auslachte, aber es war doch möglich, daß er sich an ihn erinnerte.

Panik erfaßte January wie eine Woge eiskalten Wassers, und er zog die Schultern ein wenig ein und kratzte sich am Kinn. Aber er wußte auch, daß viele Weiße kaum hinsahen, wenn sie

Schwarzen oder Farbigen begegneten, die sie nicht kannten. »Aber sie hat gesagt, ich soll es persönlich abgeben, keinem anderen, und das habe ich getan.« Wenn es ihm nur gelang, den Eindruck zu erwecken, daß er auf gar keinen Fall im Ballsaal gewesen sein konnte. »Soll ich eine Nachricht für sie mitnehmen?«

Im selben Moment hätte er sich die Zunge abbeißen können. Wenn Galen nun sagte: *Ja, warte hier zwei Stunden, ich gehe ins Haus und schreibe einen Brief,* waren die Chancen, daß Xavier Peralta in der Zwischenzeit ankam, um ein Vielfaches höher. Und natürlich würde ein Weißer sich nichts dabei denken, ihn den halben Vormittag warten zu lassen. Es würde ihn auf jeden Fall eine Menge Zeit kosten, bis er zu dem Versteck zurückkehren konnte, wo er das Pferd gelassen hatte. Der Gedanke, daß das Pferd vielleicht schon gestohlen war, verursachte ihm Übelkeit. Zu Fuß hatte er in dieser Gegend keine Chance.

Ein Dampfschiff schaffte die dreißig Meilen von der Stadt hierher in fünf bis sechs Stunden, je nachdem, wie oft es unterwegs anlegen mußte und was an Waren entladen wurde. Wenn Peralta die Stadt um Mitternacht verlassen hatte …

»N-nein«, sagte Galen. »N-nein, vielen Dank.« Er wirkte wirklich sehr jung. Er wickelte die Handschuhe wieder in das Tuch und steckte sie in die Tasche seines groben Tweedjacketts. Dann zog er einen mexikanischen Silberdollar aus seiner Hosentasche und drückte ihn January in die Hand. »Danke. W-wenn du mit zum Haus kommst, b-bekommst du in der K-küche etwas zu essen.«

»Wenn Sie nichts dagegen haben, Sir, mache ich mich lieber auf den Weg.« Grüßend tippte er an seine Mütze. »M'am Dreuze hat mir das da gegeben, weil sie wußte, daß ich meine Frau und meine Kinder unten auf Grand Isle besuchen will. Ich mache lieber, daß ich weiterkomme. Nichts für ungut, Sie sind sehr freundlich, Sir.«

Seine Entschuldigung klang schrecklich weit hergeholt – wer würde sich ein warmes Essen und einen kleinen Schwatz in der Küche der Plantage entgehen lassen –, aber Galen war offensichtlich so durcheinander, daß er die Unglaubwürdigkeit nicht bemerkte. Wortlos drehte er sich um und ging zurück zum Haus. Um seine Füße lösten sich die letzten Bodennebel auf. Die Hand in seiner Tasche bewegte sich ein wenig, liebkoste die Handschuhe.

Minous Handschuhe.

January spürte einen Anflug von Scham.

Er hat die Frau erwürgt, deren Leichnam du gefunden hast, sagte er sich. *Und er versucht, dir die Sache anzuhängen. Ihm ein Liebessouvenir zu überbringen, das eigentlich deiner Schwester gehört, ist die geringste Strafe.*

Doch es war schwierig zu sagen, welche Strafe Galen Peralta verdiente.

Gerechtigkeit, dachte er. *Nur Gerechtigkeit. Aber verdienen wir die nicht alle?*

Während January sich durch die Felder davonstahl und in den Wald flüchtete wie ein Fuchs in seinen Bau, tauchten in den Gassen zwischen den Hütten leise singend die ersten Sklaven auf.

Es war Jahre her, daß January durch so unwegsames Gelände gewandert war. Er hatte selbst als Kind die Zeichensprache der Wälder nie richtig gelernt, er wußte gerade das, was jeder Sklave, der auf dem Land aufgewachsen war, wußte: drei Äste, zu einem Dreieck gelegt, zeigten in die Richtung, aus der man gekommen war, gezackte Markierungen an Baumstämmen hießen: Vorsicht, Schlangen! Es war ein warmer Tag, der den Frühling in Louisiana ankündigte; eine feuchte, erschöpfende Hitze lag in der Luft, wie er sie selbst an den heißesten Tagen in Paris nicht erlebt hatte. Schwül und schwer stand die Luft zwischen den Eichen und Eukalyptusbäumen, und mit jedem Schritt schien sie schwerer zu werden. Er bemühte sich, im Schatten der Bäume am Waldrand zu bleiben und die Grenze der Felder im heller werdenden Licht des anbrechenden Tages nicht aus den Augen zu lassen, denn er wußte, wie leicht man in diesen endlosen Wäldern die Orientierung verlor.

Aus der Ferne drang, wie das Rauschen von Wind in den Bäumen, der Gesang von den Feldern zu ihm herüber.

Kinder ohne Vater,
Kinder ohne Mutter,
Wovon werdet ihr satt?
Wir gehen über den Fluß und suchen nach wilden Beeren,
Wir schwimmen im Fluß und fangen uns Fische,
So werden wir satt.

Wie von selbst analysierte sein geübter Verstand die geheimnisvolle, gleichförmige Tonfolge, den freien Rhythmus, die Synkopen der Trommeln, und trotzdem sprach das Lied tief in seinem Herzen etwas an. Es hatte mit Schubert und Rossini ebensowenig zu tun wie der Calinda, aber der Zauber nahm ihn trotzdem gefangen.

Ein Vogel sang in einem Beerendickicht; irgendwo schrie ein Bussard.

Dann war es ruhig.

Stille.

January blieb stehen und lauschte. Hatte der Wind gedreht? In der Ferne ertönte das tiefe Horn eines Dampfschiffes.

Zwischen ihm und dem Fluß lagen die Zuckerrohrfelder. Der Gesang war verstummt.

In seinem Hals bildete sich ein Kloß. Er beschleunigte seinen Schritt, zwang sich aber, nicht zu rennen, denn das würde Spuren hinterlassen, und die Gefahr, auf dem unebenen Waldboden über Blätter und Zweige zu stolpern, war groß. Wenn er rannte, würde er sehr schnell die Orientierung verlieren.

Im Geiste sah er einen Reiter – vielleicht auch zwei – vor dem Herrenhaus. Sie winkten dem Aufseher (*Uhrquar ist gemein* ...), die Sklaven beobachteten sie schweigend ...

Vielleicht wurde auch jemand getadelt. Dann würden sie auch für eine Weile aufhören zu singen. Er lauschte angestrengt, aber der Gesang setzte nicht wieder ein.

Er lief weiter, schneller jetzt, und versuchte, sich an den Weg zu erinnern. In der einbrechenden Dunkelheit des vergangenen Abends hatte alles anders ausgesehen als am Nachmittag, und jetzt, auf dem Rückweg, sah wieder alles völlig anders aus. In der Nähe einer von Flechten wie eine trauernde Witwe verschleierten Roteiche fand er eines seiner eigenen Zeichen wieder, aber er konnte sich überhaupt nicht an die Stelle erinnern. Er lief so schnell, daß die Zweige über ihm zu fliegen schienen. Wie lange würde es dauern, bis sie die Jagd auf ihn organisiert hatten?

Als er sechs Jahre alt gewesen war, war ein Feldarbeiter auf Bellefleur geflüchtet. Er erinnerte sich daran, wie der Aufseher Männer für die Suche zusammengerufen hatte und wie die Männer sich gemeldet hatten. Wahrscheinlich hätte es auf den benachbarten Plantagen genügend Weiße gegeben, denn Bellefleur war nicht weit von New Orleans entfernt und lag weit weniger einsam als Chien Mort, aber es war Pflanzzeit gewesen, und jeder wurde gebraucht. Also hatten Schwarze, Sklaven wie er, die Suche übernommen – und das nur zu bereitwillig.

January hatte ihnen indirekt erzählt, daß er geflüchtet sei. Und er war weder ein Verwandter noch ein Freund dieser Leute. Natürlich würden sie ihn verfolgen. Es würde eine willkommene Unterbrechung ihrer monotonen Arbeit auf den Feldern sein.

Nieselregen setzte ein. Das überdeckte seinen Geruch, falls sie Hunde einsetzten, aber er hinterließ auch mehr Spuren auf dem morastigen Boden, und die Zeichen am Weg würden verwischen. In Paris, als respektabler Musiker, hatte er sechzehn Jahre lang Stiefel getragen, und früher hatte Livia darauf geachtet, daß er Schuhe trug, wie es sich für einen anständigen Farbigen gehörte, und nicht barfuß wie die Schwarzen ging. Obwohl seine Stiefel tiefe Spuren hinterlassen würden, wagte er nicht, sie auszuziehen und seine Flucht barfuß fortzusetzen.

Der Wald wurde dichter, der Untergrund sumpfiger. Geisterhaft ragten Zypressen zwischen den Eichen auf. Zu dem kleinen Nebenarm des Bayou, dem er zur Hütte des alten Ti Margaux gefolgt war, war es weiter, als er gedacht hatte. Bleischwer lastete das Gepäck auf seinem Rücken, und seine Gelenke schmerzten. Seine Phantasie ließ ihm keine Ruhe und beschwor das Bild des erschöpften, gequälten Galen herauf, wie er auf der Schwelle des weiß getünchten Herrenhauses seinem soeben eingetroffenen Vater gegenübertrat.

Wer hat dir diese Handschuhe gegeben?

Ein g-großer Nigger aus der Stadt.

Und er hat dich gesehen? Du hast zugelassen, daß irgend jemand aus der Stadt dein Gesicht sieht?

Er dachte an Sally, die einfach aus Les Saules davongelaufen war. Wie die Köchin, Claire, richtig bemerkt hatte, war es bis zur amerikanischen Straßenbahn nur eine Stunde Fußmarsch. Er würde hier draußen sehr lange laufen müssen, bis er in Sicherheit war.

Er hastete durch den Wald und sah sich plötzlich einem Wasserlauf gegenüber, den er noch nie gesehen hatte. Smaragdgrün, von Wasserlinsen bedeckt, lag er vor ihm. Regentropfen zogen weite Kreise auf der Oberfläche. Wie alte graue Götter in Lumpen säumten Zypressen das Ufer; blaß standen sie vor dem strahlenden Grün der Pinien. Knorrige Baumstümpfe ragten aus dem Wasser, wie watende Kinder, ausgeschickt, die Untiefen zu erkunden. Von einem Baumstamm blinzelte ihn eine Schildkröte an.

Gott sei Dank, daß die Krokodile um diese Jahreszeit noch schlafen, dachte er und machte kehrt, um seine eigene Spur zurückzuverfolgen, auf der Suche nach der Markierung, die er hier irgendwo hinterlassen zu haben glaubte. Dieser Wasserlauf konnte ihn zu dem verlassenen Häuschen von Ti Margaux führen, vielleicht war es auch ein Nebenarm, oder aber er führte nirgendwohin. Der Regen wurde stärker, raschelte in den Blättern der Eichen und den Nadeln der Pinien. Am Wasser war es kühler gewesen; der feuchten Hitze im Wald schien der Regen nichts anhaben zu können, er verhinderte nur, daß January seine Verfolger hörte. Er stolperte über ein Azaleengestrüpp und sah sich urplötzlich Auge in Auge mit einem jungen Schwarzen, der grobe Hosen trug wie die Feldarbeiter und einen Knüppel in der Hand hielt.

»Hier ist er«, rief der Mann. »Hier ist ...«

Mit zwei großen Schritten war January bei ihm, riß ihm den Knüppel aus der Hand – der Verfolger war so überrascht über den Angriff, daß er vergaß, ihn zu benutzen – und versetzte ihm einen harten Schlag an die Schläfe. Der junge Mann ging bewußtlos zu Boden, und January rannte weiter. Es regnete immer heftiger, und die prasselnden Tropfen verwandelten die verschiedenartigen Grüntöne des Wassers in ein wirres Gemälde.

Er lief auf das dichte Gestrüpp am Wasser zu, aber dann hörte er vom Uferdamm her laute Stimmen und wußte, daß er nicht am Wasser entlang flüchten konnte. Also lief er direkt auf den Uferdamm zu, wo Wassereschen, Zypressen und Palmen Weihrauchkiefern Platz machten, deren Nadeln den Boden bedeckten und jedes Wachstum abtöteten. Mit seinen langen Beinen jagte er vorwärts, und sein Körper fand seinen Rhythmus. Er war groß, aber er war seit Jahren nicht gelaufen, und die Stiefel wurden immer schwerer an seinen Füßen. Zu lange, dachte er, als er plötzlich spürte, wie seine Lungen brannten. Die Männer, die hinter ihm her waren, waren bestimmt jung und kräftig.

Er lief im Zickzack, geriet ins Rutschen und schlidderte weiter auf das Wasser zu. Da sah er etwas Graues, es war die Hütte des toten Ti Margaux, unerreichbar auf der anderen Seite des Bayou. Er hatte keine Ahnung, wie er hierhergekommen war, aber es bestand kein Zweifel, es war das Haus. Einen Augenblick lang dachte er daran, sich zu verstecken und seine Verfolger vorbeilaufen zu lassen, aber sie würden das Haus auch sehen und wissen, daß er dorthin flüchten würde. Die Schlangen hielten ihren Winterschlaf, wie die Krokodile. *Lieber Gott, laß die Schlangen noch schlafen!* Schließlich zog er seine Jacke aus und stürzte sich in den Bayou.

Er war nicht sehr breit – vielleicht drei bis vier Meter – und nicht besonders tief. Er hielt seine Papiere und die Jacke über den Kopf und watete hinein. Er mußte nur ein kurzes Stück schwimmen, dann spürte er zähen Schlamm unter den Stiefeln und Wasserpflanzen, die sich um seine Beine schlangen wie Drahtnetze. Algen schlugen ihm gegen die Beine, als er sich an Land zog. Er stolperte die Böschung hinauf, riß die Tür zu der alten Scheune auf und griff nach dem Zaumzeug. Er zwang sich, ruhig und systematisch vorzugehen, als er dem Pferd das Zaumzeug anlegte und festzurrte. Er verzichtete auf den Sattel, schwang sich tropfnaß auf das Pferd und jagte das Tier im Galopp aus der Scheune.

Er fand sich einem Gewirr von Zypressen, Roteichen, Krautgewächsen und Schlingpflanzen gegenüber, die das Pferd bremsten. Er duckte sich unter den tief hängenden Zweigen. Schlamm lief ihm über den Rücken, während er versuchte, den schmalen Pfad wiederzufinden, der ihn hierhergeführt hatte.

Dann warfen sich Männer auf ihn. Mit wildem Kriegsgeheul stürzten sie aus der Wildnis, schwarz, halb nackt und mit Knüppeln bewaffnet. January stieß dem Pferd die Hacken in die Flanken, aber Hände griffen nach dem Zaumzeug, zogen an seinen Beinen, zwangen das panische Pferd in die Knie und zerrten ihn herunter. Er schwang seinen Knüppel und spürte, daß er getroffen hatte, aber von allen Seiten prasselten Schläge auf ihn ein und betäubten ihn. Die provisorische Waffe wurde ihm aus den Händen gerissen, dann lag er, immer noch kämpfend, wie festgenagelt auf dem Boden.

Die Stimme eines Weißen sagte: »Laßt ihn.«

Sie gehorchten, hielten aber weiter seine Arme fest und bildeten einen engen Kreis um ihn. Trotz des Regens hing ein ranziger Geruch von Schweiß – seinem oder ihrem – und Morast in der Luft.

Drei Weiße standen auf einer kleinen Anhöhe vor ihm. Offensichtlich hatte keiner von ihnen versucht, ihm zu Pferd durch die Sümpfe zu folgen; sie waren, wie die Schwarzen, zu Fuß gekommen. Ein stämmiger, blonder, ungefähr dreißigjähriger Mann mit einem struppigen Backenbart und einer geflochtenen Lederpeitsche am Gürtel mußte Uhrquahr, der Aufseher, sein.

Der zweite, immer noch in dem Tweedjackett und den Reitstiefeln, die er am Morgen bei seinem Gang über die Felder getragen hatte, war Galen Peralta. Regen tropfte von der breiten Krempe seines Hutes.

Der dritte, das weiße Haar schutzlos dem Regen ausgesetzt und mit kalten stahlblauen Augen, war Xavier Peralta.

Peralta wandte sich an die Feldarbeiter, die January festhielten. »Ist das der Mann, der gestern zu euren Hütten kam und nach Michie Galen gefragt hat?«

»Ja, Sir, das ist er.«

Er sah January an. Auch er schien erschöpft, als wären den Abenden lärmender, pflichtschuldig absolvierter Familienfeiern schlaflose Nächte gefolgt. Es war noch nicht einmal Mittag, was bedeutete, daß er das erste Schiff am Morgen genommen haben mußte.

»Du hast meinem Sohn erzählt, daß Madame Dreuze dich mit einem Andenken hierhergeschickt hat – eine Geste, die dieser Frau überhaupt nicht ähnlich sieht, so sentimental sie auch manchmal sein kann –, und du hast meinen Leuten erzählt, daß du auf der Flucht nach Grand Isle bist. Ich glaube, daß beides gelogen ist. Sag mir jetzt die Wahrheit. Wer bist du?«

»Mein Name ist Benjamin January«, erwiderte January. »Ich bin ein freier Farbiger.« Er griff in die Tasche – die Arbeiter lockerten ihren Griff nicht – und zog seine Papiere heraus.

Uhrquahr nahm sie und zerriß sie, ohne einen Blick darauf zu werfen. »Jetzt bist du ein Sklave«, sagte er und lächelte.

»Schafft ihn fort«, sagte Peralta und wandte sich ab.

18

Die Zuckermühle war das einzige Gebäude auf Peraltas Anwesen, das aus Ziegeln gemauert war. Es gab eine Kammer, in der das Holz zum Schutz vor den gierigen Feuern beim Abbrennen der Felder im Winter gelagert wurde, aber da der Winter beinahe vorüber war, war der Raum fast leer und der Ziegelboden sauber gefegt. Das kommende Jahr würde davon bestimmt sein, daß das Lager aufgefüllt werden mußte, eine mühselige Arbeit wie das quälende Hacken des schnell wachsenden Unkrauts, das sonst das Zuckerrohr überwucherte, oder das Freischaufeln der Gräben.

Auf der anderen Seite der Mühle, in einer anderen Kammer, hinter den schweigenden, dunklen Schatten der Zuckerpressen und einer langen Reihe riesiger, leerer Kochbottiche, trockneten auf hölzernen Gestellen Zuckerkegel, aus denen Melasse tropfte. Gazetücher waren darüber gespannt, um die Kakerlaken fernzuhalten. Der schwere, süße Duft der Melasse erfüllte die Dämmerung.

»Fesselt ihn im Stehen.« Kalt hallte Peraltas Stimme von den hohen Dachsparren wider, auf die der Regen trommelte. Die Pferde, seins und Uhrquahrs, hatten sie am Waldrand gelassen, die Fußketten steckten in den Satteltaschen. »Fesselt nur die Füße«, fügte er hinzu, als der Aufseher Anstalten machte, January an einen der eckigen Zypressenpfeiler zu stoßen, die den Dachfirst der Kammer stützten. »Ich rufe Sie, wenn es Ärger gibt.«

Sie mußten January die Stiefel ausziehen, um die Kette zu schließen. Sie schnitt ihm ins Fleisch und drückte gegen das blaue Band des Talismans, den Olympe ihm gegeben hatte.

Peralta zog zwei Pistolen unter seinen Rockschößen hervor, von denen er eine an Uhrquahr reichte. Trotz seiner nassen Kleider – zu seinen Füßen hatte sich bereits eine Pfütze gebildet –, strahlte der alte Pflanzer eine Art tödliche Ruhe aus, die January viel mehr Angst einflößte als die rohen, blinden Machtbekundungen des Aufsehers.

»Mr. Uhrquahr, bitte warten Sie vor der Tür des Lagers. Kommen Sie nur herein, wenn ich um Hilfe rufe. Ich glaube nicht, daß das hier lange dauert. Sagen Sie Hephastion, er soll die Männer wieder auf die Felder schicken, sobald es aufhört zu regnen.«

Der Aufseher tippte an seine durchnäßte, herabhängende Hutkrempe und ging. Als er die Tür öffnete, wurde das Geräusch des Regens einen Augenblick lang lauter. Uhrquahr warf einen wütenden und enttäuschten Blick zurück, dann verließ er den Raum.

January lehnte sich an den Pfeiler, die Arme dicht am Körper, und beobachtete Peralta schweigend. Der alte Mann stand in einiger Entfernung, in nassen Strähnen hing das weiße Haar auf seinen Kragen, seine blauen Augen blickten kalt wie Glas. An der Art, wie er da stand, erkannte January, daß der Mann darauf wartete, daß er als erster sprach; er wollte Erklärungen und Entschuldigungen hören, vielleicht auch Bitten. Also schwieg January, und beide harrten aus, als warteten sie auf den Wechsel geheimnisvoller Gezeiten. Laut trommelte der Regen auf das Dach.

Es war Peralta, der das Schweigen schließlich brach. »Ich wußte nicht, daß die Polizei freie Schwarze als Spitzel anheuert.«

January wollte schon protestieren: er war *sang mêlée*, ein Mischling, kein Schwarzer, doch dann wurde ihm klar, wie lächerlich das klingen würde. Vielleicht hatte Olympe recht, und er war im Innern weißer als ihre Mutter.

»Die Polizei hat mich nicht geschickt«, sagte er und schüttelte ein wenig den Kopf, als ihm das Wasser aus den kurzgeschorenen Haaren in die Augen lief. Leise klang seine Stimme durch das Halbdunkel. »Waren Sie nicht derjenige, der Monsieur Tremouille gebeten hat, niemanden hierher zu schicken? Auf keinen Fall Nachforschungen anstellen? Ich bin der Mann, den sie an Stelle Ihres Sohnes hängen werden.«

Peralta senkte den Blick. Sein Gesichtsausdruck war im Dämmerlicht nicht zu erkennen, und January konnte nicht sehen, ob sein heller, rosiger Teint rot anlief, aber die Art, wie er die Schultern anspannte und sich aufrichtete, war unmißverständlich. Sein Schweigen zerschnitt die Stille wie das kratzende Geräusch einer zu stark gespannten Baumwollpresse.

Erschieß mich und verschwinde, dachte January voller Wut. Er kannte den Tod; in seiner Lage würde eine Kugel weniger schmerzhaft sein als der Strick. *Erschieß mich und verschwinde – oder rede.* Er jedenfalls würde kein Wort mehr sagen.

»Du bist ... einer von den Musikern. Der Pianist.«

»Das ist richtig«, sagte January. »Und Ihr Sohn kann bestätigen, daß ich in der Garderobe war und mit Mademoiselle Crozat gesprochen habe, als er hereinkam, und daß sie noch am Leben war, als ich ging.«

Nur ihrer beider Atmen war zu hören.

»Er ist mein einziger Zeuge«, fuhr January fort. »Aber wahrscheinlich wissen Sie das schon.«

»Nein.« Der alte Mann bewegte die Schultern, verlagerte das Gewicht von einem Fuß auf den anderen und entspannte sich ein wenig. »Nein, das wußte ich nicht. Ich habe die Angelegenheit nicht ausführlich mit der Polizei besprochen. Mein Sohn ...« Er brach ab. »Mein Sohn hat nichts davon erzählt.«

»Und hat Ihr Freund, Captain Tremouille, Ihnen berichtet, daß ich der einzige bin, der bezeugen kann, daß Ihr Sohn in die Garderobe kam? Nachdem alle gesehen hatten, wie er nach dem Streit mit Angelique die Treppe hinuntergestürmt ist?« January sah dem Weißen in die Augen. Er wußte, daß er sich auf gefährlichem Pflaster bewegte, aber es kümmerte ihn nicht.

»Ich muß mir das nicht anhören.« Peralta wandte sich ab.

»Nein, das müssen Sie nicht«, sagte January. »Denn Sie haben eine Waffe, und ich bin angekettet. Sie müssen sich gar nichts anhören.«

Das hielt ihn auf. Wahrscheinlich wäre er nicht geblieben, wenn January gesagt hätte, *weil Sie weiß sind, und ich bin schwarz.* In gewissem Sinn lief es auf das gleiche hinaus, aber natürlich würde ein Weißer das nicht so sehen. Doch Peralta hielt sich für einen Gentleman, einen Mann mit altmodischen Vorstellungen von Ehrenhaftigkeit. Das wußte January seit dem Ball, auf dem Bouille William Granger herausgefordert hatte. Peralta war stolz darauf, daß er die Spielregeln kannte, daß er anders war als die Amerikaner.

»Ich habe meinen Freunden gesagt, wo ich hingehe«, sagte January. Er wollte die Arme vor der Brust verschränken, doch er hielt sich zurück; diese Haltung wäre zu bedrohlich gewesen, zu herausfordernd. Er wußte, daß seine Größe bedrohlich genug war, und er befand sich auf einer Gratwanderung. »Wenn ich nicht zurückkomme, werden sie meine Aufzeichnungen der Polizei übergeben. Nicht daß es mir auch nur einen Fliegendreck nützt, wenn Sie beschlossen haben, daß ein reicher Mann einen armen umbringen kann, wenn er ihm im Weg ist, aber ich achte die Wahrheit, und ich will, daß sie bekannt wird.«

Langsam drehte Peralta sich um. Der unausgesprochene Vorwurf, ein Lügner zu sein, traf ihn bis ins Mark. Er öffnete den Mund unter dem tropfnassen weißen Schnurrbart, doch er hatte keine Erwiderung. Dennoch konnte er als Ehrenmann und Kreole alter Schule die Antwort nicht schuldig bleiben. Und Gentlemen sagen die Wahrheit.

»Er ist mein Sohn«, sagte er schließlich. »Und ich werde dich nicht töten.«

Die alte Panik ergriff January, denn er wußte, was das bedeuten konnte. Mit fester Stimme sagte er: »Aber meine Freunde werden mich suchen.«

Wer? dachte er bitter. *Livia? Dominique?*

»Es sei denn, Sie verkaufen mich in einen anderen Staat.«

»Nein«, sagte Peralta einfach. Er holte tief Luft und sah January wieder in die Augen. »Ich weiß … es ist hart. Aber ich habe keine andere Wahl. Uhrquahr!«

Schnell wurde die Tür geöffnet. Uhrquahr kam herein, die Pistole im Anschlag. Peralta konnte von Glück sagen, daß der Mann nicht wild um sich schießend hereingekommen war und sie beide umgelegt hatte, bevor sich seine Augen an das Zwielicht gewöhnt hatten.

»Werfen Sie ihn ins Gefängnis«, sagte Peralta ruhig. »Wir werden ihn ein paar Tage hierbehalten.«

Als January klein war, hatte Mambo Sue, die älteste Frau auf Bellefleur, immer gesagt, daß es Unglück bringe, ein Haus aus Ziegeln und Stein zu bauen, aus Dingen, die keine Seele haben. Damals hatte ihm das eingeleuchtet, denn die Hütten der Sklaven waren aus Holz, und die Bewohner des Herrenhauses waren ihm so verrückt und andersartig vorgekommen, wie man nur werden konnte, wenn man in einem Haus ohne Seele wohnte.

Später, wenn January vom Fenster des Hauses seiner Mutter in der Rue Burgundy aus die schweren Regenfälle und Stürme beobachtete, hatte er an die nassen Nächte und den ständigen, trockenen Husten gedacht, an dem die meisten Sklaven damals litten, und er hatte seine Meinung geändert.

Das Gefängnis auf Peraltas Plantage war jedenfalls aus Ziegeln gebaut.

Die Gitterstäbe vor dem hohen Fenster waren nicht aus Eisen, sondern aus Holz, doch das nützte January wenig, denn sein Handgelenk war mit einer kurzen Kette an die gegenüberliegende Wand gefesselt. Es könnte schlimmer sein, dachte er. Chronische Flüchtlinge wurden häufig auf dem Rücken liegend mit den Füßen an Ringen in etwa ein Meter Höhe an der Wand angekettet. Der Boden war aus Stein. Der ganze Raum roch nach Schimmel und sehr altem Urin.

January betrachtete die Bolzen, mit denen die Ketten an der Wand befestigt waren, und dachte darüber nach, wie unterschiedlich die Geräusche von Bayou Chien Mort und Les Saules waren. So klein, verschlafen und abgelegen Bayou Chien Mort auch sein mochte, es war Leben auf der Plantage. Von den Hütten klangen hohe Kinderstimmen herüber, und in weiter Ferne hörte er schwach das gleichmäßige Geräusch der Hacken und rhythmischen Gesang.

»Sie hetzen ihn, sie jagen ihn mit Hunden,
Sie schießen mit einem Gewehr auf ihn
Und ziehen ihn aus den Sümpfen,
Sie binden seine Arme auf dem Rücken,
Die Hände binden sie vorn …«

Es war ein verbotenes Lied, ein geheimes Lied über Saint Malo, den Rebellenführer der Sklaven. Uhrquahr war wahrscheinlich gerade nicht in der Nähe. Zitternd kratzte January mit einem Fingernagel an dem Mörtel der Bolzen.

Wie er vermutet hatte, war es kein richtiger Mörtel, sondern getrockneter Lehm, ein armseliger Ersatz für diesen Zweck. Er griff nach der Kette, wickelte sie sich um den Oberarm, drehte sich einmal um die eigene Achse und wartete auf ein Zeichen, daß die Bolzen nachgaben.

Ein bißchen, dachte er. *Ein kleines bißchen.*

Er durchsuchte seine Taschen.

Das Messer und den Löffel, die einzigen Metallgegenstände, die er bei sich trug, hatten sie ihm weggenommen. Ebenso seine silberne Uhr und sein gesamtes Geld. Nur den Rosenkranz hatten sie ihm gelassen.

Heilige Jungfrau Maria, betete er, *gib mir einen Hinweis. Zeig mir einen Weg.* Er legte den Rosenkranz zusammen und steckte ihn wieder in die Tasche. Immer noch barfuß – sie hatten ihm seine Stiefel nicht wiedergegeben – trat er von einem Fuß auf den anderen, und sein Knöchel rieb an dem blauen Perlenband, dem Rosenkranz der alten Götter.

Papa Legba, Hüter der Türen, dachte er, *du könntest mir auch ein bißchen beistehen.*

Er holte den Rosenkranz wieder aus der Tasche und bewegte ihn in der Hand hin und her. Die Kette aus leuchtend blauen Glasperlen blinkte ihn an wie das Band um seinen Knöchel. Billige Glasperlen.

Mit einem billigen Kreuz aus Blech.

Heilige Jungfrau Maria, betete er, *vergib mir, aber ich muß hier raus.*

Vorsichtig begann er, mit dem unteren Ende des Kreuzes den Mörtel um die Bolzen herauszukratzen.

Als er hörte, wie der Riegel an der Tür zurückgeschoben wurde, war er einen Augenblick lang starr vor Schreck, denn zu seinen Füßen hatte sich ein kleines Häufchen Lehmstaub und Mörtelsplitter angesammelt. Er fiel auf die Knie und verteilte die Spuren an der Wand entlang. Gerade noch rechtzeitig kam er wieder auf die Füße und verbarg die Vertiefung an der Wand mit seinem Körper. Schnell schob er die rechte Hand mitsamt Rosenkranz und Kreuz in die Hosentasche – sechs Stunden ununterbrochene Arbeit hatten die Handfläche in rohes, blutiges Fleisch voller Blasen verwandelt.

Die Sonne stand auf der anderen Seite des Hauses. Es war dunkel in seiner Zelle, bis die Tür geöffnet wurde und trübes Licht hineinfiel.

Es dauerte einen Augenblick, bis er erkannte, wer da stand.

Es war Galen Peralta.

»Pah-pah-papa …«, begann er und brach ab. »P-Ppapa s-sagt, daß man d-dir die Schuld gibt an … an dem, was geschehen ist.«

January schwieg.

»Und d-daß du hier-hierher-gekommen b-bist, um …« Er brachte die Worte kaum heraus, und Frustration über die Unfähigkeit, seinen Gefühlen Ausdruck zu verleihen, verzerrte sein Gesicht. »Um mein Gesicht zu sehen. Um es d-der Po-polizei zu sagen. Darum bist du gekommen.«

»Meinen Sie, ich warte einfach ab, bis man mich an Ihrer Stelle hängt?«

»Aber ich ha-ha-ha …« Verzweifelt den Kopf schüttelnd trat er in den Raum und ballte die Fäuste, als wollte er dem nächstbesten Gegenstand oder sich selbst einen Schlag versetzen. »Ich ha-ha-habe es nicht getan!« Er zog scharf die Luft ein, ein Versuch, sich zu beruhigen. »Ich habe ihr wirklich nicht weh getan! Ich war betrunken … Ich wurde immer be-betrunkener … Aber ich weiß ge-genau, daß ich ihr ni-nicht weh getan habe! Ich wollte – ich wollte – sie hat mich ausgelacht, und ich wollte sie umbringen, w-wollte ihr den Hals umdrehen …«

»Ihr junger Galen«, hatte Madame Lalaurie gesagt, *»hat es vielleicht ein wenig übertrieben, als er vor nicht allzu langer Zeit einer Irin Stockhiebe verpaßte, weil sie unverschämt zu ihm war …«* Aber im Gegensatz zu den Knaben Trepagier war das für Galen kein Triumph, sondern eine Pein.

»Ich bin gegangen«, flüsterte er. »Ich m-mußte gehen. Aber nicht einmal Pa-Papa glaubt mir.«

Er klang sehr niedergeschlagen. Unter anderen Umständen hätte January diese Anstrengungen, sich irgendwie verständlich zu machen, voller Mitleid beobachtet. Aber im Augenblick hatte er dafür wenig Sinn.

»Wenn ich in Georgia Baumwolle pflücke, macht es nicht den geringsten Unterschied, ob ich Ihnen glaube oder nicht.«

»N-nein«, sagte Galen schnell. »D-das wird Pa-papa nicht tun! Er ist hart, streng …« Irgendein Gedanke ließ ihn zusammenzucken. »A-aber er würde n-niemals … Er würde kein Unrecht tun. Sie sind ein freier Mann.«

January ließ seinen Blick über die Ziegelmauern schweifen und schwieg.

»Er wird Sie nur so lange hierbehalten, bis … bis die W-wunden in meinem Ge-gesicht verheilt sind. Er-er sagt, es ist schwer – das Richtige zu tun. A-aber er wird Ihnen etwas G-geld geben, damit Sie mit einem Schiff nach England oder Europa oder M-mexiko fahren können, irgendwohin, nur nicht nach N-new Orleans.«

Genauso, wie er sein gesamtes Hauspersonal auf die entlegenste sei-

ner Plantagen verfrachtet hat, ohne auf die Familien oder ihr gewohntes Leben Rücksicht zu nehmen.

»Und ich werde mein Zuhause, meine Freunde und meine Familie nie wiedersehen«, sagte January leise. »Für etwas, das ich nicht getan habe. Das wissen Sie, und das weiß Ihr Vater.«

»Immer noch besser als der Strick«, sagte Galen ein wenig trotzig. »Er tut, was er k-kann. Uhrquahr dagegen ...« Er zögerte.

»Uhrquahr dagegen will mich verkaufen«, beendete January den Satz. Ganz bewußt lockerte er seine Schultern, ließ sich ein wenig vornüberfallen und senkte den Kopf, hauptsächlich, damit Galen seine Augen nicht sah. »Ich verstehe. Ich danke Ihnen ... und ich danke ihm.« *Du eitler, kleiner Papagei.* Dieses Gespräch verlief zwar sauberer als die Erniedrigung in den Sümpfen, aber letztlich lief es auf dasselbe hinaus.

Der Junge entspannte sich und trat einen Schritt weiter in den Raum.

»Ich ... ich ... ich habe es wirklich nicht getan«, verteidigte er sich. Er strich über seine verschorften Wunden. »A-aber niemand wird mir glauben. Wenn nicht einmal mein eigener Vater mir g-glaubt ...«

»Hat sie Sie in der Kammer so zerkratzt?«

Galen nickte unglücklich. Eine Locke fiel ihm in die Stirn. »Sie hat zu m-mir gesagt ... Sie hat gesagt ...«

Sie hat all die Dinge zu dir gesagt, die eine grausame Frau Männern, die sie lieben, zu sagen pflegt.

»Ich ka-kann ... Ich ka-kann es nicht sagen.«

Der Junge wurde von Schuldgefühlen gequält. January sprach in so mildem Ton, als wäre er wieder im Hôtel Dieu.

»War Sie Ihre Geliebte?«

Er nickte wieder. »Es war, als ob sie wollte, daß ich sie sch-schlage ... daß ich grausam zu ihr b-bin. Daß ich ihr weh tue.« Die Worte blieben ihm im Hals stecken, und er zwang sie heraus, als spucke er Blut. »Sie ... Das hat sie immer getan. Ich ver-versuche, meinen Jähzorn zu zügeln. Ich habe immer wieder mit

Père Antonius darüber gesprochen. Ich habe ge-b-betet, ich habe mit Augustus – mit M-maître M-mayerling … Dann hat sie mich wieder gereizt und verhöhnt, bis ich ihr weh getan habe, und dann hat sie mir Vorwürfe gemacht.«

Voller Verzeiflung schüttelte er den Kopf. »Es war … es war, als ob sie wollte, daß ich sie dort in der Kammer liebe«, flüsterte er. »O Gott, wie sehr ich das wollte. D-die Art, wie s-sie getanzt hat … Ich weiß nicht mehr, ob wir miteinander gekämpft oder uns geliebt haben, a-aber am Ende h-habe ich sie weggestoßen und b-bin ge-gegangen. Mir war übel. Ich b-bin die Dienstb-botentreppe hinuntergegangen, über d-die ich auch ge-gekommen war. Ich hatte Angst, meinem Vater zu begegnen. Ich bin … Ich weiß nicht mehr, wo ich hingegangen bin. Ins Veranda Hotel, glaube ich, und das St. Louis Exchange. Ich b-bin einfach überall reingegangen und ha-habe getrunken. Erst auf dem Weg zurück zum Ballsaal habe ich von ein paar Männern gehört, daß jemand ermordet worden war. Das dunkle Mädchen mit der Katzenmaske, sagten sie. Ich bin hingerannt, und da war Polizei …«

Er wandte sich ab und schlug die Hände vors Gesicht. »D-das erste, was ich dachte, war, ich hätte nicht gehen dürfen. Wenn ich geblieben wäre, wäre sie nicht allein gewesen. D-dann wäre sie n-nicht ermordet worden. Erst später, als ich nach Hause kam, hat Pa-pa-pa … hat Papa mich so seltsam angesehen.«

Unglücklich schlang er die Arme um sich, und January hatte Mühe, seine Wut im Zaum zu halten – Wut auf den Jungen, der zuließ, daß ein Unschuldiger an seiner Stelle bestraft wurde; Wut auf den Mann, der zuließ, daß ein Unschuldiger bestraft wurde, obwohl er davon überzeugt war, daß sein Sohn der wahre Schuldige war.

Hinter seinem Rücken ballte er die wunde, blutende Hand zur Faust.

Bleib ruhig. Bleib ruhig und hör zu.

Aber vielleicht war seine Wut auch nur Neid. Der Gedanke gefiel ihm nicht, aber wäre Minou eingesperrt worden, wäre seine Mutter wahrscheinlich noch in derselben Nacht im Cabildo erschienen und hätte einen Mordskrach geschlagen, bis man ihre Tochter freigelassen hätte. Selbst wenn Minou wirklich jemanden umgebracht hätte.

»Ich habe nie ge-gedacht, daß man jemanden so lieben kann«, fuhr der Junge fort. Seine Stimme war jetzt nur noch ein heiseres Flüstern, als führe er Selbstgespräche. Vielleicht hielt er das Schweigen für Mitgefühl, vielleicht nahm er January auch gar nicht mehr wahr und brauchte nur jemanden, dem er alles erzählen konnte, jemanden, der nicht sein Vater war und vor dem er sich nicht fürchten mußte.

»Ich habe nie ge-geglaubt, daß es möglich ist, jemanden so ... so wild zu lieben. Nie habe ich an so eine Frau überhaupt gedacht, nie hätte ich davon geträumt, aber sie ging mir nicht mehr aus dem Kopf. Es war wie so ein verrückter, schmutziger Traum, den man nicht los wird. Nie hätte ich gedacht, daß ich die Frau eines anderen begehren könnte, daß ich all diese dummen kleinen Dinge tun würde, sie nachts treffen, wenn er gegangen war, und ihr geheime Briefe schicken. Alles, was sie in Liebesromanen tun. Ich konnte nichts dagegen tun. Und jetzt, nachts, k-kann ich nur an ihre Stimme denken, daran, daß sie manchmal wie ein Kind war, daß sie mich brauchte. Es war meine Schuld«, fügte er leise hinzu. Er zitterte jetzt und preßte beide Hände auf die Lippen. »M-meine Schuld, daß sie allein war, als ... als er in die Kammer kam.«

»Und Sie haben keine Ahnung, wer das gewesen sein könnte?« fragte January mit der Stimme seines Beichtvaters.

Der Junge hob den Kopf und starrte ihn mit leerem Blick an, als stelle er sich die Frage zum erstenmal. Als wäre Angeliques Tod wie ein Gedicht von Byron, eine Katastrophe, von bösen Mächten herbeigeführt, um den zurückbleibenden Geliebten zu strafen, losgelöst vom Leben des Opfers.

Als habe Angelique einzig als Mittelpunkt von Galens Bewußtsein existiert und nie ein eigenes Leben geführt.

»Wissen Sie, wer sie gehaßt haben könnte?« fragte er. »Wer ihr den Tod gewünscht haben könnte?«

Natürlich weißt du das nicht, dachte er, als ihn der Junge einfach nur mit diesen tränennassen blauen Augen ansah. *Du hast mit ihr niemals über etwas anderes als deine Liebe gesprochen, oder?*

»Ich … N-nein«, stammelte er. »W-wer sollte ihr ein Leid antun wollen?«

Beinahe hätte January über die blinde Naivität – die vollständige Ahnungslosigkeit –, die in dieser Bemerkung lag, laut gelacht, doch er wußte, daß das sein Tod gewesen wäre.

»Ein früherer Liebhaber vielleicht?« schlug er freundlich vor. »Ein Rivale? Jemand, dem sie Unrecht getan hat? Wenn sie launisch war, hat sie es vielleicht nicht nur an Ihnen ausgelassen.«

Der Junge schüttelte den Kopf und sah weg. Sein Gesicht verfinsterte sich, als er vielleicht zum erstenmal realisierte, daß er die Frau, der er so verfallen war, nicht besonders gut gekannt hatte.

»Haben Sie auf der Treppe jemanden gesehen?« fragte January. »Ist Ihnen auf dem Hof jemand begegnet?«

»Ich k-kann mich … Ich k-kann mich an nichts erinnern. Hören Sie, mein Pa-papa sagt, wir sollen Gras über die Geschichte wachsen lassen …«

»Aber dann kommt der Mann, der das getan hat, davon.« January sprach betont leise, ernst und mitfühlend, als hätte er einen seiner Schüler vor sich oder eine arme Seele im Hôtel Dieu. »Hören Sie, Michie Peralta.« Bewußt benutzte er den Sklavenausdruck für Monsieur, wie ein Hund, der die Demutshaltung annimmt, um nicht getötet zu werden. »Ich bin Ihrem Vater dankbar dafür, daß er mich wegschickt und nicht Schlimmeres mit mir vorhat, denn ich weiß, daß er die Macht dazu hätte.« *Arroganter Bastard.* »Aber eines Tages möchte ich meinen Namen reinwaschen, und dafür muß ich herausfinden, wer es wirklich getan hat. Wenn Sie mir alles erzählen, woran Sie sich aus dieser Nacht erinnern, kann ich meiner Familie aus Frankreich oder Mexiko, oder wo auch immer ich lande, schreiben, und sie können mit der Polizei sprechen und Nachforschungen anstellen. Und auch *Ihren* Namen reinwaschen, nicht nur vor der Polizei, sondern vor allem vor Ihrem Vater.«

Zögernd fuhr sich der Junge mit einer blassen Zunge über die Lippen, aber seine wäßrigen Augen erhellten sich ein bißchen. »Ich … Ich verstehe. Aber ich … ich k-kann mich wirklich an nichts erinnern.«

So wie er nur noch Augen für Angelique hatte, dachte January, und niemanden außer sich selbst wahrgenommen hat.

»Auf welchem Weg haben Sie das Gebäude verlassen?« fragte er mit schmeichelnder Stimme und versuchte, die quälenden Schmerzen in seiner Hand zu ignorieren. »Über die Dienstbotentreppe?«

Galen nickte. »Ich- ich wollte nicht … Alle waren oben in der Halle. Aber ich habe … im Büro Stimmen … gehört, als ich unten war, deshalb b-bin ich durch die Halle nach draußen auf den Hof gegangen.«

Die Stimme seines Vaters, dachte January. *In Froissarts Büro, als er mit Bouille und Granger gesprochen hat.*

»Haben Sie in der Halle irgend jemanden gesehen? Jemanden, den Sie kennen? Oder wiedererkennen würden?«

»Ich-ich weiß nicht.« Galen zuckte hilflos die Achseln und sah sich um, offensichtlich auf der Suche nach einem Grund zu gehen. »Sie haben alle Masken getragen.«

»Was für Masken? War eine besonders hübsche dabei? Oder eine besonders häßliche? Richtig scheußlich?« Wenn der Mörder während des schnellen Walzers über die Dienstbotentreppe gekommen war, mußte er – oder möglicherweise auch sie – mit ziemlicher Sicherheit in der Halle oder auf dem Hof an dem verwirrten Galen vorbeigekommen sein.

»Da war dieser ordinäre, scharlachrote Pirat«, sagte Galen prompt, und seine Stirn glättete sich vor Erleichterung, daß er sich wenigstens an etwas erinnern konnte. »M-mayerling war in der H-halle, ich bin schnell an ihm vorbeigelaufen, weil ich nicht wollte, daß er mich sieht. Ich wollte – ich konnte – mit niemandem sprechen. Und eine Frau, die als Indianerin verkleidet war, in einem L-lederkostüm …«

Wieder runzelte er die Stirn und kämpfte mit der Erinnerung

wie mit seinem Stottern. Ein perfekter, junger kreolischer Gentleman, dachte January mißmutig: Erfahren im Umgang mit dem Degen und mit Pferden und darauf gedrillt, sein Leben lang eine Zuckerplantage zu führen, aber ohne einen Funken Phantasie.

Aber vielleicht reichte seine Phantasie gerade so weit, daß er spürte, wie er in etwas hineingepreßt und geformt wurde; gegen seinen Willen, denn einen eigenen Willen durfte er nicht haben. Vielleicht steckte gerade so viel Feuer in ihm, daß er gegen seinen Vater rebellierte, indem er sich ein so gefährlich feuriges Wesen wie Angelique Crozat aussuchte.

»Da war ein T-türke mit einem orangefarbenen Turban«, fuhr er einen Augenblick später fort. »Er war auf d-dem Hof. Ich weiß noch, daß ich gedacht habe, im Licht der Laternen sieht sein Turban aus wie ein Kürbis. Und als ich d-die Treppe runter kam, habe ich Angeliques kleine F-f-freundin Clemence gesehen. Sie stand auf dem Hof und suchte jemanden. Aber ich konnte nicht stehenbleiben, um mit ihr zu reden.«

Wieder verzog er in plötzlichem Schmerz das Gesicht und wandte sich ab. »S-sagen Sie meinem Vater nicht ... s-sagen Sie ihm nicht, was ich alles erzählt habe«, flüsterte er. »Ich-ich muß jetzt gehen. Ich muß in den Wald. Ich w-wollte Ihnen nur sagen, daß ich sie n-nicht ... Ich habe sie n-nicht umgebracht. Glauben Sie mir?«

»Ich glaube Ihnen«, sagte January. *Du elender, kleiner Feigling.* Und ehe der Sarkasmus die Oberhand gewann und Wut in seiner Stimme mitklang, sagte er unterwürfig: »Sagen Sie Ihrem Vater meinen Dank. Und auch Ihnen vielen Dank.«

»Das ist alles, was ich t-tun kann«, sagte der Junge leise. »Ich hoffe ... Ich hoffe, Ihre F-freunde finden heraus, wer es wirklich ge-getan hat. Ich hoffe, daß das, was ich Ihnen erzählt h-habe, eine H-hilfe ist. Denn ich kann es niemals zugeben, verstehen Sie? Ich k-kann ... ich k-kann niemals zugeben, daß ich sie im Stich gelassen habe.«

Du verdammst mich dazu, alle, die ich kenne, zu verlassen und ins

Exil zu gehen, dachte January, als die Tür quietschend hinter Galen ins Schloß fiel. *Meine einzige Heimat. Und du erwartest von mir, daß ich Mitleid mir dir habe, weil du es nicht zugeben kannst?*

Behalt deine Alpträume für dich, mein Junge. Ich werde auf dem Fußmarsch nach New Orleans eine Träne für dich vergießen.

Er wandte sich um und knirschte mit den Zähnen, als das Kreuz gegen seine Handflächen drückte und in das rohe Fleisch schnitt. Er kratzte trotzdem weiter an dem Mörtel.

»Boss-man sagt, verkauft den großen, schwarzen Mann,
Boss-man sagt, verkauft den großen, schwarzen Mann,
Sagt dem Big Boss, er floh in der Nacht.
Aber er holt ihn und bringt ihn nach Natchez Town …«

January wirbelte herum, und sein Herz klopfte wild, als er die hohe, klagende Melodie unter dem Fenster seiner Zelle hörte. Das ist eine Frau, dachte er, die da in der beginnenden Dämmerung steht und singt; ihr Lied wird vom Gesang der Arbeiter auf dem Weg zu den Hütten beinahe übertönt.

Sie sang für ihn. Warum sollte sie sonst dort sein, seinem Gefängnis so nah, daß er sie hätte berühren können, wäre er nicht angekettet gewesen?

»Mama, nimm das Essen, versteck es in der schwarzen Eiche,
Mama, nimm das Essen, versteck es in der schwarzen Eiche,
An der Biegung des Bayou,
Stiefel und Essen, sie warten auf mich …«

Etwas Dunkles blitzte zwischen den Gitterstäben auf, und kurz darauf hörte er den leisen Aufprall von Metall auf dem von einer Schmutzschicht bedeckten Boden.

Uhrquahr, dachte January, und kalte Wut stieg plötzlich in ihm auf. Also hatte Uhrquahr seine eigenen Pläne mit dem Fallobst, das aufzusammeln sein Arbeitgeber sich zu vornehm war.

Die Wut half ihm. Er war erschöpft, und der Schmerz in seiner Hand drohte ihm die letzte Kraft zu rauben. Er war sich nicht sicher, ob er es ohne diese Wut geschafft hätte, die gelockerte Kette aus der Wand zu reißen.

Doch der Gedanke an Uhrquahr tat das Seine. Er wickelte sich die Kette wieder um den Arm und zog, halb blind vor Wut, mit aller Gewalt.

Der Bolzen sprang so ruckartig heraus, daß er taumelnd an die gegenüberliegende Wand stürzte. Er stolperte und fiel hin. Jeder Muskel tat ihm weh; unter Schmerzen, wie er sie nie zuvor gespürt hatte, rang er nach Luft.

Wohl wissend, daß er es noch nicht geschafft hatte, denn noch waren die hölzernen Gitterstäbe nicht überwunden.

Es gelang ihm nicht, aufzustehen und zum Fenster zu gehen. Auf Händen und Knien kroch er mit vor Schmerzen gekrümmtem Rücken durch die pechschwarze Finsternis, mit der linken Hand – seine rechte war ein nutzloser, schmerzender Stumpf – den unsichtbaren Schmutz vor sich herschiebend. Er hatte nicht die leiseste Ahnung, wie er es bewältigen sollte, die Gitterstäbe zu durchtrennen.

Er mußte es schaffen. An der Biegung des Bayou warteten in der schwarzen Eiche etwas zu essen und seine Stiefel auf ihn – er erinnerte sich an den Baum; von dort war es nicht weit zu dem Pfad, der zu Ti Margauxs Hütte führte. Wie sollte er nur die Fessel an seinem Handgelenk loswerden, und wo sollte er genügend Alkohol herbekommen, um seine Hand zu waschen, damit sie sich nicht entzündete? Im Notfall würde auch ein Umschlag aus Weidenrinden Linderung bringen, wenn er die Zeit hatte, ihn herzustellen.

Wenn er einmal auf der Flucht war, durften sie ihn nicht wieder fangen.

Seine Finger berührten Metall, schweres, unhandliches Metall. Es war das Kopfstück einer Hacke. Die Schneide war messerscharf geschliffen und konnte die härtesten Wurzeln durchschneiden.

Gesegnet seist du, Jungfrau Maria, dachte er und berührte den Rosenkranz und das angeschlagene, verbogene Kreuz in seiner Hosentasche. *Ich schulde dir unzählige Messen.*

Und auch dir, Papa Legba, Hüter der Türen, bin ich zu ewigem Dank verpflichtet.

19

Schon am Nachmittag war eine bleiche Mondsichel halb aufgegangen; ihr blasses Licht schillerte silbern durch die Nebelschleier über dem Wasser, als January schließlich bei der schwarzen Eiche an der Biegung des Bayou ankam. Mit klopfendem Herzen, voller Furcht vor Schlangen, Wildkatzen und Nestern mit schlafenden Vipern, tastete er in der Astgabel des bedrohlich dunklen, von Gras und Moos überwucherten Baumes herum. Beinahe sofort stießen seine Finger auf etwas Weiches. Es war das Leintuch eines Sklaven, nicht sein eigenes, in das ein ausreichender Vorrat an getrocknetem Mais und Äpfeln, ein abgetragenes, zerlumptes Hemd aus grober Baumwolle, eine mit einem Korken verschlossene Kürbisflasche, die durchdringend nach selbstgebranntem, billigem Rum roch, und seine Stiefel eingewickelt waren.

Als erstes zog January die Stiefel an und schickte ein Dankgebet zum Himmel. Seine Füße waren mit blutenden Kratzern übersät und so geschwollen, daß er kaum in die Stiefel hineinkam, aber selbst in dieser Jahreszeit drohte Gefahr von Schlangen. Sein eigenes Hemd hatte er zerrissen und um seine schmerzende, offene Hand gewickelt, um sie vor Schmutz zu schützen und um die Kette an seinem rechten Arm zu verbergen. Er schälte sich aus den Überresten und ersetzte sie durch das grobe Kleidungsstück; so alt und zerlumpt es auch war, es war wenigstens ganz.

Er riß einen Streifen von seinem alten Hemd, faltete ihn im Mondschein zusammen und knirschte mit den Zähnen, als er den verkrusteten, klebrigen Verband von seiner Hand löste. Er tränkte den neuen Verband mit Rum, wickelte ihn fest um die

Hand und schlug ein weiteres Stück des alten Hemdes darum. Scharf und brennend schoß ihm der Schmerz in den Arm; er spürte ihn bis in die Magengrube, in allen Eingeweiden, als wäre er aufgespießt.

Der Fluß, dachte er. *Sie werden zuerst das Westufer absuchen.*

Sein Mut sank bei diesem Gedanken. Er war ein starker Mann, und nachdem Galen Peralta gegangen war, hatte eines der Kinder ihm auf einem einfachen Tonteller Mais und Bohnen und Erbsen gebracht. Wahrscheinlich bekamen sie in den Sklavenquartieren auch nichts anderes. Aber er war verwöhnt. Er spürte die Anstrengungen des gestrigen Tages in allen Muskeln, und sein Körper teilte ihm unmißverständlich mit, daß er vierzig Jahre alt war. Trotz der Baumstämme, Bootsplanken und entwurzelten Bäume, die langsam den Fluß hinuntertrieben und sich in den Baumstümpfen am Ufer verfingen, war er sich nicht sicher, ob er die Kraft haben würde zu schwimmen. Die Strömung war schnell und heimtückisch.

Aber er hatte keine andere Wahl. Das wußte er.

Der Fluß hatte Hochwasser, aber an den sumpfigen Ufern und den Pflanzen sah er, daß das Wasser bereits etwas zurückgegangen war. Doch es gab keine Garantie, daß die Flut nicht wiederkam, während er hinüberschwamm, und wenn das geschah, lief er Gefahr, in Richtung Meer abgetrieben zu werden und zu ertrinken. Als er sich im Mondschein durch das Gestrüpp und Unkraut am Uferdamm schlug, vielleicht ein oder zwei Plantagen von Chien Mort entfernt, verstand er, warum die Sklaven abergläubisch waren und zu allen möglichen Heiligen und Göttern beteten, warum sie Getreidemehl, Salz, Mäuseknochen und Hühnerfedern sammelten, in der verzweifelten Hoffnung, Katastrophen, über die sie keine Kontrolle hatten, zu verhindern.

Es war das einzige Gegenmittel für eine nackte Verzweiflung, die er seit seiner Kindheit nicht mehr erlebt hatte.

Und während er hüfttief im Wasser stand, die Stiefel um den Hals geschlungen, und versuchte, einen treibenden Baumstamm von unsichtbaren Hindernissen zu befreien, wobei das Gewicht der Kette immer schwerer an seinem Arm zog, erinnerte er sich, daß er als Kind wie alle auf Bellefleur die Rituale, die Glück oder Unglück beschworen, gierig in sich aufgenommen hatte. Er war sich nicht sicher, ob er nicht auch auf einem Bein hüpfen, mit den Fingern schnipsen oder ausspucken würde, wenn er dadurch sicher an das andere Ufer kam.

Ein dünner Nebelschleier lag über dem Fluß, doch er konnte die dunklen Konturen der Bäume am anderen Ufer erkennen. Der Himmel war klar, und der Mond stand so weit im Westen, daß er die Sterne über dem Ostufer leuchten sah. Vom Großen Wagen zog er eine Linie am Himmel entlang zu zwei leuchtenden Sternen, merkte sich ihre Position und hoffte, daß er sie wiederfinden würde, wenn er mitten im Fluß gegen die Strömung ankämpfte.

Er band das Essen, seine Kleider, das Leintuch und die Stiefel an dem Baumstumpf fest, nahm zwei große Schlucke aus der Kürbisflasche – etwas so Scheußliches wie diesen Rum hatte er noch nie getrunken –, legte den Arm mit der Kette über den Stamm, um das Gewicht zu verteilen, und begann zu schwimmen.

Ich habe sie nicht umgebracht, hatte Galen Peralta gesagt.

Und January glaubte ihm.

Er glaubte es nicht gern, denn was er nun beweisen mußte, war sehr viel schwieriger … und der Gedanke, betrogen worden zu sein, tat weh.

Die Indianerprinzessin am Fuß der Treppe. Das Wildlederkostüm, das er über die Menge hinweg an der Tür zum Ballsaal gesehen hatte. *Ich muß sie sehen … ICH MUSS.*

Er hatte ihr angeboten, eine Nachricht zu überbringen. Hatte sie nur zugestimmt, weil sie ihn loswerden wollte; damit er glaubte, sie würde gehen? Wieder hatte er ihren verzweifelten Blick vor Augen, als sie von den Juwelen ihrer Großmutter sprach, die Verzweiflung und die kalte Wut. Er sah sie vor sich, wie sie die Schultern gestrafft hatte, als sie hineingegangen war, um mit dem Makler über die Schulden ihres Mannes zu sprechen. *Dieser Abschaum McGinty,* hatten die Verwandten ihres Mannes gesagt … Ein Mann, der zweifelsohne Schulden dazu benutzte, einer Witwe die Ehe aufzudrängen. Für einen Amerikaner, der neu war in der Stadt und es zu etwas bringen wollte, war eine heruntergewirtschaftete Plantage immer noch besser als nichts.

Sie war eine Frau, die in die Enge getrieben war, ihr blieb einzig und allein der Ausweg, genügend Geld aufzutreiben, um die Plantage halten zu können. Geld, das ihr der Verkauf jener Juwelen bringen konnte, die ihrer Großmutter gehört, hatten und dann ihr.

Nebelschwaden lagen zwischen ihm und dem Ostufer. Mit aller Kraft trat er gegen die Strömung an und ruderte mit dem linken Arm, immer den helleren der beiden Sterne im Blick, die ihn leiteten. Der Strom war gewaltig und angsteinflößend, wie ein riesiges Seeungeheuer, das mit aller Kraft an ihm zog, als wäre er klein wie ein Hundefloh. Der Stamm der Weide, an dem er sich festklammerte und der dicker war als er selbst, tanzte wie ein Streichholz in der Strömung, und er fragte sich, was er tun sollte, wenn plötzlich ein Dampfschiff oder ein Schoner von Norden her ohne Licht aus dem Nebel auftauchte.

Nichts kann ich tun, dachte er. *Ich kann einfach nur weiterschwimmen.*

Trotz aller Informationen, die er jetzt hatte, gab es ein Problem: Er wußte, daß sie den Mord nicht begangen hatte.

Wahrscheinlich hatte er genug gegen sie in der Hand – genug, um sie vor Gericht zu bringen, wenn man bedachte, daß ihre Familie sie schon halb enteignet hatte, daß die Verwandten ihres Mannes Anspruch auf Arnaud Trepagiers Land erhoben und sie sich weigerte, einen von ihnen zu heiraten.

Vielleicht konnte nicht einmal das ihn retten.

Und er wußte, daß sie es nicht getan hatte.

Zwischen all dem Abfall auf dem Boden der Garderobe war nicht eine einzige schwarze Hahnenfeder gewesen.

Dennoch hatte sie von Anfang an gelogen. Sie wußte irgend etwas. Hatte sie etwas gesehen, nachdem sie doch geblieben war? Hatte sie mit jemandem gesprochen?

Sally. Hannibal konnte es herausfinden, wenn er unter den Mädchen in den Sümpfen lange genug herumfragte. Möglicherweise konnte sogar Shaw sie aufspüren, wenn er ihm alles berichtet hatte.

Was berichtet habe? dachte er bitter. *Daß eine weiße, kreolische Dame vielleicht etwas wissen könnte, wo doch Angeliques Vater einen Farbigen für den perfekten Täter hält, um Euphrasies Rachegelüste zu befriedigen?*

Wahrscheinlich war es seine Pflicht als Ehrenmann, Stillschweigen über seine Vermutung zu bewahren und damit Madame Trepagier zu helfen, ihr schuldbeladenes Geheimnis zu hüten. Aber er wußte, daß er es herausfinden und sie damit quälen mußte; er mußte ihr drohen, es preiszugeben, damit sie ihm sagte, was sie wußte.

Er kam sich vor wie ein Schwein, ein Schwein, das quiekend vor dem Hammer und dem Strick davonrannte.

Heftig trat er gegen den Sog des Wassers an und kämpfte mit schwindenden Kräften gegen den majestätischen Strom. Seine Muskeln brannten vor Erschöpfung, immer schwerer wurden seine Glieder.

Er konnte natürlich fliehen. Es war reine Ironie, daß Xavier Peralta ihm genau das angeboten hatte, wofür er hatte sparen wollen. Père Antonius pflegte zu sagen: *Wähle deine Gebete mit Bedacht.*

Doch Uhrquahr würde sich die Gelegenheit, tausendfünfhundert Dollar zu verdienen, nicht so leicht entgehen lassen.

Er war Chirurg, er konnte in London, Wien oder Rom arbeiten …

Städte, in denen er niemanden kannte, keine Menschenseele. Er wußte nicht genau, wann und warum sich seine Gefühle geändert hatten. Vielleicht war Catherine Clissons herzliches Lächeln, das ihn als alten Freund willkommen hieß, der Grund.

Oder der Gesang der Sklaven auf den Feldern. In Paris war er einsam gewesen, bis er Ayasha begegnet war. Überall auf der Welt war er ein Fremder, außer in New Orleans. Dort war seine Familie, dort war sein Zuhause.

In New Orleans war er ein Farbiger, ein ungebetener Gast in der feindlichen weißen Welt der Amerikaner. Aber er war er selbst. Mit vierundzwanzig war er stark und unbekümmert genug gewesen, ein neues Leben zu beginnen. Mit vierzig wußte er nicht, ob er das noch konnte.

Er hatte mit Angelique gesprochen, um Madame Trepagier, Madeleine, seiner Schülerin aus einer anderen Zeit, zu helfen. Er hatte versucht, die Rolle eines ehrenhaften Mannes zu spielen. Und das war der Lohn.

Eine Welle überrollte ihn wie eine Wand, prallte gegen seine bleiernen Glieder und trieb ihn über den Strom auf das Ufer zu. Gleichgültig standen seine beiden kalten Sterne am Himmel, während der Mond im Westen unterging.

Bei Bach steht nichts hiervon, dachte er, und mit aller Kraft kämpfte er gegen die Versuchung an, der lähmenden Erschöpfung nachzugeben und jetzt, hier, mitten im Fluß, einzuschlafen. Musikfetzen wirbelten in seinem Kopf herum; Herrn Kovalds leichtes Klavierspiel, Mozart, Haydn, die Wassermusik …

Doch während er den mächtigen Fluß durchschwamm und gegen die Erschöpfung und den betäubenden Geruch des nächtlichen Sumpfes kämpfte, auf der Flucht vor Ungerechtigkeit und Sklaverei, waren die einzigen Lieder, an die er sich wirklich erinnerte, die seiner Kindheit, die klagende Musik der afrikanischen Steppen. Jene Gesänge spürte er in jedem Muskel, in jedem Knochen, während er gegen die Strömung ankämpfte, den Blick immer auf seine Leitsterne gerichtet.

Unter Schmerzen erreichte er das andere Ufer, doch er wußte, daß er es nicht wagen durfte, eine Pause zu machen. Landeinwärts erstreckten sich die immer gleichen Pflanzungen, die nach zwei oder drei Meilen in die Wildnis der Bayous, Zypressensümpfe und Pinienwälder übergingen. Auf Händen und Knien kroch er wie ein Tier die Böschung hinauf und blieb erschöpft auf dem Uferdamm liegen. Nach Luft ringend, starrte er auf das dunkle Wasser, das im Licht des tief stehenden Mondes silbern glitzerte. Es war Winter, und bis auf das Plätschern des Flusses war es sehr still. Landeinwärts atmeten alle Lebewesen dieselbe feuchte, kalte Luft, die aus der frisch umgegrabenen Erde aufstieg. In Erwartung der neuen Zuckerrohrpflanzen lag zwischen langen, schmutzigen Hügeln jungfräulich eingebettet ein Graben neben dem anderen. In wenigen Stunden würden die Sklaven sich da draußen wieder an die Arbeit machen.

Er aß etwas Brot, das feucht geworden war, und trank so viel von dem Rum, wie er glaubte, entbehren zu können. Er brauchte ihn noch für seine Hand. Dann machte er sich wieder auf den Weg. Seine Beine fühlten sich an wie Gummi.

Daddy, wo auch immer du bist, dachte er plötzlich ohne besonderen Grund, *dein Sohn denkt an dich.*

Etwas länger als zwei Tage wanderte er so durch die Sümpfe.

Sobald er sich so weit von bewohnten Gegenden entfernt hatte, daß niemand das klingende Geräusch der Hacke beim Zerschlagen der Fessel hören konnte – jedenfalls hoffte er, daß niemand es hörte –, entledigte er sich der Kette. Bis Freitag mittag schleppte er das Eisen noch mit, dann entschied er, daß er es wohl kaum noch brauchen würde und sich die Anstrengung sparen konnte. Er vergrub es unter einem hohlen Baumstamm.

Er hielt sich dicht hinter den Grenzen der Plantagen, immer am Flußlauf entlang, der ihn irgendwann zurück in die Stadt führen würde. Doch die Vorstellung machte ihm angst. Er vermutete, daß Peralta für seine Ergreifung eine große Belohnung aussetzen würde – *stattlicher Schwarzer* würde auf dem Plakat stehen. *Flüchtling.* Und die Patrouillen waren überall. Früher hatte zwischen den Plantagen und den kleinen Kolonien der Flüchtlinge in den Wäldern ein reges Kommen und Gehen geherrscht, doch die dichter werdende Besiedlung und der Tod des Rebellenführers Saint Malo hatte dem ein Ende gesetzt. Manchmal hörte er Reiter in den Wäldern und versteckte sich im Dickicht des Unterholzes und der Holundersträucher, und jedesmal überlegte er, ob er auch auf festem Untergrund gelaufen war, um keine Spuren zu hinterlassen. Es überraschte ihn, wieviel er aus seiner Kindheit noch über die Gesetze des Waldes wußte, aber ihm war auch klar, daß er sich nicht mehr zurechtfinden würde, wenn er den Waldrand zu seiner Linken, hinter dem die Felder begannen, aus den Augen verlor.

An den Nachmittagen klang der Gesang der Sklaven von den Feldern zu ihm herüber, und wie in der Mitte des Flusses ergriff die Musik von ihm Besitz. Während er im Dickicht lag und die Moskitos, angezogen von dem Geruch des Rums an dem Verband, um seinen Kopf schwirrten, lauschte er den Stimmen der Sklaven und dachte: *Das ist die Musik meiner Heimat.*

»Ana-que, an'o'bia,
Bia'tail-la, Qué-re-qué,
Nal-le oua, Au-Mondé,
Au-tap-o-té, Au-tap-o-té,
Au-qué-ré-qué, Bo.«

Afrikanische Worte, die nicht einmal mehr jene verstanden, die sie sangen, doch der Rhythmus erwärmte sein müdes Blut. Er fragte sich, ob Sally, Madame Trepagiers Dienstmädchen, dasselbe gespürt hatte, als sie ihrer Herrin weggelaufen war – nach New Orleans.

Wahrscheinlich nicht, dachte er. Sie war zu einem Mann geflohen, der ihr versprochen hatte, auf sie aufzupassen; seine Geschenke und seine Männlichkeit hatten sie davon abgehalten, zu gründlich darüber nachzudenken, ob er sein Wort auch halten würde, oder sich zu fragen, warum ein Weißer sich plötzlich zu einer Sklavin hingezogen fühlte.

Selbst wenn sie vor drei Tagen noch nicht in den Sümpfen war, dachte er – mit der resignierten Wut, die ein Teil seines

Selbst geworden zu sein schien –, über kurz oder lang würde sie dort auftauchen.

Am Samstag traf er Lucius Lacrîme.

Er hörte in einiger Entfernung das Klappern der Hufe und das Knirschen eines Ledersattels, aber der Wald war nicht sehr dicht. Er drehte um und lief in den Wald hinein, so schnell er es wagen konnte, auf der Suche nach dem erstbesten Versteck.

Die Pinien wuchsen auf dem kargen Boden so spärlich, daß der Wald ungefähr so viele Verstecke bot wie der Ballsaal des Salle d'Orleans.

Das Klappern der Hufe kam näher, und er wußte, daß sie ihn sehen würden, wenn er weiterlief. Er kauerte sich hinter die Wurzeln des größten Baumes in der Nähe, drückte seinen großen Körper so flach wie möglich auf den Boden, das kleine Bündel mit dem Essen zwischen Bauch und Knie gepreßt. Er würde sich wie ein Narr fühlen, wenn sie ihn entdeckten, wie ein Kind, das sich hinter einem Baum versteckt.

Es gibt Schlimmeres, als sich zum Narren zu machen, dachte er.

»... ein Mädel drüben bei den Boyles.« Amerikanische Stimmen, ganz ruhig. »Kochen kann sie, aber häßlich wie ein Schwein.«

»Dann zieh ihr einen Sack über den Kopf. Verdammt, was erwartest du für eine ... He, du da! Nigger!«

Jeder Muskel zuckte wie vom Blitz getroffen, aber er zwang sich zur Ruhe. Ein Trick, eine Falle ...

Dann sagte eine andere Stimme in schlechtem Englisch, das von noch schlechterem Französisch durchsetzt war: »Meinen Sie mich, Michie?«

»Genau dich, oder siehst du hier noch einen anderen Nigger? Zeig deinen Ausweis.«

»Das ist er nicht, Theo, das ist nur der alte Lucius Lacrîme. Der lebt hier irgendwo.« Die Hufe schwiegen. January hörte Zaumzeug klirren, als eines der Pferde den Kopf bewegte. »Hast du einen großen, stattlichen Neger gesehen? Auf dem Weg in die Stadt?«

»Nicht auf dem Weg in die Stadt, nein, Sir.« Lucius Lacrîme hatte die Stimme eines alten Mannes, hoch und langsam, beinahe singend, wie sirrendes Glas. »Groß? Mein Neffe sagt, in der Nähe vom Bayou Désolé hat sich irgendwo jemand in einer Höhle verkrochen. Ein Riese, hat mein Neffe gesagt, und schwarz, aber er hat Stiefel wie ein Weißer. Ist er das?«

Es war so still, daß January das stampfende Geräusch eines Dampfers auf dem vier Meilen entfernten Fluß hören konnte und den klingenden Schlag einer Axt. Wieder klirrte Zaumzeug, diesmal heftiger, und ein Pferd schnaubte.

»Das wird er sein«, sagte der Mann, der so hohe Ansprüche an das Aussehen von Köchinnen stellte. »Kennst du den Bayou Désolé, Furmann?«

»Ich weiß, wo er ist. Wilde Gegend. Liegt im Sumpf. Genau das richtige für einen Flüchtling, der sich verkriechen will.«

Das Hufgeklapper wurde schwächer. Die Stimmen verklangen zwischen dem gesprenkelten hellen Grün der Bäume. January hatte das sichere Gefühl, daß Lucius Lacrîme sich nicht von der Stelle rührte.

Nach einer Weile sagte die alte Stimme auf englisch: »Du kannst herauskommen, mein Sohn. Sie sind weg.« Dann herrschte Stille. January bewegte sich nicht. Dann auf französisch: »Du bist sicher, mein Sohn. Ich tue dir nichts.« January hörte kaum ein Rascheln, doch plötzlich stand der alte Mann vor ihm. Da erhob er sich.

»Danke, Großvater.« Er deutete auf das flache Unkraut hinter der Zypressenwurzel. »Kein besonders gutes Versteck.«

»Sie suchen den ganzen Wald ab.« Augen, schwarz wie Kaffeebohnen, umgeben von einem Strahlenkranz aus tausend Fältchen, musterten ihn flink wie die Augen einer Schildkröte von einem Baumstumpf. Er war mittelgroß und sah so ausgedörrt und zerbrechlich aus, als hätte man ihn vor tausend Jahren aus Grashalmen zusammengebastelt. Unter seinen grauen Bartstoppeln schimmerten wulstige Narben von Stammeszeichen, wie bei Onkel Bichet.

»Sie sagen, sie suchen nach einem entlaufenen Feldarbeiter, aber kein Feldarbeiter trägt solche Stiefel.« Er streckte eine arthritische Klaue aus, griff nach Januarys linker Hand, drehte sie um und berührte die kräftigen Finger und die offene Wunde, die der Strick hinterlassen hatte, mit dem sie ihn gefesselt hatten. »Was sollst du für sie pflücken? Blumen?«

January schloß seine Hand. »Kein Händler in Natchez wird fragen, warum die Hand eines Feldsklaven keine Schwielen hat, wenn er billig ist. Danke, daß du sie weitergeschickt hast.« Er wollte sein Bündel aufheben, aber der alte Mann griff nach seiner rechten Hand mit der verkrusteten Bandage und drehte sie mit seinen knochigen Fingern um.

»Und was ist das, P'tit? Wissen Sie, daß du verletzt bist? Daran werden sie dich erkennen.«

January schüttelte den Kopf. »Ich glaube nicht, daß sie es wissen.«

Der alte Mann zog die verbundene Hand unter seine Nase und schnüffelte, dann schob er den Rand des Verbandes ein wenig zurück, an der Stelle, wo die Kette die Haut am Handgelenk wund gerieben hatte. Er nickte ein paarmal, dann sagte er: »Du hast Glück, P'tit. Der alte Limba paßt auf dich auf. Aber auf dem Weg in die Stadt werden sie als erstes nach dir suchen. Bleib lieber in den Bayous, unten im Südwesten, auf der anderen Seite des Flusses, oder in den Sümpfen. Du kannst Fallen bauen, fischen, jagen ... Sie werden dich nie finden.« Ein Grinsen erhellte sein Gesicht wie die Sonne einen dunklen Teich. »Mich haben sie auch nie gefunden.«

»Sie werden nicht suchen.« January versuchte, sich Lacrîmes Griff zu entziehen. »Solange ich ihnen nicht im Weg bin. Solange ich nicht in die Stadt zurückkehre. Solange ich nicht als freier Mann vor sie trete und mein Recht einfordere, ist es ihnen egal, ob ich tot bin oder versklavt oder auf einem Schiff mit Kurs auf Europa. Solange ich ihnen keinen Ärger mache. Aber das Vergnügen werde ich ihnen nicht gönnen.«

Es war das erste Mal, daß er es aussprach, das erste Mal, daß er für sich selbst genau formulieren konnte, was ihn dort auf dem Fluß gegen die Strömung über Wasser gehalten hatte, was ihn die vergangenen Tage und Nächte trotz der Erschöpfung auf den Beinen gehalten hatte.

Die Lieder auf den Feldern. Das blaue Band an seinem Fußgelenk. Das verbogene Kreuz in seiner Tasche. Das waren Strophen eines gewaltigen Liedes, und plötzlich wußte er, wovon das Lied handelte. Es ging nicht nur um seine Familie, seine Freunde oder sein wundes Herz.

Lacrîme musterte ihn aus seinen Schildkrötenaugen. »Wer sind sie, P'tit?«

Ein alter Mann, der glaubte, das Leben eines unschuldigen Schwarzen sei weniger wert als das seines Sohnes, den er für einen Mörder hielt. Der Junge, der nicht den Mut hatte, gegen den Willen seines Vaters aufzubegehren.

Die Frau, die er vor vielen Jahren Beethoven-Sonaten gelehrt hatte.

Und der oder die, zu dem sie ihn irgendwann führen würde.

»Weiße«, sagte er. »Ich gehe in die Stadt zurück. Kannst du mir den Weg zeigen?«

Lacrîme führte ihn auf den Spuren der Tiere durch Sümpfe, über gewundene Pfade durch das morastige Hinterland des Flusses zu den verwilderten Ufern des See Pontchartrain. Es waren uralte Pfade aus der Zeit, als überall im Gebüsch die Hütten geflohener Sklaven versteckt lagen. Der alte Mann sah zerbrechlich aus, das Alter und die Arthritis machten ihn griesgrämig, doch er war hart wie eine Zypressenwurzel. Flink wie ein Luchs kroch er durch das Dickicht, durch Schlamm und zähen Morast, der an Januarys Stiefeln zog und sie durchnäßte und ihm alle Kraft zu rauben schien.

»Tja, man wird weich in diesem Land«, spottete der alte Mann, als January stehenblieb, um sich, an einen Baum gelehnt, auszuruhen. »Weich und zahm. Die Weißen brauchen Männer, die in diesem Land aufgewachsen sind, Criolos – Einheimische –, nicht die, die über das Meer gekommen sind. Die sind zu hochmütig, benehmen sich wie Prinzen, Könige oder Krieger. Als wir gegen die Dahomies gekämpft haben, sind wir genauso durch das Sumpfland am Fluß geschlichen wie jetzt, und wehe dem, der einen Laut von sich gab. Der konnte von Glück sagen, wenn er lebend bis zu den Schiffen der Weißen am Strand kam.«

»Und du?« fragte January. Sie standen knietief im Wasser, in einem Gespinst samtgrüner Wasserlinsen. Grau und schweigend ragten die Bäume mit ihren dunklen Blättern auf, verhangen von silbrigem Moos. Es war sehr still. Es hatte wieder geregnet, und alles um sie her roch nach Feuchtigkeit und Rauch aus irgendwelchen weit entfernten Hütten im Wald. Vielleicht hausten dort Banditen, vielleicht aber auch Menschen wie Lacrîme.

»Ich?« Der alte Mann spuckte aus, wandte sich um und führte ihn wieder auf die stillen Pfade durch die Wälder. »Die Indianer haben unser Dorf vernichtet, diese dreckigen Dahomies. Wir waren zwölf Männer, noch jung, und als wir von der Jagd zurückkamen, waren alle weg. Große Sache. Der Stoff, aus dem Geschichten entstehen. Wir sind ihnen gefolgt, durch den Dschungel am Fluß entlang, durch die Hitze und stockfinstere Nächte. Und sie haben Spuren hinterlassen, wo sie nur konnten, unsere Eltern, unsere Schwestern, unsere kleinen Brüder und unsere Mädchen. Es wäre eine große Geschichte geworden, wenn wir sie zurückgeholt hätten. Ein mächtiges Lied, das man noch nach Jahren gesungen hätte.«

Er schüttelte den Kopf und verzog den Mund, bei dem Gedanken an ihre große Naivität. »Vielleicht haben wir den einen oder anderen Vers gesungen, für uns, nur um auszuprobieren, wie es klingen würde.

Aber es gab keine Geschichte. Ich kam nicht einmal auf dasselbe Schiff wie die Leute aus meinem Dorf, sondern zu einem Haufen Wildfremder – oben vom großen See. Ich verstand nicht einmal ihre Sprache. Junge Männer sind so dumm.«

Er warf January, der hinter ihm herumhampelte, einen Blick über die Schulter zu.

»Niemand gibt dir Gerechtigkeit, P'tit, egal, was du tust. Es wäre klüger gewesen, wenn ich mit meinen Freunden gegangen wäre, nach Norden. Vielleicht hätte ich Leute von meinem Stamm gefunden, den Ewe, die wenigstens die Namen meiner Götter kennen.«

»Hast du sie jemals wiedergefunden?« fragte January. »Deine Leute, deine Familie – die, die deine Sprache sprechen und deine Götter kennen?«

Der Ewe schüttelte den Kopf. »Nein.«

Schweigend ging January im Zwielicht hinter ihm her, und die Nacht senkte sich über das graugrüne Land.

Sie wanderten die ganze Nacht hindurch und schliefen nur wenig. Das Essen und der Rum, mit dem January seine Hand verarztet hatte, waren aufgebraucht. Solange es hell war, überprüfte er, wann immer sie eine ihrer seltenen Pausen machten, seine Hand. Sie war eine häßliche Masse rohen Fleisches, aber sie sah sauber aus, und er schien noch kein Fieber zu haben. Doch er spürte die Erschöpfung, eine nie gekannte Erschöpfung, die in nichts der Müdigkeit nach der Feldarbeit glich oder der Erschöpfung nach der Schlacht, wenn er aus seinem Versteck zwischen den Bäumen auf vorwärts drängende Rotröcke geschossen hatte, immer in dem Bewußtsein, daß er selbst jeden Augenblick ums Leben kommen konnte. Wahrscheinlich waren das die Auswirkungen der Wunde, doch das half ihm wenig. Er wollte nur noch schlafen.

»Schlafen ist zu gefährlich, Kamerad«, sagte der alte Mann und schüttelte January, der benommen unter einem Baum lag und döste. »Die Hyänen sind uns auf den Fersen. Früher gab es Bauern in den Wäldern, Dörfer wie in Afrika. Wir konnten hier leben, und sie haben uns nie gefunden. Wenn sie kamen, sind wir im Wald verschwunden. Jetzt sind sie uns auf der Spur, sie heuern Amerikaner an, um uns zu finden. Schlaf lieber nicht, Kamerad, die Hyänen sind unterwegs.«

Am überwucherten Ufer eines langen Bayous, der sich vom

See bis in die Stadt erstreckte, fanden sie einen Einbaum; sie hielten sich in den tiefen Schatten am Ufer, in die kein Strahl des Mondes fiel. Sie folgten dem Kanal, bis sie die verstreut liegenden, verwahrlosten Holzhütten und die ersten lehmverputzten Häuser des neueren französischen Vorortes Faubourg Tremé erreichten. Obwohl es lange nach der Sperrstunde war und Orion im Westen bereits langsam über den endlosen Wüsten Mexikos versank, sah January gelbes Licht durch die schräggestellten Fensterläden und die Ritzen der verschlossenen Türen schimmern. Lucius zog das Boot an einen kleinen, hölzernen Steg und führte ihn durch ein Gewirr von ungepflasterten Wegen ohne Rinnstein, in denen es nach Kloake roch. January spürte Bewegung in der Dunkelheit, eine irritierende Lebendigkeit in den undurchdringlich schwarzen Gassen. Einmal wehte verschwommen wie eine Rauchwolke der Gesang einer Frau herüber; ein Lied, das nichts mit Mozart oder Rossini, Polkas oder den Balladen der Weißen von Liebe und Leid zu tun hatte.

Lacrîme führte ihn auf die Rückseite eines weiß gekalkten Häuschens, dessen Putz abbröckelte und dringend einer Reparatur bedurfte. Tabakrauch hing über dem Gestank der Kloake in dem dunklen Hof. Auf der Außentreppe zum Dachboden sah er etwas golden glitzern wie das bedrohliche Auge des Polyphem.

»He, Gevatter Jon«, flüsterte Lacrîme – January hatte keine Ahnung, wie er in der Finsternis jemanden sehen oder gar erkennen konnte.

»He, Gevatter Lacrîme«, antwortete eine Stimme leise von oben. Der Geruch von Rauch wurde intensiver, als der Mann seine Zigarre aus dem Mund nahm und eine Wolke ausblies.

»Hast du oben einen Platz zum Schlafen für meinen Freund?«

»Wenn er nichts gegen Federbetten, Schlaflieder und hübsche Mädchen hat, die ihm Kakao ans Bett bringen, wenn er aufwacht.«

»Hast du was dagegen, Kamerad?«

January sah nach oben auf das Stück Glut. »Aber sag den

Mädchen, der Kakao darf keine Haut haben, und die Schlaflieder sollten von Schubert und nicht von Rossini sein – wenigstens nicht eins von seinen letzten.«

Er hörte ein leises schnaubendes Lachen. »Darf es Mozart sein?«

January machte eine mißbilligende Geste, wie ein Hausdiener, der auf dem Markt feilscht. »Wenn du nichts anderes hast, werde ich wohl damit vorliebnehmen müssen.« Wenn er sich nur endlich hinlegen und schlafen konnte, war er mit blankem Holzboden zufrieden, was wohl der Fall sein würde.

»In der Stadt werden sie dich suchen«, sagte Lucius Lacrîme mit leiser, kratziger Stimme dicht neben ihm. January hatte dem alten Mann ein wenig von dem erzählt, was in Chien Mort geschehen war – daß er ein freier Mann war, aber seine Papiere verloren hatte, und was zwischen ihm und Peralta vorgefallen war. »Jeder weiß, daß Flüchtlinge heutzutage in die Stadt wollen.«

»Die Leute hier kennen mich«, sagte January.

»Und die Leute kennen den alten Peralta. Du bist ein Narr, wenn du glaubst, daß du vor Gericht gegen ihn eine Chance hast.«

January wußte, daß der Alte recht hatte. Die Vorstellung, in einem Gerichtssaal zu stehen und die Geschworenen davon zu überzeugen, daß er unschuldig war, mit der nebulösen Behauptung, daß eine weiße Frau in irgendeine Art Skandal verwickelt war – Geschworene, die weiß waren und vielleicht Amerikaner –, diese Vorstellung jagte ihm entsetzliche Angst ein, mehr Angst, als er angekettet an den Pfosten im Gefängnis am Bayou Chien Mort gespürt hatte. Das war wie in vorderster Linie in der Schlacht, Auge in Auge mit dem geladenen Gewehr des Gegners: Durchhalten und schießen, denn wenn man floh, war man ein toter Mann.

Dies war seine letzte Chance zu fliehen.

Aber sie hatten durchgehalten. Sie hatten nicht aufgehört zu feuern, und schließlich hatten die Briten sich zurückgezogen.

Daß die Amerikaner ihm dafür nicht einmal gedankt hatten, gehörte nicht zur Sache.

»Ich muß bleiben«, erklärte er. Er wußte nicht, was er noch dazu sagen sollte.

Er hörte nur das Rascheln von Stoff und sah ein Paar Augen in der Dunkelheit aufblitzen, als der alte Mann den Kopf schüttelte. »So bin ich zu einer Reise auf einem großen Schiff gekommen, P'tit«, sagte Lucius Lacrîme traurig und schlug ihm freundlich auf die Schulter. »Und kein Lied wird deinen Mut preisen.«

Der Gedanke, irgendwo anders neu anzufangen, das wenige, das er hatte, kampflos zurückzulassen, quälte ihn wie der Angelhaken, der sich einmal, als er ein Kind war, in seinem Fleisch verhakt hatte. Sollte er Peralta, Tremouille und Etienne Crozat gewinnen lassen? Er war wieder in Chalmette und lud seine Muskete, während er durch einen stinkenden Schleier aus Rauch und Nebel beobachtete, wie rote Schatten Gestalt annahmen.

»Ich muß bleiben.«

»Dann verhalte dich ruhig, bis du weißt, was die Hyänen vorhaben, Kamerad. Und wenn du dein Versteck verläßt, paß auf dich auf.«

January hörte nicht mehr, wie Lucius Lacrîme ging.

20

Der Dachboden über dem Laden war einer jener Orte, die Abishag Shaw auf Befehl von höherer Stelle hatte räumen lassen; eine Schlafstätte für Sklaven, die es vorzogen, ihren Besitzern für ihren Körper regelmäßig bares Geld zu zahlen, und sich lieber selbst Essen, Unterkunft und Arbeit besorgten, als in einem der abgezäunten Lager hinter den Häusern der Weißen zu leben. In einem Raum, der sechs mal fünf Meter maß und durch eine verputzte Holzwand von dem Lagerraum des darunterliegenden Ladens abgetrennt war, schliefen zehn Männer auf blankem Boden – wie January vermutet hatte –, in ihren Decken zusammengerollt, die Köpfe auf Jacken oder Hemden gebettet. Es stank nach ungewaschenen Kleidern und menschlichen Leibern, nach Mäusen und Kakerlaken und nach Rauch, der aus den undichten Ziegeln der beiden Schornsteine quoll, die an der Trennwand hochgezogen waren. January mußte sich behutsam, um über niemanden zu stolpern, zur Mitte des Raumes vortasten, wo er beim Öffnen der Tür im schwachen Mondlicht eine Lücke gesehen hatte.

Gegenüber der Dachschräge befand sich ein Giebelfenster, dort konnte er, wie auf Hannibals Speicher in den Sümpfen, gebückt gerade noch stehen, und nach ein paar Minuten hatten sich seine Augen an die pechschwarze Dunkelheit gewöhnt, so daß er die Gestalten, die tief und schwer atmend zwischen wimmelnden Heerscharen von Ungeziefer lagen, erahnen konnte.

Und doch war der Dachboden nicht so überfüllt wie die Gefängniszelle, und es war ruhiger und bedeutend sauberer. Im Schein des untergehenden blauen Mondes machte er den Mann aus, der ihm am nächsten lag, und hinter ihm sein kleines Kleiderbündel, Blechgeschirr und die Erkennungsmarke aus Blech, mit der er sich auf der Straße als arbeitender Sklave ausweisen konnte.

Er schlief unter einem Dach, das er sich selbst gesucht hatte.

January schloß die Augen.

Seine Hand glitt in die Tasche und umfaßte den angeschlagenen Rosenkranz, während er Dankgebete murmelte.

Es war eine winzige Illusion von Freiheit, vielleicht nicht größer als seine Illusion von Gerechtigkeit, aber sie fanden sich damit ab. Für sie war das hier immer noch besser als die auch nur geringfügig größere Bequemlichkeit unter dem Dach eines Masters. Und für ihn war das hier immer noch besser, als alles, was er besaß und wofür er gearbeitet hatte, zurückzulassen, weil es dem, der den Schal um Angelique Crozats elfenbeinfarbenen Hals gelegt hatte, in den Kram paßte.

Abgesehen von ein paar kurzen Nickerchen auf dem Weg, hatte er beinahe drei Nächte nicht geschlafen. Jetzt träumte er von den klagenden Stimmen der Arbeiter auf den Feldern unter dem glasigen Dunst der aufgehenden Sonne.

»Im Norden finden wir eine neue Heimat,
Im Norden finden wir eine neue Heimat,
Versucht es, rettet unser Volk,
Und niemals kehren wir zurück.«

Doch dann veränderte sich das Licht in seinem Traum. Die ersten Sonnenstrahlen des Frühlings, die bleich auf die Zuckerrohrfelder fielen, wandelten sich zu Mondlicht, schwer wie Quecksilber, zu einem schwarzen Ozean, der von phosphoreszierenden Galaxien durchzogen wurde und auf dem der schwarze Schatten eines Schiffes schweigend durch die Dunkelheit glitt.

Dunkle Punkte wie Schmutzflecken auf einem silbrig glänzenden Strand, ein Gewirr von Mauern und Verschlägen, Hütten und Zäunen, Geruch nach verbranntem Fleisch und schwelenden Feuern, gedämpftes Jammern und Klagen. Die glitzernden Augen von zwölf jungen Männern, die aus den Schatten der Mangrovensümpfe spähten.

»Ohne mein Volk habe ich keine Heimat,
Es heißt, ohne mein Volk habe ich keine Heimat,
Lieber sterbe ich an diesem Strand,
Als ohne mein Volk zu leben.«

»Ich geh über Nägel, ich geh über Nadeln«, erwiderte eine Stimme den Gesang, wirbelte durch das Dunkel und die Zeit wie der Geruch von Feuer: »Ich kenne sehr gut den großen Zombi ...«

Dumpfes Trommelschlagen übertönte das Geräusch der Brandung. Stimmen riefen: »*Calinda!* Tanz den *Calinda! Badoum, badoum!*«

Es roch nach Regen, und seine Hand schmerzte, als hätte jemand mit einem Hammer darauf geschlagen. Sein ganzer Körper tat weh, Arme, Beine, der Rücken, und dieser Schmerz war kaum weniger schlimm als der in seiner Hand. Unten stritten zwei Menschen im Französisch der Schwarzen um den Preis für ein halbes Pfund Zucker.

Im diffusen grauen Licht des Morgens nahm die Dachschräge Konturen an; er erkannte Bündel mit Decken, Blechnäpfe und die Hemden, die in den Ecken und an den Wänden lagen. Mäuse trippelten über den Dachboden, doch die Kakerlaken zeigten sich wenig beeindruckt. Wahrscheinlich, dachte January, weil sie beinahe genauso groß sind.

Niemand war zu sehen. Normalerweise begann der Tanz auf dem Congo Square lange nach der Mittagszeit. Die Tür zur Treppe stand offen, laut und deutlich drang der Lärm herein. Er humpelte hinüber, duckte sich unter den Dachbalken hindurch und blieb auf dem kleinen Absatz direkt vor der Tür stehen. Sein Blick schweifte über die morastigen Höfe, die nassen Schieferdächer und die Zypressen und Palmen, die das Gebiet begrenzten, das man erst vor kurzem dem Wald und den Sümpfen abgetrotzt hatte.

Eine Platanengruppe und die weiße Spitze von St. Antoine zeigten ihm, wo der Congo Square lag. Wahrscheinlich war er höchstens eine Meile vom Haus seiner Mutter entfernt.

Und genau da würde die Polizei nach ihm suchen, wenn sie ihn überhaupt suchte.

Die Hyänen sind uns auf den Fersen, flüsterte eine rauhe Stimme in seinem Kopf. *Und wenn du dein Versteck verläßt, paß auf dich auf.*

Unter Schmerzen kletterte er die Holztreppe zum Hof hinunter.

»Fünfundzwanzig Cent die Nacht.« Ein Mann kam aus dem Laden, der das halbe Untergeschoß des Gebäudes einnahm. Sein Gesicht hatte die Farbe von uraltem Sattelleder und war ungefähr genauso ausdrucksvoll. Mit verschränkten Armen stand er auf dem schlammigen Weg, der vom Hof zur Straße führte.

Es war nicht die Stimme, zu der Lacrîme letzte Nacht gesprochen hatte. Wahrscheinlich kassierte der Besitzer des Ladens das Geld von den Männern und stellte dafür keine Fragen. Der Mann mit der Zigarre war einer der Sklaven gewesen.

»Ich habe kein Geld«, sagte January. »Ich kann welches besorgen. Ich werde später bezahlen.«

»Und dazu sechs weiße Pferde bringen, was?«

»Ich werde bezahlen.« January hatte Kopfschmerzen, doch noch mehr spürte er seine Glieder und seine Hand. Er fühlte sich wie ausgehöhlt vor Müdigkeit und Hunger, so als hätte man ihm das Mark aus den Knochen gekratzt. Eigentlich hätte er mit dem Mann verhandeln müssen, eine vernünftige Erklärung finden, warum man ihm trauen konnte, aber im Augenblick fiel ihm nichts ein. Und er mußte auch Desdunes das Pferd bezahlen.

Nicht einmal Wut empfand er noch. Vermutlich hätte er ihn niederschlagen können – mit Leichtigkeit –, aber dann hätte jemand die Polizei geholt.

»Ich behalte deine Stiefel«, sagte der Ladenbesitzer. »Wenn du mit meinem Geld zurückkommst, kriegst du deine Stiefel wieder.«

Und so kam es, daß January barfuß, mit zerlumpten Kleidern, die Hand in schmutzige Bandagen gewickelt, den schmalen Weg zum Hof seiner Schwester Dominique hinunterschlich. Vor Angst, daß ihn jemand aufhalten und fragen könnte, was er hier tue, noch schlimmer, ihn erkennen könnte, war er schweißgebadet wie ein nervöses Pferd. Becky, die unter dem Verandadach vor der Küche stand und die raffinierte Spitze an den Puffärmeln eines Kleides bügelte, sah auf und rief mit harter, zorniger Stimme: »Was ist los? Was willst du?« Dann sah sie genauer hin und stellte schnell das Bügeleisen ab.

»Michie Benjamin!« Sie rannte auf ihn zu und starrte ihn an, als er seine Hand hob. »Was um Himmels willen ist passiert?«

»Ist meine Schwester da?« Und als sie auf die Hintertür zulief, sagte er: »Kein Wort über mich, wenn sie nicht allein ist.«

Becky ging hinein. January blieb wartend unter dem Verandadach stehen, unschlüssig, ob er mit seinen schmutzigen Kleidern und den geschundenen Füßen überhaupt in die Küche gehen durfte. Er konnte nur an eines denken: *Mama wird mir die Hölle heiß machen.*

Er fragte sich, was seine Mutter tun würde, wenn Xavier Peralta bereits seinen Einfluß geltend gemacht hatte, um ihn, January, verhaften zu lassen.

Er war sich nicht sicher, ob er es wirklich wissen wollte.

Minou erschien im Dämmerlicht der Tür und trat heraus, frisch wie eine Blume in lavendelfarben gestreiftem Musselin, auf dem Veilchen rankten. Eine andere Gestalt tauchte auf und trat ins Licht. Olympe, in ihrem blauen Rock, einer abgetragenen roten Bluse und ihrem *Tignon*. Im stumpfen, grauen Licht des Nachmittags sah sie aus wie eine Marktfrau.

»Um Gottes willen!« rief Minou. In Olympes dunklen Augen spiegelten sich einen Augenblick lang nur Besorgnis, Wachsamkeit und schnelles Abwägen. »Was ist passiert? Dieser Polizist war heute morgen hier. Er wollte mit dir reden, hat er gesagt.«

Mit einem Dampfschiff brauchte Peralta acht Stunden zurück in die Stadt, höchstens neun. Auf dem Fluß fuhren genügend Schiffe, Peralta könnte, nachdem sein Verschwinden entdeckt worden war, mühelos einem von ihnen ein Zeichen geben.

»Ich habe ihm deinen Brief gegeben, Ben. Becky, mach Wasser heiß, schnell. Du hast gesagt, wenn du bis Sonntag nicht zurück bist – und bei Mama ist er schon gewesen. Ben, du hast doch nicht …?«

Er schüttelte den Kopf. »Kannst du jemanden zu dem Laden am Fluß an der Ecke zur Rue Conti, ein paar Blocks oberhalb des Staubeckens schicken? Gib dem Besitzer fünfundzwanzig Cent, damit er meine Stiefel herausrückt. Und Thérèse soll mir aus Mamas Haus ein paar Kleider holen.«

»Ich schicke einen von meinen Jungen«, sagte Olympe mit der klingenden Stimme Hecates, der Zauberin. »Wir wissen nicht, was die Polizei weiß oder was sie denken, aber der Mann, der hier war, ist kein Dummkopf.« Noch während sie das sagte, schlüpfte sie an der Köchin vorbei in die Küche und brachte eine blauweiße Schüssel mit Jambalaya und einen Laib Brot nach draußen. »Hast du deine Papiere?«

Wieder schüttelte er den Kopf. »Sie sind im Schreibtisch in meinem Zimmer. In der oberen linken Schublade.« Er beschloß, sobald er Zeit hatte, fünf oder sechs weitere Kopien anzufertigen. »Was hat Shaw gesagt?«

»Daß er mit dir reden will.« Dominique setzte sich auf einen der Küchenstühle aus Weidenholz, während January mit der Geschwindigkeit eines Totengräbers während einer Gelbfieberepidemie das Essen in sich hineinschaufelte. Mit großen Schlukken lauwarmen Kaffees spülte er den Reis und die Krabben hinunter. »Ich habe ihn gefragt, ob du in Schwierigkeiten bist. Er sagte, vielleicht, und daß du welche bekommen könntest, wenn er dich nicht findet. Ben, was ist geschehen?«

»Peraltas Aufseher hat meine Papiere zerrissen«, sagte January. »Galen Peralta hat Angelique nicht umgebracht, aber sein Vater glaubt, daß er es war. Er hat gesagt, daß er mich dort behält, bis das Gesicht des Jungen verheilt ist – Angelique hat ihn ziemlich übel zugerichtet, und ein Gericht könnte daraus falsche Schlüsse ziehen –, dann wollte er mich auf ein Schiff nach Europa oder New York oder sonstwohin stecken. Sklaven haben mich in der Nacht wissen lassen, daß der Aufseher vorhat, mich zu verkaufen, und behaupten will, ich sei ausgebrochen. Sie haben mir das Kopfstück einer Hacke hereingeworfen, damit habe ich das Fenstergitter geknackt.«

»Oh, Ben.« Sie schlug die Hand vor den Mund, und ihre Stimme war kaum zu hören. *Hat sie Angst um mich?* fragte sich January. Nun ja, wahrscheinlich schon – Dominique war ein warmherziges Mädchen, voller Mitgefühl, und sie liebte ihn mit der gedankenlosen, glücklichen Zuneigung, die sie als Vierjährige für ihn empfunden hatte, als er ihr riesiger, zwanzig Jahre älterer Bruder gewesen war. Aber rührte der Schock, den er jetzt in ihren Augen sah, nicht auch von der Erkenntnis her, wie wenig ihre eigene Freiheit wert war?

Oder verstand sie das noch nicht?

»Was … Was wollen sie von dir? Du hast Papiere. Ich meine, du bist frei, und hier in der Stadt kennen die Leute dich.«

»Peralta könnte der Polizei irgendeine Geschichte erzählen, damit es so aussieht, als hätte ich den Mord begangen und nicht sein Sohn.« Es regnete wieder kräftiger; schon den ganzen Tag fiel ein feiner Nieselregen auf die schlammige Erde hinter der Veranda. Leise ging Becky in die Küche, um Kaffee zu mahlen und das Feuer unter dem großen Eisenofen anzufachen.

»Der Captain der Stadtwache ist sein Cousin, und Etienne Crozat übt Druck auf die Stadtwache aus; sie brauchen jemanden, den sie für den Mord bestrafen können. Ich glaube, ich kann herausfinden, wer es wirklich getan hat, aber ich brauche Beweise. Und diese Beweise müssen sehr überzeugend sein, denn der Mörder ist mit ziemlicher Sicherheit ein Weißer, und ich bin schwarz.«

Als January gebadet und die fünf Tage alten grauen Bartstoppeln abrasiert hatte, war Olympe mit seinen Stiefeln und einem

Bündel Kleider aus dem Haus seiner Mutter zurückgekehrt. Die beiden Schwestern saßen in Dominiques Salon, als er durch den Nieselregen über den Hof kam. Warum war ihm eigentlich nie aufgefallen, wie ähnlich sie einander sahen?

Wahrscheinlich, weil er sie als Erwachsene nie zusammen gesehen hatte. Und plötzlich fragte er sich, warum Olympe überhaupt hier war.

»Ich muß eine Flüchtige finden, ein Mädchen namens Sally«, sagte January, als er in den hinteren Salon trat. »So groß, dünn und so schwarz wie ich. Eine Vollblut-Kongo, wie man so schön sagt. Sie ist am Freitag vor einer Woche von der Plantage Les Saules geflohen, wahrscheinlich mit einem Mann.« Im Augenblick war es vielleicht besser, nach ihr zu suchen, als noch einmal nach Les Saules zu gehen, jedenfalls solange es noch hell war.

»Ich glaube, daß sie etwas weiß, und ich bin ziemlich sicher, daß sie mit irgend jemandem darüber geredet hat.« In der Küche hatte er seine Hand untersucht, sie war immer noch sauber. Die Bandagen, mit denen Becky ihn verbunden hatte, nachdem er Salben aufgetragen und Umschläge gemacht hatte, leuchteten schneeweiß auf seiner schwarzen Haut.

»Ich werde mich umhören«, sagte Olympe. »Sie kann überall sein, wenn sie mit einem Mann davongelaufen ist. War es ein Weißer?«

»Das weiß ich nicht. Möglich ist es, denn er hat ihr ziemlich teure Geschenke gemacht.«

»Ein Stück Stoff für zwei Dollar ist immer billiger als ein Mädchen in der Exchange Alley«, bemerkte Olympe zynisch. »Ich habe herausgefunden, wer Doktor John für das *Gris-Gris* bezahlt hat.«

Auf der Straße fuhr eine Kutsche vorbei, die Räder machten im Regen ein leise pfeifendes Geräsuch. Schnell sah Dominique sich um und warf einen Blick aus den großen Glastüren, die auf die Rue Burgundy führten. Sie standen weit offen, denn trotz des Regens war es ein warmer Tag. Olympe verzog ihre bronzenen Lippen. »Keine Sorge, wir sind verschwunden, wenn er kommt.«

Dominique schnaubte. »Das wird nicht vor zehn sein. Ich schwöre, an einem Sonntag nachmittag könnte man die gesamte französische Bevölkerung der Stadt mit fünf Kanonenkugeln ausrotten, wenn man weiß, wo sie sitzen.«

»Vielleicht laden die Amerikaner deshalb keine Tanten, angeheirateten Verwandten oder Cousins dritten Grades zum Sonntagsessen ein«, bemerkte Olympe und streichelte gleichmütig die fette weiße Katze. »Wie die Karnickel auf dem Feld, die fressen auch nicht zusammen.«

»Liebes, du weißt doch, daß das eine Frage der Sparsamkeit ist.« Minous Lächeln glich Olympes aufs Haar. »So ein Sonntagsessen muß die LeBretons mindestens hundert Dollar kosten, wenn alle Lafrenières, Borés, Macartys, Chauvins, Viellards, Boisclaires, Boisblancs und Lebedoyeres kommen. Selbst wenn hinterher nicht getanzt wird – und sie werden tanzen, Fastenzeit hin oder her. Kein Amerikaner würde so etwas tun, stimmt's, Ben? Diese schreckliche Mrs. Culver hatte doch tatsächlich die Nerven, mit Ben um die Klavierstunden für ihre abscheulichen kleinen Mädchen zu feilschen!«

Gegen seinen Willen mußte January lächeln. »Sie sind nicht abscheulich«, sagte er. Es war wie ein Rückblick auf längst vergangene Zeiten. »Und ich glaube, ein Grund dafür, daß die Amerikaner nicht jeden Sonntag alle Welt zum Essen einladen, ist, daß die meisten von ihnen neu in der Stadt sind. Sie kommen aus New York, Philadelphia oder Virginia, sie bringen ihre Frauen und Kinder mit, aber noch sind sie nicht lange genug hier, um Großmamas, Schwägerinnen und Schwäger und die verwitwete Tante einer Schwägerin mit ihren vier Kindern nachzuholen. Laß ihnen Zeit.«

Dominique räusperte sich ungläubig und trat an ihren Sekretär. »Nach allem was ich gehört habe, werden sie sich die Zeit *nehmen*, egal ob man sie ihnen *läßt* oder nicht. Kann es sein, daß die Person, die das *Gris-Gris* gekauft hat, auf dem Ball war?«

»Ob das sein kann?« sagte Olympe. »Sie *war* dort, chérie, und sie hing die ganze Zeit an Angeliques Rockzipfel.«

January begegnete ihrem Blick und wußte sofort, von wem sie sprach. Er war schockiert. »*Clemence Drouet?*« Dann sagte er: »Das ist lächerlich. Sie hat Angelique vergöttert.«

Beide Schwestern sahen ihn an, die jüngere und die ältere. Mit derselben gereizten Geduld, derselben leichten Verwunderung über seine Blindheit sahen sie ihn an. Es war Dominique, die zuerst sprach.

»Oh, Ben, du glaubst doch nicht im Ernst, daß die häßlichen Mädchen, die dicken, die alles für die hübschen Mädchen tun und ihnen auf Schritt und Tritt folgen, nicht *genau* wissen, wie man hinter ihrem Rücken über sie spricht?« Ihre Stimme klang mitleidig und ein bißchen traurig. »Glaubst du, daß Clemence Angelique nicht gleichzeitig lieben und hassen konnte?«

»Doktor John sagt, er hat einige feine, kleine *Gris-Gris* für Clemence gemacht«, sagte Olympe. »Das, das du mir gegeben hast, und eins, das wahrscheinlich immer noch unter der Hintertreppe liegt, und da kann es meinetwegen auch bleiben, falls Phrasie Dreuze in das Haus einzieht. Mamzelle Marie hat mir gesagt«, fügte sie hinzu, als Dominique einen Stapel gelber Blätter aus der Schreibtischschublade holte, »die Männer, die dich verprügelt haben, waren Clemences Bruder Marquis und sein Freund. Sie wollten das *Gris-Gris* zurückholen, ehe du herausfindest, wer es versteckt hat, und sie verrätst.«

January dachte daran, wie die Männer an seiner Jacke gezerrt hatten. Damals hatte er geglaubt, sie suchten Geld. Er dachte auch an das runde, von Tränen verschmierte Gesicht in Angeliques Haus, den erschrockenen Ausdruck in ihren Augen, als Euphrasie Dreuze ihr Geschrei von Mord angestimmt hatte. *Sie fällt ständig in Ohnmacht,* hatte seine Mutter gesagt.

»Meistens belassen sie es bei einem *Gris-Gris,* weißt du«, fügte Olympe ruhig hinzu, schmiegte sich wie eine Schlange in die Polster des Diwans und streichelte die weißen Pfoten der Katze. »Frauen, die so viel Haß in sich haben, legen vielleicht einen Sarg aus Pappe auf die Hintertreppe oder ein Kreuz aus Salz, sozusagen um jemanden in Gedanken zu ermorden, aber sie würden nie einen echten Mord begehen. Manche bringt es dazu, innezuhalten und nachzudenken.«

»Ich erinnere mich, daß im letzten Herbst der Amerikaner, dieser Jenkins, beinahe bei jedem Blue Ribbon Ball zu Clemence kam, um mit ihr zu plaudern«, sagte Dominique. Sie ließ die Papiere sinken, und in ihrem Blick lag Traurigkeit. »Aber natürlich konnte Angelique es nicht ertragen, daß Männer irgendeiner anderen Aufmerksamkeit schenkten. Trotzdem hätte ich nie gedacht, daß Clemence Angelique auch nur ein Haar krümmen würde.«

»Das würde sie auch nicht«, sagte January leise. »Wenn sie sich von Doktor John ein *Gris-Gris* besorgt hat, hätte sie sich ebensogut etwas anderes besorgen können. Sie hätte ihr Gift ins Glas schütten können – sie hätte jederzeit Gelegenheit dazu gehabt. Selbst auf dem Ball hätte sie ihr noch ein Brechmittel geben können, wenn sie keinen Mord begehen wollte. Sie auf einem öffentlichen Ball mit einem Schal erwürgen ...« Er schüttelte den Kopf.

»Mein Lieber, *ich* hätte sie auf diesem Ball mit einem Schal erwürgen können«, erwiderte Dominique und suchte wieder in den Papieren herum. »Und ich habe nicht zugesehen, wie sie mir den ersten Mann, der mir ein bißchen Aufmerksamkeit schenkt, vor der Nase wegschnappt. Da«, sagte sie und bohrte einen Finger in das Papier. »Ich wußte, daß ich sie gesehen habe, wie sie gleich nach Galen die Treppe hinuntergerannt ist. Sie kann über den Dienstbotenaufgang zurückgekommen sein.«

»Was *ist* das?« January verrenkte den Kopf, um zu sehen, was da geschrieben stand. »Ich dachte, Shaw hätte die Notizen abgeholt, als sie den Fall neu aufgerollt haben.«

»Dummkopf.« Sie kam zu ihm herüber und reichte ihm die Notizen – in ihrer kleinen, perfekten Handschrift, Französisch auf cremefarbenem Papier mit Goldrand. »Ich habe sie abgeschrieben. Und wenn es in dieser Stadt eine Sensation gibt, will ich sichergehen, daß ich diejenige bin, die alle Fakten kennt.«

Minou hatte die Notizen chronologisch geordnet. Clemence Drouet war um Viertel nach acht als »unten – Hof? Halle?« aufgeführt. Ebenso standen bei »Hof« der orangegrüne Türke und ein Indianer mit einem Fragezeichen. Das konnte jeder gewesen sein.

Kurz darauf war Xavier Peralta gesehen worden, wie er mit den Duellanten, Granger und Bouille, ihren Sekundanten, dem scharlachroten Piraten und Jenkins, und dem Fechtmeister Mayerling in Froissarts Büro ging. Aber als die Gesellschaft, beobachtet von einer gewissen Doucette Labayadere (als Maulbeerbaum verkleidet – *als Maulbeerbaum?*), das Büro wieder verließ, waren nur Froissart, Granger und Bouille dabeigewesen. Die anderen waren wahrscheinlich schon früher gegangen.

Nach dem schnellen Walzer hatte niemand mehr Galen Peralta in der unteren Halle gesehen, aber Augustus Mayerling war von mindestens einer Person gesehen worden.

January saß eine ganze Weile da und las die Notizen immer wieder.

Mayerling war ein Außenseiter. Ein Weißer, gewiß, aber ein Mann, der nicht in einer Gesellschaft von Sklavenhaltern aufgewachsen war. Ein Mann, der einen Chirurgen eher nach dem Grad der Erfahrung als nach der Hautfarbe auswählte.

Man konnte ihn wenigstens fragen, was er wußte.

»Darf ich sie mitnehmen?«

»Das darfst du nicht!« erwiderte seine Schwester indigniert. Dann weicher: »Ich mache dir eine Kopie; du kannst sie morgen haben.«

»Du bist ein Schatz.« Er küßte ihre Hand, dann sah er durch die offenen Glastüren nach draußen, wo es immer noch regnete und langsam die Dämmerung hereinbrach. »Irgend etwas sagt mir, daß wir vielleicht noch eine Kopie gebrauchen könnten.«

»Ich habe die Originale noch«, sagte sie, »ich meine das, was der Officer in der Nacht aufgeschrieben hat. Monsieur Shaw hat sie hiergelassen, nachdem er eine leserliche Abschrift von mir hatte, und ich habe sie in die Schublade gelegt. Wirst du mit Monsieur Shaw sprechen?«

January legte die Notizen beiseite. »Ich weiß nicht«, sagte er.

»Wenn er mich nicht auf der Stelle verhaftet, ja. Du hast gesagt, daß du ihm meinen Brief gegeben hast. Hat er ihn gelesen?«

Sie nickte.

»Hat er etwas gesagt?«

»Kein Wort. Hat ihn einfach in die Tasche gesteckt. Aber er kann lesen«, fügte sie schnell hinzu. »Ich habe gesehen, wie er die Notizen gelesen hat.«

Olympe schnaubte, was sehr nach ihrer Mutter klang. »Es geschehen noch Zeichen und Wunder. Brauchst du eine Unterkunft, Bruder? Dieser Shaw kennt Mamas Haus – und dieses natürlich auch«, sagte sie, und January bemerkte, daß Dominique für den Bruchteil einer Sekunde, in der sie sich unbeobachtet wähnte, erleichtert aussah. »Wenn es zum Schlimmsten kommt, gibt es noch andere Orte, wo du bleiben kannst, bis wir dich aus der Stadt bringen.«

»Gut«, sagte January bitter. »Dann bin ich also ein Flüchtling, weil niemand etwas bezeugen will, das eine Jury glauben machen könnte, daß ein Weißer diese Frau ermordet hat.«

»Besser, als aus demselben Grund eine Leiche zu sein.« Sie schob die Katze von ihrem Schoß und holte einen seidenen, mit einer wasserabweisenden Ölschicht überzogenen Regenschirm hinter der Tür hervor. »Ich suche jemanden, der Shaw einen Brief überbringt, um ein Treffen zu vereinbaren.« Sie ging zur Glastür und sah auf die Straße hinaus, wo Öllampen, die oben an den Mauern befestigt waren, ihre Lichtkegel in das dunkle Wasser der Rinnsteine warfen. »Es ist wenig los auf den Straßen, jetzt müßtest du sicher sein.«

January zog das Jackett an, das sie ihm gebracht hatte, küßte Minou und trat vor die Glastür. Er half seiner Schwester – die soviel Hilfe benötigte wie eine Gazelle – auf den gepflasterten Gehweg und von dort über eine Planke auf die Straße. Der Regen hatte für einen Moment nachgelassen, doch der dunkle Himmel versprach weitere heftige Güsse.

»Ich will auf jeden Fall diese Sally suchen und, wenn es geht, mit Clemence Drouet sprechen.«

»Glaubst du wirklich, daß dieser arme Wurm so schlau ist und sich überlegt hat, daß man, wenn sie Angelique in aller Öffentlichkeit auf diese Weise umbringt, alle möglichen Menschen verdächtigen wird, nur nicht sie?« Olympe schüttelte den Kopf. »Ich glaube, wenn sie ihre Freundin aus Wut darüber, daß sie ihr diesen Jenkins weggeschnappt hat, umgebracht hätte, wäre sie neben der Leiche sitzen geblieben und hätte geheult. Oder aber sie ist sehr schlau und hat von Anfang an alles geplant.«

»Vielleicht«, stimmte January zu. Wahrscheinlich hatte Olympe recht.

»Ich habe dir gesagt, was ich darüber weiß«, fuhr Olympe fort, »und deshalb habe ich eine Bitte an dich, Ben: Geh mit diesem Wissen vorsichtig um. Ich glaube, Clemence ist weinend davongelaufen, genau wie dieser Galen. Aber Clemence ist eine Farbige, und Galen ist weiß. Und sie hat für das *Gris-Gris* gebüßt. Wenn die Polizei, wie du glaubst, jemanden sucht, den sie für den Mord hängen kann, brauchst du nur ihren Namen zu nennen, und sie wird sterben, nur weil sie eine Frau gehaßt hat und nicht stark genug war, sich von ihr zu lösen.«

January schwieg, wohl wissend, daß Olympe die Wahrheit sagte. Müde fragte er sich, wie es so weit hatte kommen können, daß nicht nur die Verantwortung für Madeleine Trepagiers Freiheit auf ihm lastete, sondern auch die für das Leben eines Mädchens, das er kaum kannte. Aus irgendeinem Grund dachte er daran, daß Apoll nicht nur der Gott der Musik und der Heilkünste war, sondern auch der Gott der Gerechtigkeit.

Dr. Gomez hatte ihn gelehrt: *Stell zuerst eine Diagnose, und wenn du die Fakten kennst, entscheide dich für eine Therapie.*

Erst Augustus, dachte er. *Dann sehen wir weiter.*

»Ich wußte gar nicht, daß du mit Minou in Verbindung stehst«, bemerkte er, als sie sich der Rue Douane näherten.

»Ich kenne sie nicht besonders gut. Natürlich habe ich sie nie ganz aus den Augen verloren, aber am Donnerstag habe ich zum erstenmal ihr Haus betreten.« Verwirrt durch den ungewohnten Gedanken zog sie die dunklen Augenbrauen zusammen. »Um die Wahrheit zu sagen, ich hätte nicht gedacht, daß ich sie mag, aber sie ist ein süßes kleines Mädchen. Ich war überrascht.«

»Warum am Donnerstag?«

»Ich habe dich gesucht, nachdem ich erfahren hatte, wer das *Gris-Gris* gekauft hat, und habe den Jungs aufgetragen, nach dir Ausschau zu halten.« Wieder runzelte sie die Stirn. Ihre Schneidezähne standen ein klein wenig vor, was ihrem Gesicht eine gewisse Schärfe, etwas Wildes verlieh, genau wie ihre dunklen, wachsamen Augen. Er hätte gern gewußt, ob sie Lucius Lacrîme kannte. »Und ich habe mir Sorgen um dich gemacht. Das Haarbüschel, das ich von dir habe, hat mir gesagt, daß du in Schwierigkeiten oder verletzt bist.« Sie warf einen Blick auf seine bandagierte Hand.

January dachte an das, was passiert war, und sagte sich, daß es reiner Zufall war, daß seine Gefangennahme, das Verhör in der Zuckermühle und die qualvolle Flucht am Donnerstag stattgefunden hatten.

»Heute war ich dort, weil sie mich um Hilfe bitten wollte«, fuhr Olympe fort. »Sie bekommt ein Kind, weißt du?«

Heftige Gefühle – war es Wut? – wallten in ihm auf, doch er sagte nur: »Ich hätte nicht gedacht, daß Henri Manns genug ist, ein Kind zu zeugen.«

Olympe warf ihm unter dem Regenschirm hervor einen Blick von der Seite zu. »Er ist gut zu ihr«, sagte sie. »Und er wird gut zu dem Kind sein. Das sind sie meistens, solange diese Kinder tun, was man ihnen sagt, sich benehmen, wie es von ihnen erwartet wird, und nicht danach fragen, warum die Dinge so sind, wie sie sind.«

January schwieg einen Augenblick und blieb an der Ecke zur Rue Bienville stehen, nicht weit weg von dem großen Haus, in dem Augustus Mayerling wohnte. Dann seufzte er. »Niemand hat das alleinige Recht darauf, Schwester. Nicht die Weißen, nicht die Schwarzen und nicht die *sang mélée*.«

Sie lächelte ihn aus dem Schatten des Regenschirms an. Dann wandte sie sich ab, lüpfte ihre blauen Röcke, damit sie in dem

Morast nicht schmutzig wurden, und ging über eine Planke auf die Straße, um zu ihrem Mann und ihren Töchtern und Söhnen heimzukehren.

Augustus Mayerling bewohnte zwei Zimmer im obersten Stockwerk, hoch über einem Hof voller Bananenbäume und Platanen und einem Laden, in dem Kaffee und Tee verkauft wurden. Der Regen hatte wieder nachgelassen, und Pfützen glitzerten golden im Licht der Straßenlaternen. Inmitten von Essensdüften und dem Geruch von Laub stieg January die Holztreppen von einem Balkon zum nächsten hinauf. Die hohen Hausmauern dämpften die Geräusche von der Straße, das entfernte Tuten der Dampfschiffe und die letzten Rufe der Austernverkäuferinnen.

Während er mit Olympe die Rue Burgundy hinuntergegangen war, hatten sie die Kanone vom Cabildo gehört, die die Sperrstunde verkündete. Der Regen hatte dem Tanz auf dem Congo Square schon vor Stunden ein Ende gemacht. Wenn er von Wachen angehalten wurde, würde er seine Papiere zeigen müssen, um zu beweisen, daß er frei war. Ihm war nicht wohl bei dem Gedanken. Ohne die fröhlichen Stimmen der Maskierten, den Klang der Blaskapellen aus den Tavernen und das Geschrei der vorbeiziehenden Paraden kam ihm die Stadt sehr ruhig vor.

Und in der Tat, dachte January, innerhalb einer Woche würden die Kreolen ihn wieder engagieren, damit er auf einem kleinen, diskreten Ball spielte, egal, ob die Kirche in der Fastenzeit vorschrieb, Gott zu Ehren auf Vergnügungen zu verzichten, oder nicht. Vorausgesetzt natürlich, er saß dann nicht im Gefängnis oder war auf einem Schiff. Das Leben ging weiter, und wer wollte sich schon die ganze Zeit mit Backgammon und Plaudereien zufriedengeben?

Mit Sicherheit waren die Spielsalons in der Stadt nicht geschlossen. Aber so war es eben in New Orleans, wie jeder Kreole mit dem typischen Achselzucken sagen würde.

Auf dem obersten Balkon war es dunkel, nur ein schmaler Streifen Licht fiel durch den Türspalt von Mayerlings Wohnung.

January hatte gerade die oberste Stufe erreicht, als die Tür aufging. Mayerling blickte wachsam nach rechts und links, und ein goldener Lichtschein fiel auf sein kurz geschorenes flachsblondes Haar und sein weißes Hemd, das am Kragen offenstand. Offenbar sah er niemanden dort im Dunkel stehen, und er trat wieder ins Zimmer.

Eine Frau kam heraus, ganz in Schwarz gekleidet wie eine Witwe.

January spürte, wie sein Herzschlag aussetzte. Die Enschlossenheit ihrer Bewegungen, die Art, wie sie die Schultern straffte, als sie sich umdrehte, war – wie an jenem Abend vor nicht allzu langer Zeit – unverkennbar.

»Die Hintertreppe ist sicher«, sagte Mayerling mit seiner heiseren, jungenhaften Stimme. »Die Sklaven werden noch nicht zurück sein.« Der Preuße holte einen Umhang aus dem Zimmer und warf ihn sich über die Schultern. Er legte der Frau eine Hand auf den Rücken, um sie in den dunklen Gang zu führen, wo die Hintertreppe zu dem Balkon über der Küche führte.

Die Frau blieb stehen, drehte sich um, schob ihren Schleier zurück und hob ihm ihr Gesicht entgegen. Im honigfarbenen Licht der Kerzen aus dem Zimmer sah January deutlich die kräftige, ovale Kontur ihres Kinns und die riesigen, leuchtend braunen Augen Madeleine Trepagiers.

21

Madeleine Trepagier und Augustus Mayerling. Ich Idiot. Warum habe ich das nicht gesehen?

In eine Durchfahrt gedrückt, beobachtete January, wie der Fechtmeister seiner Mätresse in eine Mietdroschke half. Der Gehsteig war menschenleer; es war Sonntag, Fastenzeit, und die Kreolen saßen mit ihren Gästen beim Abendessen. Außerdem hatte es geregnet.

Also hatte nicht nur Peralta Trepagiers Mätresse in Mayerlings Fechtschule kennengelernt, Mayerling selbst war der schönen Frau seines Schülers begegnet.

Seine zukünftige Frau hat allen Grund, dem Mörder dankbar zu sein.

... bleibt mir keine andere Wahl, als die Ehre der Dame zu verteidigen ... Warum hatte er da nichts gemerkt, keine zwei Minuten nachdem Mayerling es Langeweile, Ignoranz und Lasterhaftigkeit zugeschrieben hatte, daß Männer sich duellierten.

Vielleicht wegen des angewiderten Ausdrucks in Madeleines Augen, als sie gesagt hatte: *Kein Mann ...*

Die Droschke fuhr ab. Den blonden Schopf gesenkt, drehte Mayerling sich um und verschwand in dem stockfinsteren Durchgang, aus dem er und Madame Trepagier gekommen waren.

Irgendwo wird sie in ihre eigene Kutsche umsteigen, dachte January. *Wahrscheinlich am Place des Armes.*

Er trat aus seinem Versteck und folgte der Droschke durch den Regen und die hier und da von Straßenlaternen erhellte Dunkelheit. Schlamm und Regen auf dem unebenen Straßenpflaster hinderten die Droschke am Vorwärtskommen und erleichterten es ihm, Schritt zu halten.

Augustus war ein Fremder. Ein Weißer, aber ein Preuße. Möglicherweise urteilten die Geschworenen nach den Beweisen und nicht nach der Hautfarbe des Angeklagten.

Aber alles in ihm schrie *nein,* als er dem dunklen Schatten der Kutsche durch die Straßen zur Kathedrale folgte.

Kein Mann, hatte Madeleine Trepagier gesagt, und in ihrem Blick hatte eine Verachtung gelegen, die Bände sprach über Arnaud Trepagier, ebenso wie die Geschichten der alten Köchin und der Wäscherin auf Les Saules. Im Hôtel Dieu war January Frauen begegnet, die mißbraucht und vergewaltigt worden waren, und er hatte die seelischen Folgen gesehen. Daß es einen Mann gab, der sanft war und ihr so viel Zuneigung entgegenbrachte, daß er sie aus diesem Gefängnis des Schreckens und Zorns herausholen konnte, war ein Wunder und ein Geschenk.

Als January sich jetzt an den Donnerstag abend im Salle d'Orleans erinnerte, sah er alles glasklar vor sich.

Alles – nur nicht, was er jetzt tun sollte.

In einem Roman wäre die Antwort leicht gewesen. *»Missy, ich habe in der alten Welt keine frohe Stunde gehabt, seit meine liebe Frau tot ist.«* Gefolgt von einer Beichte in drolligem, schlechtem Amerikanisch und dem Strick – oder einer Fahrkarte nach Frankreich, wenn der Autor in guter Stimmung war.

Aber New Orleans war sein Zuhause. Und Uhrquahr und Peralta waren nicht die einzigen Feinde in dieser undurchsichtigen Geschichte.

Die Bäume im Kirchhof raschelten in der Dunkelheit, als die Kutsche nur einen Steinwurf vom Ballsaal entfernt zum Stehen kam. Es regnete wieder heftiger, doch Madame Trepagier stieg aus und bezahlte den Fahrer, das Gesicht hinter dem langen Witwenschleier verborgen; dann wandte sie sich ab und eilte in die Gasse zwischen der Kirche und dem Cabildo. Schnell verschluckte die Dunkelheit ihre schwarze Gestalt.

Hier ist Dominique in der Nacht des Mordes entlanggelaufen, dachte January, während er ihr folgte. Aber in der Karnevalsnacht war es hell gewesen, denn in jedem Laden der Gasse hatten Lichter gebrannt und ein steter Strom von Feiernden hatte den Durchgang zwischen der Rue Royale und dem Place des Armes bevölkert. Jetzt lag die Gasse dunkel und verlassen da. Es war stockfinster, und nur aus einem oder zwei Fenstern warf Licht goldene Sprenkel auf den Regen. Die Kirchturmuhr schlug acht; schwer lag der wolkenverhangene Himmel mit der ewigen Rauchwolke von den Dampfschiffen über der Gasse.

Ein kreolischer Sonntag in New Orleans, dachte January. *Natürlich würde Madame Trepagier mit Tante Picard zu Abend essen, und alle Vettern Trepagier würden dasein, um sie mit Heiratsanträgen zu bestürmen. Warum nicht? Warum nicht? Eine Frau kann eine Plantage nicht allein führen.* Es war ein leichtes, Kopfschmerzen vorzuschützen und sich in die Arme des einzigen Mannes zu flüchten, dessen Berührung sie ertragen konnte, ohne daß ihr übel wurde. Wahrscheinlich hatte sie ihrem Kutscher Anweisung gegeben, sie am Place des Armes abzuholen. Außer den Dienstboten auf Les Saules würde niemand ihr Kommen und Gehen bemerken.

Ein Schauer durchlief ihn, als er dachte: *Und eines der Dienstmädchen ist verschwunden.* Zum erstenmal fragte er sich, was Sally wohl genau gesehen hatte und ob sie Les Saules überhaupt verlassen hatte.

Madame Trepagier hatte selbst gesagt, eine Frau auf einer so einsam gelegenen Plantage sei ihrem Mann auf Gedeih und Verderb ausgeliefert. War nicht auch ein Dienstmädchen seiner Herrin gnadenlos ausgeliefert, wenn diese etwas zu verbergen hatte?

Im Licht der wenigen Lampen, die den Place des Armes erhellten, sah er ihren Schatten und beschleunigte seinen Schritt. Dann war da plötzlich ein Handgemenge, und ihr Schrei hallte wie das Geräusch reißenden Stoffs vom Pflaster der Gasse wider.

Ein Überfall. Wasser spritzte, Schatten kämpften in der Dunkelheit, und ein Mann fluchte unflätig. Wieder schrie Madeleine, und wieder spritzte Wasser, aber da war January schon bei ihnen. Seine Hände griffen nach rauhem, schmierigem Stoff, der nach Tabak, Erbrochenem und verschüttetem Bier stank. Er drückte jemanden oder etwas gegen eine Ziegelmauer und schmetterte mit aller Kraft seine Faust dahin, wo er das Gesicht vermutete. Seine Knöchel verfingen sich in Haaren. Vom Platz her rief eine Stimme: »Madame Madeleine! Madame Madeleine!« Jemand schnappte nach Luft, schrie und fluchte. Aus dem Rinnstein stank es nach schmutzigem Wasser.

Der Mann, den January erwischt hatte, fuhr auf ihn zu wie eine Wildkatze, doch January war gut einen Kopf größer und um einiges kräftiger. Er hob den Mann einfach in die Luft und ließ ihn wie einen Sack Mais aufs Pflaster fallen. Er versetzte ihm einen kräftigen Tritt und drehte sich um, um den zweiten Mann zu packen, der knietief in dem stinkenden Strom des Rinnsteins stand, ein blitzendes Messer in der Hand und über aufgebauschte schwarze Unterröcke und Schleier gebeugt. Mit einem Fuß drückte er Madame Trepagier unter Wasser, dann fluchte er überrascht und brach über ihr zusammen. In diesem Moment war January bei ihnen und zog den Mann an einem Büschel tropfender, verfilzter Haare hoch.

Blitzend schoß das Messer heraus. January wich zur Seite, das Haarbüschel entglitt ihm, und der Mann stürmte davon, als ein schmächtiger alter Mann, die Kutscherpeitsche in der Hand, schwer atmend und mit aschfahlem Gesicht, herbeistolperte.

Mit triefenden Röcken und klitschnassen, wirren Schleiern versuchte Madame Trepagier aufzustehen. Sie zitterte so heftig, daß sie kaum stehen konnte. Mit einem Aufschrei wich sie vor January, der ihr helfend die Hand entgegenstreckte, zurück, dann erst sah sie sein Gesicht. Den Bruchteil einer Sekunde dachte er, sie würde zusammenbrechen und sich weinend an ihn klammern, aber sie wandte sich ab und schlang unter den völlig durchnäßten Schleiern verzweifelt die Arme um sich. »Es geht mir gut.« Ihre Stimme klang gespannt wie die Saite einer Harfe, aber leise und fest. »Es geht mir gut.«

»Madame Madeleine, Madame Madeleine!« Der alte Kutscher sah aus, als brauche er selbst eine Stütze. »Ist alles in Ordnung? Sind Sie verletzt?« Nur seine Augen, seine Zähne und die silbernen Knöpfe an seiner Jacke reflektierten das Licht von den Kolonnaden des Cabildo in der dunklen Gasse. Madame Trepagier wirkte wie eine nasse Krähe im Trauerkleid, mit Schleiern, die wie Unkraut an ihren Wangen klebten. »Kommen Sie, Madame Madeleine. Ich bringe Sie zurück zu Ihrer Tante Picard, damit Sie aus den nassen Kleidern kommen …«

»Nein«, sagte sie schnell. »Nicht zu meiner Tante.«

Nicht, wenn sie sich dort vor drei Stunden mit Kopfschmerzen verabschiedet hat, dachte January.

Er schob ihr stützend die Hand unter den Ellbogen. Sie versteifte sich, ließ ihn aber gewähren.

»Kommen Sie«, sagte er. »Ich bringe Sie zu meiner Schwester.«

»Es … war dumm von mir. Durch diese Gasse zu gehen, meine ich.« Madeleine Trepagier wollte in die Flut ihrer offen herabfallenden dunklen Haare greifen. »Schhh«, machte Dominique und schob die zitternden Finger beiseite. Mit sicheren Händen bürstete sie die langen, feuchten Strähnen mit einer weichen Bürste, jetzt kaum noch, um sie zu entwirren, sondern um das Trocknen zu beschleunigen und die Frau zu beruhigen, die, in ein geliehenes Mieder geschnürt und in einem geliehenen Kleid, auf einem Stuhl vor ihr saß, eine Tasse dampfenden Kräutertee in der Hand. Das honiggelbe Moirékleid mit den braunen und roten Bändern brachte Madeleines warme Hautfarbe ebensogut zur Geltung wie Dominiques. January fragte sich, wie lange es noch dauern würde, bis die Frau ihre Trauerkleidung ablegen und wieder solche Farben tragen würde.

»Wie konnte ich damit rechnen, daß in dieser Gasse, so nahe bei der Polizeiwache, solche Rohlinge lauern würden«, fuhr Madeleine fort und faltete gehorsam die Hände auf dem Schoß. »Ich war auf dem Weg vom Haus meiner Tante Picard zur Rue Toulouse.«

Dominiques Kleid war weiter ausgeschnitten als das hochgeschlossene Trauerkleid, und in der Grube zwischen den Schlüsselbeinen konnte man gerade noch das kleine goldene Kreuz sehen, das Madeleine um den Hals trug. Wieder sah January sie vor sich, wie sie den Kopf zurückgebeugt hatte, um den Kuß des Fechtmeisters zu empfangen, die Verzweiflung, mit der sie einander in dem feinen Nieselregen umarmt hatten.

Augustus und Madeleine. Der flüchtige Anblick von Wildleder, golden wie das Kleid, das sie jetzt trug, an der Tür, als er den ersten Walzer spielte. Hatte sie Augustus gesucht? Und der Preuße, wie er in seinem grün-schwarzen elisabethanischen Wams die Halle durchquert hatte, als Galen Peralta nach seinem Streit mit Angelique die Treppe hinuntergestürmt war.

Fragen über Fragen gingen ihm durch den Kopf, stauten sich in seinem Mund wie Baumstämme während der Flut, und die eine, größte, immer wiederkehrende war: *Was soll ich tun?*

Er war Dominique dankbar für ihr Geplapper, für ihre Anwesenheit. So hatte er Zeit zum Nachdenken.

»Die Kathedrale liegt nicht weit vom Uferdamm«, sagte er schließlich. »Oder von der Gallatin Street. Die ganze Stadt war während des Mardi Gras voller *Kaintuks.*«

Dominique schnaubte. »Und ich bin sicher, daß ihnen die Bedeutung von Aschermittwoch gänzlich entgangen ist. Nach einer Woche sollten sie es eigentlich begriffen haben. Sie Arme, Gott sei Dank war Ben da. Was hast du eigentlich in der Rue Royale gesucht, Ben? Ich dachte, du wolltest zu Olympe?«

»Ich dachte, ich hätte jemanden gesehen, der mir für die Nacht des Mordes eine Erklärung geben kann«, sagte January, und sein Blick begegnete Madeleines. Ihre Augen weiteten sich vor Furcht.

»Rede jetzt bitte nicht von Mord«, sagte Dominique streng und tätschelte Madeleines Schultern. Sie zögerte lange und wählte ihre Worte dann sehr vorsichtig: »Mein Bruder hilft der Polizei, Nachforschungen über den Mord an Angelique Crozat anzustellen – falls sie überhaupt nachforschen«, fügte sie zynisch hinzu. »Mich persönlich überrascht es, daß nicht ihre Mutter, diese Schlampe, erwürgt wurde. Ich war *sprachlos,* als ich hörte, daß sie Angeliques gesamten Schmuck und ihre Kleider verkauft hat … Und weißt du was, Ben? Zwei Tage lang ist sie mit einem knöchellangen Trauerschleier und einem Kleid aus billigem und ganz abscheulichem Crêpe durch die Stadt stolziert. Der Stoff hat auf Mamas sämtliche helle Sofakissen abgefärbt. Entschuldigt mich bitte, meine Lieben. Ich sehe nur schnell in der Küche nach, wie es dem Kutscher geht.«

Nicht einmal rohe Gewalt, selbst wenn sie in einem Mord gipfelt, kann Dominiques Sinn für Klassenzugehörigkeit erschüttern, dachte January trocken. Er sah seiner Schwester nach, wie sie in den hinteren Salon ging und von dort durch die Flügeltür auf den verregneten Hof trat. Er wußte, daß dem Kutscher jeder Wunsch von den Augen abgelesen würde und daß er mit einer Tasse Kaffee in der Hand und einem von Beckys köstlichen Crêpes in der Küche saß. Inzwischen fielen nur noch vereinzelte Regentropfen, die im Licht der Straßenlampen, das durch die offenen Glastüren hereinfiel, glitzerten. Der Lichtkegel fiel auf das Gitter über dem Rinnstein. Eine Droschke holperte vorbei, und der Kutscher fluchte hörbar auf die Kutsche von Madame Trepagier, die vor dem Haus stand. Ein paar Straßen weiter bellte eine Männerstimme. »Faß mich nicht an, hörst du! Ich bin ein Kind des Unglücks, und das Gelbfieber ist meine Tante! Ich fresse Indianer zum Frühstück …«

Madeleine schüttelte sich und stützte die Stirn in die Hand. Dann sprach sie sehr leise: »Fragen Sie mich nicht nach heute abend, Monsieur Janvier, bitte. Ich danke Ihnen – ich danke Ihnen sehr –, daß Sie mir geholfen haben, daß Sie dort waren.« Sie zog die Schultern hoch, als spüre sie immer noch den Griff schwerer Hände, und holte tief Luft. »Ich weiß, warum Sie dort waren. Sie sind mir von der … von der Rue Bienville gefolgt, nicht wahr? Ich glaube, ich habe Sie gesehen, als die Kutsche wegfuhr.«

»Ja«, sagte January leise. Sie hob das Gesicht und sah ihn mit festem Blick an, als wolle sie ihn zwingen, ihr zu glauben.

»Er ist unschuldig. Ich schwöre Ihnen, daß er nichts mit dem Mord zu tun hat. Ich ...« Sie holte tief Luft. »Ich habe Angelique erwürgt. Bitte, bitte, ich flehe Sie an ...«

»Das haben Sie nicht«, sagte January ruhig. »Ich weiß, daß Sie es nicht getan haben. Im ganzen Gebäude habe ich schwarze Federn von Ihrem Kostüm gefunden, nur nicht in der Nähe der Garderobe. Und Sie hatten nichts dabei, das Sie als Schlinge hätten benutzen können. Sind Sie geblieben, weil Sie ihn sehen wollten?«

»Nein! Er hat nichts damit zu tun, ich schwöre es.«

»Waren Sie mit ihm zusammen?«

Sie zögerte und dachte fieberhaft über eine Antwort nach.

»Nein!« rief sie, aber sie hatte ein bißchen zu lange gezögert. »Das heißt, ich habe ihn gesehen ... von weitem, in der Halle ... Ich konnte ihn die ganze Zeit sehen. Aber wir haben nicht ... wir sind nicht ...«

Sie verhaspelte sich, und January wandte sich ab. Die Frau sprang auf, ergriff seinen Arm, und ihr Gesicht glühte golden im Lampenschimmer. »Bitte! Bitte gehen Sie nicht zur Polizei! Bitte erwähnen Sie seinen Namen nicht! Kommen Sie ...« Sie zögerte wieder, stammelte, starrte ihn forschend an und versuchte, in seinem Blick zu lesen. »Kommen Sie morgen nach Les Saules. Dann werde ich über alles reden. Aber nicht heute nacht.«

»Damit Sie ihm eine Nachricht zukommen lassen können?« fragte January.

Sie wich seinem Blick aus, dann sah sie ihn wieder an. »Nein, natürlich nicht. Es ist nur ...«

Weiter kam sie nicht. Hannibal Sefton, in einem abgetragenen Mantel, das lange Haar regennaß und eine Arie von Carl Maria von Weber auf den Lippen, sprang leichtfüßig vom Gehsteig herein, faßte Madeleine von hinten um die Taille und küßte sie geräuschvoll in den Nacken.

Madeleine schrie auf, in ihrer Stimme lag blankes Entsetzen. Sie befreite sich so heftig, daß der Stuhl neben ihr umfiel, und zerkratzte dem Angreifer mit allen zehn Fingern das Gesicht.

Hannibal schnappte erschrocken nach Luft und wich zurück. Beinahe wäre er rücklings durch die offene Tür gefallen. January wollte die panische Frau festhalten, doch sie riß sich los und stolperte zitternd und schluchzend ein oder zwei Schritte in den Raum hinein. Im nächsten Augenblick flog Dominique durch die Eßzimmertür herein und fing sie in ihren Armen auf.

»Schon gut, schon gut, Liebes, schon gut! Alles in Ordnung, das ist ein Freund von mir – ein sehr unverschämter Freund.«

Hannibal stand da wie ein begossener Pudel, der statt des erwarteten liebevollen Tätschelns einen Tritt gegen die Schnauze bekommen hatte. Der Geigenkasten lag vergessen neben ihm auf dem Boden. Mit einer Hand hielt er sich am Türgriff fest, während er mit der anderen vorsichtig sein blutendes Gesicht abtastete. »Madame, es tut mir so leid, ich wollte nicht …« Flehend wanderte sein Blick von Dominique zu January, entsetzt und hilflos. »Ich dachte, es wäre Minou. Ich schwöre, ich dachte, es wäre Minou.«

»Oh, und so behandelst du mich also?« erwiderte Minou, wütend eher über den Aufruhr als die Tat an sich. Immer noch umarmte sie Madeleine, die den Kopf gesenkt hielt, als müsse sie sich erbrechen, und von Schluchzern geschüttelt wurde. Wenn sie das spielt, dachte January, habe ich nie eine bessere Schauspielerin gesehen.

»Ist schon in Ordnung.« Er legte Hannibal eine Hand auf die Schulter. »Ich werde es ihm draußen erklären. Minou, begleitest du Madame Trepagier nach Les Saules?«

»Oh, aber natürlich! Ich habe Thérèse bereits gesagt, sie soll Henri ausrichten – wenn der Schuft jemals auftaucht –, daß ich dringend aus dem Haus mußte. Sie soll ihm Kräutertee und Käsekuchen servieren, oder was er sonst möchte. Und nun raus mit dir, du schrecklicher Mann.« Doch sie tätschelte tröstend Hannibals Unterarm, bevor January ihn durch die hohe Tür nach draußen scheuchte.

»Augustus Mayerling, hm«, sagte Hannibal, nachdem January ihm die ganze Geschichte erzählt hatte. Selbst in der eher abgelegenen Rue Burgundy brannten die Öllampen, die an geschwungenen Haken an den stuckverzierten Mauern hingen, noch, und ihr Licht glitzerte im Rinnstein und auf dem nassen Pflaster. Die Balkons der Stadthäuser und Geschäfte und die Vordächer der dicht stehenden kleineren Häuser schützten sie vor dem wieder einsetzenden Regen.

Aus allen Häusern, durch schmiedeeiserne Balkongeländer und feine Lamellenjalousien, fiel sanft ein warmes Licht, das die Nacht zu verzaubern schien. Irgendwo spielte jemand auf einem Banjo – streng verboten in der Fastenzeit –, und aus einem Schnapsladen an der Ecke, dessen Fensterläden zur Straße hin geöffnet waren und den Blick auf den gesamten Raum freigaben, drang das Gelächter und Fluchen einer Horde freier Schwarzer und Bootsleute, die Karten spielten.

»Der Gedanke, daß er es war, gefällt mir überhaupt nicht«, sagte January abschließend. »Ich mag den Jungen. Aber offenbar hatte Mayerling von allen, die auf dem Ball waren, das stärkste Motiv, Angelique den Tod zu wünschen. Und das weiß Madame Trepagier. Aber sosehr ich ihn mag, sowenig ich ihn dafür verurteile, daß er es getan hat, es geht um meinen oder seinen Kopf ... Ich will mich in seiner Wohnung nach der Halskette umsehen.«

»Und wenn du sie nicht findest? Was dann?« fragte Hannibal. Seine Stimme klang schwach und heiser, und als sie die Planken an der Ecke zur Rue Conti überquerten, hustete er. »Jeder, der auf dem Ball war, kann es gewesen sein, das weißt du.«

»Warum soll ich ihn dann schützen? Warum bittet sie mich, seinen Namen der Polizei gegenüber nicht zu erwähnen? Warum riskiert sie ihren eigenen Kragen, wenn ihm nicht mehr passieren kann als ein oder zwei Nächte im Gefängnis, bis sein Name reingewaschen ist? Andere Frauen haben auch Liebhaber. Sie betrügt keinen Ehemann. Und die Plantage gehört ihr. Sie kann frei darüber verfügen, ganz egal, was ihre Familie dazu sagt. Sie müßte nicht zugeben, daß sie auf dem Ball zusammen waren. Sie könnte sagen, daß sie sich woanders getroffen haben. Aber das tut sie nicht. Warum sollte sie seine Beteiligung mit so viel Nachdruck leugnen? Doch nur, weil das, was er getan hat, einer genauen Untersuchung nicht standhält.«

»Es geht nicht um das, was er getan hat«, sagte Hannibal ruhig. »Es geht um das, was er ist.«

January sah ihn verständnislos an. Einen kurzen Moment lang dachte er: *Mit dieser Hautfarbe kann er UNMÖGLICH ein Octoroon sein, der versucht, als Weißer durchzugehen.*

Hannibal zögerte einen Augenblick, dann sagte er: »Augustus Mayerling ist eine Frau.«

»*Was?*« January blieb abrupt stehen.

»Augustus Mayerling ist eine Frau. Ich weiß nicht, wie er – sie – in Wirklichkeit heißt.« Hannibal ging weiter und schlenkerte graziös wie eine Vogelscheuche mit den Armen. Seine dunklen Augen schienen in der Erinnerung verloren.

»Das ist gar nicht so ungewöhnlich, weißt du. Erst kürzlich war da doch diese Frau, die jahrelang in der russischen Kavallerie gedient hat. In der Schlacht bei Trafalgar, bei Waterloo haben Frauen in Männerkleidern gekämpft. Ich habe mit Männern gesprochen, die sie gekannt haben. Das mit Augustus habe ich – na ja – durch ein kleines Mißgeschick herausgefunden. Vor ungefähr zwei Jahren hat er mich vor einem Salon in der Gallatin Street aufgelesen, in dem ich für ein paar Cent gespielt hatte. Natürlich haben sie mich beraubt, kaum daß ich rauskam, und weil ich beinahe bewußtlos war, hat er mich in seine Wohnung genommen. Ich hatte die ganze Nacht Fieber. Er hat sich um mich gekümmert, und ich habe – wahrscheinlich war das Fieber schuld – gemerkt, daß etwas nicht stimmt. Ich habe seine Hand geküßt – ihre Hand –, wir haben uns in die Augen gesehen, und da wußte ich es.«

Wenn es einer merkt, dachte January, *dann Hannibal.*

Der Geiger zuckte die Achseln. »Später haben wir darüber geredet. Ich glaube, er war froh, daß es noch jemand wußte. Manchmal habe ich ihn gedeckt, aber ich glaube, er hat längst gelernt, Fragen und bestimmten Situationen aus dem Weg zu gehen; er läßt Rasierpinsel in seinem Zimmer herumliegen und stolpert nicht in die kleinen Fallen. Aber im Gefängnis würde ihm das keinen Tag lang gelingen. Unmöglich. Du bist der einzige, dem ich es je erzählt habe. Bitte …«

»Nein. Natürlich nicht.« Immer noch ein wenig benommen, ging January weiter.

Man kämpft aus Spaß oder um Leben und Tod …

Er sah die kalten, bernsteinfarbenen Augen des Preußen vor sich, als er das gesagt hatte. Leidenschaft für die Fechtkunst hatte darin geleuchtet. Und er hatte Mayerling fechten sehen, in dem langgestrecken Raum an der Exchange Alley, der sein *Salle d'Armes* war: biegsam und zugleich hart wie Stahl – und erschreckend schnell. Er hatte von dem Mann gehört, den er getötet hatte.

Plötzlich fiel ihm das Kind Madeleine ein, wie sie – gierig wie eine Verhungernde, die sich auf ein Stück Fleisch stürzt – die Beethoven-Sonaten traktiert hatte, wie ein Bildhauer, der Stücke aus einem Marmorbrocken heraushaut, auf der Suche nach der darin verborgenen Statue, trunken von dem sinnlichen Verlangen, sich mit dem Innersten der Kunst zu vereinen.

Ihre Leidenschaft war, wie die seine, die Musik. Die ihres Geliebten war der Degen.

Leidenschaftlich waren sie gleichermaßen. Natürlich hatten sie diese Gemeinsamkeit entdeckt.

»Ich verstehe«, sagte er leise. »Irgendwie konnte es niemand anders sein.«

»Nein«, sagte Hannibal mit düsterem Blick. »Zu viele Frauen, die … so verletzt worden sind … finden niemanden.«

Aber das hatte January nicht gemeint.

Schweigend gingen sie nebeneinander her. January dachte an die Paare, die er gelegentlich in Paris gesehen hatte; gewöhnlich waren es Prostituierte, die nach einem Tag mit fünf oder zehn oder auch zwanzig Männern in die Arme ihrer Freundin zurückkehrten. Aber er erinnerte sich auch an ein Paar mittleren Alters: Töchter heimgekehrter Royalisten, die, immer zufrieden lächelnd, am Bois de Boulogne einen Hutladen geführt und mit ihren Kreationen aus Blumen und Spitze ein Vermögen verdient hatten.

Doch all das änderte nichts daran, daß Augustus Mayerling vielleicht derjenige war, der den Schal um Angeliques Hals zugezogen hatte.

»Ich will mich auf jeden Fall in seiner Wohnung umsehen«, sagte January nach einer Weile. »Und er will bestimmt wissen, was heute abend geschehen ist.«

Er kann unmöglich vorgeben, ein Gentleman zu sein, hatte Jean Bouille über den Amerikaner Granger gesagt, nicht ahnend, daß der schlaksige, junge Fechtmeister genau das tat.

Seine einzige Maskierung sind das kurzgeschorene blonde Haar und die Narben in seinem Gesicht, dachte January. Ebenso eine Maske wie das kunstvolle Gebilde aus Fell und Diamanten, das Angeliques Gesicht in der Nacht ihres Todes verborgen hatte. Die Männerhose und der Umhang waren genauso ein Kostüm wie das gestohlene weiße Seidenkleid, nur subtiler, denn sie wurden erst durch die Vorstellungskraft des Betrachters zur Tarnung.

Ich trage Hosen, also bin ich ein Mann.

Du bist schwarz, also bist du ein Sklave. Nur daß ausgerechnet Augustus Mayerling einer der wenigen Menschen in diesem Land war, für die er – January – ein Musiker und ein Mann war. Hannibal sagte: »Wird sie mir verzeihen? Wird Minou es ihr erklären können? Ich dachte, sie wäre Minou. Sie trug Minous Kleid – ich dachte wirklich, sie wäre Minou. Es tut mir so leid.«

January setzte zu einer Antwort an: »Sie wird es verstehen, sie hatte nur Angst …« Dann brach er mitten im Satz ab, und ihm war, als gefriere ihm das Blut in den Adern.

»O mein Gott«, flüsterte er.

Auch Hannibal blieb stehen und sah verwirrt zu ihm auf. »Was …«

»Sie hat Madeleines Schmuck getragen«, sagte January leise.

»Wer? Minou?«

»Sie hat Madeleines Schmuck getragen, und ihr Mörder dachte, sie wäre Madeleine.« January stand immer noch wie angewurzelt mitten auf dem Gehsteig und starrte erschüttert in die Luft. Doch so sicher, wie er seinen Namen kannte, wußte er, daß er recht hatte.

»Sie haben die falsche Frau umgebracht.«

»Wer? Warum sollte ...?«

»Die Plantage«, sagte January. Er drehte sich um, wollte in die Rue Burgundy zurücklaufen, dann blieb er stehen; er wußte, daß die Kutsche nur Minuten, nachdem er und Hannibal gegangen waren, losgefahren war. »Les Saules. Die Plantage grenzt an Gentilly – sollte nicht eine der neuen Straßenbahnlinien, wegen derer sich Granger und Bouille gestritten haben, am Bayou Gentilly vorbeiführen? Dann ist das Land ein Vermögen wert. Und wenn sie alles an diesen McGinty verkauft, um ihre Schulden zu begleichen ...«

»McGinty?« sagte Hannibal aufgeschreckt. »McGinty war einer von Grangers Sekundanten. Der scharlachrote Pirat, der das Pferd gehalten hat.«

Die beiden Männer starrten einander einen Augenblick lang an. Langsam fügte sich das Puzzle zu einem Ganzen. McGintys kupferroter Schnurrbart, dessen Farbe so wenig zu dem scharlachroten Satin seiner Maske paßte; die Vororte von New Orleans, in denen die Amerikaner ihr Geld und ihren schlechten Geschmack zur Schau stellten; der trockene Tonfall, in dem Livia die üblen Anschuldigungen William Grangers gegen Jean Bouille aus der Zeitung vorlas; all die Bemühungen, Madeleine in ein schlechtes Licht zu rücken, bevor ihre Tante Picard sie wieder unter die Haube bringen konnte.

»Komm!« January machte kehrt und lief die Rue Bienville hinunter, den atemlosen Hannibal im Schlepptau.

»Woher wußten sie, daß sie auf dem Ball sein würde?«

»Sally. Das Mädchen, das weggelaufen ist. Die mit dem ›vornehmen‹ Freund – einem weißen Freund. Hast du oder hat Mary irgend etwas über sie herausgefunden?«

Der Geiger schüttelte den Kopf. »Sie ist spurlos verschwunden.«

»Ich wette zehn zu eins, daß der Mann, mit dem sie weggelaufen ist, McGinty oder einer seiner Komplizen war. Er war öfter geschäftlich auf der Plantage.«

»Und heute abend ...«

»Es muß jemand sein, der Verbindungen zu den Trepagiers hat. Jemand, der die Plantage erben würde – ich glaube, es ist Arnauds Bruder, Claud, der, der in Texas war.« Inzwischen rannte er, achtete nicht mehr auf den Regen. »Jeder, der die Familie kennt, wußte, daß sie heute abend bei Tante Picard sein würde. Es war ein leichtes, einen Hinterhalt zu planen.«

»Wenn also der Anschlag heute abend kein Zufall war ...«

»... werden sie ihr folgen und es noch einmal versuchen.«

22

Hannibals Atem ging pfeifend, als sie den Balkon vor Mayerlings Wohnung erreichten. Der Himmel war schwarz wie Teer, es regnete in Strömen, und das Wasser glitzerte im Licht der Lampen, die an den Balkons hingen. January betrachtete das Gesicht des Preußen im warmen Kerzenlicht. Er konnte keinen Unterschied entdecken, nichts deutete auf das hin, was er nun wußte. Das spitze, elfenbeinfarbene Gesicht sah so geschlechtslos aus wie immer. Sein einziger Gedanke war: *Selbst ohne Narben wäre sie keine Schönheit.*

»Madame Trepagier ist in Schwierigkeiten«, sagte January, als der Preuße in Hemdsärmeln und Weste auf den Balkon trat. Sein blonder Haarschopf war noch feucht von seinem Ausflug durch den Regen. »Wo steht Ihre Kutsche?«

»In der Rue Douane. Wo ist sie?« Er griff hinter sich und nahm seinen Mantel vom Haken. »Und warum sind Sie ...?«

»Nehmen Sie Ihre Pistolen mit.«

Mayerling blieb stehen. Sein Blick wanderte von January zu Hannibal, der auf der obersten Stufe stand, die Hände in die Rippen gepreßt, um den Husten zu unterdrücken.

»Was ist passiert? Kommen Sie doch herein.« Er ging voraus in seine Wohnung, wo vor einem aufgeschlagenen Buch auf dem Tisch eine einzelne Kerze brannte. Das Zimmer war klein und beinahe leer, nur in einer Ecke stand ein großes, siebenoktaviges Broadwood-Klavier. Auf einem kleinen Beistelltisch und auf dem Klavier stapelten sich Noten.

Der Preuße riß einen Schrank auf, zog eine Schublade heraus und holte die Schatulle mit den Manton-Pistolen hervor, mit denen Granger und Bouille einander verfehlt hatten. Er griff nach einem Beutel Munition und nahm ein Jagdgewehr und eine englische Schrotflinte von der Wand neben dem Schrank.

Während Mayerling eilig die Waffen zusammensuchte, berichtete January ihm, was vorgefallen war. »Madame Madeleine ist überfallen worden, nachdem sie Sie verlassen hatte.« Mayerling warf ihm einen scharfen Blick zu, aber January fuhr fort. »In der Orleans Alley bei der Kathedrale. Ich habe die Angreifer aufgehalten und Madame Madeleine nach Hause geschickt, aber ich glaube, sie werden es noch einmal versuchen. Ich bin sicher, daß ihr Schwager dahintersteckt.«

»Claud?« Mayerling reichte January die Schrotflinte – womit er, wie January registrierte, das Gesetz des Staates Louisiana brach –, klemmte sich die Schachtel mit Schießpulver unter den Arm und legte seinen Mantel darüber, um sie vor dem Regen zu schützen. Das letzte Mal hatte ich in der Schlacht bei Chalmette eine Waffe in der Hand, dachte January. »Ich habe gehört, daß er wieder in der Stadt ist und bei seinen Vettern wohnt.«

»Seit wann?« January war alarmiert.

»Ich weiß es nicht.« Ihre Schritte hallten auf der Holztreppe. »Ich glaube, er ist am Dienstag gekommen, an Mardi Gras. Vielleicht auch schon am Montag. Jedenfalls hat er da Madeleine die Nachricht geschickt, mit der Bitte um ein Treffen.«

»Hat sie eingewilligt?«

»Nein.« Seine Stimme klang rauh und sehr kalt. »Ich glaube, sie wußte, daß er ihr einen Heiratsantrag machen wollte.«

»Ich glaube eher, daß er sie ermorden wollte. Ein Glück, daß sie nicht hingegangen ist. Wissen Sie, wie er aussieht?«

»Nein. Aber nach allem, was sie mir von ihm erzählt hat«, fügte er leise hinzu, »will ich es auch gar nicht wissen. Doch warum sollte er ihr irgendwelche Männer auf den Hals hetzen? Warum sollte er ...«

»Um Les Saules zu erben«, sagte January, als sie auf der Straße waren.

Der Fechtmeister blieb plötzlich stehen und sah ihn überrascht an. »Die Plantage? Aber ohne Sklaven ist sie wertlos. Das

Land ist völlig heruntergekommen, sie hat viel zu wenige Sklaven für all die Arbeit, sämtliche Felder müssen neu bepflanzt werden …«

»Das Land wird ein Vermögen wert sein, wenn die neue Straßenbahnlinie von Gentilly aus gebaut wird und nicht, wie von Grangers Gesellschaft vorgeschlagen, von LaFayette aus.«

»Granger«, sagte Mayerling leise mit seiner hellen, heiseren Stimme. »Natürlich. Sie haben sich wegen Bouilles Entscheidung duelliert. Und nachdem Granger verloren hat, wird natürlich von Gentilly aus gebaut. Das hat Grangers Freund McGinty mit Sicherheit gewußt. Seit Monaten will er Madeleine dazu bringen, an ihn zu verkaufen.«

»Und rein zufällig«, sagte Hannibal, sich einen Moment lang mit einer Hand am Eisenpfosten des Balkons abstützend, »war Claud Trepagier der Türke mit dem grünen Kostüm, der gerade mit McGinty sprach, als Angelique hereinkam.«

»Schweinehunde«, sagte Mayerling kalt. »Das Pferd ist im Stall, am Ende der Straße. Es dauert nur ein paar Minuten …«

»Holen Sie mich an der Rue Douane ab, Höhe Rue des Ramparts. Hannibal, so wie du aussiehst, solltest du besser hierbleiben.«

Der Geiger hustete und schüttelte heftig den Kopf. »Ihr werdet jemanden zum Nachladen brauchen.«

Für Diskussionen war jetzt keine Zeit, deshalb reichte January ihm die Schrotflinte und bog in die Rue Bienville ein. In wenigen Minuten war er bei Olympes Häuschen, wo ihm ein etwa elfjähriger Junge die Glastüren zum vorderen Schlafzimmer – nicht, wie bei seinem ersten Besuch, zum vorderen Salon – öffnete.

»Eine Dame ist bei Mama, Sir«, sagte der Junge höflich in dem langgezogenen Französisch der Kreolen. »Aber kommen Sie herein, es gießt ja in Strömen.« Er trat zur Seite. Durch die offene Tür zum anderen Schlafzimmer sah January drei weitere Kinder, die wie die Orgelpfeifen im Schneidersitz auf einem großen Bett saßen, wo ihnen ein großer, breitschultriger, sehr freundlich aussehender Mulatte aus einem Buch vorlas.

Der Mann stand sofort auf, kam herein und streckte ihm die Hand entgegen. »Du mußt Ben sein. Ich bin Paul Corbier.«

Es hatte einmal eine Zeit gegeben, da hatte January sich nicht vorstellen können, daß Olympe je einen anderen als den Teufel persönlich heiraten würde. Als er seinem Schwager ins Gesicht sah, verstand er ein wenig besser, warum seine Schwester sanfter geworden war. »Ich muß sofort mit Olympe sprechen, schnell. Ich glaube, unsere Schwester ist in Schwierigkeiten ... Dominique. Irgend jemand muß Lieutenant Shaw von der Polizei ausfindig machen – oder einen anderen Polizisten – und ihn in die Gentilly Road zur Plantage der Trepagiers schicken, nach Les Saules. Schnell. Dort wird ein Mord geschehen, es ist ein Hinterhalt.«

»Sie werden fragen, woher du das weißt«, sagte Corbier.

January schüttelte den Kopf. »Ich kann es nicht beweisen. Lieutenant Shaw wird es glauben, es hat mit dem Mordfall Crozat zu tun. Sag ihm, ich glaube, daß man dort Madeleine Trepagier auflauert und daß wir Hilfe brauchen werden. Ich fahre jetzt nach Les Saules.«

Zaumzeug klirrte, und Reifen quietschten im Matsch, und als January einen Blick über die Schulter warf, sah er die Kalesche, mit der sie auch zu dem Duell auf der Allard-Plantage gefahren waren. Das Pferd warf den nassen, dunkel glänzenden Kopf zurück. Das Licht der Öllampe, die an einem Haken über der Tür hing, und der schwache Glanz der Kutschenlichter ließen verschwommen Mayerlings Gesicht unter der Lederkapuze erkennen.

»Dominique ist bei Madame Trepagier. Schick Olympe oder eines der Kinder los, schnell!«

January sprang die hohe Steinstufe hinunter, rannte über den Gehweg, überquerte mit einem Sprung den Rinnstein und zwängte sich zu den beiden anderen in die Kalesche. Bevor sie losfuhren, erhaschte er noch einen Blick auf Paul Corbier, der sich umdrehte und dem ältesten Sohn Anweisungen erteilte.

Mayerling trieb das Pferd an. Die Räder knarrten und schlingerten in Furchen und Morast und holperten über den Rinnstein. Schwarz und glitzernd wie flüssige Kohle, spritzte Wasser neben ihnen auf.

»Wahrscheinlich hat er die Leute in den Sümpfen angeheuert«, sagte Hannibal und hielt schwankend die beiden Gewehre umklammert. »Für einen Dollar würden Nahum Shagrues Leute das Waisenhaus plündern, wenn sie ungestraft davonkämen. *Die schmutz'ge, wankelmüt'ge Menge* … Kielbootpiraten … Mörder.«

»Ich habe Monsieur Shagrue kennengelernt.« Er dachte an die verschlagenen Schlitzaugen, an den widerlich nach Kloake stinkenden Mantel.

»Der grüne Türke war mit Charles-Louis Trepagier auf dem Mardi Gras Ball«, sagte Mayerling nach einer Weile. »Ich erinnere mich an das, was er über Madeleine gesagt hat.« Die schmalen Nasenflügel zitterten vor unterdrückter Wut. »Jetzt tut es mir leid, daß ich die Angelegenheit nicht an Ort und Stelle erledigt habe. Diese Memme. Wahrscheinlich hatte er da schon beschlossen, sie lieber zu töten als zu heiraten.«

»McGinty wird ihm gesagt haben, daß ein Heiratsantrag sinnlos ist«, sagte January. »Er hatte es schon einmal versucht, sofort nach Arnauds Tod – das heißt, er wußte damals schon, daß die Straßenbahnlinie durch die Plantage führen könnte. Das muß ungefähr zu dem Zeitpunkt gewesen sein, als er nach Claud schicken ließ und anfing, Sally Avancen zu machen, um Madame Trepagier im Auge behalten zu können. Er hat mit Arnaud Geschäfte gemacht, natürlich kannte er sie. Sally muß ihm gesagt haben, daß Madame Trepagier vorhatte, zu dem Ball der Quadroons zu gehen, um mit Angelique zu reden.«

»Sie hat ihm vielleicht gesagt, daß sie zum Ball wollte«, sagte Hannibal, »aber nicht, welches Kostüm sie tragen würde.«

»Und Claud hatte sie seit der Hochzeit mit seinem Bruder vor dreizehn Jahren nicht gesehen. Er hatte Geld veruntreut und einen Sklaven gestohlen, deshalb konnte er nicht zurückkommen. Und als er eine Frau gesehen hat, die ihre Größe und ihre Figur hatte und ihren Schmuck trug …«

»Es ist doch sehr erfrischend«, sagte Mayerling, ohne den Blick von der Straße zu wenden, »daß manche Menschen bekommen, was sie verdienen. Übrigens«, fügte er hinzu, »vielen Dank, daß Sie ihr an dem Abend gesagt haben, sie soll gehen. Ich hatte keine Ahnung von ihrem Vorhaben, bis ich sie in der Tür zum Ballsaal entdeckte.«

»Bis zehn war sie mit Ihnen zusammen, nicht wahr?« January hatte Mühe, ruhig zu sprechen, denn Mayerling fuhr wie ein Besessener, und seit sie die Lichter des Vorortes Marigny hinter sich gelassen hatten, war es stockfinster unter den alten Eichen. Gelegentlich drang ein Schimmer von Gaslampen hinter bunten Vorhängen durch die Bäume, wie ein guter Geist, der ihnen den Weg weisen wollte. Doch auch diese Lichter wurden seltener, je schlechter die Straße wurde.

»Ja«, sagte der Fechtmeister. »Ich habe sie vor dem Ballsaal entdeckt und bin der Idiotie in Froissarts Büro entflohen, sobald ich konnte. Wahrscheinlich hätte ich sie sofort in eine Droschke setzen und nach Hause schicken sollen, statt dessen sind wir durch die kleine Durchfahrt in das Théâtre gegangen und in einer dieser privaten Logen gelandet. Sie werden sich denken können, daß wir nur wenig Gelegenheit haben zusammenzusein. Ich gebe zu, es war dumm und gefährlich. Ich hoffe, Sie verzeihen einem verliebten Mann.«

January sah ihn scharf von der Seite an. Plötzlich wurde er sich der mageren Schultern bewußt, die sich an seinen Arm preßten. Mayerling erwiderte seinen Blick kühl und herausfordernd und wandte seine Aufmerksamkeit wieder der Straße zu, als die Kalesche durch eine riesige Pfütze holperte und das Wasser neben ihnen in einer schmutzigen Fontäne aufspritzte.

»Es ist lange her«, sagte der Preuße ruhig, »daß ich mich als etwas anderes gesehen habe. Haben Sie in Frankreich nicht auch nach einer Weile aufgehört, in jedem Weißen eine Bedrohung zu sehen?«

»Ich mußte in Frankreich nicht jeden Tag vorgeben, ein anderer zu sein.«

»Ich gebe mich jeden Tag als der, der ich bin«, antwortete Mayerling ruhig. »Ich lasse nur etwas weg – eine einzige Facette meiner Persönlichkeit, die in den Augen der anderen alles andere auslöschen würde. Jetzt sind es zwei Facetten. Früher habe ich nächtelang wach gelegen und mir darüber Sorgen gemacht, was passieren würde, wenn ich mich verliebe.«

Das schmale Gesicht verzog sich plötzlich zu einem Grinsen; wären da die Narben nicht gewesen, hätte er ausgesehen wie ein schelmischer Lausbub. »Ich hätte nie gedacht, daß ich mich in eine Frau verlieben könnte, verstehen Sie. Nicht bis ich sie traf. Und dann war es, als wäre ich aus einem dunklen Zimmer in die strahlende Sonne getreten.«

Er zuckte die Achseln. »Aber zu meinem Glück sehe ich so männlich aus, daß ich – wie die Octoroons sagen – durchgehe. Das tue ich, seit ich siebzehn war. *Als Gentleman durchgehen*, hat Monsieur Bouille es, glaube ich, genannt ... Da!«

In dem metallischen Schein, den die Kutschenlichter im Regen erzeugten, tauchte als dunkler Schatten eine geschlossene Kutsche vor ihnen auf. Wieder trieb Mayerling das Pferd an, so daß es einen mächtigen Satz nach vorn machte und die Kalesche wie betrunken in den überfluteten Furchen schwankte. Jenseits des schmalen Ausschnitts, den die Kutschenlaternen beleuchteten, war nichts zu erkennen, und das Dach der immergrünen Eichen, von denen Spanisches Moos wie ein nasser Vorhang herabhing, verbarg den dunklen Himmel. Der Kutscher drehte sich um und versuchte, mit seinem Gefährt auf dem schmalen Weg auszuweichen, um die schnellere Kalesche vorbeizulassen. Mayerling zügelte sein Pferd, lehnte sich vor und rief: »Albert! Ich bin es, Mayerling!«

»Monsieur Mayerling, Sir!« Der Kutscher hob grüßend die Peitsche. »Was machen Sie hier bei diesem Wetter? Ihr Pferd hat ja Schaum vor dem Maul.«

Da öffnete sich die Tür der Kutsche, und Madeleines Gesicht tauchte in der Dunkelheit auf. Offensichtlich mußte sie an sich halten, um ihre Geliebte vor dem Diener nicht beim Vornamen zu nennen. »Was ist los?« Sie klang gefaßt, aber ihr Gesicht war abgezehrt und spiegelte Erschöpfung und Anspannung wider.

January mußte das Gefühl, sich zum Narren gemacht zu haben, mit aller Macht abschütteln, als er die unversehrte Kutsche erblickte. Die Gefahr war da – wenn nicht heute nacht, dann morgen oder wenn sie das nächste Mal das Haus verließ.

Augustus nahm trotz des Regens den Hut ab und verbeugte sich. »Falscher Alarm, hoffe ich. Ich werde es erklären, wenn wir auf der Plantage sind. Monsieur Janvier hat eine Theorie – und ich glaube, daß sie stimmt – über den Mord an Angelique Crozat. Wenn er recht hat, war der Überfall auf Sie heute abend kein Zufall, und es ist besser, wenn wir Sie nach Hause begleiten.«

»Ben?« rief Dominique aus der Kutsche. »Ben, was für eine Theorie? Und was hat das mit Madeleine zu tun? Sie war doch gar nicht auf dem Ball, auch wenn dieser schreckliche Charles-Louis Trepagier in der ganzen Stadt etwas anderes erzählt.«

»Ich erkläre es auf der Plantage«, rief January zurück. Mit sicherem Griff fing Augustus das Gewehr auf, das January ihm zuwarf. »Löscht die Lichter der Kutsche. Können Sie genug sehen, um das Pferd zu führen?«

»Ich glaube schon. Es ist nicht mehr weit.«

»Die Lichter löschen?« protestierte Albert. »Warum, um alles in der Welt …«

»Bleiben Sie einfach auf dem Kutschbock«, wies Augustus ihn an, während er die Glasschirme anhob, um die Kerzen auszublasen. »Und seien Sie leise. Vielleicht lauern am Wegrand Männer. Sie werden uns kommen hören, trotz des Regens, aber wir können wenigstens zusehen, daß wir keine Zielscheiben abgeben. Hier.« Er ging noch einmal zur Tür und reichte eine Pistole hinein.

»Ich wußte gar nicht, daß Sie mit einer Pistole umgehen können«, hörte January Minous verführerische Stimme, während Mayerling, nur als schwarzer Schatten erkennbar, das Pferd am Zaumzeug faßte und losging.

»Mein Onkel Gustave hat es mir beigebracht. Er sagt ...« Ihre Stimme wurde schwächer, als die Regentropfen wieder auf das Dach trommelten. Langsam und vorsichtig folgten sie ihr in der Dunkelheit durch den Wald.

January war klar, daß der Regen alle auf einen Hinterhalt deutenden Geräusche schluckte; all seine Sinne aufs äußerste gespannt, versuchte er, in den Wald aus Eichen und Platanen hineinzuhorchen, ob außer dem Plätschern des Regens und dem matschigen Knirschen der Räder im Eichenlaub und Morast noch etwas zu hören war. Nach einer Weile schien sich die Dunkelheit vor ihnen zu lichten, aber der Regen peitschte ihm jetzt noch heftiger ins Gesicht. Als sie aus dem Wald kamen und um die Ecke bogen, lag der Bayou Gentilly zu ihrer Linken, und zur Rechten schimmerte eine weiße Kontur durch die Bäume, wie verwischte Kreide auf schwarzem Samt.

In den oberen Räumen von Les Saules brannte Licht, ein safrangelber Glanz hieß sie in der Düsternis willkommen. Auch auf der Treppe, die zur gepflasterten Loggia an der Rückseite des Hauses führte, war ein Licht entzündet worden. Augustus ließ, sichtlich erleichtert, das Pferd los und ging zur Kutschentür, während Albert auf dem Kutschbock seine Stimme erhob: »He, Louis! Beweg deine faulen Knochen und bring einen Regenschirm für Madame Madeleine!«

In der Küche brannte kein Licht.

January war schon auf den Beinen, um eine Warnung zu rufen, als er ein zweites verräterisches Zeichen entdeckte – dicke Schlammspuren auf den Steinplatten der unteren Veranda. Sie führten die Treppe hinauf. »*Nein!*« rief er. »Sie sind im Haus!« Mayerling erstarrte, die Hand an der Kutschentür; sein Gesicht lag im Schatten, aber der Schrecken in seinen Zügen war zu sehen, als er sich zur Kalesche umdrehte, wo January bereits nach den Zügeln griff. »Fahr zu, Albert, sie sind ...«

Vom Balkon krachte ein Schuß. Mayerling warf sich zu Boden, als die Kugel mit einem dumpfen Knall am Leder der Seitenwand abprallte. Ein zweiter Schuß hallte durch die Dunkelheit, und das Pferd bäumte sich wiehernd auf, bevor es zusammenbrach. January griff nach der Schrotflinte, sprang aus der Kalesche, duckte sich und rannte zum Haus. Er erreichte es gerade noch rechtzeitig, um den ersten der Hafenarbeiter zu erwischen, der wie ein Tiger die Treppe herunterschlich, ein Messer in der Hand.

Aus einer Entfernung von höchstens zwei Metern feuerte January ihm zweimal in die Brust. Krachend fiel der Mann rücklings auf die Stufen. Blut spritzte aus Brust, Mund und Nase, und weiter oben auf der Treppe rief jemand: »Verdammte Scheiße!« Schritte klapperten widerwillig auf den Stufen, dann krachte ein Gewehrschuß, Mayerling hatte auf das beleuchtete Schnitzwerk der Treppe gefeuert.

Plötzlich geschah alles auf einmal: Schüsse knallten, Mayerlings Pferd schlug aus und strauchelte im Geschirr; January hatte es kommen sehen. Mayerling, Albert und die beiden Frauen rannten in wildem Zickzack das kurze Stück über den offenen Rasen unter den schützenden Balkon; eine heisere, jungenhafte Stimme japste »Gib her!« in Januarys Ohr, und Hannibal riß ihm die Flinte aus der Hand, um sie zu laden. January fragte sich, woher Hannibal wußte, daß ein Lader sich im Nahkampf zu erkennen geben mußte, ehe er einen Schützen berührte, der ihn sonst irrtümlich für einen Angreifer halten und über den Haufen schießen konnte.

Schluchzend riß Madeleine ihr schwarzes Trauertäschchen auf, suchte nach den Schlüsseln und öffnete die Läden der Glastür zum Eßzimmer. Hastige Schritte donnerten über ihnen auf dem Balkon, aber Mayerling schoß auf den Mann, der versuchte, den Verwundeten von der Treppe zu holen, und die schlammverkrusteten Stiefel zogen sich wieder nach oben zurück. Der Verwundete schrie: »Hol mich hier raus! Hol mich hier raus!« Das Blut roch wie verbranntes Metall. In Strömen floß es ihm über Hemd und Brust.

In diesem Moment hörte January hinter sich ein Stöhnen und sah im Schein der Glut aus dem Eßzimmerkamin, wie Dominique den Kutscher Albert stützte. Sein Blut mischte sich mit Regenwasser und verfärbte ihr helles Kleid. Der alte Diener atmete keuchend, drückte sich krampfhaft eine Hand auf die Seite und hielt die Augen fest geschlossen vor Schmerzen. Sein Gesicht war aschfahl.

»Ben, was um Himmels willen …?« schluchzte Minou.

»Nicht jetzt. Kannst du laden?« Er duckte sich durch die Tür und riß dem alten Mann den Mantel vom Leib. Madeleine zog die Tür hinter ihnen zu und verbarrikadierte sie. January zerriß das weiße Hemd, knüllte es zu einem festen Druckverband zusammen und sah sich eilig nach etwas um, womit er die Kompresse festbinden konnte. Wortlos zog Augustus Dominique das *Tignon* vom Kopf, und eine Flut schwarzer Locken fiel ihr auf die Schultern. Die Kugel war glatt durchgegangen und hatte die unterste Rippe gestreift. Albert schrie vor Schmerz, als January das Stoffknäuel auf die Wunde preßte, aber wenigstens beim Atmen schien er keine Schwierigkeiten zu haben.

»Nein! Ich …«

»Bringen sie euch Mädchen denn außer Italienisch und Kreuzstich gar nichts bei?« fragte Hannibal und schob Dominique zu Madeleine, die im Schutz der Tür stand. Von den Laternen aus dem Treppenhaus fiel Licht herein. »Die Kugel – etwas Pulver, um die Kugel zu bestäuben, erst das Pulver, dann die Kugel –, der Ladepropf – und rein damit, schieben, und ich meine *fest* schieben, bis sie richtig sitzt.« Er gab Madeleine die Pistole, griff nach Augustus' Gewehr und wiederholte die Prozedur, mit zusammengebissenen Zähnen einen Hustenanfall unterdrückend. »Da. Jetzt kannst du etwas, das Henri nicht kann.«

»Laß Henri aus dem Spiel.« Sie flirtete wieder. Der erste Schock schien überwunden.

»Also dann.« Madeleine ging durch die Dunkelheit, schob einen Tisch beiseite, öffnete die Glastür, die auf den Bayou hinausging, und stieß die schweren Läden ein wenig auseinander. Sie sagte: »*Bleu*«, ein damenhafter kleiner Fluch, und drückte ab. Eine Männerstimme bellte: »Beschissener Nigger!«, etwas fiel zu

Boden, und plötzlich waren auch auf dem vorderen Balkon Schritte zu hören. Dominique schob eine neue Kugel nach, noch ehe sich der Rauch gelichtet hatte, und gab ihr die Pistole zurück. »Gott sei Dank hast du die guten Pistolen mitgenommen, Liebling«, rief Madeleine Augustus zu.

»Ich glaube, das ist die, die nach rechts verzieht.«

»Mein Bein ist gebrochen! Verdammte Scheiße, mein Bein ist gebrochen!« heulte draußen eine Stimme.

January zog den letzten Knoten der Bandage fest und eilte zu der Tür, die in den kleinen Raum hinter dem Eßzimmer führte.

Dort gab es ein Fenster, das sehr hoch lag und fest verschlossen war. Er lauschte einen Moment auf die Geräusche über ihm, dann kam er gebückt zurück ins Eßzimmer. »Madame, gibt es auf dieser Seite des Hauses einen Balkon?« Er versuchte sich zu erinnern, aber er kannte das Haus nur von hinten.

»Nein.«

»Dann hier raus, schnell. Wenn wir Glück haben, sehen sie uns nicht.«

»Ungefähr hundert Meter vor dem Haus steht eine Eiche«, sagte Madeleine. Sie feuerte einen letzten Schuß ab, schlug die Läden zu und verriegelte sie wieder. »Ich kenne die Felder da drüben. Sie nicht.«

»Die Dunkelheit hilft dem, der sich auskennt«, sagte Mayerling und hob so behutsam wie möglich den Kutscher hoch, damit er sich an seine Schulter lehnen konnte. »Schaffst du es, Hannibal?«

Der Geiger nickte, obwohl sein Gesicht kaum weniger gequält aussah als das des Sklaven und er sich am Eßtisch abstützte.

»Dann schnell, bevor sie merken, daß wir die Flucht ergreifen.«

Der Raum war stockfinster und beinahe leer bis auf den Tisch, an dem Madame Trepagier ihre Abrechnungen machte. Dominique und January hoben ihn an, damit das Kratzen der Tischbeine auf dem gefliesten Boden über ihnen niemanden aufhorchen ließ, und trugen ihn unter das Fenster. January sprang auf den Tisch, öffnete den Riegel und quetschte sich durch die Öffnung. Als er auf dem Rasen aufkam, hörte er einen Mann rufen: »Da ist einer von ihnen!« Eine Kugel schlug neben seinem Kopf in der Wand ein, und an der Ecke des Balkons bröckelte der Putz ab.

Schnell blickte er auf. Zwei Hafenarbeiter standen am Ende des Balkons auf der Vorderseite und spähten um die Ecke; der eine lud bereits nach, während der andere sein Gewehr anlegte. Es mußte purer Zufall sein, daß die beiden so standen, daß sie das Fenster sehen konnten. Allein mit der Schrotflinte war es unmöglich, das Feuer zu erwidern. All das erkannte er im Bruchteil einer Sekunde, dann hörte er Mayerling rufen. »Lauf!« Dann das dumpfe Röhren eines Jagdgewehrs und dann etwas, das sich anhörte wie ein Schmerzensschrei.

Er hörte, wie ein Mann sich von dem Balkon fallen ließ, hörte Schritte im Gras knirschen und sah ein Messer aufblitzen, dann drehte er sich um und stürzte in die Dunkelheit. Schluchzend rief Madame Madeleine Mayerlings Namen.

23

Wieder krachte ein Schuß durch die Nacht, und die Kugel pfiff an Januarys linkem Ohr vorbei. Schritte stampften hinter ihm her. Sie mußten nicht über Napoleons Genie verfügen, um sich auszurechnen, daß Verstärkung unterwegs war, wenn Madeleine bereits eine bewaffnete Eskorte hatte. Die Angreifer konnten es sich nicht leisten, auch nur einen von ihnen entkommen zu lassen. January warf im Laufen seine Jacke ab, riß sich das Hemd vom Leib, schlug Haken, rannte mit aller Kraft, die seine langen Beine hergaben. Das Licht vom Haus reichte gerade bis zu den Weiden, die rund um das Hauptgebäude standen. Schwach streifte es die flatternden Blätter und die mit Moos bewachsenen Eichen.

Dahinter war es dunkel wie in der Unterwelt.

January machte einen Satz zur Seite und warf sich mit dem Gesicht nach unten auf die Erde.

Das Knirschen der Schritte hinter ihm verstummte.

Lud der Mann nach? Nahm er ihn ins Visier? Legte er in aller Ruhe auf die lebende Zielscheibe vor ihm an?

Oder war er verwirrt von der plötzlichen Stille, der undurchdringlichen nächtlichen Dunkelheit, mit der Januarys Haut verschmolz wie Glas mit Wasser?

January lag genau an der Stelle, wo das Gestrüpp endete und die umgegrabenen Felder begannen. In dem spärlichen Licht, das durch die Zweige drang, konnte er seinen Verfolger ausmachen. Der Schatten bewegte sich ein wenig. Wandte er den Kopf? Wartete er ab, bis sich seine Augen an die Dunkelheit gewöhnt hatten?

January rührte sich nicht.

Wahrscheinlich hatte der Mann sich in den Wäldern Missouris an Indianer herangepirscht, hatte schon oft auf der Lauer gelegen. Dann hatte er die Geduld eines Jägers.

Und tatsächlich – eine ganze Weile stand er beinahe völlig regungslos. Nur der Kopf bewegte sich lauschend hin und her – January ahnte die Bewegung mehr, als daß er sie sah. Ab und zu krachte in der Nähe des Hauses ein Schuß, und manchmal hörte January jemanden laut fluchen.

Dann, sehr vorsichtig, begann sein Verfolger, sich zu bewegen. An der Art, wie er vorwärts schlich – langsam, vorsichtig, aber stur geradeaus –, merkte January, daß er selbst gegen den dunklen Erdboden nicht zu sehen war. Und genauso langsam, jede Bewegung denen seines Jägers anpassend, kroch er vorwärts.

Der Untergrund war abschüssig und naß, und es roch nach feuchter Erde. Jetzt lag er in einer Furche des noch unbepflanzten Zuckerrohrfeldes, seinen Verfolger zur Rechten. Er hörte die Stiefel des Mannes im Schlamm quietschen, sah verschwommen, wie sein dunkler Schatten sich bewegte. Wahrscheinlich suchte er nach einer Anhöhe und paßte auf, daß er nicht stolperte.

January griff an.

Er war nur wenige Fuß von dem *Kaintuk* entfernt, aber der Geruch der regennassen Erde überlagerte dessen barbarischen Gestank nach Schweiß und Tabak. Es war ein Kinderspiel, die Beine des Mannes zu packen und wegzureißen, so daß er mit einem Schrei auf den weichen Boden fiel. January war vorbereitet. Der *Kaintuk* nicht. Der Mann fuchtelte mit dem Messer in der Luft herum, als January ihm das Knie in die Magengrube rammte, in seine verlausten Kopf- und Barthaare griff und den Kopf des Mannes heftig von einer Seite zur anderen riß. Ein kurzes, kleines Knacken war zu hören wie von einem Ast, der unter einem Fußtritt zerbricht, und der stechende Geruch nach menschlichen Exkrementen breitete sich aus.

»Ojemine«, murmelte January vor sich hin. »Mein Master wird mir das Fell über die Ohren ziehen.«

Er mußte das wohl nächsten Freitag beichten – natürlich nicht in einer der Kirchen in der Altstadt, und er würde auch nicht die Hautfarbe des Mannes erwähnen, den er getötet hatte –, aber er mußte zugeben, daß er nicht den geringsten Anflug von Reue verspürte.

Er war klug genug, sich nicht aufzurichten, während er die Leiche durchsuchte und das Messer, das Schießpulver und das Jagdgewehr an sich nahm. Er prüfte mit dem Ladestock, ob es geladen war, spürte, wie der Stock an der Kugel kratzte.

Damit hatte er gerechnet, aber sicher war sicher.

Wieder hallten Schüsse durch die Nacht. January drehte sich um und sah, wie sich unter den Bäumen, die um das Haus standen, Gestalten bewegten. *Sie werden die Sklaven irgendwo eingesperrt haben,* dachte er. Und im selben Augenblick wurde ihm klar, daß sie sie vermutlich auch angekettet hatten. Wahrscheinlich in der Zuckermühle, dem einzigen Gebäude aus Stein, das groß genug war. Selbst für die wenigen Sklaven auf Les Saules. Er fragte sich, ob Claud Trepagier und McGinty sie später verkaufen wollten oder die ganze Geschichte mit einem Sklavenaufstand erklären würden.

Nicht, wenn man Kugeln in den Leichen findet, dachte er.

Und dann fiel ihm ein: *Um das zu vertuschen, mußten sie nur …* Der Geruch von verbranntem Holz stieg ihm in die Nase, träge wehte er in der warmen Frühlingsnacht zu ihm herüber.

Sie mußten nur das Haus in Brand stecken.

Schon züngelten Flammen über die Veranda, flackerten am hölzernen Geländer und den Verzierungen der Fensterläden. Auf der dem Bayou zugewandten Seite des Hauses waren alle Fenster mit Holz aus der Küche und dem Räucherhaus verbarrikadiert; riesige orangefarbene Flammen loderten dort hoch, und weiße Rauchwolken stiegen in den schwarzen Nachthimmel. Im hellen Schein des Feuers sah January Männer stehen, in groben, rot karierten Hemden aus Wollstoff oder rauher Halbwolle und ölverschmierten Hosen aus selbstgesponnenem Tuch; Männer mit einem kalten, animalischen Glitzern in den Augen.

Sie bildeten einen Halbkreis, den Blick auf das Haus und die Waffen auf die Tür gerichtet.

Wenn er aus dem Schutz der Weiden heraustrat, überlegte January ruhig, würde er im Schein des Feuers zu sehen sein, aber das Jagdgewehr konnte die Entfernung leicht überbrücken.

Es waren sechs Männer auf dieser Seite. Der Rest bewachte wahrscheinlich die Vorderseite. Sie kehrten ihm alle den Rücken zu, aber das kupferrote Haar des Iren McGinty erkannte er. Der Bart war ihm dunkler vorgekommen, als er ihn hier im Schatten des Hauses zum erstenmal gesehen hatte, aber er erkannte ihn auch an der Art, wie er da stand: die Beine gespreizt, die Hände in den Taschen seines salbeigrünen Rocks mit den langen Schößen. Der Mann neben ihm war dunkelhaarig, mittelgroß und hatte etwas Gedrungenes, wie ein Panther. Auch er trug einen Frack, sauber, aber fadenscheinig, und sein pomadisiertes Haar glänzte im Licht der Flammen.

Er hatte dieselbe Figur wie der Türke in Grün, und wie der Türke trug er einen goldenen Siegelring, in dem sich das Licht des Feuers fing.

Er war es, den einer der Hafenarbeiter fragte: »Können wir die Frau haben, bevor wir sie umlegen?«

»Nein«, antwortete der dunkelhaarige Mann, legte das Gewehr an und sah am Lauf entlang auf die Tür. Es war die Stimme des orangegrünen Türken. »Diesmal will ich auf Nummer Sicher gehen.«

Im flackernden Licht erkannte January Nahum Shagrue.

»Das hoffe ich«, knurrte McGinty. »Dieses verfluchte, arrogante Miststück, ich wäre beinahe an meiner Zunge erstickt, als ich am nächsten Morgen hierher kam und sie sah.«

»Ich habe Ihnen doch erklärt, daß ich sie seit Jahren nicht gesehen habe.«

»Wetten, daß die Frau als erste rauskommt?« sagte jemand leise.

»Welche? Die mit dem weißen oder die mit dem goldenen Kleid?«

»Die mit dem weißen.«

»Niemals. Der blonde Jüngling mit den Narben wird der erste sein. Darauf wette ich fünfundzwanzig Cent.«

»Einverstanden.«

»Da – die Tür hat sich bewegt.«

Immer noch unentdeckt, beobachtete January die Szene, zielte genau – er wußte, er hatte nur den einen Schuß –, bediente ruhig den Abzug und pustete Claud Trepagiers Hinterkopf weg.

Als der Körper des Kreolen vornübersackte, griff January nach seinem Gewehr, duckte sich hinter die nächste Eiche und rief, so laut er konnte: »Feuer frei, Männer!«

Im selben Augenblick krachte vom Haus her ein Schuß; Shagrue warf nach Luft schnappend den Kopf zurück und griff nach einem Loch in seinem Nacken, das so groß war wie eine Teetasse. Irgend jemand schoß in Januarys Richtung, aber McGinty flüchtete bereits in den Schutz der Bäume.

Die Hafenarbeiter wußten, daß es Wahnsinn war, zwischen einem Feuer und dem Feind zu stehen. Ihr Anführer war verschwunden, also taten sie es ihrem Arbeitgeber gleich, machten auf dem Absatz kehrt und verschwanden in der Dunkelheit, ohne sich zu vergewissern, wer oder wie viele ihre Angreifer waren. Ohne Aussicht auf Bezahlung war das nicht mehr wichtig.

Madeleine und Augustus tauchten aus dem Untergeschoß des Hauses auf und gaben ein paar Schüsse ab, aber nach Augustus' erstem Treffer auf Shagrue trafen sie nichts mehr.

Vier der Hafenarbeiter wurden später von Lieutenant Shaws Leuten auf der Straße gefaßt. McGinty wurde am Nachmittag des nächsten Tages auf dem Uferdamm verhaftet, wo er versuchte, auf einem Dampfer eine Passage nach St. Louis zu bekommen. Später wurde er gehängt.

Lieutenant Shaw tauchte aus der Dunkelheit auf, als January die Wunde des alten Albert inspizierte, der auf einer eilig aus der Küche herbeigeschafften Decke im feuchten Gras lag. Madeleine, die in der Küche nach etwas suchte, das als Verbandsmaterial dienen konnte, fand Claire, die Köchin, und Ursula, die Wäscherin, verletzt und blutend an ihre Bettstellen gefesselt. Zusammen mit Claire, die Medizin und einen Krug Rum trug, kam sie wieder nach draußen. Schnell verband sie provisorisch die Abschürfungen an Augustus' Arm, und als Shaw erschien, widmete sie ihre Fürsorge zu gleichen Teilen Dominique, bei der sie eine Fehlgeburt befürchtete – obwohl Minou das Gegenteil beteuerte –, und Hannibal, der ebenfalls auf einer Decke lag und Blut und Rauch hustete.

Das Haus leuchtete wie eine riesige Fackel, die Flammen loderten zehn Meter über das Dach. Der flackernde Feuerschein ließ Madeleine in ihrem honigfarbenen Kleid wie eine goldene Götzenstatue erscheinen, die bei Sonnenuntergang verbrennt. Als sie die Stiefel des Polizisten im Gras quietschen hörte, hob sie das Gewehr, und Augustus, das vernarbte Gesicht rußverschmiert und die Haare völlig zerzaust, tauchte vorsichtshalber im Schatten der Weiden unter und rief: »*Qui vivre?*«

»Lieutenant Abishag Shaw«, antwortete die hohe, näselnde Stimme in breitem Amerikanisch. »Alles in Ordnung da drüben?«

»Wir haben zwei Verletzte und einen Kranken.« January erhob sich und ging ihm entgegen. Madeleine hatte ihm aus der Küche ein Hemd mitgebracht, die Ärmel waren ein bißchen kurz, und es spannte über seinen muskulösen Armen. »Können Ihre Männer uns helfen, sie in das Haus des Aufsehers zu bringen? Das Herrenhaus ist nicht mehr zu retten«, fügte er hinzu.

Shaw betrachtete nachdenklich die Feuersbrunst, knackte mit seinen Fingergelenken und sagte: »Da dürften Sie recht haben. Und was ist mit diesen Herren?«

Er deutete mit dem Kopf auf die beiden Leichen, die zwischen dem Haus und den Bäumen lagen. Der Blutgeruch wurde beinahe vollständig von dem schmutzigen Rauchgestank überdeckt.

»Der eine ist mein Schwager, Claud Trepagier«, sagte Madeleine leise und würdevoll. »Der Mann, der hinter diesem – Anschlag – steckte. Der Mann, der Angelique Crozat ermordet hat, weil er sie für mich hielt.« Ruhig und herausfordernd blickten ihre dunklen Augen zu dem großen Polizisten auf. »Der andere ist einer von denen, die er angeheuert hat; erst haben sie mich überfallen, und dann sind sie hierhergekommen, in der Hoffnung, vor mir dazusein und mich allein anzutreffen. Sie haben meine Sklaven in der Mühle eingeschlossen. Wir …« Hastig strich sie sich mit einer Hand über die Stirn, und ihre eiserne Fassade bröckelte. »Wahrscheinlich sind sie angekettet. Der Schlüssel …«

»Claud wird ihn in der Tasche haben«, sagte January. Er und Shaw gingen zu Claud Trepagiers Leiche hinüber.

»Nahum Shagrue«, bemerkte Shaw und spuckte in das glitzernde Gras. »Bei Gott, ich habe mich schon gewundert, woher er das viele Geld hatte, das er gestern verspielt hat. Ziemlich guter Schuß«, fügte er hinzu. »Was war es? Eine Schrotflinte?« January nickte und beugte sich hinunter, um die Taschen des Toten zu leeren. Ein schwarzer Eisenschlüssel an einem Ring kam zum Vorschein – er kannte diese einfachen Ringe. Beim Anblick des Schlüssels in seiner verbundenen Hand stieg die Wut, die er in Peraltas Zuckermühle verspürt hatte, wieder in ihm auf; der Zorn, der ihn über den Fluß gebracht hatte, der in ihm gebrannt hatte, als er barfuß und in Lumpen auf den Hof seiner Schwester gekommen war.

Er schloß die Augen und wandte sich ab, einen Moment lang unfähig, den Schlüssel oder den Weißen, der an der anderen Seite des toten Amerikaners kniete, anzusehen.

Am liebsten hätte er ihn in den Bayou geworfen, nachdem er die Gefangenen in der Mühle befreit hatte, aber er wußte, daß seine Gefühle lächerlich waren.

Das würde alles nur noch schlimmer machen.

Shaw nahm ihm den Schlüssel aus der Hand. »Ich sage Boechter, daß er sie rauslassen soll.«

January nickte. Er konnte nicht sprechen, wußte nicht, was er sagen sollte. Er wußte nur, daß er nicht in der Nähe der Mühle sein wollte, daß er die schwarzen Gesichter, die sich dort in der

Dunkelheit drängten, nicht sehen wollte, daß er das Rasseln der Ketten nicht hören wollte.

Schweigend ging er zu den anderen unter den Weiden, Shaw stumm an seiner Seite.

Kurz bevor sie bei ihnen waren – Madeleine redete sanft mit ihrem Kutscher, während zwei Constables den alten Mann hochhoben –, streckte Shaw seine knochige Hand aus und berührte January am Ärmel. Er blieb stehen, und sie sahen zurück zu den Leichen im Gras.

»Guter Schuß bei dem Licht.« Shaw betrachtete January einen Augenblick lang, musterte das grobe, zerlumpte Leinenhemd, das offen über Januarys Brust hing, seine Hosen, seine Stiefel, die schlammverkrustet und von Blättern und nassem Gras bedeckt waren. »Meine Leute haben mir berichtet, daß sie in fünfzig Meter Entfernung vom Haus eine weitere Leiche mit gebrochenem Genick gefunden haben. Haben Sie zufällig gesehen, wie das alles hier passiert ist? Als freier Farbiger werden Sie gewiß als Zeuge geladen.«

»Oh, *eh bien!*« sagte Dominique hitzig. »Diese amerikanischen Schweine versuchen, uns umzubringen, und nur weil mein Bruder schwarz ist, darf er uns nicht ...«

»Er darf *als Zeuge* aussagen«, schnitt Shaw ihr das Wort ab und fixierte sie mit seinen sanften grauen Augen. Die Constables trugen Albert zu der leeren Hütte des Aufsehers. »Wie ich hörte, schätzt das Gericht es nicht, wenn ein Farbiger einen Weißen tötet.«

»Pah! Und ich nehme an, je heller die Hautfarbe, desto ehrenvoller ist es, wenn jemand seine Freunde und sich selbst verteidigt?«

Die tiefliegenden Augen wandten sich wieder January zu. »Nun«, sagte Shaw freundlich, »so ungefähr ist es wahrscheinlich.«

»Ich habe ihn erschossen«, sagten Augustus, Hannibal und Madeleine beinahe im Chor. Dann sahen sie einander verlegen an, während Shaw nachdenklich ihre sauberen Schuhe betrachtete und schließlich die Tatsache zu bemerken schien, daß Hannibal zu diesem Zeitpunkt nicht einmal mehr in der Lage war, sich aufrecht hinzusetzen.

»Ich habe Trepagier erschossen«, wiederholte Augustus. »Vielleicht war es auch einer seiner eigenen Leute, das weiß ich nicht mehr so genau.« Der Kragen seines weißen Hemdes stand offen, und seine prächtige Weste war mit Ruß und Blut befleckt. In seinen Augen spiegelte sich der gelbe Feuerschein und verlieh ihm etwas Wildes, als sei er einem Stück von Euripides entsprungen.

»Sieht so aus, als wäre es einer seiner eigenen Leute gewesen«, bemerkte Shaw und kratzte sich am Kinn. »Sieht so aus, als wäre er von hinten erschossen worden. Ich glaube kaum, daß wir sie alle erwischen werden. Und der Bursche auf dem Feld ist wohl einfach gestolpert und hat sich den Hals gebrochen. Sehen Sie lieber zu, daß Sie Ihre Stiefel sauberkriegen«, fügte er zu January gewandt hinzu. »Mir scheint ...«

Ein kleiner Mann in der blauen Uniform der Wachmänner tauchte aus dem Schatten der Bäume auf. »Da kommt eine Kutsche, Sir. Zwei haben wir gefaßt, und die Jungs suchen da draußen noch weiter.«

Auf dem grobkörnigen Kiesweg war das Knirschen und Rattern von Wagenrädern zu hören, ein eleganter Landauer fuhr auf der Lichtung vor. Die Flammen tauchten die glänzenden Flanken des Pferdegespanns in ein tiefes Kupferrot. Der Kutscher zügelte die Pferde, als er das Feuer erblickte. Die Tür flog auf, und ein enorm beleibter, blonder, bebrillter Mann krabbelte heraus. Sein rundes Mondgesicht war starr von Schreck bei dem Anblick, der sich ihm bot.

»Henri!« Dominique, die neben Hannibal gekniet hatte, sprang auf die Füße und flog ihm mit ausgebreiteten Armen entgegen. Nachtschwarz fiel ihr das Haar über die Schultern, Blut und Ruß befleckten den zarten Musselin ihres Kleides, und ihr Gesicht war zerkratzt und geschwollen.

In verzweifeltem Ton rief der dicke Mann: »Minou!«, und

dann fielen sie sich in die Arme. Ihre schlanken Hände kamen hinter seinem breiten Rücken nicht ganz zusammen, als seine gepflegten, plumpen, weißen Wurstfinger in ihre schwarzen Locken griffen. »Oh, Henri«, flüsterte sie und wurde in seinen Armen ohnmächtig.

Madeleine, die Pistole immer noch in der Hand, stemmte die Fäuste in die Hüften und sah zu January auf. »Da habe ich aber schon bessere Vorstellungen gesehen.«

Augustus stupste sie mit dem Ellbogen an. »Verdirb es ihm nicht.«

Lieutenant Shaw kam zu ihnen zurück und beobachtete über die Schulter, wie Henri seine Angebetete in einer Wolke von schmutzigen, grünfleckigen, einst weißen Unterröcken liebevoll zu seiner Kutsche trug. »Sie scheinen recht zu haben, Madame Trepagier«, sagte er. »Das ist Ihr Schwager. Ich wage zu behaupten, daß Monsieur Tremouille, und erst recht Monsieur Crozat, froh sein werden, daß die ganze Angelegenheit so zufriedenstellend gelöst worden ist. Es tut mir nur leid um Ihr Haus.«

»Das ist egal«, sagte Madeleine ruhig. »Ich war nie glücklich hier, und über kurz oder lang hätte ich es sowieso verkauft.«

24

Ende März verkaufte Madeleine Trepagier die Plantage Les Saules für 103 000 Dollar an einen amerikanischen Landerschließer und behielt vier abgeteilte Parzellen zur eigenen Verfügung. Noch vor Christi Himmelfahrt wurde auf dem neuen Teilstück mit dem Bau eines sehr großen und sehr griechischen Herrenhauses für einen Bankier aus Philadelphia begonnen. Die Hauptstraße, die parallel zur Streckenführung der Straßenbahnlinien Gentilly und Pontchartrain verlief, wurde Madeleine Street genannt. Außerdem verfügte Jean Bouille in den Plänen, daß zwei Seitenstraßen Alexandrine und Philippe heißen sollten, nach den verstorbenen Kindern. Eine Arnaud Street war nicht vorgesehen.

Die Familie Trepagier – sowohl der Pontchartrain-Zweig als auch der New-Orleans-Zweig – war außer sich. Livia, die ihre Informationen aus der Rue des Ramparts oder von den Octoroons des Clans bezog, behauptete, der einzige Grund für ihre Wut sei, daß sie nichts von dem Geld aus dem Verkauf abbekämen, eine Vermutung, der January nichts entgegenzusetzen hatte, auch wenn Charles-Louis Trepagier Tante Picard gegenüber wetterte, daß es eine Schande sei, dreckige Amerikaner auf dem Land der Familie wohnen zu lassen. Madeleine verkaufte ein paar der Feldarbeiter an Nachbarn und Familienmitglieder. Zwölf Sklaven behielt sie und vermietete sie zu einem respektablen Preis an die Holzmühlen flußaufwärts. Louis, Claire, Albert und Ursula begleiteten sie in ihren neuen Haushalt; sie kaufte ein kleines Stadthaus mit rosafarbenem Stuck in der Rue Conti und investierte den Rest des Geldes in ein Warenhaus am Fuß der Rue LaFayette. Als allererstes, noch während sie bei Tante Picard wohnte, nahm sie Kontakt zu dem Sklavenhändler Maspero auf, machte den Baumwollpflanzer ausfindig, der Judith erworben hatte, und kaufte sie zurück.

»Merkwürdig«, sagte Shaw und lehnte sich gegen eine Steinsäule der Marktarkaden, gleich neben dem Tisch, an dem er January bei einem Beignet und Kaffee entdeckt hatte. »Sie selbst befreit sich endlich von dieser schrecklichen Familie, und das freundlichste und menschlichste, was ihr in den Sinn kommt, ist, all diese Scherereien auf sich zu nehmen, nur um diese Judith zurückzukaufen – als Sklavin!« Er schüttelte den Kopf.

»Sie ist Kreolin.« Ironie und Bitterkeit lagen in Januarys Stimme. »So ist es nun einmal in diesem Land. Könnte sie diesen Zusammenhang erkennen, könnte ebensogut meine Mutter aufhören, meine Mutter zu sein. Und Sie würden sich hier mit mir an einen Tisch setzen.«

Langsam breitete sich ein Lächeln auf dem unrasierten Gesicht des *Kaintuks* aus, und die grauen Augen blinzelten amüsiert. »Wahrscheinlich haben Sie recht.« Er trat unter den Arkaden hervor und spuckte in Richtung Rinnstein. January hoffte für den Frieden der Stadt, daß er mit Feuerwaffen besser zielen konnte.

»Wir haben das Gasthaus auf der Esplanade gefunden, in dem Claud Trepagier in der Woche gewohnt hat, bevor er bei seiner Familie auftauchte und behauptete, er sei gerade von einem Dampfer gestiegen. Es war alles da: die Kette und Briefe von McGinty, die ungefähr drei Wochen nach Arnauds Tod datiert waren.«

»McGinty hat wahrscheinlich drei Wochen gebraucht, um zu begreifen, daß er Madame Trepagier nicht erpressen oder zu einer Heirat zwingen kann.«

»Das glaube ich auch, obwohl McGinty das natürlich nie zugeben würde. Er hat gesagt, es sei gewissermaßen Eile geboten gewesen, wegen ihrer Cousins, die sie auch heiraten wollten. Die Frau, die das Gasthaus führt, erinnert sich daran, daß Claud an jenem Donnerstag abend das Haus in dem grünen türkischen

Kostüm verlassen hat, und sie weiß noch, daß McGinty mehrmals vorbeigekommen ist und ihn besucht hat. Das Küchenmädchen hat das hier in einem Abfalleimer gefunden. Irgendwann in der Woche, den genauen Tag weiß sie nicht mehr.«

Er fischte einen langen Schal mit Fransen aus orangegrüner Seide aus der Tasche, der blutbefleckt war.

»Das Tuch, das er auf dem Mardi Gras Ball getragen hat, war rot«, sagte January langsam. »Ich weiß noch, daß ich gedacht habe, es paßt nicht. Es war ein Ersatz – wahrscheinlich stammte es von McGintys Piratenkostüm.«

»Das beweist natürlich noch gar nichts – das Blut kann genausogut von einem Hund oder einem Huhn stammen –, aber so hatte Mister Crozat wenigstens etwas, das er der Mutter des ermordeten Mädchens zeigen konnte – und bei Gott, sie hat sich aufgeregt! Nicht, daß ich ihr das vorwerfe. Es war ihre einzige Tochter, ihr eigen Fleisch und Blut.«

January drehte die Kaffeetasse in seinen Händen hin und her und dachte daran, wie Angeliques Brüder bei der Beerdigung den Blick von ihrer Mutter abgewandt hatten, und an das, was Hannibal und seine Mutter gesagt hatten.

Shaw schwieg einen Augenblick nachdenklich, dann fuhr er fort. »Und sie hat sich noch mehr aufgeführt, als Captain Tremouille ihr die Nachricht überbrachte, daß die Halskette an Madame Trepagier zurückgegeben wird, weil es von Anfang an Unrecht war, daß Trepagier sie überhaupt verschenkt hat. *Das* war vielleicht eine Trauer.«

Auf der Rue de Levee ging eine Frau mit einem Korb auf dem Kopf vorbei und bot singend Pfefferkuchen an. January sah, daß sie ein Lederband mit einer blauen Perle und kleinen Blechglöckchen um den Knöchel trug. Er selbst trug immer noch das Band, das Olympe für ihn gemacht hatte. Er war sich nicht sicher, ob er dank seiner lebend aus Bayou Chien Mort entkommen war, aber jedenfalls war er seitdem nicht mehr verprügelt worden.

»Ich weiß nicht, warum mir das nicht schon früher aufgefallen ist«, sagte er langsam, als der Amerikaner das Tuch wieder zusammenfaltete und in den scheinbar endlosen Tiefen der Tasche seiner abgetragenen grünen Jacke verschwinden ließ. »Ich wußte, daß Angelique Madame Trepagiers Kleid trug – das hat sie mir erzählt –, und meine Schwester hat erwähnt, daß sie und Angelique ebenfalls die gleiche Kleidergröße hatten. Beide Frauen haben dunkles Haar. Beide eine ähnliche Hautfarbe.«

»Na ja«, sagte Shaw, »abgesehen von der Geschmacklosigkeit der ganzen Geschichte kommt so etwas gar nicht so selten vor. Es gibt viele Männer, die eine Frau heiraten, die aussieht wie ihre Verstorbene. Oder denken Sie an die, die immer eine blonde oder eine sehr große Frau wollen, wenn sie in eines dieser Etablissements gehen. Trepagier hat wahrscheinlich nie einen Gedanken daran verschwendet, daß seine Mätresse, abgesehen vom Gesicht, genau so aussah wie seine Frau.«

»Nur daß die eine eine Farbige war«, sagte January. »Und wenn ihre Mutter es nicht mit Erpressung versucht hätte, wäre ihr Tod vermutlich nie untersucht worden.« Er warf dem Mann, der neben ihm an der Säule lehnte, einen Blick zu. »Haben Sie jemals etwas über diese Sally herausgefunden?«

»Apropos tote farbige Mädchen, nach denen keiner fragt. Das meinen Sie, oder?«

»Genau«, sagte January. »Das meine ich.«

Der Polizist rieb sich das unrasierte Kinn und knackte geräuschvoll mit den Fingergelenken. »Ich habe ein paar von den Männern, die die Stadt zum Säubern des Rinnsteins angestellt hat, beauftragt, sich an den Bayous ein bißchen umzuhören – meine Constables kann ich unmöglich entbehren, Sie verstehen. Am Bayou Gentilly haben wir vor zwei Tagen die Leiche einer Frau gefunden, die ungefähr ihre Größe hatte. Sie sah aus, als hätte sie schon seit Mardi Gras im Wasser gelegen, und das Wasser und die Krabben haben von ihrem Gesicht nicht viel übriggelassen. Und ich war bei Maspero und bei Carmen und Ricardo und den anderen großen Sklavenhändlern, aber sie können sich nicht erinnern, daß jemand, auf den McGintys Beschreibung paßt, ein schwarzes Mädchen in diesem Alter verkauft hat.« Wieder trat er einen Schritt von den Tischen weg und spuckte in den Rinnstein. »Ich habe die Händler flußaufwärts wissen lassen, daß wir nach ihr suchen, aber wenn Sie mich fragen, war sie das Mädchen im Fluß. Claire, die Köchin von Madame Trepagier, sagt, daß Sallys Freund rote Haare hatte, aber natürlich können wir ihre Aussage vor Gericht nicht verwenden.«

»Natürlich nicht«, sagte January ironisch.

Die Glocken der Kathedrale auf dem Place des Armes läuteten; die Rue du Levee füllte sich. Die letzten Morgennebel hatten sich gelichtet, und es wurde langsam heiß. Die meisten Pflanzer hatten die Stadt gleich nach Ostern, das dieses Jahr früh lag, verlassen. Das dunkel gestreifte Zuckerrohr stand bereits mannshoch auf den Feldern, und Bella hatte in Livias Wohnung und im Dienstbotenhaus die Moskitofenster angebracht.

Eine Gestalt im grauen Anzug drängte auf dem Gehweg vorbei, blieb jedoch unvermittelt stehen. Als January aufsah, blickte er in die blauen Augen Xavier Peraltas. Der Pflanzer stand einen Moment lang wie erstarrt, dann wandte er sich ab und ging weiter.

»Danke der Nachfrage, mir geht es auch gut«, murmelte Shaw. »Wie bitte? Nein, es hat mir keine Umstände bereitet, Ihren Sohn vom Mordverdacht reinzuwaschen; ich war sowieso gerade dabei, mich selbst reinzuwaschen. War mir ein Vergnügen, Sir.«

January hielt sich die Hand vor den Mund, doch er konnte ein Lachen nicht unterdrücken. »Zuckermühle?« brachte er schließlich heraus. »Welche Zuckermühle?« Er wußte nicht, warum er lachte. Wahrscheinlich konnte er nur darüber lachen oder den Mann hassen – alle Plantagenbesitzer hassen und alle Weißen hassen – bis ans Ende seiner Tage.

Aber es war ein bitteres Lachen. Vielleicht würde er sie trotzdem hassen. Er wußte es nicht.

»Nun, falls Sie je beschließen, nach Europa zurückzugehen und wieder als Arzt zu arbeiten«, sagte Shaw schließlich, »können Sie ihn wahrscheinlich um das Geld für die Überfahrt bitten. Ich glaube allerdings nicht, daß er es Ihnen danken würde.«

Am anderen Ende des Place des Armes, entlang des Uferdamms, wurden im seltsam blassen, rußgeschwängerten Licht der Sonne Schiffe beladen mit Baumwolle, Wein, Ananas, Seide, aneinandergeketteten Sklaven und russischen Zigaretten. Sie würden flußaufwärts fahren oder nach New York, Philadelphia, Le Havre oder Liverpool. Die *Borreas*, die *Aspasia,* die *Essex* und die *Walter Scott*. Sie würden New Orleans verlassen, und ihre Ziele lagen in der ganzen Welt verstreut.

January dachte darüber nach, als er nach Hause ging.

Zwei Abende später, als die Öllampen über der Straße angezündet wurden, klopfte es an Livia Levesques Tür in der Rue Burgundy.

Frühlingshitze lag über der Stadt, und die Luft war schwer von Tabakgeruch und dem Duft von Zitronengras, das verbrannt wurde, um die Moskitos fernzuhalten. Livia hatte beim Abendessen davon gesprochen, eine Unterkunft am See zu mieten, wie es die Culvers und andere Eltern von Januarys Schülern taten. Die Glastüren zur Straße und zum Hof standen offen, so daß die Kühle des leichten Nachmittagsregens durch die Räume wehte und den Duft von Flußkrebsen, Gumbo und roten Bohnen ins Zimmer brachte.

Die meisten Schüler von January waren bereits abgereist. In den Wochen zwischen Mardi Gras und Ostern hatte er mehrere neue Schüler aufgenommen, die alle im Herbst zurückkehren würden, und immerhin einer von ihnen – ein kleiner Junge namens Narcisse Brézé – schien wirklich begabt zu sein. Nach dem Unterricht war January im Salon geblieben und spielte, was ihm gefiel: Bach, Haydn und Weber. Während sich die Dämmerung in dem kleinen Haus ausbreitete und die Hitze des Tages langsam und widerstrebend wich, ließ January seine Musik erklingen. Nach einer Weile erschien Hannibal, bleich und abgezehrt wie immer – jetzt, da die Veranstaltungen in der Stadt seltener wurden, deckte Livia beim Abendessen für Hannibal mit, ohne ein Wort darüber zu verlieren. Er packte seine Violine aus und fing an, January zu begleiten; wie ein goldener Fisch sprang die Geige im dunklen Strom der mächtigen Klänge des Klaviers hin und her. Gigues und Reels, sentimentale Balladen und Melodien aus den Cafés auf dem Montmartre, die vor zwei Jahren in Paris populär gewesen waren, klangen durch das Zimmer. Dominique kam herein, gefolgt von Livia. Sie setzten sich einfach hin und hörten zu, während es draußen dunkel wurde und die Zikaden ihr Konzert begannen.

Livia war gerade aufgestanden, um die Lampe anzuzünden, als es klopfte. Eine Frau mit einer Haube stand auf der Schwelle und sagte: »Ich habe das Klavier gehört, deshalb wußte ich, daß Sie zu Hause sein müssen.« Das goldgelbe Lampenlicht flakkerte und wurde heller. Es war Madeleine Trepagier, in einem blaßrosa Baumwollkleid unter dem Umhang, mit Augustus – schlank und adrett und unauffällig gekleidet, zumindest für seine Verhältnisse – an ihrer Seite.

Zum erstenmal, seit er ihr nach seiner Rückkehr aus Paris wiederbegegnet war, sah January ihr Gesicht entspannt; keine Angst, keine Wachsamkeit in den klaren blauen Augen.

»Ich bin gekommen, um Ihnen zu danken«, sagte sie, »für Ihre Hilfe und alles, was Sie für mich getan haben.«

January schüttelte den Kopf. »Ich würde gern sagen, daß es mir ein Vergnügen war, Ihnen zu helfen«, sagte er, »aber das war es nicht. Ich habe es getan, um meinen eigenen Hals zu retten.«

Madeleine lächelte. »Vielleicht«, sagte sie. »Aber es war meine Schuld, daß Sie überhaupt in diese Lage geraten sind. Und Ihrer Ehrenhaftigkeit habe ich es zu verdanken, daß mein Name bei der Polizei nie erwähnt wurde. Ihrer Ehrenhaftigkeit und Ihrem Glauben an mich. Danke.«

Sie zögerte und sah auf ihre Hände. Sie stand immer noch auf dem Gehweg. Dann hob sie den Blick wieder. »Und ich wollte

Sie wissen lassen«, sagte sie, »daß Augustus und ich heiraten werden. In einer protestantischen Kirche«, fügte sie hinzu und hielt seinen Blick fest, als er protestierend zu einer Antwort ansetzte. »Flußaufwärts in Natchez. Aber die Anzeige wird diese Woche in den Zeitungen erscheinen.«

Obwohl er sich beinahe sicher war, daß diese Zeremonie nicht wirklich stattfinden würde – sapphische Liebe war eine Sache, aber vorsätzlich ein Sakrament zu entweihen war etwas völlig anderes –, war January schockiert und sprachlos. Er sah von ihr zu Augustus, aber eher er etwas erwidern konnte, sagte Hannibal von hinten aus dem Salon: »Bei Gott, das freut mich. Und da die Freude meinem Kollegen die Sprache verschlagen hat, möchte ich euch anbieten, daß wir beim Empfang nach eurer Rückkehr spielen werden.«

»Aber …« Als er später darüber nachdachte, war January sich nicht mehr sicher, warum er so vor den Kopf gestoßen war – vielleicht wegen seiner Erziehung. Aber Dominique sprang in ihren glitzernden, raschelnden Röcken herbei, ergriff Madeleines Hände und küßte sie auf beide Wangen.

»Liebes«, sagte sie und richtete sich auf. »Und du, Ben«, fügte sie hinzu, »sei nicht so kreolisch und hochgestochen. Madame Trepagier hat einmal geheiratet, um die Familie zufriedenzustellen, und du hast gesehen, was dabei herausgekommen ist. Auch wenn er Fechtlehrer ist und keinen Sou besitzt – ich glaube, daß sie das Recht hat, mit dem zusammenzusein, den sie liebt.«

January sah die beiden an, wie sie dort im goldgelben Lampenlicht standen: den hakennasigen Fechtmeister mit dem vernarbten Gesicht und das braunäugige Mädchen, dessen Lehrer er gewesen war. Augustus hob eine seiner geraden, farblosen Augenbrauen.

»Wenn wir nicht heiraten, werden die Leute anfangen zu reden.«

»Ben ist nur ein wenig verstaubt«, rief Livia. »Natürlich kann eine Witwe heiraten, wen sie will. Wirklich, Ben, du überraschst mich.«

January seufzte, senkte den Kopf und brachte ein klägliches Grinsen zustande. »Ja«, sagte er. »Ja, Madame – Sie haben das Recht, mit der Person zusammenzusein, die Sie lieben. Und es wird mir eine große Ehre sein, auf Ihrem Empfang zu spielen.« Er zögerte und sah ihr in die Augen. Etwas leiser sagte er: »Vielleicht wären Sie in Paris glücklicher als hier.«

»Vielleicht«, erwiderte Madame Trepagier noch leiser. »Und vielleicht kommt es eines Tages dazu. Aber bei allen Problemen – meiner Familie, den Amerikanern und ... und allem – New Orleans ist meine Heimat.«

Die beiden Gestalten entfernten sich auf dem Gehweg. Auf dem Place des Armes ertönte ein Kanonenschuß und verkündete die Sperrstunde für die Sklaven – für alle Farbigen, es sei denn, sie hatten einen Grund, auf der Straße zu sein. Das Tuten der Dampfer beantwortete den Kanonenschlag; Dampfer, die flußaufwärts in die Städte der Amerikaner fuhren, wo das Gesindel von *Kaintuks* und Hafenarbeitern herumlungerte, oder flußabwärts, um mit den benachbarten Ländern im Osten Sklavenhandel zu treiben. In beiden Richtungen, und nicht einmal weit, lagen Länder, in denen es noch weniger Bedeutung hatte, ob ein Mensch dem Gesetz nach frei war. Wer auch nur die kleinste Spur afrikanischen Ursprungs zeigte, konnte im Handumdrehen alle Rechte und seine Freiheit verlieren – und die seiner Kinder. Es dauerte gerade so lange, wie ein Weißer benötigte, um ein Stück Papier zu zerreißen.

January ging wieder hinein. Livia war im hinteren Teil des Hauses. Dominique hatte sich hingesetzt und ihre Näharbeit wieder aufgenommen, ein kompliziert gefälteltes und besticktes Taufkleid für das Kind, das sich nun schon als sanfte Wölbung unter ihrem lose fallenden Kleid abzeichnete. Ihr Gesicht war wunderschön im Lampenlicht; sie war eine jener Frauen, die durch die Schwangerschaft noch schöner wurden.

In den letzten Wochen hatte January die Kinder seiner Schwester Olympe besser kennengelernt, seine Nichten und Neffen, und er merkte, daß er sich auf das neue Baby freute.

Und das, dachte er, ist Heimat.

Nicht Afrika, nicht Paris, sondern dieser Ort, wo er aufgewachsen war. Er hatte sich wieder ans Klavier gesetzt, ließ seine Hände wandern und versuchte sich an einer Melodie, die er auf den Feldern von Bayou Chien Mort gehört hatte. Sie klang wie ein Echo alter Weisen, und Hannibals Violine griff sie auf und umrahmte sie süß.

Dominique sah auf und sagte: »Das ist hübsch, Ben. Was ist das?«

Er schüttelte nur den Kopf. Im Haus seiner Mutter ziemte sich diese Melodie bestimmt nicht.

Dann hörte er aus dem Nebenzimmer Livias tiefe Stimme, wie sie mitsummte und halbvergessene Worte flüsterte, die sie längst verdrängt hatte, in dem Versuch, sie aus dem Leben ihrer Töchter und ihres Sohnes auszulöschen.

»An-a-qué, an'o'bia,
Bia'tail-la, Qué-re-qué,
Nal-le oua, Au-Mondé,
Au-tap-o-té, Aupe-to-té,
Au-qué-ré-qué, Bo.«

»Elend führte jenen Schwarzen in die Wälder,
Sagt meinem Master, ich starb in den Wäldern.«

Aber sollte er sie darauf ansprechen, würde sie natürlich alles abstreiten.

Danksagung

Mein ganzer bescheidener Dank gebührt Octavia Butler dafür, daß sie sich die Zeit genommen hat, das Manuskript zu lesen, und für ihre wertvollen Kommentare; des weiteren danke ich George Alec Effinger für seine Unterstützung und Beratung bei Sitten und Gebräuchen in New Orleans sowie Leslie Johnson und dem Team der *Historic New Orleans Collection* für all ihre Hilfe.

BATYA GUR

An der Universität von Jerusalem
geht die Angst um: ein junger Literaturdozent
verunglückt, ein berühmter Dichter
wird ermordet.
Inspektor Ochajon ermittelt...

»Für Krimi-Gourmets!« *Brigitte*

43600

GOLDMANN